Nuova Narrativa Newton
282

Titolo originale: *Honningfellen*

Traduzione dal norvegese di Irene Peroni

Prima edizione: aprile 2011

Roma, Casella postale 6214

ISBN 978-88-541-2820-0

www.newtoncompton.com

Stampato nell'aprile 2011 da Puntoweb s.r.l., Ariccia (Roma)

Unni Lindell

La trappola di miele

Newton Compton editori

La rabbia arrivò col fragore di un'onda. Visibile, violenta e veloce, dal nulla. Colpiva sempre come un fulmine, appiccando un incendio impossibile da domare. Era come precipitare in un buco nero, senza alcun appiglio. Soltanto una serie di sensi acuiti. Le mani che si sollevano, i muscoli che si attivano e la vampata d'odio di quando si sferra il colpo. Maledette bestiacce, pensano di poter venire qui a fare i propri comodi. Mettersi a proprio agio, occupare lo spazio. Come lo si può definire? Egoismo, egocentrismo, o semplicemente pura e semplice sfacciataggine. L'acqua nella tazza ha lo stesso colore del vetro. È sempre così, le cose non sono come sembrano. L'acqua non è vetro.

In tane strette come un dito, api solitarie
stanno di casa in mezzo all'erba. Inginocchiata
fisso l'occhio su un foro e incontro un occhio
tondo, verde, dolente come una lacrima.
[…]
L'ape regina impalma l'inverno del tuo anno.

Sylvia Plath

10 giugno (14:42)

Vera Mattson si passò stancamente la mano sull'ampia fronte. I capelli, sistemati alla bell'e meglio sulla nuca, non erano più di un nero intenso, ma striati d'argento e con una ricrescita castana lungo la scriminatura e l'attaccatura della fronte.

Sedeva sulla sedia da cucina di legno laccato stringendo le mani intorno alla tazza marrone da caffè, e guardava fuori attraverso le tendine. Lanciò un'occhiata verso il garage di lamiera, dove la siepe di biancospino era cresciuta fitta, intervallata dall'edera. Sulla tavola accanto a lei giaceva, grigio per la sporcizia, un panno da spolvero. Scaglie di vernice si stavano staccando dagli infissi della finestra. Non c'erano poliziotti in giro oggi, nessun pastore tedesco che tirasse il guinzaglio annusando l'aria e agitando la coda. Avevano già portato a termine il sopralluogo?

Lanciò uno sguardo sulla casa gialla dall'altro lato della strada. Le rose rampicanti si erano riempite di nuove foglioline verdi, e i boccioli, rossi contro la parete gialla, erano sul punto di schiudersi. La figlia della vicina e la sua robusta amichetta erano di nuovo intente a saltare sul trampolino elastico. Le loro voci, acute ed eccitate, si insinuavano attraverso la finestra socchiusa. Le intravedeva mentre saltavano: su e giù, su e giù. Le vedeva apparire a tratti sopra e sotto i rami fioriti di lillà. Le ragazzine portavano i jeans e delle magliettine che lasciavano scoperta metà della pancia. Ai genitori d'oggi non interessa proprio che i figli vadano in giro vestiti decentemente. E perché erano a casa a metà giornata? Perché le vacanze estive erano ormai iniziate, o piuttosto le avevano fatte rimanere a casa a causa di quanto era successo a quel ragazzino una settimana prima?

All'improvviso, si udì di nuovo quel suono. Vera Mattson indugiò un attimo prima di inghiottire il sorso di caffè tiepido che aveva in bocca. Lo scampanellio irritante del camioncino dei gelati che si stava avvicinando si mescolava alle urla delle bambine. *Pling plong, pling plong, pling plong.* Poi tutto tacque.

Il camioncino passava ogni lunedì, e ogni volta era una seccatura infinita. Non era soltanto perché quel suono monotono le causava un dolore quasi fisico, ma anche per via dell'agitazione che scatenava. La gente che accorreva, le urla, il chiasso. Gli elementi di disturbo la irritavano. Vera Mattson sbatté la tazza col caffè sul tavolo con un colpetto secco e si guardò le dita tozze. Le cose potevano cambiare nel giro di qualche secondo.

La foto del bambino che era sparito una settimana prima era ovunque, in televisione e su tutti i giornali. Chiuse gli occhi e per un istante se lo rivide di fronte, con i capelli biondissimi, la bocca semiaperta e gli incisivi troppo grandi. Era *lei* l'ultima ad averlo visto.

Si alzò in piedi, si avvicinò al portapane e lo aprì. C'erano soltanto le due estremità del filoncino, era ora di andare al negozio. Per lei non c'era nulla di peggio. Essere sovrappeso era un problema. Non le piaceva incontrare la gente. Continuava a usare il soprabito invernale, anche se era estate. In realtà non era molto pesante, ma decisamente liso. E continuava a indossare le calze, portandosi appresso la vecchia sporta di nylon.

La campanella del camioncino dei gelati riprese a suonare. "Va tutto bene, sto bene", si disse, e si coprì le orecchie con le mani. Uscì sulla piccola veranda. Lì si fermò per guardarsi allo specchio a muro. L'argentatura sulla superficie del vetro era puntinata di nero per quanto era vecchio. Il suo viso era talmente inespressivo e poco accomodante che avrebbe preferito evitare il proprio sguardo. Non era cambiata un granché negli ultimi dieci anni. Era cambiato tutto il resto, ma lei no.

L'aveva detto varie volte ai poliziotti che non voleva essere coinvolta. Però non l'avevano lasciata in pace. Le avevano dato l'assillo affinché raccontasse ciò che sapeva. Ma lei non sapeva nulla, questa era stata la sua risposta. Cosa poteva mai essere? Cos'è che avrebbe dovuto sapere?

Aveva spiegato la stessa cosa più e più volte: effettivamente *aveva* visto i tre ragazzini quel giorno. Li aveva sgridati, perché come al solito avevano cercato di prendere la scorciatoia attraversando il suo giardino. Tutta la situazione l'aveva infastidita, come spiegò agli investigatori. Quando glielo chiesero, lei non esitò a parlare. I ragazzini l'avevano fatta impazzire dalla rabbia con quel loro continuo passaggio, rasentando le pareti di casa sua. Non c'era dubbio che amassero stuzzicarla. Il giorno in cui sparì il bambino biondo, aveva aperto la porta di casa e era corsa loro dietro gridando che sarebbe andata a cercare i loro genitori e cose del genere. Ma due di loro avevano già scavalcato la staccionata abbattuta in fondo al giardino, ed erano spariti giù per la collina, verso la Oddenveien. L'ultimo, quel delinquentello biondo, esitò un attimo e si fermò. Poi tornò indietro. Le sue minacce avevano funzionato. Terrorizzato e confuso, rimase lì impalato, come se avesse le gambe incollate al terreno a pochi metri da lei. Fu solo un attimo. Strappò un fiore di lillà. Lei lo aveva guardato inferocita smembrare il grappolo di fiorellini viola con quelle sue manine. Lo rotolava avanti e indietro tra le dita facendo staccare i piccoli boccioli, che poi cadevano a terra.

Era passata esattamente una settimana da quel giorno. La polizia disse che molto probabilmente era stata lei l'ultima a vedere Patrik Øye. Lei naturalmente non sapeva neanche come si chiamasse, prima che gli agenti suonassero alla sua porta. Aveva raccontato loro tutto quanto: era tornato sui suoi passi e poi era corso via dal cancello, si era dileguato infilandosi tra i due pilastrini e si era lanciato di corsa giù per il sentiero sterrato, lo stesso da cui era arrivato. Quella era l'ultima volta che lo aveva visto, aveva detto. Con quello zaino decisamente troppo grande che gli ballonzolava su e giù sulla schiena, nero e beige con una striscia verde di traverso.

10 giugno (15:16)

Signe Marie Øye si sollevò su di un gomito e rimase stesa in quella posizione. Sul tavolo c'era un bicchiere d'acqua. Accanto a esso, un tovagliolo bianco con una macchia scura di grasso. Fissava la porta-finestra chiusa della veranda e il cielo che lasciava riflessi blu sui vetri. L'intensa luce estiva tingeva sempre più di giallo l'atmosfera man mano che passavano le ore, suscitandole un senso di nausea e oppressione.

All'improvviso, era tornata sua sorella. Le prese la mano. «Coraggio, mettiti a sedere. Ti ho fatto una frittata».

Si sentiva la bocca secca, come se non fosse la sua. La sorella la tormentava sempre con il cibo. Un'amica le aveva detto che sarebbe passata per tosare l'erba. Il prato era incolto. In primavera aveva fatto caldo, ma che importanza potevano avere le erbacce adesso che Patrik era sparito.

Si tirò su a sedere a malincuore. La sorella le mise davanti un piatto. Si sistemò accanto a lei sul divano e iniziò a imboccarla. Le infilava in bocca dei piccoli pezzetti gialli. E Signe Marie Øye masticava lentamente, come se la bocca le risultasse estranea.

Tutto a un tratto, sentì una macchina sul vialetto di fronte a casa. Voltò la testa per ascoltare. Il motore girò a folle per qualche secondo, poi fu inserita la retromarcia e la macchina arretrò di qualche metro. Sentì che sterzava e usciva nuovamente sul vialetto per poi dileguarsi. Dunque neanche stavolta si trattava della polizia che veniva a portarle notizie di Patrik. Era sparito da una settimana. Una settimana intera.

L'aria era pesante e ferma. La finestra era aperta. Il brusio del traffico sulla E18 entrava nella stanza come un'onda perpetua, e si mescolava con lo scampanellio del furgoncino dei gelati che si stava avvicinando.

Lei aveva percorso centinaia di volte la strada che il bambino faceva per andare a scuola, avanti e indietro. C'erano molte persone fuori, in giro per le stradine: anziani che andavano a passeggio, giovani madri con le loro carrozzine, alunni della scuola, gente col cane al guinzaglio. Passavano di lì come se nulla fosse. Quando incontrava un conoscente, Signe Marie gli faceva un cenno con la testa. Era stata varie volte su alla scuola, lì ferma a guardare l'edificio, poi percorreva in discesa tutto Selvikveien fino al punto in cui il sentiero all'improvviso si apriva nei due grandi giardini. Era proprio da lì che partiva la scorciatoia segreta.

Aveva oltrepassato i pilastri del cancello, e aveva suonato alla porta della casa marrone dove abitava la signora anziana: la polizia sosteneva che fosse stata l'ultima a vederlo. Ma nessuno le aveva aperto. C'era solo un gatto bianco seduto sulle scale, intento a leccarsi. Aveva parlato con quelli che abitavano nella casa gialla col grande trampolino. Patrik lo aveva nominato, aveva detto che insieme a Klaus e Tobias una volta l'aveva usato, saltandoci sopra di nascosto, ma che erano stati messi in fuga dalle ragazzine che abitavano lì. Suo figlio aveva paura delle ragazze più grandi. Aveva paura di un sacco di cose, del medico e del dentista. Degli adulti arrabbiati e di Severus Piton nei film di Harry Potter. Inoltre aveva paura dei cani che non conosceva. E degli uomini pericolosi. Questo glielo aveva insegnato lei.

Aveva sempre temuto che il figlio potesse precipitare dalla cima di un albero. Patrik amava arrampicarsi. Lei se lo era immaginato esanime per terra oppure nell'acqua, immerso a faccia in giù con i capelli biondissimi che gli ondeggiavano come fili d'erba intorno alla testa.

Ma nessuno sapeva raccontarle cosa fosse successo quel tre di giugno. Patrik non era tornato, si era volatilizzato in un punto imprecisato lungo il sentiero sterrato tra i due giardini. La polizia diceva che qualcuno doveva averlo attirato o costretto a salire in macchina. Lei riusciva a vederselo davanti agli occhi in vividi flashback. I capelli quasi bianchi. Il viso, la sua risata. Aveva dato alla polizia la foto che gli avevano scattato nell'agosto dell'anno precedente, il primo giorno di scuola.

La sera precedente alla sua spedizione, Patrik, Klaus e Tobias avevano litigato mentre giocavano a calcio. Li aveva sentiti attraverso la porta finestra. Suo figlio voleva stare in porta, ma ci voleva stare anche uno degli altri. C'era stato uno scambio di urla concitate, e poi i due amici se n'erano andati via. Patrik quella sera non voleva andare a dormire. Era stanco e di cattivo umore. Quando finalmente Signe Marie riuscì a metterlo a letto, pensò che avrebbe potuto leggergli qualcosa, ma non ne aveva la forza. Gli aveva soltanto arruffato leggermente i capelli bianchi con le dita, e gli aveva detto che era ora di dormire.

La mattina dopo, Patrik era di nuovo sereno. Lei aveva risciacquato, come ogni giorno, la tazza del caffè sotto il getto del rubinetto e gli aveva gridato di sbrigarsi, altrimenti avrebbe fatto tardi a scuola. Quella era stata l'ultima mattina. Era tutto stampato nella sua mente. La finestra aperta, l'aria estiva che si insinuava leggera tra una stanza e l'altra come un sottile filo d'argento. Poi Signe Marie lo aveva accompagnato a scuola in macchina.

11 giugno (9:15)

Era come se i bambini fossero stati risucchiati, tra le palazzine condominali di Frydendal, nel nulla: chi era andato a scuola, chi all'asilo. L'ispettore capo Cato Isaksen uscì dal parcheggio a bordo di un'auto-civetta della polizia. Una folata di aria calda entrò attraverso il finestrino semiabbassato. Gettò uno sguardo allo specchietto retrovisore, indugiando sul proprio viso segnato e con la barba di un paio di giorni. Raggiungere la soglia dei cinquant'anni non era una cosa da niente, e in fondo d'aspetto non era poi così male. In fin dei conti, il suo primogenito, Gard, aveva già ventidue anni. Il mediano, Vetle, era andato a scuola un'ora prima, e Bente era sparita subito dopo in sella alla sua bici col cestino rosa shocking. Le toccava il primo turno all'ospedale dove lavorava, e aveva detto che sarebbe rincasata in tempo per preparare il pranzo.

Sul sedile accanto a quello del guidatore, c'era l'ultima copia del quotidiano «Aftenposten», ben ripiegata. Anche quel giorno, metà della prima pagina era occupata dalla foto del bambino di sette anni che era sparito otto giorni prima da Høvik nel sobborgo di Bærum. Cato Isaksen guardò quel dolce viso infantile. Era contento di non essere lui a doversi occupare di quel caso. Qualcuno doveva averlo rapito. Se mai lo avessero trovato, era poco probabile che sarebbe stato ancora vivo.

Cato Isaksen prese l'autostrada E18 e si inserì nella corsia esterna. Superò tre automobili e rientrò nella carreggiata di destra. Stava facendo tardi, ma aveva deciso di prendersela un po' comoda per quella prima settimana dopo il rientro al lavoro. Era stato in malattia sei settimane dopo essere stato messo a dura prova per un lungo periodo. Prima il collega Preben Ulriksen era affogato in

Thailandia, poi Georg, il suo figlio minore, era stato coinvolto in una brutta storia su cui lui stesso stava indagando. Un assassino l'aveva preso in odio da quando lui era riuscito a individuarlo, e aveva invaso la sua vita privata in maniera inquietante, prelevando suo figlio di sette anni da scuola per vendicarsi. Alla fine, l'assassino si era suicidato, e Georg era stato trovato in un piccolo cottage negli orti comunali di Sogn. Tutta la faccenda era stata un vero incubo, e lo aveva portato a decidere di prendersi una pausa, la prima della sua carriera.

Non aveva fatto in tempo a tornare al lavoro che già erano saltate fuori nuove preoccupazioni. In sua assenza, la responsabile della sezione, Ingeborg Myklebust, aveva assunto un nuovo investigatore per la sua squadra per rimpiazzare Preben Ulriksen, e lo aveva fatto senza consultarlo. La nuova arrivata si chiamava Marian Dahle. Era di origini coreane, adottata; sembrava introversa ed era leggermente in sovrappeso. In precedenza, Dahle aveva indossato l'uniforme, e aveva lavorato nel reparto di pubblica sicurezza presso l'ufficio che si occupava dei mandati di comparizione per i testimoni. Dalla routine quotidiana in cui stilava convocazioni sarebbe dunque passata direttamente alla sezione omicidi.

Già questo di per sé era opinabile... Fin dalla prima volta che si erano presentati, Cato aveva intravisto all'orizzonte una tempesta. Ma voleva darle una chance. La squadra era a corto di personale, e c'era davvero bisogno di un nuovo elemento?

Anche se erano quasi le nove e mezza di mattina, c'era un principio di coda presso Lysaker. Cato Isaksen si guardò nello specchietto retrovisore. Aveva un'aria davvero arrabbiata. Fece un sospiro profondo. Come prima cosa, appena rientrato al lavoro, si era precipitato nell'ufficio della responsabile del reparto per lamentarsi dell'ultima assunta. Ingeborg Myklebust si era giustificata dicendo che non lo voleva scomodare mentre era in malattia, e che quello era il motivo per cui non lo aveva contattato. Si trattava certo di una scusa valida, ma lui aveva capito le sue reali intenzioni. Sapeva che a lei faceva comodo evitare di confrontarsi con le sue opinioni. Specie dal momento che spesso non la pensavano allo stesso modo.

Il team funzionava alla perfezione prima che arrivasse Marian

Dahle. Cato Isaksen era da diversi anni l'ispettore capo di Roger Høibakk, Asle Tengs, Randi Johansen ed Ellen Grue. Tutti lo rispettavano e lo ascoltavano, e facevano il proprio lavoro.

Si era sempre fidato di loro al cento per cento, ma adesso anche questo stava per andare in frantumi. Asle Tengs, infatti, si era rifiutato di discutere con lui di Marian Dahle. E pure Randi Johansen era chiaramente a disagio quando Cato Isaksen aveva affrontato l'argomento con lei. Randi lo aveva sempre appoggiato in maniera leale in tutto e per tutto. Quindi Dahle era già riuscita a incrinare la squadra, pensò, e premette il pedale del freno per non andare a sbattere contro la macchina di fronte. In quell'istante, sentì una fitta acuta alla tempia sinistra.

Roger Høibakk era l'unico che lo aveva sostenuto. Aveva definito la neo assunta «una bomba ormonale, presa da sindrome premestruale». E questo perché era già stata capace di rilasciare dichiarazioni alla stampa riguardo all'annuncio che il ministero degli Interni non avrebbe più potuto contribuire economicamente alle analisi di tracce biologiche. Come se lei ci capisse qualcosa. Per la verità, Randi aveva preso le sue difese dicendo che l'avevano spinta a fare quelle affermazioni, ma la sostanza non cambiava. Era chiaro che Marian era dotata di una buona dose di sfacciataggine, pensò Cato Isaksen, mettendo la freccia a sinistra per uscire dal grosso snodo viario presso la stazione centrale di Oslo. Il nuovo teatro dell'opera, in vetro e cemento, sembrava fuoriuscire dal mare.

11 giugno (20:54)

Elna Druzika si chiuse dietro la porta del magazzino vuoto ed esitò un attimo restando con la chiave in mano. Portava a tracolla una borsa color senape che la madre aveva tessuto al telaio. Fece scivolare la chiave nella piccola tasca laterale. Le dolevano i polsi. Nella testa le rimbombava ancora il rumore dei piatti, e l'odore di cibo le impregnava vestiti e capelli. Provava sempre un certo disagio a trovarsi da sola nel locale del catering quando faceva buio, ma quella sera era stata ancora più inquietante del solito. Per tutto il pomeriggio aveva sentito la paura che le attanagliava la gola: dapprima mentre finiva di preparare le torte al *nougat* con la vaniglia, poi mentre serviva a tavola e infine mentre lavava le stoviglie bianche, buttava gli avanzi e puliva il piano di lavoro. Le immagini del refrigeratore le si erano stampate nella mente, alterando il ritmo del suo respiro.

Nel piazzale là fuori tutto era immobile. I pannelli di lamiera ondulata, applicati in basso, lungo il muro, per proteggerlo dai camion e dai carrelli elevatori, emettevano dei secchi rumori metallici. Il sole, che li aveva riscaldati e fatti dilatare nel corso della giornata, ormai era tramontato dietro al deposito. Ora si stavano raffreddando. Non c'era anima viva tra gli edifici industriali che si ergevano uno di fronte all'altro, formando un cortile rettangolare. Al suo interno, erano parcheggiate soltanto due macchine. Una era della compagnia di sorveglianza, la riconobbe. Ma dietro ce n'era una rossa. Le parve di averla già vista in precedenza, una volta, ma non ricordava più dove.

Iniziò a scendere cautamente la scala d'acciaio, che gemeva ogni volta che poggiava il piede sul gradino un po' più in basso. Doveva assolutamente tornare a casa da Inga.

La vista che le si era presentata qualche ora prima, quando aveva tirato fuori una busta congelata dal ripiano in fondo alla cella frigorifera, le aveva quasi tolto il respiro. Qualcuno aveva provato a nascondere un grande sacco di plastica nera sotto lo scaffale, dietro ad alcune grosse scatole di polistirolo. Si era accovacciata e aveva estratto la busta tastandola, ma poi si era fermata. La aprì e ci sbirciò dentro. C'era un corpicino. Quell'immagine le si fissò nella mente. Si girò subito, si alzò e col piede spinse la busta nera rimettendola a posto sotto lo scaffale. Nello stesso istante si era sentito il rombo di un aereo sopra l'edificio, ed ecco che all'improvviso era apparso Noman Khan, proprio alle sue spalle. Lei gli aveva farfugliato qualcosa, spiegandogli concitatamente che non aveva ancora fatto in tempo a pesare tutti gli ingredienti, ma che le torte sarebbero state pronte per la consegna. Tutte quante. E che alcune le avrebbe ricoperte di marzapane e decorate con piccoli confetti colorati, per renderle ancora più belle. «Sì, sì, sì», aveva detto lui, aprendo le braccia. L'aveva guardata con aria irritata e le aveva chiesto di dare la precedenza alle torte al miele. Poi se n'era andato via.

D'un tratto, la porta si era aperta sulla stanza dove gli autisti passavano la pausa pranzo, e il suono delle loro voci misto a risate era calato sulla sua certezza come un velo opaco.

E all'improvviso se lo ritrovò di nuovo lì, alle sue spalle. Vicinissimo. Lei si era girata. Aveva visto qualcosa di troppo, lo capì dall'espressione sul viso dell'uomo. Non riuscì a proferire parola, neanche un sussurro. «Non devi...», le aveva detto lui, ghermendola. «No», aveva risposto lei. «Neanche a Inga». Ma chiaramente l'uomo sapeva che l'avrebbe fatto. Lei con Inga parlava di tutto.

La attirò a sé e la spinse dietro la scaffalatura. Elna si dimenò, ma lui la seguì e la spinse con forza contro la parete. L'afferrò per le spalle e le diede uno scossone. Lei cercò di divincolarsi e ci riuscì ma, nel momento in cui stava per liberarsi, lui l'afferrò di nuovo. Poi le serrò le mani intorno al collo. In quel momento, la porta a due ante si aprì con un forte cigolio, e qualcuno entrò all'interno della cella frigorifera con il carrello elevatore. Lui la lasciò andare e arretrò, uscì verso la luce del sole e svanì nel nulla.

Più tardi, nel rimettersi a lavare i piatti, la donna aveva preso coscienza del fatto che qualcosa era pericolosamente cambiato. Cosa doveva fare? Nel suo Paese d'origine, il rapporto con la vita e la morte era molto più immediato. Le sue sorelle minori restavano tranquille, anche quando si doveva seppellire uno dei loro gatti. «Ce ne sono già abbastanza in giro», diceva sempre la madre. Ma animali ed esseri umani erano due cose ben distinte.

Poi Noman se n'era andato a una riunione, e Ahmed aveva continuato a lavorare col carrello elevatore nel magazzino. Elna sentiva il brusio del motore fin dentro la cucina del catering. Erano rimaste soltanto lei e Milly. E quella parlava a ruota, come sempre. Ma a Elna risultava difficile concentrarsi. Aveva imparato che l'autocontrollo era una virtù, tuttavia questa era tutta un'altra storia. Doveva assolutamente parlare con Inga, che però era impegnata nel servizio in un ricevimento di fine stagione di una grossa ditta informatica di Sjølyst[1]. Non avrebbe potuto parlarle prima del suo rientro a casa.

* * *

[1] Quartiere nella periferia ovest di Oslo (*n.d.t.*).

Elna Druzika stringeva a sé la borsa della madre come se fosse una boa di salvataggio. Attraversò rapidamente il piazzale, dirigendosi verso la porta che si apriva nel grande cancello di metallo. Tra pochi istanti sarebbe stata fuori. Diede uno sguardo all'orologio. Il bus sarebbe passato tra dieci minuti.

Nello stesso istante, notò un movimento con la coda dell'occhio. Fu colta da un presentimento, e da un brivido che le passò lungo la schiena fin su alla nuca. Sentì che qualcuno girava la chiave dell'accensione di una delle macchine parcheggiate. Il motore si mise in moto. Trascorse ancora qualche secondo prima che Elna iniziasse a correre. Era come se si trovasse in un altro luogo. Sentì che la macchina alle sue spalle accelerava. Non si girò ma continuò a correre con gli occhi fissi al cancello che ormai distava solo qualche metro. Qualcuno le si accostò lentamente e aprì la portiera dal lato del passeggero, ma lei non voleva salire in macchina. Pensò: "Cammina piano, tranquilla, come se non potesse succederti nulla". Ma in una frazione di secondo, il rombo del motore le fece realizzare che si era sbagliata. Non era un gioco, questo. Era talmente disperato che la voleva uccidere. Doveva morire. Aprì la bocca per urlare, ma non emise alcun suono.

Nel momento in cui la macchina la investì, vide scorrere davanti a sé una serie di immagini: il vecchio cavallo e il carretto sgangherato davanti alla sua casa di Bene. Le pareti di legno, riscaldate dal sole e ingrigite dagli anni. E la terra battuta tutt'intorno. I fiori lungo il muro e il ghiaccio sui vetri delle finestre d'inverno. La madre Fanja e le sorelle. Il fratello. Le nuvole, poste come seta bianca sopra il tetto. Il silenzio, e la luna sullo sfondo del cielo scuro in autunno. Il sentiero che faceva una curva e terminava vicino al recinto per il bestiame, lì dove iniziavano i campi. Tutto le passò nella mente per un breve istante prima di morire, più o meno come la pausa che intercorre tra due battiti del cuore.

La serie di immagini terminò. Anche i suoni scemarono e il ruvido asfalto si dissolse in una luce bianca, intensa.

Marian Dahle era chinata in avanti, con le braccia incrociate e le spalle appena sollevate. Aveva labbra sottili, il naso piccolo e gli zigomi alti. I capelli corvini erano raccolti in una sottile coda di cavallo. Aveva trentadue anni, ma ne dimostrava diciotto.

Dietro ai vetri oscurati della stazione di polizia, il sole aveva già reso l'aria pesante e immobile. Era il 12 giugno, e si sarebbe dovuta presentare al tribunale distrettuale alle dieci. Sfogliò rapidamente il fascicolo che aveva di fronte a sé, sulla scrivania. Era passato esattamente un mese da quando aveva iniziato a lavorare per la sezione omicidi. Quell'esperienza l'aveva arricchita. Essere entrata a far parte del team investigativo di Cato Isaksen era allo stesso tempo elettrizzante e impegnativo: era davvero stufa di compilare mandati di comparizione. Questo era molto più stimolante. Era proprio quello che desiderava: poter lavorare con persone capaci di ricomporre i pezzi di un puzzle, gli elementi tattici. Era cresciuta con la consapevolezza di dover essere costantemente all'erta, di dover sempre anticipare ciò che sarebbe potuto accadere. Per questo motivo aveva sviluppato delle associazioni di idee negative che orientavano la sua fantasia verso la distruttività. La distanza tra lei e gli assassini di cui le sarebbe capitato di occuparsi non era poi così abissale. Ciò rappresentava un grosso vantaggio. L'unica nota negativa che incrinava la sua felicità era stato il ritorno dell'investigatore capo: si era rivelato davvero una delusione. Cato Isaksen non era affatto disponibile e simpatico come le era stato descritto dagli altri. O perlomeno non verso di lei. Ma era evidente che lui aveva fatto uno sforzo per darle il benvenuto nel gruppo.

Marian Dahle non era particolarmente interessata al genere umano. La sua àncora di salvezza era il suo boxer di nome Birka. Il cane dormiva con lei di notte. Il respiro regolare di Birka faceva sì che anche lei si addormentasse come un sasso ogni sera. Per Marian, la cosa più importante era far bene il suo lavoro. Ora avrebbe avuto un breve incontro con Ellen Grue, incaricata di analizzare la scena del delitto; poi avrebbe portato a spasso il cane che l'aspettava in macchina, e infine si sarebbe recata in tribunale.

Randi Johansen aveva confidato alla Dahle che Cato Isaksen era di cattivo umore perché non gli avevano permesso di partecipare alla selezione che aveva portato alla sua assunzione. C'era rimasto male, e dunque poteva apparire poco diplomatico, ma Marian non doveva andare a dire in giro che Randi le aveva fatto questa confidenza. In ogni caso, quell'atteggiamento non aveva nulla a che fare con lei in particolare – aveva proseguito Randi – quindi non se la doveva prendere troppo a cuore. Aveva poi aggiunto che l'ispettore capo aveva bisogno di tempo, ma Marian l'aveva comunque presa male. Non era tipo da concedere tempo alla gente. Aveva superato quello stadio. Tuttavia, non voleva far trapelare che l'atteggiamento negativo del capo l'aveva ferita. Quella soddisfazione non voleva proprio dargliela. Si era trovata in situazioni ben più difficili, in passato.

Sentiva che il gelo che proveniva da Cato Isaksen era così intenso che avrebbe potuto mettersi subito sulla difensiva. Si era lasciata sfuggire di bocca che mirava a diventare la migliore, e aveva aggiunto che sapeva di potercela fare. Randi Johansen e Roger Høibakk erano presenti. Randi le aveva fatto un sorriso d'incoraggiamento, ma Roger era uscito dalla stanza con aria scocciata. Marian aveva sentito un brivido attraversarle il corpo, perché improvvisamente, in un solo istante, tutto era tornato a galla. Quella sensazione, quella precisa sensazione di meschinità. Aveva dovuto davvero fare appello alla sua forza di volontà per riuscire a guardare negli occhi l'investigatore capo. "Tutto è semplice nella vita, basta fingere che lo sia", pensò con amarezza. Da quando era diventata grande ed era finalmente andata via di casa, era stato il suo mantra. Ma le faceva paura vedere come la realtà fosse fragile, e fino a che punto, suo malgrado, lei fosse vulnerabile e suscettibile. Quando veniva colta da quest'inquietudine spaventosa, cercava di compensarla mostrando la sua durezza verso l'esterno. La vita non era certo uno scherzo; in ogni caso, nessuno avrebbe mai potuto leggerle nel pensiero.

* * *

L'investigatrice Ellen Grue si trovava in corridoio a parlare con Roger Høibakk quando le squillò il cellulare. Sul display vide subito che la chiamavano dall'Istituto di medicina legale. Proprio come aveva immaginato, si trattava del professor Wangen. Era il più gentile tra i medici legali, un uomo brizzolato e sportivo che aveva da poco superato la cinquantina. Era un maniaco del fitness e aveva un carattere diretto e brillante. Come suo solito, andò subito al sodo. La sera precedente una giovane donna era stata investita e uccisa in una zona industriale vicino ad Alnabru. La polizia stradale era stata allertata verso le otto, e il cadavere era stato portato lì, come da prassi, per l'autopsia. Il medico legale però sosteneva che, oltre alle ferite relative all'investimento, la defunta aveva anche dei chiari segni di violenza sul corpo. Le aveva chiesto se potesse raggiungerlo al più presto presso l'Istituto di medicina legale.

«Arrivo», disse Ellen Grue, e pregò Roger di informare anche Cato Isaksen, e di avvertire Marian Dahle che si sarebbe dovuta rivolgere a uno degli altri investigatori per il fascicolo del caso di cui doveva occuparsi il tribunale. Poi si precipitò nel suo ufficio e tirò fuori dalla borsa un involto con dentro dei panini. Non aveva fatto in tempo a fare colazione quella mattina, e aveva quasi un principio di nausea. Sperava davvero di non essere incinta. L'uomo con cui si era sposata tre anni prima era più vecchio di lei e aveva già dei figli grandi. Ellen Grue non vedeva il motivo per mettere al mondo altre creature. Non sarebbe *mai* diventata madre. Se c'era una cosa che aveva imparato da questo lavoro, era proprio quella.

* * *

L'aria vibrava sotto il soffitto, a contatto con le lampadine che ricoprivano una scultura d'acciaio a forma d'insetto.

Cato Isaksen gettò un'occhiata alla fila infinita di persone che aspettavano il proprio passaporto. I display per la coda agli sportelli facevano *pling*, e un bambino urlava come un ossesso. Si diresse rapidamente verso sinistra, superando la reception. Fece scorrere il tesserino nel lettore e prese l'ascensore fino al quinto piano. Anche quel giorno erano quasi le dieci.

L'ispettore capo entrò nel suo ufficio, si avvicinò alla finestra e la aprì. Un fascio di luce ondeggiò sulla parete per poi poggiarsi sul cumulo di carte relative a due casi di accoltellamento e un presunto incendio doloso: un ragazzo aveva dato fuoco alla casa del patrigno.

Pur essendo tornato al lavoro soltanto da una settimana, la sua scrivania era già ricoperta di documenti. Vicino alla chiesa, dall'altra parte della strada, vide un gruppo di giovani che bighellonavano. Le vacanze estive erano ormai vicine. Le ferie scolastiche sarebbero iniziate tra una settimana, e Bente e i ragazzi sarebbero andati in vacanza presso un cottage che avevano preso in affitto a Stavern. Lui stesso li avrebbe raggiunti all'inizio di luglio.

Roger Høibakk aprì appena la porta e fece capolino con la testa bruna. «Sei arrivato tardi al lavoro anche oggi», disse sarcasticamente e sorrise. «Ellen è andata all'Istituto di medicina legale. Forse c'è un nuovo caso. Una donna che è stata investita e uccisa ad Alnabru. Ha dei segni sul corpo che non sono da ricollegare all'investimento. A proposito, Marian Dahle fuma di nascosto. L'ho appena vista. Stava fuori nel parcheggio col suo cane». Roger Høibakk ghignò e sparì nuovamente.

Dunque fumava di nascosto. Anche Cato Isaksen l'aveva sorpresa qualche giorno prima mentre portava a passeggio il cane in pieno orario di lavoro. Era un boxer marrone pezzato con delle macchie bianche. Lui le aveva chiesto se intendesse continuare a portarselo appresso. Marian lo aveva interrotto con fare aggressivo e gli aveva detto che su di lui girava voce che fosse un capo efficiente ma un po' difficile. «Finché faccio il mio dovere, non sono affari tuoi se il mio cane sta in macchina», gli aveva detto. «Il furgoncino giù in garage è mio. Sta quasi sempre lì. Uso la pausa pranzo per fargli fare la passeggiata e non fumo, a differenza di tanti altri, quindi non spreco tempo in quel modo». Le sue parole lo avevano colpito come macigni. Era decisamente una senza peli sulla lingua. E chi era stato a dirle che lui era un tipo difficile?

Il cane si era seduto vicino ai piedi di Marian e aspettava, stando in tensione, che lei gli desse qualche ordine. Cato Isaksen non amava particolarmente i cani. Aveva un gatto rosso, Marmellata, un essere pigro e piuttosto grasso, dal pelo lungo. Aveva rimbrottato la Dahle senza pensarci due volte: se non cominciava ad avere l'atteggiamento giusto, sarebbe stato molto difficile per lei lavorare nella sua squadra. «Siamo un gruppo ben affiatato, e se vuoi fare il tritasassi e fare i tuoi comodi, qui non troverai un bel niente», le aveva detto.

«Io *ho* l'atteggiamento giusto». Lo aveva guardato con aria seria. «Ma non sono qui per giocare. E non sono abituata ad avere a che fare con delle donnicciole».

Cato Isaksen l'aveva fissata per mezzo minuto senza proferire parola. La rabbia gli ribolliva in corpo.

Lei taceva. Il cane si era accucciato, un po' abbacchiato, quasi sentisse che l'atmosfera non era delle migliori.

"Donnicciole", li aveva definiti. Più tardi, si pentì di essersi giocato tutte le carte in una sola mano. Marian Dahle era entrata di straforo nel suo reparto, senza la sua approvazione, e a questo probabilmente avrebbe dovuto abituarsi. Preben Ulriksen era un tipo piuttosto irritante. Preben era di Bærum[2], ma a essere sinceri Cato ora sentiva la sua mancanza. Preben gli aveva fatto delle confidenze, aveva cercato di offrirgli la sua amicizia, in qualche modo. Ma lui non aveva accettato. E poi Preben era andato ad affogarsi. Quel pensiero gli dava un gran dolore.

[2] Comune ricco subito fuori Oslo (*n.d.t.*).

Per andare al Rikshospitalet ci voleva poco meno di un quarto d'ora. Ellen Grue lasciò l'auto nel parcheggio. Si guardò nello specchietto retrovisore e si ravviò i capelli scuri, prima di chiudere la macchina e prendere le scale che salivano verso l'entrata principale. Dette le sue generalità all'accettazione e si incamminò per il corridoio chiaro, dirigendosi verso la porta che conduceva all'Istituto di medicina legale nel seminterrato.

Il singolare odore dolciastro della morte e della decomposizione le venne incontro già nello spogliatoio, dove si liberò degli abiti per poi indossare i pantaloni di cotone verde e la casacca dello stesso colore. Le piastrelle bianche alle pareti erano pulite a specchio. Qui e lì erano rimasti dei residui di detersivo sulle superfici lisce. Estrasse dal suo armadietto le morbide scarpe di feltro e indossò delle sovrascarpe di plastica blu.

Appena entrata nella sala autopsie, si infilò la casacca gialla, la cuffia e i guanti di lattice.

Il professor Wangen la aspettava in piedi accanto al tavolo più lontano. Appoggiò la cartellina blu per gli appunti accanto al lavello. «Ciao Ellen, come stai?»

«Bene». Ellen Grue diede un'occhiata al cadavere sul tavolo. Le finestre oscurate, che affacciavano sul retro dell'ospedale, facevano filtrare una luce grigiastra nella stanza. Sul soffitto le luci al neon erano accese.

«Elna Druzika. Lettone», iniziò, e recitò a memoria la data e il luogo di nascita. «Dunque, ha 23 anni. Un'amica, sua connazionale, che pare lavori nello stesso posto della defunta, è venuta ieri, accompagnata da un poliziotto in divisa, per l'identificazione. Naturalmente chiederei alla squadra omicidi di mettersi in contatto con lei. Il suo ragazzo non l'ha voluta vedere».

Ellen Grue annuì e sentì che le stava tornando la nausea. Cominciò a sudare freddo. Il professor Wangen la guardò preoccupato. «Non ti senti bene?», le chiese.

«No», rispose lei. «È tutto il giorno che ho la nausea».

«Gira qualche virus?»

«Spero soprattutto che si tratti di qualcosa di *passeggero*», gli rispose sarcastica e accennò un sorriso.

Il professor Wangen annuì comprensivo e iniziò a riferirle ciò che aveva scoperto. Il rapporto autoptico preliminare sarebbe stato pronto per quello stesso pomeriggio, disse.

«Non c'è segno di violenza sessuale, e molto probabilmente non è incinta».

Ellen Grue non disse nulla. La giovane donna nuda, stesa sul tavolo autoptico, aveva un aspetto che non rivelava molto. I capelli castani di lunghezza media erano stati scostati dal viso emaciato. Il corpo era bianco, la pelle cerea tipica dei morti. I piccoli seni avevano capezzoli rosa chiaro.

La vittima aveva grosse lesioni sul lato sinistro del corpo e in testa. Era stata lavata, cosa che aveva messo in evidenza le ferite. Il medico legale fece aderire meglio i guanti. «È pronta per essere fotografata, e le lesioni sono definite. Abbiamo raccolto frammenti di vernice della carrozzeria, e frammenti di vetro dei fanali in una serie di buste numerate. È stata una macchina rossa a investirla».

«Bene», disse Ellen Grue, «allora mandiamo i residui di vernice in Germania per le analisi e speriamo che riescano a stabilire di che automobile si trattava».

«Aveva tutte le lesioni tipiche degli investimenti: fratture alle ossa, ferite al viso, grosse abrasioni sul corpo». Ellen Grue annuì e vide che la vittima aveva anche delle contusioni intorno alla parte superiore delle braccia e cerchi bluastri ai polsi.

«Sì, e ora ti faccio vedere», disse il professor Wangen e si chinò sulla morta.

«Ematomi puntiformi ed ecchimosi intorno al collo. Qualcuno l'ha afferrata e stretta con forza. Si vedono anche le impronte delle dita qui di lato, là dove la pelle del collo è più sottile. Ma le impronte sul collo le sono state procurate prima della morte e non potevano esserle fatali. È stata anche afferrata per le braccia. Le impronte sono talmente evidenti che sono dell'idea che sia stato un uomo ad averla immobilizzata. Probabilmente lei ha cercato di divincolarsi. Allora l'uomo l'ha afferrata per i polsi per impedirle di scappare. Questo dev'essere successo qualche ora prima che fosse investita, perché i lividi non sono ancora venuti fuori del tutto. Sarebbero risultati ancora più scuri se fossero trascorsi un altro paio di giorni».

Il sole batteva sul parabrezza, e Wiggo Nyman dovette abbassare l'aletta parasole per proteggersi gli occhi. La macchina era talmente surriscaldata che faceva fatica a respirare. Si sentiva pervadere da una sensazione di disagio. Premette il pulsante per abbassare il finestrino, e incrociò il proprio sguardo nello specchietto dell'aletta parasole. Aveva il viso affilato e vivaci occhi azzurri. Su di una guancia spiccavano tre grandi cicatrici lasciate dall'acne. I capelli, biondi e ribelli, spuntavano da sotto il berretto blu. Indossava i jeans e una canottiera bianca. Fece un sospiro profondo e si stropicciò gli occhi stanchi, mise la freccia e svoltò vicino alla scuola elementare a Lysejordet parcheggiando al solito posto, lì dove iniziavano le casette a schiera.

Il bordo dell'asfalto cominciava a sgretolarsi. L'erba che cresceva nel fossato brulicava di zanzare. A pochi metri di distanza, alcuni bambini avevano allestito una lotteria sopra un tavolinetto rosso, il cui premio era una torta. Alcuni di loro andarono incontro al furgoncino dei gelati, correndo. Wiggo Nyman tirò il freno a mano, si sporse dal finestrino e chiese ai bambini di avere un attimo di pazienza. Voleva prendersi una pausa prima di iniziare. I bambini tornarono verso il tavolino rosso.

Si sentiva odore di grasso a causa dell'olio che l'uomo aveva aggiunto al motore qualche ora prima. Il suo furgone aveva un fantastico impianto stereo. Johnny Cash cantava *Run softly, blue river*. Wiggo Nyman aveva il collo talmente irrigidito che quasi non riusciva a girarlo. Si inclinò all'indietro sul poggiatesta e rimase seduto a guardare nel vuoto attraverso il parabrezza. Se soltanto avesse potuto risparmiarsi il solito giro quel giorno, lo avrebbe fatto volentieri. Ma non era così che funzionava, gli aveva detto il capo. Anche se Elna era stata investita e uccisa la sera prima, lui comunque non poteva darsi malato. Altrimenti chi avrebbe fatto quel tragitto al posto suo? Era lui a conoscere uno a uno i clienti fissi.

Ricordava esattamente il colore di ogni casa, se era rossa, blu o aveva la porta verde. E quali madri gli venivano incontro con un particolare modello di carrozzina in quel posto o in quell'altro. Case pressoché identiche, lungo strade tutte uguali.

Prese il pacchetto di sigarette dal cruscotto e lo sbatté facendone saltar fuori una. La accese e la tenne fuori dal finestrino mentre si sistemava il berretto.

Le voci concitate dei bambini al tavolo della lotteria invadevano l'abitacolo attraverso il finestrino. Vide davanti a sé Elna, e sentì i suoni che la accompagnavano. Il tintinnio dei coltelli e delle forchette nel cassetto delle posate. L'acqua del rubinetto quando strizzava il panno del lavandino. Guardò l'orologio, era già in ritardo di dieci minuti. Era meglio darsi da fare. Spense la sigaretta sul pacchetto e la gettò attraverso il finestrino, spinse il bottone che attivava la suoneria e saltò fuori dalla macchina. Quello scampanellio acuto gli trapassava le orecchie. I ragazzini urlarono felici e si precipitarono nuovamente verso di lui.

Lanciarono gridolini di gioia quando aprì le porte posteriori e si arrampicò sul furgoncino. La suoneria gli dava ai nervi. Doveva far regolare il volume cosicché fosse possibile stare dentro la vettura senza che ferisse le orecchie. Fu colpito da un'ondata di freddo e dall'odore dolce di miele e lamponi. I bambini stavano fuori e saltavano su e giù per guardare all'interno. Sollevò tre cartoni di gelato. La scritta "Happy Star" su ciascuna scatola era stampata in rosa e celeste con delle stelline gialle qua e là. Non controllò i gusti: si strinse soltanto i cartoni al petto e li fece scivolare per terra. Quando pensava a ciò che era accaduto a Elna, gli scendevano i brividi lungo la schiena. Morta: era morta. All'improvviso tutto era cambiato. Doveva imparare a scacciare quei pensieri. Al posto delle vecchie impressioni, doveva imprimersene in testa di nuove. Non doveva pensarci. Era sempre stato tutto d'un pezzo verso gli altri. Ora era come se fosse immerso dentro l'acqua. Come se vedesse le altre persone attraverso un muro d'acqua.

Cominciarono ad arrivare dei clienti grandi, prima due giovani madri con le carrozzine, poi piccoli gruppi di adolescenti di ritorno da scuola, qualche bambino piccolo, quattro ragazzine e un vecchio da solo col bastone. «Accidenti, che caldo che fa», disse l'anziano e si allentò la cravatta.

Wiggo Nyman saltò giù dalla vettura, tornò all'abitacolo e spense l'altoparlante con la suoneria. Le immagini gli si affollavano in mente. Si accorse di essere nervoso e irritabile. Se i clienti si fossero sbrigati un po' a comprare i gelati avrebbe potuto sbattere lo sportello posteriore e andare a scaricare la merce dal furgone. Poi sarebbe andato subito dalla madre e dal fratello a Maridalen per raccontar loro ciò che era successo a Elna. Non se la sentiva di parlarne per telefono. L'unica cosa a cui riusciva a pensare in quel momento era rifugiarsi a casa loro. Già si vedeva davanti agli occhi l'edificio bianco con la pittura che cadeva a pezzi, i due fienili rossi e le cucce dei gatti, la cucina e i mobili di vimini sotto la quercia. Doveva aggrapparsi a quell'immagine per sopravvivere. Si figurava la strada carrabile nel bosco con il terriccio polveroso, e tutti i fiori selvatici nei fossati. I campi verdi si susseguivano uno dopo l'altro, pieni di colza gialla, come una coperta fatta con ritagli di stoffa cuciti assieme. E gli alti aceri, al limitare del bosco. Ma più di tutto, desiderava addormentarsi per liberarsi di quei pensieri.

Quando una delle madri gli chiese consiglio su quale gusto prendere, non ebbe voglia di risponderle subito. Se le persone non riuscivano a decidersi, il problema era loro. Quando lei ripeté le domanda, le disse che il gelato di lamponi era molto buono, ma la donna rimase ugualmente ferma a guardare le immagini dei gelati da passeggio sullo sportello, incerta. Allora chiese al cliente successivo di farsi avanti.

Cato Isaksen fissava irritato una mosca che ronzava avanti e indietro sul davanzale della finestra. La porta si aprì rumorosamente. Era Roger. «Ha telefonato Ellen», disse. «Sembra che si tratti di omicidio, la giovane donna su ad Alnabru».

Cato Isaksen annuì e gli fece cenno di entrare. «Vorrei sapere cosa pensi di lei», iniziò.

«Della donna di Alnabru?»

«No».

«Di Ellen?»

«No, di Marian Dahle, ovviamente».

Roger Høibakk ghignò e si lasciò cadere sulla sedia. «Come ti ho già detto, è una bomba di ormoni». Sorrise, estrasse un pettine dalla tasca e se lo passò tra i capelli.

«Agli altri piace, a Randi e Asle. Sì, e anche a Ellen, penso».

«Ma sei *tu* che hai ragione, capo, io la percepisco come un indefinibile elemento di disturbo».

«Ci ha chiamati donnicciole». Cato Isaksen gettò la penna che aveva in mano facendola rotolare sulla superficie del tavolo. «Rovinerà completamente tutto il nostro ambiente di lavoro».

Un sorriso si arricciò sulle labbra di Roger Høibakk. «Devo dire che su questo punto in particolare ha ragione: la squadra omicidi è diventata un posto da donnicciole. Aspetta soltanto che gli stipendi raggiungano un livello decente, e vedrai che i ragazzi tornano. A proposito, ieri ho fatto un'offerta per una casa, ma non sono riuscito ad aggiudicarmela».

«Gli stipendi non raggiungeranno un livello decente». Cato Isaksen si alzò. Un raggio di sole gli riscaldava la mano. «Quanto avevi offerto?»

«Due milioni e duecentomila corone».

Cato Isaksen guardò il collega e sospirò. Aprì la finestra e lasciò uscire la mosca che continuava a ronzare. «Sono stato via un paio di settimane e quando torno, maledizione, qui è tutto cambiato. Ma cercherò di prendermela con calma».

Roger Høibakk lo osservò. «Sì, prova a prendere le cose con calma. A proposito, ho dimenticato di dirti che gira voce che un'altra persona sta per unirsi al nostro team».

«Chi accidenti l'ha detto?»

«Sono soltanto voci, ti dico». Roger alzò le spalle. Nello stesso istante, squillò il suo cellulare. Si girò a metà sulla sedia e rispose.

Cato Isaksen sentiva che la frustrazione gli dava delle fitte lungo la schiena. Ora ne aveva davvero abbastanza. «Non capisco mica cosa stia facendo la responsabile del reparto», borbottò. «Se Ingeborg Myklebust vuole liberarsi di me, allora molto probabilmente ci sta riuscendo».

Roger Høibakk lo guardò esterrefatto mentre spariva attraverso la porta, e si avviava a tutta velocità per il corridoio.

Aveva forse intenzione di retrocederlo? Cato Isaksen superò due colleghi senza salutare. Ora ne aveva davvero abbastanza. L'aria in corridoio era calda e secca. L'odore soffocante del detersivo si stava dileguando attraverso le finestre aperte. Se questo era il suo piano, era pronto ad andarsene, pensò con rancore. Se era quello che voleva, be', lo avrebbe avuto.

Cato Isaksen bussò brevemente alla porta di vetro dell'ufficio della responsabile del reparto, aprì energicamente la porta ed entrò. Ingeborg Myklebust fece ruotare la poltroncina, si ravviò i capelli rossi, si tolse gli occhiali e lo guardò con fare interrogativo. «Siediti», disse, ma Cato Isaksen rimase in piedi. «Non è necessario», disse, «ho soltanto una domanda rapida. Girano voci che stiamo per acquisire un nuovo membro nella nostra squadra, è vero?».

La Myklebust annuì. «Sì, abbiamo ottenuto un ulteriore finanziamento».

«Quindi è vero?»

«È vero. L'ho appena verificato, e torna utile proprio adesso che ci sono le vacanze estive e tutto il resto. In effetti, stavo proprio venendo da te. Volevo soltanto finire di leggere una cosa. Ci sono tre candidati, due di loro possono iniziare immediatamente. Sta a te, Cato».

Prese il fiato come se gli mancasse l'aria. «Quindi vorresti dire che adesso sono io che decido?». Doveva stare attento a non superare i limiti. Per quanto gli era possibile, doveva cercare di apparire professionale. Malgrado ciò, non riuscì a frenarsi: «Allora, sentiamo chi hai scelto questa volta».

Ingeborg Myklebust fece finta di non sentirlo. «Dipende da te, te l'ho detto, no? I tre candidati sono due uomini e una donna. Per me fa lo stesso chi scegli».

«Bene», disse lui. «Chi proponi?». Le si avvicinò. «Adesso basta donne», disse in tono sarcastico. Sapeva che la stava provocando. «Potremmo rimpiazzare Marian Dahle, magari?».

Ingeborg Myklebust lo guardò con aria indulgente. «No, naturalmente no. Per quanto riguarda lei, devi fartene una ragione. In fondo, quando l'ho assunta, non sapevo quando saresti tornato. Ormai è così. Mi rendo conto che è una persona molto diretta e particolare, ma ha fegato».

«Diretta, certo, possiamo metterla anche così. Il fatto che si porti al lavoro il cane è una cosa che io semplicemente mi rifiuto di accettare».

«Certo. Questo di per sé lo capisco bene».

«Quindi sei d'accordo che non possiamo accettarlo?»

«Se il cane inficia la sua capacità di lavorare come si deve, allora sono perfettamente d'accordo con te». La Myklebust si risistemò il ciondolo che aveva al collo.

«Devi rimetterla al suo posto, Cato. Mi sembra di aver capito che avete appena avuto un nuovo caso di cui occuparvi».

«Sì, Ellen sta tornando giù dopo aver parlato con Wangen». Cato Isaksen sentì che la sua rabbia stava sbollendo. «Si tratta di una giovane donna che è stata investita e uccisa su ad Alnabru. Pare proprio che avesse segni di violenza sul corpo. Quindi presumiamo che non si sia trattato di un automobilista di passaggio a investirla».

«Bene», disse lei, «guarda, qui puoi vedere i tre candidati». Premette un tasto del computer.

Cato Isaksen fu rapido nel prendere una decisione. Scelse Tony

Hansen, di 28 anni. Era alto 1,80, aveva i capelli chiari e un anellino all'orecchio. Non era bellissimo, ma era disinvolto e atletico, e veniva da Groruddalen[3]. In base alle informazioni che Cato aveva a disposizione, sembrava proprio non fosse un leader. Non gliene servivano altri, di capi. «Hansen è la persona giusta per la squadra», constatò. Ingeborg Myklebust concordò.

Isaksen convocò una riunione d'urgenza. Gli investigatori si radunarono nella calda sala riunioni. Asle Tengs e Randi Johansen avevano già preso posto. Roger Høibakk e Cato Isaksen entrarono contemporaneamente, ciascuno con il proprio bicchiere di polistirolo in mano. Marian Dahle era ancora in tribunale. Aspettavano Ellen Grue. Avrebbe dovuto esporre loro quanto scoperto fino a quel momento.

«A proposito, entrerà un altro elemento nuovo nel team», iniziò Cato Isaksen. Si sedette a capotavola e bevve un sorso di caffè caldo. «Tony Hansen, è in ufficio dalla Myklebust adesso, ma dopo verrà qui».

«Dev'essere gay, allora», ridacchiò Roger Høibakk, «così avremo di tutto un po': un capo donna, una che è stata adottata da bambina. Il quadretto sarebbe completo se ci fosse anche uno di *quelli* tra di noi».

Randi Johansen lo guardò con aria rassegnata. «Ma fammi il piacere». Cato Isaksen trattenne un sorriso. «È solo un giovane poliziotto che si aggiungerà alla nostra squadra», disse soddisfatto.

Tony Hansen era senz'altro una buona scelta, a differenza di Marian Dahle che aveva un cane, fumava di nascosto e abitava a Grünerløkka, un posto per fighetti. Una combinazione di fattori davvero irritante, aveva deciso in cuor suo Cato Isaksen.

Asle Tengs fu il primo a parlare: «Mi sembra che caschi a fagiolo. Spero che tu non abbia messo in conto di andare in vacanza quest'anno. Io vado in Francia tra due settimane».

«Ma quel nome», continuò Roger Høibakk, «Tony Hansen, sembra quello di un carcerato».

[3] Valle nella parte nord-est di Oslo, con vari quartieri popolari (*n.d.t.*).

«Ha tutte le qualifiche necessarie», ribatté Cato Isaksen. «Si inserirà perfettamente. Ed è quello di cui abbiamo bisogno. Viene dal servizio di ordine pubblico e ha delle qualità molto particolari. Ha un bambino piccolo e una convivente che lavora presso un 7-Eleven[4]. Una persona normale, in parole povere. Non posso star sempre a litigare con la Dahle. Dovete aiutarmi un po'», disse, e guardò Asle Tengs con aria interlocutoria.

«Aiutarti? E come?»

«Appoggiarmi, essere d'accordo con me. Questo tipo di cose».

«Essere d'accordo». Asle Tengs sbuffò da un lato. «Dahle era perfettamente a posto, fin quando non sei tornato tu». Si appoggiò allo schienale della sedia.

Cato Isaksen lo guardò irritato. «Sì, ma il cane deve sparire, in ogni caso».

«Birka non fa nulla di male». Ora Asle Tengs era infastidito. «Anzi, a dirla tutta, secondo me quel boxer ha aggiunto qualcosa in più alla nostra squadra. È un elemento simpatico».

«Simpatico», rispose Cato Isaksen con tono sarcastico. «Ma dài, Asle».

Anche Randi Johansen difese il cane. Cato Isaksen constatò che Marian Dahle era in sintonia con la maggior parte dei membri della squadra, cosa che per lui era difficile mandar giù. Se soltanto fosse stato presente fin dall'inizio, tutto sarebbe sicuramente stato molto più facile. Ormai Marian aveva avuto un vantaggio, e si era allargata davvero troppo. Sembrava quasi che l'elemento estraneo fosse diventato *lui*.

All'improvviso, lei apparve sulla porta. Isaksen si sforzò di sorriderle. Perché bisognava pure ammettere che quella Marian aveva qualcosa di speciale. Si capiva che aveva talento. Ma era ancora troppo presto, pensò Isaksen: non aveva avuto modo di dimostrare le sue capacità.

Ellen Grue entrò nella stanza smangiucchiando una banana, insieme all'agente neo assunto Tony Hansen. Questi fu accolto calorosamente dal resto della squadra, che gli diede il benvenuto. Lui

[4] Catena di drugstore aperti fino a tarda sera (*n.d.t.*).

sorrise fiero e si sedette accanto a Randi Johansen. Ringraziò per la tazza di caffè che gli porgeva Marian Dahle.

«Ora ti buttiamo subito dove l'acqua è profonda», iniziò Cato Isaksen, «ma forse è meglio così. Sembra che per adesso non ce ne staremo con le mani in mano. Benvenuto».

L'ispettore capo si tirò su: «Dunque abbiamo un nuovo caso e dobbiamo darci da fare. Una giovane donna è stata investita e uccisa ad Alnabru. Ha delle ferite che non sono state causate dall'auto che l'ha travolta. La polizia ha ricevuto l'allarme ieri sera verso le nove da una guardia privata che si trovava nelle immediate vicinanze. Prego Ellen, puoi continuare».

Ellen Grue si schiarì la voce e sorrise brevemente a Tony Hansen. Aveva notato la sua devozione un po' infantile, e ciò la metteva di buon umore. «Stiamo rastrellando quel luogo palmo a palmo e raccogliendo ogni traccia vicino alla zona industriale». Si girò e gettò la buccia di banana nel cestino all'angolo, facendo centro. «La vittima era lettone, Elna Druzica, ventitré anni. Abbiamo già ricevuto un primissimo referto autoptico. Le cose non si mettono molto bene», continuò. «L'incidente ha avuto luogo la sera di martedì 11 giugno, cioè di ieri. La vittima ha le lesioni tipiche di chi viene investito: fratture, ferite al viso, grandi escoriazioni sul corpo ecc. Però, ne ha anche alcune che non derivano dall'incidente, per esempio lividi intorno a entrambi i polsi, segni di pressione sulle braccia e anche dei leggeri ematomi sul collo. All'inizio, tutto sembrava indicare che fosse stata investita da un automobilista di passaggio che poi era fuggito, ma adesso sono stati trovati indizi tali sul cadavere da farci chiamare in causa. Ho già ordinato che i resti della vernice e i frammenti di vetro dei fanali vengano mandati immediatamente in Germania per essere analizzati. Tra una settimana dovremmo aver ricevuto una risposta sulla loro composizione, così potremo contattare i vari rivenditori di automobili e risalire alla marca. Abbiamo un bel po' da fare», disse.

Roger Høibakk giocherellava col suo cellulare. «La macchina che l'ha investita deve avere per forza subìto dei grossi danni alla parte anteriore», borbottò.

«Sì, ed è probabile che fosse rossa», fece Ellen Grue.

«Sì, anch'io mi sono documentato un po'. La guardia privata che si trovava all'interno del comprensorio quando è avvenuto l'incidente ha raccontato che fuori, al suo arrivo, c'era parcheggiata una macchina rossa. Ma non aveva notato nulla in particolare, né la marca né la targa. Era semplicemente un'auto rossa che si trovava lì», disse. «Se fosse stata straniera, sostiene che sicuramente ci avrebbe fatto caso, quindi doveva avere la targa norvegese. Ha sentito qualcuno avviare il motore e poi la donna che urlava. È corso alla finestra e ha visto la macchina che spariva dietro l'angolo e la vittima stesa per terra. È l'unico testimone. È lui che ha chiamato l'ambulanza».

Randi Johansen si guardò intorno e continuò: «Elna Druzika veniva da una piccola città un centinaio di chilometri a sud di Riga, chiamata Bene. Non aveva parenti in Norvegia ma un ragazzo e una cara amica, Inga Romulda. Anche lei è lettone, e ha all'incirca la stessa età della vittima. È qui da due anni, mentre Elna Druzika era arrivata in Norvegia un anno fa. Entrambe lavoravano per una ditta di catering che si trova nel comprensorio industriale di cui stiamo parlando. Le due ragazze condividevano un appartamento a Karihaugen. Dal momento che la Druzika veniva da un paese dell'Unione europea, non aveva bisogno di alcun permesso di soggiorno: soltanto di quello di lavoro. Ma pare non lo avesse».

Marian Dahle prese a parlare: «Ho già contattato l'ufficio delle imposte: da loro non risulta registrata, quindi sembra che lavorasse in nero».

Cato Isaksen la guardò irritato: «Non eri in tribunale, oggi?»

«Sì, ma ho fatto una verifica dall'auto tornando qui. Ho parlato al telefono con Randi per comunicarglielo».

Randi Johansen per un attimo parve a disagio. Roger Høibakk fece un sorrisino. Tony Hansen seguiva interessato.

«Quindi non ci sono altri testimoni?». Roger Høibakk si sporse in avanti sul tavolo e guardò Randi Johansen, che scosse la testa. «È una zona industriale recintata, ma pare che il fratello del proprietario del catering si trovasse nel locale accanto per prendere dei documenti una mezz'ora prima che la donna venisse uccisa».

Åsa Nyman si chinò e versò del cibo nelle ciotole. I gatti accorsero quando sentirono il rumore metallico. La donna sanguinava dal polpaccio. Una gattaccio tigrato, viziato da Frogner, all'improvviso si era azzuffato con un altro felino. Lei gli aveva sibilato contro cercando di assestargli un calcio, e allora lui le si era aggrappato alla gamba con gli artigli strappandole le calze marroni. Alla fine si era nascosto sotto una sedia. Lì si era accoccolato e l'aveva fissata con gli occhi color ambra mentre soffiava e scopriva i denti da predatore in un ghigno rabbioso.

Åsa Nyman si sentiva stanca. Era molto dimagrita da un anno a quella parte. Ma era comunque troppo presto per andare in pensione. Malgrado tutto, aveva soltanto sessantatré anni. Il fatto che la irritava di più era che quell'estate aveva dovuto dire di no a un sacco di persone. Qualcuno aveva addirittura prenotato con un anno di anticipo. Evidentemente, la réclame che diceva "una casa nel bosco per i gatti" aveva funzionato.

Di notte, gli animali restavano chiusi nelle loro piccole gabbie, una per ciascuno. Erano cassette di legno fatte in casa e impilate, e tra l'una e l'altra passava una rete metallica. Di giorno, i gatti gironzolavano perlopiù liberamente all'interno del recinto, fatta eccezione per quelli particolarmente litigiosi o più fifoni, che strisciavano lungo il reticolato e preferivano starsene tutto il tempo accoccolati in disparte nella loro cuccia privata.

I gatti erano notevolmente diversi gli uni dagli altri. Alcuni sembravano graziosi animaletti di peluche che saltellavano qua e là e non si stancavano mai di giocare. Altri se ne stavano acciambellati sulle vecchie sdraio sotto la tettoia di lamiera ondulata, chiusi in loro stessi e con un'aria triste. Forse erano arrabbiati perché i loro padroni li avevano affidati a degli sconosciuti mentre se la spassavano in vacanza da qualche parte al Sud.

Il suono di una macchina che si stava avvicinando fece alzare Åsa Nyman. Si ravviò i corti capelli grigi e si fece schermo con la mano per proteggersi dal sole che si era abbassato sull'orizzonte. Stava arrivando Wiggo. Si riusciva a vedere la Volvo bianca già da lontano perché il paesaggio era aperto e senza ostacoli alla vista.

Uscì dal recinto con passo incerto. Estrasse dalla tasca un pezzo di carta assorbente e richiuse attentamente a chiave la porta fatta di rete metallica alle sue spalle. Era importante che non scappasse nessuno dei gatti. Era successo pochissime volte. Proprio una settimana prima, ne era sparito uno. Era riuscito a sgusciar fuori da sotto il recinto, e aveva ingerito del veleno per topi nel fienile. Era lì disteso con del fieno nel pelo e sanguinava dalla bocca. Accanto aveva un topo morto. Un leggero tanfo di morte e decomposizione aveva impregnato i caldi pannelli di legno delle pareti. Wiggo aveva infilato il corpo del gatto in un sacco della spazzatura, e se l'era portato dietro quando se n'era andato. Aveva detto che lo avrebbe gettato in qualche cassonetto dei rifiuti. Il proprietario non doveva sapere la verità. Era meglio dire che era scappato. Una volta, diversi anni prima, qualcuno aveva chiesto ad Åsa i danni. Come se i soldi potessero dare conforto quando uno ha perso il proprio animale domestico. Questo tipo di persone non capiva nulla. In fondo, lei faceva del suo meglio, ma le bestie sono bestie. Non si poteva sempre prevedere cosa sarebbe successo.

La Volvo entrò nel cortile e le si fermò accanto. Aveva alzato una scia di polvere che si portava dietro dalla strada sterrata. Suo figlio saltò fuori e sbatté rumorosamente la portiera. In una mano stringeva un pacchetto di sigarette. Åsa Nyman si accorse subito che qualcosa non andava. Wiggo era cupo, il suo viso pallido e tirato. Lei riconobbe subito quei segnali. Intanto il polverone si andava dissolvendo nel cortile.

«Mamma», disse fissando il suo polpaccio sanguinante.

«Che c'è, tesoro? È da parecchie ore che lavoro nel recinto dei gatti». Åsa Nyman si levò la polvere dal grembiule a fiori e si chinò, premendosi il pezzo di carta assorbente sulla ferita alla gamba. «Due di loro si sono appena azzuffati. Sembra quasi che dovrò chiamare il veterinario. Uno ha ricevuto un brutto morso alla zampa posteriore».

Wiggo Nyman guardò la madre. Aveva la pelle abbronzata, e delle vistose borse sotto gli occhi.

«Elna è morta», disse.

Åsa Nyman si drizzò. Tali parole la sconvolsero. Era uno di quei momenti che le sarebbero rimasti per sempre impressi nell'anima.

«È stata investita da un idiota che poi ha tagliato la corda. La polizia mi vuole parlare».

Una folata di vento fece ondeggiare i grandi rami degli alberi, facendo sì che il sole pomeridiano lanciasse un bagliore improvviso, come fosse un segnale di pericolo, sul piccolo torrente incolore dietro casa.

«Quando?», chiese Åsa Nyman stringendo il fazzolettino sporco di sangue.

«Domani mattina, in questura».

«Ma quando è morta?»

«Ieri sera».

La donna chiuse gli occhi e sentì che il turbamento invadeva il suo corpo. Non ce la faceva ad affrontare anche questo, era talmente stanca. Il figlio maggiore, Henning, non cercava neanche di combinare qualcosa di buono in vita sua. Viveva ancora con lei e non faceva niente, pur avendo quasi trentadue anni. Ma Wiggo... ed Elna. Quando Wiggo l'aveva portata a casa, sembrava che almeno una cosa avesse iniziato a funzionare. Le ambizioni che Åsa aveva per i figli non erano particolarmente grandi, e non lo erano mai state. E ora che cosa sarebbe successo?

Åsa Nyman si girò e percorse i pochi passi che la separavano dai mobili verdi da giardino che si trovavano ai piedi della grossa quercia. La sensazione che fosse avvenuta una catastrofe irreversibile si andava rafforzando. Si lasciò cadere su una delle sedie di vimini, rovinate dalle intemperie, e pensò che quell'estate, che ancora non era iniziata, sarebbe durata poco. Continuava a stringere nel pugno la carta assorbente. Wiggo si sedette sull'altra sedia.

«È stata investita da un idiota che poi ha tagliato la corda», ripeté. «Proprio di fronte al catering. Sul piazzale del parcheggio».

Wiggo era cambiato da quando nella sua vita era apparsa Elna. La madre non si aspettava molto da lui. In qualche modo, era difficile capire cosa gli passasse per la mente. Erano trascorsi soltanto un paio di mesi da quando le aveva portato a casa Elna per la prima volta. Era una ragazza solare, un po' più grande di lui, ma l'età non aveva alcuna importanza. Quel giorno portava un vestito verde e un fazzoletto in testa. Dava l'impressione di essere un tipo diretto, l'aveva guardata dritto negli occhi. In effetti, pareva un po' all'antica, come se venisse da un'altra epoca. Le sue mani erano quelle di una lavoratrice, con le unghie corte e la pelle ruvida. Di questo Åsa si era accorta immediatamente. Non portava anelli. Dapprima aveva pensato che fosse polacca, ma poi aveva saputo che era lettone. Åsa si era sentita fiera del suo intuito. Forse non era poi così strano che avesse avuto il sentore che provenisse dall'Europa orientale, dato che anche lei era cresciuta in Finlandia negli anni Quaranta e Cinquanta, e che il suo secondo nome era Lemikki.

«È una cosa atroce», sussurrò alzando gli occhi per fissarlo. «Dammi una sigaretta. Lascia soltanto che mi riprenda un attimo, non riesco a credere che sia vero. Avevo sperato che... Sai, ci sono tante ragazze mediocri». Le lacrime le rigavano il viso. «Ma la polizia lo troverà, vero?»

«Sì», disse tristemente Wiggo. «Lo so...». Si mise in bocca una sigaretta e la accese per la madre prima di accenderne una anche per sé. «Certo che lo troveranno».

Fissò la madre. La luce calda del sole del tardo pomeriggio illuminava i suoi capelli grigi chiari tagliati a spazzola. Malgrado facesse un gran caldo, la donna portava calze marroni, spessi calzettoni grigi e un paio di mocassini rossi sformati.

Wiggo fece un lungo tiro e guardò la calza strappata.

La madre si lisciò un braccio. «Elna una volta mi aveva confidato che aveva paura. Che c'era un uomo...».

«Raccontami qualcosa che ancora non so». Wiggo fece un altro tiro. Era geloso di quel lettone. Un uomo grande, ultraquarantenne, non un ragazzino come lui. Elna dapprima lo aveva amato. Quello era sicuramente riuscito a tenerla in pugno, ma poi lei aveva iniziato ad averne paura. Wiggo l'aveva costretta a parlargliene più e più volte. Si era tormentato immaginandoli insieme. Una volta lei gli aveva chiesto se era geloso. Lui aveva negato categoricamente, ma non era vero. Era geloso. Aveva rifiutato quelle immagini, provato a ricacciarle sotto un mucchio di altri pensieri.

La madre, all'improvviso, fece un ampio gesto con la mano. «Lo sai, Henning... È come se fossimo in letargo. Non succede quasi nulla. Ed Elna... Mi ero affezionata così tanto a lei».

«Non ci posso fare un accidente se Henning non riesce a trovarsi una donna».

«No, certo, non è colpa tua», si affrettò a dire la madre, «e non era quello che intendevo». Si mise a giocherellare con dei frammenti di vimini rotti sul bracciolo. Aveva pensato di chiedere a Elna di portare con sé la sua amica lettone la prossima volta. Ma non ci sarebbe più stata una prossima volta.

Le foto della vittima, Elna Druzika, sul luogo del delitto erano sparpagliate sul tavolo. Giaceva a braccia aperte, mentre le gambe erano chiuse. Ricordava una croce. Alle dita non portava anelli e le unghie erano corte. La pozza di sangue formava come un laghetto intorno alla testa. Con una mano stringeva una borsa fatta al telaio color giallo senape.

Le immagini erano state scattate da prospettive diverse: alcune più ravvicinate, altre da lontano.

Tony Hansen e Marian Dahle presero ciascuno una foto. La poliziotta fissava quella borsa. Non era difficile capire che era fatta a mano. Si poteva quasi decifrare il nome della defunta tessuto sulla parte superiore, vicino al bordo chiaro.

Tony Hansen guardava l'espressione neutra su quel volto di giovane donna, gli occhi spalancati che fissavano il vuoto, la bocca semiaperta. Il cranio era spaccato da un lato. Schiacciato e compresso come una lattina di birra. L'agente prese coscienza del tipo di cose di cui si sarebbe dovuto occupare da quel momento in poi. Era ben diverso dai casi che spettavano ai poliziotti del servizio di ordine pubblico.

Gettò la foto sul tavolo e lanciò un'occhiata a Cato Isaksen. Era intento a osservare i primi piani scattati durante l'autopsia, che erano stati affissi alla parete con delle puntine da disegno. "La galleria della morte", come la chiamava Roger Høibakk. Elna Druzika giaceva nuda e bianca sulla superficie lucida del tavolo, il corpo ripulito dal sangue e dai frammenti di asfalto.

Cato Isaksen era cupo in volto. Aveva ricevuto una telefonata da Bente che gli chiedeva se sarebbe rientrato per cena quel giorno. Naturalmente non lo avrebbe fatto. Aveva appena parlato con due giornalisti e cercato di convincerli che per il momento la polizia non sospettava nessuno in particolare, e che non aveva idea di quale tipo di automobile avesse investito e ucciso Elna Druzika, a parte il fatto che era rossa. Per gli accertamenti di routine, stavano cercando di rintracciare tutti i conducenti di vetture di quel colore che si trovavano in zona al momento del delitto.

Staccò una delle foto dalla galleria della morte e ne osservò i dettagli. Ancora adesso, dopo tutti quegli anni, non riusciva a provare indifferenza nei confronti dei defunti. Aveva una tendenza a ricordare molti di loro anche parecchio tempo dopo che il caso era stato risolto. Poteva accadere in qualsiasi momento: gli comparivano davanti agli occhi corpi martoriati con ferite da taglio, fori d'ingresso delle pallottole oppure macchie di sangue rappreso. A volte, gli si fissavano nella mente dei particolari senza importanza, come il disegno dei loro vestiti, le calze strappate, i gioielli e le borse. Erano i dettagli della morte. Accessori simili a quelli di cui si leggeva nelle riviste, ben disposti su una pagina e descritti come accattivanti elementi della moda primaverile o autunnale.

La responsabile del reparto, Ingeborg Myklebust, d'un tratto sbirciò all'interno della stanza. «Siete in pieno fermento, vedo». Finalmente era soddisfatta. Era stata raggiunta una buona divisione dei compiti. La squadra con a capo Cato Isaksen aveva tutte le qualità necessarie per risolvere il caso di cui si stava occupando, così come di quelli futuri. Perché non c'era mai fine. Sarebbe andata in vacanza tra una decina di giorni, e per allora doveva sapere che le cose avrebbero funzionato nel modo giusto nel reparto. Sperava che la frustrazione di Cato per l'assunzione di Marian Dahle sarebbe sfumata. Aveva soltanto bisogno di un po' di tempo. «Tutto bene?», chiese, guardando Tony Hansen. Roger Høibakk le sgusciò accanto per entrare nella stanza. «Sì, tutto bene», rispose il neo assunto, impacciato.

Roger Høibakk scostò una sedia e afferrò un primo piano della vittima.

«Va a meraviglia», fece Cato Isaksen, sarcastico.

Marian Dahle incrociò lo sguardo di Ingeborg Myklebust.

«Tra un po' andiamo ad Alnabru», disse.

«Bene», esclamò la responsabile del reparto e si ritirò. Dahle era un'investigatrice davvero fuori dal comune, ma forse assomigliava troppo a Isaksen: forse era quello l'ovvio motivo che scatenava tali frizioni.

I giorni successivi trascorsero tra gli interrogatori delle persone che in qualche modo avevano avuto a che fare con Elna Druzika. Cato Isaksen ripartiva gli incarichi tra i suoi collaboratori. Tony Hansen doveva avere modo di fare pratica, insieme con Asle Tengs. Avrebbero interrogato il proprietario della ditta di catering presso la quale lavorava la defunta. Si chiamava Noman Khan. Il fratello Ahmed era a capo di una compagnia di vendita di gelati a domicilio con sede nel locale a fianco al catering, ed era andato a prendere alcuni documenti una mezz'ora prima dell'incidente. Si sarebbero occupati di lui con maggiore attenzione. Noman Khan aveva già raccontato ad alcuni poliziotti del servizio di ordine pubblico che Elna Druzika gli era sembrata un po' nervosa quando l'aveva sorpresa a rubare nella sala frigorifera, alcune ore prima del fatto. O almeno pensava che stesse rubando. Cibo e altre cose sparivano di continuo. Lei aveva balbettato qualcosa sulle torte, sulla loro decorazione e la cottura in forno. Si era comportata in maniera bizzarra, aveva riferito.

«E poi andrete anche a parlare con quella signora anziana che lavora lì». Cato Isaksen guardò Asle Tengs. «Si chiama Milly Bråthen. Due autisti del furgone dei gelati hanno riconsegnato i veicoli tra le 19:00 e le 19:30. Devono essere interrogati».

Marian Dahle e Randi Johansen furono incaricate di parlare con il ragazzo della defunta, Wiggo Nyman, che lavorava anche lui come venditore di gelati.

Lo stesso Cato Isaksen avrebbe portato con sé Roger Høibakk e si sarebbe dedicato all'amica del cuore di Elna, Inga Romulda. Gli investigatori dovevano concentrarsi per prima cosa su queste cinque persone: le prime, oltre alla guardia notturna, ad arrivare sul luogo del delitto. Cato Isaksen chiese agli agenti di stabilire se qualcuno dei testimoni avesse avuto accesso a una macchina rossa, o se sapesse di qualcuno nella cerchia delle conoscenze di Elna Druzika che ne possedesse una.

* * *

Inga Romulda abitava in un piccolo appartamento all'interno di un edificio di legno un po' fatiscente, a Karihaugen. Cato Isaksen parcheggiò lungo la stradina di fronte. Roger Høibakk scese dalla macchina e osservò la casa, dipinta di un verde chiaro abbastanza sgradevole, tra l'autostrada e un supermercato della catena Rimi. Dietro al negozio, un nuovo complesso residenziale aveva guadagnato terreno, spingendosi fin quasi a raggiungere la strada.

Il cellulare di Cato Isaksen si mise a squillare. Lui sbatté la portiera dell'auto e se lo portò all'orecchio. Era il quotidiano «Verdens Gang», ne aveva riconosciuto il numero. Il giornalista gli chiese se avevano scoperto qualcosa di nuovo. «No», rispose seccamente l'ispettore e passò le chiavi della macchina a Roger Høibakk.

«A parte tutto, qualcosa dovrete pur sapere», insistette il giornalista.

«Ho detto di no. Ci sarà una conferenza stampa non appena avremo qualcosa da raccontare. Ora non ho tempo di parlare con te». Chiuse il telefono a conchiglia e se lo rimise in tasca.

I poliziotti aprirono la vecchia porta di legno. Due giovani donne stavano uscendo in quel momento. Una portava stivaletti bianchi col tacco e un vestito celeste corto e aveva i capelli biondi ossigenati. Roger Høibakk si girò a guardarle. «Che razza di casa è questa?», disse, e guardò Cato Isaksen. Quello fece spallucce, lanciando un'occhiata alle quattro cassette delle lettere appese alla parete. Nessuna di loro aveva il cartellino con su scritto il cognome.

Salirono le scale consumate. Roger Høibakk suonò il campanello. Dopo qualche secondo, venne ad aprire una ragazza graziosa con un viso rotondo, da bambina. Inga Romulda indossava una maglietta di cotone blu a maniche lunghe e un paio di pantaloni beige di lino. I capelli biondo chiaro erano tagliati cortissimi. Era scalza.

Cato Isaksen e Roger Høibakk si presentarono e chiesero di poter fare una chiacchierata con lei. Inga Romulda fece loro strada all'interno dell'appartamentino. Si girò e guardò gli investigatori con un'espressione stanca e seria, e in un discreto norvegese li pregò di accomodarsi sul divano marrone biposto.

Non c'erano molti mobili in salotto, e neanche un tappeto, ma in compenso c'erano dei vasi da fiori sui davanzali delle finestre e una fila di piantine aromatiche sulla scansia sopra il tavolo della cucina.

La ragazza scoppiò a piangere. Gli occhi le si riempirono di lacrime. «Wiggo mi ha chiamata poco dopo le nove e mezzo di ieri sera e mi ha raccontato che la guardia notturna gli aveva telefonato per dirgli che Elna era morta. La polizia insisteva per farmela vedere e identificare. Sono andata lassù… all'ospedale…».

Cato Isaksen la guardò teneramente.

«Quindi è stato Wiggo Nyman, il suo ragazzo, a telefonarti e a dirtelo».

Inga Romulda annuì: «Sì».

«Dov'era quando ti ha chiamata? Lo sai?»

«In una pompa di benzina». Si coprì il viso con le mani affusolate e respirò profondamente, emettendo un singhiozzo. «Risponderò alle vostre domande, ma non capisco cosa sia successo. Adesso non conosco più nessuno qui in Norvegia. Sono tristissima. Ho paura».

«Capiamo che è una situazione molto difficile per te».

«L'ho dovuta vedere io perché Wiggo non voleva. L'ho dovuto fare per forza».

«È un bene che tu l'abbia identificata. Grazie», disse serio Roger Høibakk.

«C'era tanto spazio nel punto in cui la macchina l'ha investita. Perché l'ha dovuta mettere sotto?».

Cato Isaksen si guardò intorno. «Ma dov'è che dormite?»

«Apriamo il divano letto», rispose stancamente Inga. «Le lenzuola le teniamo nell'armadio. Ma lei dormiva anche da Wiggo, anzi, era quasi sempre da lui».

«Quindi Wiggo Nyman abita anche lui in questa casa?»

«Sì, proprio qui a fianco. I proprietari dell'edificio sono Noman Khan e il fratello. Qui paghiamo poco di affitto. Ma quando Wiggo non era in casa e andava dalla madre, lei dormiva qui con me. Dividevamo il divano. Si può aprire per lungo».

Roger Høibakk si alzò in piedi. Cato Isaksen rimase seduto. Si sporse in avanti. «Conosci anche gli altri inquilini di questo edificio?»

«No, non li conosco».

«Sono norvegesi?»

«No, le ragazze del piano di sotto vengono dalla Russia».

«C'è qualcuno della vostra cerchia di conoscenti che abbia una macchina rossa?»

«Elna non conosceva nessuno. E nemmeno io», disse la ragazza. «Ci sostenevamo a vicenda, e lei aveva anche Wiggo. Vi do qualcosa da bere, fa così caldo. Ma dall'autostrada arriva il frastuono del traffico, per questo non tengo aperta la finestra».

«E tu non sai nulla di una macchina rossa?».

Inga scosse la testa. «Quella di Wiggo è bianca. E Milly non ha la macchina. Noman e Ahmed hanno delle belle auto, di quelle grigie, sapete. Nessuno ne ha una rossa».

«E non avevi notato nulla di particolare in Elna negli ultimi tempi, che fosse agitata, triste, arrabbiata o qualcosa del genere?».

Inga Romulda tirò fuori dal frigorifero una bottiglia, la cui etichetta raffigurava ribes neri e ciliegie, e con il tappo rosso, e preparò due bicchieri di acqua e sciroppo per gli investigatori. Si girò e tornò da loro con le bibite in mano. «No, Elna non era mai arrabbiata. Ma forse era triste. Non saprei. Parlava molto della madre e delle sorelle, che non se la passavano bene. Forse negli ultimi giorni era stata un po' silenziosa. O forse mi sbaglio. Non so che dire».

Porse ai due investigatori un bicchiere ciascuno. «Non saprei dire», ripeté. «Quel giorno ho preso servizio da un'altra parte, ho fatto la cameriera presso un'azienda. La mamma di Elna lavorava molto duramente in Lettonia, e avevano pochi soldi. Elna aveva tre sorelle e un fratello. E quello non si dava molto da fare».

«Quando è stata l'ultima volta che l'hai vista?». Cato Isaksen prese un sorso dal bicchiere e guardò fuori dalla finestra, verso il cielo, che era di un blu intenso, senza il minimo segno di una nuvola.

«Quel giorno sono andata via all'una e mezzo circa. A quell'ora c'erano sia Milly che Elna. Poi ho preso il bus fino a Sjølyst, e la sera ho ripreso l'autobus per tornare a casa, come faccio sempre.

Elna doveva raggiungermi più tardi, non aveva ancora finito. C'era molto da fare, tutti organizzano feste di fine stagione ed eventi simili».

«E quella Milly?»

«Lavora di tanto in tanto. Aveva dato a Elna dei vestiti dei suoi nipotini che lei aveva poi spedito a sua sorella minore».

«Quindi di solito non finivate alla stessa ora, tu ed Elna?»

«Certo, spesso. Nella maggior parte dei casi, ma non quel giorno». La ragazza si coprì il viso con le mani e scoppiò a piangere per la terza volta.

«Mi dispiace», disse Cato Isaksen. «Siediti». Cinse la giovane donna con fare protettivo, poi la portò verso il divanetto. «Abbiamo tempo. Prenditela con calma. Vorremmo sapere se pensi che qualcuno potesse volerle male. Qualcuno che conosceva da prima, forse?».

Roger Høibakk notò un cambiamento nell'espressione sul viso di Inga Romulda, come se improvvisamente avesse ricordato qualcosa. La ragazza fissò a lungo i due investigatori, poi scosse la testa. «Mi dispiace», disse.

Dopodiché tutto divenne più difficile. Era come se volesse nascondere qualcosa. Dovettero cavarle di bocca le altre informazioni. E, mentre parlava, pareva che stesse ascoltando la sua stessa voce, come se lentamente trovasse conferma del fatto che Elna Druzika fosse stata raggiunta dal suo passato. Da un uomo di cui aveva una paura terribile.

«Da quanto tempo lo conosceva?». Roger Høibakk fissò la ragazza. In lui cresceva la sensazione di essere sulla pista di qualcosa che poteva rivelarsi importante. «Parlaci di lui», le disse dolcemente.

Inga Romulda sembrava spaventata. «Non so», replicò a bassa voce. «Diceva che non sarebbe mai potuta tornare indietro, che Juris l'avrebbe sempre trovata per picchiarla. Ma io la rassicurai che non sarebbe venuto qui. Lui non sapeva dove ci trovavamo. Ma lei era assillata dal pensiero che lui l'avrebbe trovata».

Cato Isaksen aggrottò la fronte. «Quindi aveva un ex violento?».

Inga Romulda scosse la testa. «Non erano una coppia. Lui era grande, aveva 42 anni. Erano vicini di casa quando lei viveva nella cittadina di Bene. Era sposato con figli. Ma avevano avuto una breve relazione. Poi Elna aveva rotto, e lui l'aveva presa molto male. Non c'è nient'altro da dire. Beveva moltissimo. Non era una persona perbene. E lei se n'era dovuta andar via».

«Conosci anche il suo cognome?»

«Juris Tjudinov. In Lettonia non amiamo molto i russi. Soprattutto quelli come lui. Elna mi raccontò che aveva minacciato anche sua madre. Ma ora pare che abbia lasciato il Paese. Lei aveva paura che potesse venire qui. Che potesse rintracciarla». I suoi occhi si incupirono. «Mi espelleranno dalla Norvegia?»

«Per quale motivo?», le chiese Cato Isaksen, guardandola. «Non sei mica tu che hai commesso un crimine. Tu non hai la macchina, giusto?»

«No», disse, e scoppiò nuovamente a piangere. «Ma ho paura».

Cato Isaksen la fissò. «Sei davvero spaventata, eh? Pensi che quell'uomo possa essere pericoloso anche per te?»

«No», rispose lei, «non l'ho mai incontrato. Sono di Riga. Io ed Elna ci siamo conosciute qui, in Norvegia».

«Non starai mica lavorando in nero per Noman Khan? Non paghi le tasse e forse non hai neanche il permesso di soggiorno, vero?».

Un forte rossore le si diffuse sul viso pallido.

«Non c'è bisogno che tu risponda», disse Cato Isaksen, «ne parleremo col tuo capo. Non è colpa tua e non ha niente a che fare con questo caso. Quanto prendi all'ora?»

«Novanta corone».

Cato Isaksen guardò Roger Høibakk. «E in più paghi anche l'affitto qui, vero?». La guardò quasi con aria di rimprovero.

Inga Romulda annuì. «Non si è al sicuro da nessuna parte», disse, e cambiò espressione. Era come se in quell'istante si fosse improvvisamente resa conto di essere rimasta davvero sola.

«Avevo pensato di dire a Elna che le volevo bene», sussurrò. «Ma non l'ho fatto, e ora è troppo tardi».

La stanza degli interrogatori somigliava a un'aula scolastica, una di quelle salette in cui si fanno le lezioni di recupero. Wiggo Nyman aveva odiato la scuola. Non c'erano posti dove nascondersi. Era come se uno fosse tenuto continuamente sotto osservazione con una forte luce bianca puntata addosso.

Wiggo Nyman osservò le due investigatrici. Ogni cosa in quella stanza era sgradevole. Non gli piacevano quelle poliziotte. Si presentarono, ma lui dimenticò immediatamente i loro nomi. Una era chiara di capelli e piuttosto bella, l'altra era mora con un largo viso da orientale.

La poliziotta bionda si sedette su una sedia vicino alla finestra, mentre quella mora evidentemente stava per iniziare a parlare. Si sistemò di fronte a lui, dal lato opposto del tavolo.

Lui assunse la stessa espressione indolente di quando la professoressa lo interrogava ai tempi della scuola.

La poliziotta lo guardò seria e gli chiese se era vero che abitava sulla Engerveien, vicino a Karihaugen. Lui annuì e sentì che la bocca gli si riempiva di saliva.

Lei spinse il tasto di accensione del registratore e incise la sua data di nascita, oltre al giorno e all'orario dell'interrogatorio. Poi ripeté il proprio nome. Si chiamava Marian Dahle.

«Ora ti sentiremo come testimone, e controlleremo il tuo alibi. È una cosa che facciamo con tutti quelli che avevano una qualche relazione con la vittima. Speriamo che tu ci possa aiutare. Per prima cosa ci facciamo portare qualcosa da bere».

Lui fissava il muro alle spalle di lei, e non sollevò lo sguardo neanche quando entrò un poliziotto con acqua minerale e bicchieri. La finestra aveva le persiane semiaperte e delle tendine blu con un disegno verde, ma le pareti erano prive di quadri.

Wiggo Nyman non sapeva come doveva comportarsi. Se fosse meglio fornire risposte lunghe o brevi, se dovesse apparire riservato o esaustivo.

«Ma io non ne so nulla», disse mentre Marian Dahle riempiva i bicchieri e ne porgeva uno alla signora bionda vicino alla finestra. Lui si rese conto di quanto fosse flebile la propria voce. «Ma capisco che si tratta di una cosa seria», aggiunse prendendo il bicchiere che gli veniva dato.

«Gli investigatori sono sul luogo del delitto e ne stanno analizzando il terreno», disse Marian Dahle. «Aspettiamo di avere un'esatta ricostruzione di come si sono svolti i fatti. Ma da quello che già sappiamo, Elna Druzika è stata investita e uccisa ieri sera. Pensiamo sia stata una macchina rossa. Hai forse un'auto così o conosci qualcuno che ne ha una?».

Wiggo Nyman scosse la testa. «No», disse.

«È vero che una guardia notturna ti ha telefonato intorno alle 21:20 di ieri per dirti che Elna Druzika era morta in un incidente?»

«Sì, è vero».

«Dove ti trovavi in quel momento?»

«Quando ha telefonato la guardia?»

«Sì».

«In un benzinaio».

«Quale benzinaio?»

«La pompa della Stato vicino a Storo».

«Che ci facevi da quelle parti?»

«Stavo tornando giù da Maridalen. Ero stato a trovare mia madre. Abbiamo una piccola fattoria».

Marian Dahle annuì.

«Tua madre ha la macchina?»

«Sì, una Polo verde».

«Hai fratelli o sorelle?»

«Un fratello di dieci anni più grande».

«Possiede un'auto?»

«No, vive ancora a casa. Usa la macchina di nostra madre».

«Puoi raccontarci un po' del tuo lavoro ad Alnabru, di cosa si tratta, quali sono i tuoi compiti, eccetera?»

«Lavoro per la marca di gelati Direkt-is da due anni, da quando ne avevo diciannove. Non è male come lavoro, non posso lamentarmi. Vado in giro con il furgone quattro giorni alla settimana. Copro vari distretti, con molte tappe fisse. Vendo pacchi di gelati confezionati direttamente dal furgone».

«E cosa fai nel quinto giorno e durante il fine settimana?»

«Aiuto a casa, mia madre ha una pensione per gatti. Li vado a prendere e li riporto ai padroni, cose del genere».

«Anche Elna Druzika abitava a Karihaugen, giusto?»

«Nello stesso edificio in cui vivo io. Ci sono molti appartamentini. Ci abitano diverse persone. Noi stavamo l'uno a fianco all'altra».

«Ed Elna lavorava nel locale accanto a quello della Direkt-is?»

«Sì, si occupava di catering».

«E sono due fratelli a gestire entrambe le ditte, se ho capito bene».

«Sì, Noman si occupa del catering e Ahmed della compagnia che vende gelati a domicilio».

«E tu avevi una relazione con Elna, sostiene la sua amica. Stavate insieme».

«Sì, non saprei che altro dire, ma proprio stare insieme… non so».

La poliziotta bionda assunse uno sguardo comprensivo. «Perché sei così cauto?», chiese.

La mora si girò un istante verso l'altra. Seduta in quella posizione, col profilo verso di lui, Wiggo Nyman si accorse di quanto fosse piccolo il suo naso. Lei si girò nuovamente nella sua direzione.

«Cioè, non è che ci dovessimo sposare, a dire il vero», disse rapidamente mentre giocherellava nervosamente con il suo orologio da polso.

«Ci rendiamo conto che non è facile per te, ma dobbiamo comunque interrogarti. A che ora sei tornato a casa quel giorno?»

«Ho lasciato il lavoro un paio d'ore prima che avvenisse l'incidente».

«Che macchina hai?»

«Una vecchia Volvo».

«Di che colore è?»

«Bianca».

«E anche quel giorno guidavi la Volvo?».
Wiggo Nyman annuì.
«Qualcuno lo può confermare?».
Alzò rapidamente le spalle. «Non so, io parcheggio sempre sul piazzale di fronte al magazzino degli elettrodomestici».
«Il magazzino degli elettrodomestici?»
«Al di fuori del comprensorio. Non abbiamo il permesso di parcheggiare di fronte al catering e alla cella frigorifera. I furgoncini dei gelati e i camion merci devono avere libero accesso».
«E cosa hai fatto da quel benzinaio?»
«Stavo tornando da casa di mia madre, volevo soltanto comprarmi una Coca-Cola».
«Hai notato se negli ultimi tempi Elna era triste o se si comportava diversamente?»
«No. Sapete che macchina era... Cioè, siete in grado di scoprire...?»
«Analizzeremo i resti di vernice e i frammenti di vetro dei fari per vedere se riusciamo a capire di che auto si trattasse. Non dovrebbe essere difficile. Perché eri andato da tua madre?»
«Le ho soltanto fatto una visita... Non è mica proibito?»
«No, ma hai detto che lavoravi per la Direkt-is dal lunedì al giovedì. Significa dunque che lavori per tua madre durante i weekend, e che il tuo weekend inizia il venerdì».
Wiggo Nyman deglutì. Il pomo d'Adamo sobbalzò visibilmente in quel collo sottile. «Ci vado spesso anche gli altri giorni. Durante l'alta stagione, giro spesso col furgoncino fino alle nove di sera, ma quel giorno avevo finito un po' prima, così ho rimesso a posto le confezioni di gelati in magazzino e me ne sono andato. La gente si lamenta quando sente la suoneria del furgoncino dei gelati a tarda sera, perché poi i bambini non vogliono andare a dormire».
«Ed Elna?»
«Stava ancora lavorando quando sono andato via. Stava pulendo i ripiani d'acciaio e cose del genere. C'era anche Milly. Spesso la riportavo a casa in macchina, dato che abitavamo nello stesso edificio. Ma visto che dovevo andare a Maridalen...».
«E come si comportava lei, quando sei andato via?»

«Come sempre», si affrettò a rispondere. «Non saprei che altro dire».

In una frazione di secondo, Marian Dahle ebbe una precisa sensazione. L'aria secca del condizionatore le soffiava in faccia. Wiggo Nyman ripeteva spesso "non saprei che altro dire". Era come se volesse prendere le distanze dalle sue stesse risposte.

«È vero che Inga Romulda quel pomeriggio lavorava da un'altra parte?», proseguì lei.

«Sì. Lo sapete che un mezzo matto perseguitava Elna?»

«Juris Tjudinov».

«Forse si chiamava così».

«Pensi che possa essere in Norvegia?»

«Potrebbe darsi».

«L'hai mai incontrato?»

«No. Lei aveva paura che potesse trovarla», disse Wiggo Nyman, sporgendosi in avanti e appoggiando i gomiti sul tavolo.

Randi Johansen notò che Cato Isaksen stava passando fuori, per il corridoio. Lui fissò brevemente le due colleghe e l'interrogato attraverso la parete di vetro prima di tirare avanti. Randi si appuntò sul blocco di verificare che Nyman si trovasse veramente alla pompa di benzina nell'orario che aveva fornito. E anche di controllare che Inga Romulda avesse veramente lavorato a Sjølyst quel pomeriggio.

Marian Dahle fece un cenno col capo per dire alla collega che poteva continuare lei. Randi si alzò in piedi. «Elna è morta certamente perché è stata investita», disse, «ma quello stesso giorno qualcuno le aveva stretto le mani intorno al collo alcune ore prima. Avevate litigato?»

«Eh?». Wiggo Nyman fissò la bionda. Rimase seduto a bocca aperta. «Litigato? No», esclamò sbalordito. «Qualcuno ha detto il contrario?».

Nessuna delle investigatrici rispose. La domanda rimase sospesa nell'aria.

«Qualcuno l'aveva stretta con forza», ripeté Marian Dahle.

«Io non ne so proprio niente». Wiggo Nyman si portò le mani al viso. Rimase seduto, a dondolarsi avanti e indietro, mentre parlava con il viso ancora tra le mani. «Non ce l'ho fatta neanche ad andarla a vedere, anche se la polizia voleva che lo facessi. Non riesco a fare queste cose, non capisco nulla di ciò che è successo. Devo andare al bagno, posso andare al bagno?».

Marian Dahle annuì. Wiggo Nyman si alzò. «In fondo al corridoio a destra», gli disse.

Cato Isaksen si affacciò nella stanza degli interrogatori e guardò Randi. «Come sta andando?».

Randi Johansen si girò verso la Dahle. «Tu che ne pensi, Marian?», chiese.

«Ne parliamo dopo». Isaksen si ritirò e sparì lungo il corridoio.

Randi sospirò. Le dispiaceva che Cato mostrasse tante riserve nei confronti di Marian. Lei lo conosceva bene: ci aveva lavorato insieme per molti anni.

«È davvero una mina vagante», disse Marian senza battere ciglio.

«Cato?»

«No, Nyman. È una persona gelida e una mina vagante, ma molto controllato», sottolineò, e poi aggiunse: «C'è qualcosa nella sua mimica facciale. Vibrazioni, quasi impercettibili, delle narici. La pelle che si tende sugli zigomi». Si girò verso la finestra. «È una cosa che so riconoscere. Anch'io ero così».

Randi sorrise. «Così come?». Marian aveva sempre delle spiegazioni per il suo modo di intepretare le persone.

All'improvviso, disse qualcosa che colse Randi alla sprovvista. Perché Marian non era tipo da parlare della sua vita privata. Nessuno sapeva molto di lei, tranne il fatto che viveva sola.

«Anch'io ho una grande rabbia dentro, capisci, che non so da dove provenga. O meglio, sì, certo che lo so. Ha a che fare con la mia infanzia e l'adozione e tutte quelle storie lì. Non sai che rabbia potessi nutrire, prima». Marian accennò un rapido sorriso. «Mi consideravano matta, poi però sono diventata un poliziotto».

Randi Johansen ricambiò il sorriso. «E i tuoi genitori?»

«Di loro parlo il meno possibile», rispose evasivamente Marian.

«Vogliamo andare a cena insieme una volta, dopo il lavoro?», le chiese Randi.

«Non hai una bambina piccola a casa?»

«Non è più tanto piccola. Ha quasi quattro anni. Mio marito se ne occuperebbe volentieri».

Marian Dahle sorrise. «Allora andiamoci, dài», disse.

Wiggo Nyman tornò e si rimise a sedere, come se nulla fosse.

«In realtà, per oggi avremmo finito », fece Marian Dahle, «ma per concludere, per caso sai qualcosa di importante per noi, che dici?».

Lui scosse la testa.

«Allora continuiamo un altro giorno», disse Marian e si scambiò uno sguardo con Randi.

Marian aveva la dote unica di pensare in ogni direzione quando interrogava qualcuno, rifletté Randi. In due occasioni precedenti le era capitato di condurre un interrogatorio insieme a Marian. Era come se lei collegasse dei fili invisibili nei pensieri dell'indiziato. E non si giocava mai tutte le carte insieme, ma le scopriva una per volta. Era essenziale interrompere al momento giusto, per poi riprendere il filo del discorso in un interrogatorio successivo.

«Comunque è una mina vagante», ripeté Marian Dahle dopo che Wiggo Nyman fu sparito nell'ascensore, con le chiavi della macchina che gli penzolavano dalle dita.

Randi Johansen la guardò sorpresa. «Veramente a me è sembrato piuttosto equilibrato, considerata la situazione», aggiunse.

Randi fissò Marian. C'era qualcosa di particolare nel suo modo di analizzare le situazioni. Erano passate solo un paio di settimane e lei già aveva dato un suo contribuito, apportando nuovi impulsi e risultati concreti alla squadra investigativa. Soltanto un paio di giorni prima, era riuscita a far ammettere a una donna di aver ucciso il suocero. Era una storia complicata, nata in un ambiente malsano, ma la polizia non aveva prove. Marian aveva accompagnato la donna a casa in macchina dopo un interrogatorio, poi però l'aveva riportata in commissariato, dove quella aveva ammesso l'omicidio.

Randi ancora non aveva capito il suo modo di agire. Era come se Marian non avesse una vita al di fuori di lì, come se tutto ruotasse intorno al lavoro e ai risultati che vi otteneva; e a quel cane che le stava sempre alle calcagna, per la gioia di alcuni e il disappunto di altri.

"Il sapore delle stelle!". Le lettere su ogni fiancata dei furgoncini azzurri dei gelati erano racchiuse in un fumetto rosa e blu scuro. Tutt'intorno, erano piene di stelline gialle. Ellen Grue, esperta di rilevamenti tecnici, sbirciò all'interno di uno dei due furgoni che ancora non avevano lasciato il parcheggio. Sul cruscotto giaceva la piantina col percorso da fare: un elenco di strade, incolonnate. Poppelveien, Sørengveien, Blomsterveien e Skogfaret. La lista era lunga e, accanto a ogni strada, erano segnati due orari: uno indicava l'inizio della vendita, l'altro quando il furgone avrebbe dovuto rimettersi in moto. Sulle ante posteriori erano stampate le foto dei gelati da passeggio con sotto i rispettivi nomi. Quello alla fragola si chiamava Virgo, quello al lampone Vela e quello al cioccolato Corvus.

Il caldo era insopportabile fuori dal magazzino, e le tute che la polizia scientifica aveva l'obbligo di indossare non miglioravano di certo la situazione. I tecnici avevano marcato il luogo del delitto col gesso, e avevano transennato parte dell'area col nastro bianco e rosso in uso presso le forze dell'ordine. Ma poiché il punto si trovava proprio all'ingresso, avevano dovuto lasciare un passaggio affinché i furgoncini potessero entrare e uscire per prendere la merce e portare i gelati fuori città. Era pieno giorno, e gli altri dieci veicoli erano già partiti per compiere il loro tragitto.

Una scala d'acciaio portava a una porta su cui c'era un cartello rosso con la scritta "Noman Catering". Ellen Grue salì quei pochi gradini e aprì la porta. Fu investita da una zaffata intensa di odore di cibo. Rimase ferma, appena varcata la soglia, a osservare una donna anziana col grembiule e in testa un cuffietta bianca traforata. Si affaccendava avanti e indietro, tra il forno e il lavello. «Siete della polizia?», chiese in modo diretto. Ellen Grue annuì e si presentò mentre si sfilava i guanti di lattice.

La stanza era allungata, con delle finestre strette in alto, sotto il soffitto. Due di esse erano aperte, ed Ellen Grue notò quanto fossero sporche. Le gocce di pioggia, asciugandosi, avevano formato un disegno, una specie di merletto marroncino sul vetro. La parete alle spalle del ripiano d'acciaio era giallo scuro, mentre il pavimento era ricoperto di uno strato di linoleum verde.

Innanzi tutto, Ellen aveva bisogno di scambiare qualche parola con il proprietario del catering, ma evidentemente era arrivata troppo presto. Asle Tengs e Tony Hansen lo stavano ancora interrogando nel retrobottega.

La donna anziana, impegnata a trasportare un vassoio pieno di hamburger, aveva un'aria triste.

A vedere tutto quel cibo, le venne appetito. La nausea era passata. Forse, però, sarebbe stato opportuno fare comunque un salto in farmacia a comprare un test di gravidanza, ma tutta quella faccenda la infastidiva, e cercava di non pensarci.

«Milly», disse la donna con un timbro di voce profondo. «Milly Bråthen». Si liberò del vassoio appoggiandolo sul ripiano e si pulì le mani sul grembiule. «Lo dicevo sempre io che Elna non se la passava bene. C'era qualcosa di strano, qualcosa che non andava».

«Dovresti parlarne con gli altri investigatori», disse Ellen Grue e fece un cenno col capo indicando la porta del retrobottega. «Quelli che si occupano di queste cose sono lì dentro, al momento. Io sono soltanto venuta per controllare i locali».

«Va bene», replicò Milly Bråthen e cominciò a pesare gli ingredienti. «Ma per quale motivo, poi? Che dovete controllare qui dentro? È là fuori che è stata investita».

«Dobbiamo analizzare tutto il contesto», disse Ellen Grue.

«Certo, certo. In ogni caso, Noman è un buffone vanitoso», sussurrò. «Si crede di essere chissà chi, con i suoi macchinoni e le sue scarpe costosissime. Santa pazienza, io potrei vivere un mese con i soldi che spende lui per un paio di scarpe».

All'improvviso, sulla porta comparve Inga Romulda. Fece un cenno col capo a Ellen Grue. «Non ce la faccio a starmene a casa», disse, e si sfilò la giacca estiva di color giallo chiaro. «Mi manca l'aria a starmene lì da sola».

«Certo, certo, tesoro», le fece Milly Bråthen. «Insieme troveremo una soluzione, tu e io».

Inga Romulda guardò con riconoscenza la donna anziana e si legò un foulard sui capelli. Si lavò rapidamente le mani e andò al tavolo di alluminio, dove si infilò un paio di guanti sottili e iniziò a spalmare del miele su una crêpe con un coltello dalla punta stondata. Milly Bråthen rovesciò gli hamburger in una grossa scodella. «Ora non c'è più, povera ragazzina innocente. Che cosa aveva fatto di male? Nulla: si ammazzava di lavoro, si ammazzava. E io glielo dicevo sempre: "Non andartene in giro da sola per la zona industriale". Ora l'hanno chiusa, non si sa mai chi gira da queste parti. Ci sono sempre dei tipi poco raccomandabili. Ne so qualcosa io».

Inga Romulda poggiò il coltello e si sfilò i guanti di lattice.

Milly Bråthen si stropicciò il viso, stanca. «Quegli autisti dei furgoncini. Entrano sempre qua dentro per guardare le ragazze. Non è vero, Inga? Perlomeno, Ronny non fa altro che parlare di voi».

«Chi è Ronny?», chiese Ellen Grue.

«È mio nipote. Lavora come autista. È tramite lui che ho avuto questo lavoro».

«Forse qualcuno degli autisti vi infastidisce?».

Inga Romulda tirò un sospiro profondo. «Ma no, sono gentili», disse.

«Perché ve ne siete andate dalla Lettonia?». Ellen Grue non riuscì a trattenersi.

«È stata la famiglia di Elna: voleva che se ne andasse da qualche parte, ma preferibilmente in Norvegia o in Svezia. Perché sai… non ci sono molti soldi da noi. Ma sua madre voleva anche che tornasse a casa, dopo», disse a bassa voce. «Aveva paura che le potesse succedere qualcosa».

Ellen Grue accettò di buon grado un hamburger che Milly Bråthen le porgeva con la forchetta.

«Perché mai pensava che potesse succederle qualcosa?».

Inga Romulda scosse rapidamente la testa. «Niente», disse. «Lo pensava e basta».

«E suo padre?»

«È morto. Ma lei si era messa nei guai con un uomo sposato. Era un poco di buono, non si lavava neanche. Ora ce l'ha con lei».

«Figurati, se neanche si lavano sono proprio fuori discussione», brontolò Milly Bråthen. «Gli uomini sono dei porci. Ma non lo posso dire a voce alta quando sono qui dentro». Fece un cenno verso la porta. «Sono musulmani, loro, sai. Dire porco è peggio che bestemmiare in chiesa», esclamò scoppiando a ridere.

Inga Romulda prese il coltello e lo sciacquò sotto il rubinetto. «Ha detto che sarebbe venuto qui».

Ellen Grue inghiottì l'ultimo boccone di hamburger e fissò il volto pallido di Inga. «Vuoi dire che quell'uomo è qui in Norvegia?».

Inga Romulda scosse la testa. «Non lo so».

«Non hai preso per niente il sole quest'estate?»

«No». Inga Romulda si asciugò le mani sul grembiule. «Sono stata sempre qui a lavorare».

«Lavoriamo tutte quante fino a rovinarci la salute. Io gliel'ho detto a quelli che voglio prendermi le ferie a luglio. Ma vedrai che le cose si calmeranno appena iniziano le vacanze. La mia nipotina ha tre anni e ho voglia di starmene con lei. I bambini sono la cosa più preziosa al mondo, sai. Elna aveva tanti fratelli e sorelle, la più piccola di soli tre anni. Avresti dovuto vedere le foto che mi mostrava. Abitavano in una casa vecchia e scalcinata sperduta in mezzo alla campagna. Elna, in realtà, non c'entrava un accidente qui. Era troppo buona. Sarebbe dovuta tornarsene a casa dalla sua mamma».

«Vuoi dire che vi sfruttano?»

«Non dico una parola di più, ti ho spiegato. Ci stiamo giocando la salute, ma Elna non diceva mai di no. Rimaneva qui anche fino a tarda sera. Anche Wiggo. E adesso lui che farà?».

Åsa Nyman provò un'intensa paura quando vide la macchina grigio-argento che passava attraverso i campi. Era il 13 giugno. Quel numero portava sfortuna. Istintivamente capì che si trattava dell'arrivo della polizia. Wiggo l'aveva pregata di dire che aveva fatto un salto a casa la sera in cui era morta Elna, anche se non era vero. Aveva fatto soltanto un giretto in macchina, le aveva detto, tra le altre cose era passato da un benzinaio. Ma la polizia poteva trarre delle conclusioni sbagliate, e lui non ce la faceva davvero a sopportare quell'ulteriore peso, oltre alla mancanza di Elna e allo shock. "La polizia è sempre alla ricerca di qualcuno di cui sospettare".

Åsa Nyman andò nell'ingresso ad aspettare, si mise sul tappetino blu e verde chiaro. Con ai piedi solo le calze, socchiuse la porta di casa. Per una serata di giugno, non poteva essere più buia di così, con nuvole grigie e colme di pioggia e piccoli banchi di nebbia che si insinuavano lì dove finivano i campi, al limitare del bosco. Il tempo era cambiato tutto d'un tratto. All'improvviso, uno sprazzo di luce bianca attraversò il cielo. Subito dopo iniziò a tuonare, ma non cadde neanche una goccia di pioggia. Il vento freddo irritava i gatti, che iniziarono a rigirarsi irrequieti nelle proprie gabbie.

Åsa Nyman si passò stancamente una mano sulla fronte. Sentì la macchina che frenava e si fermava. A un'estremità del tappeto, vicino alla porta d'ingresso, c'erano delle chiazze di bagnato. La donna correva con lo sguardo dalle sue galosce al fucile, nell'angolo dietro la porta. Pensava che era tipico di Henning non essere a casa proprio quella sera. Lui che non andava mai da nessuna parte. Ma negli ultimi giorni aveva iniziato a vagabondare di notte. La madre non sapeva dove andasse, né se dovesse incontrarsi con qualcuno. E non aveva neanche intenzione di infastidirlo a tal proposito. Stava per compiere trentadue anni. Aveva pure il diritto di andarsene per i campi e sparire nel bosco, se era quello che voleva.

Durante il pranzo, Henning era rimasto muto come un pesce sulla sua sedia, dall'altro lato del tavolo, sfogliando un giornale. Non aveva mangiato molto, e nemmeno lei. Di solito mangiavano abbondantemente, lei e Henning, e i pasti duravano a lungo. Henning non era grasso, ma piuttosto robusto. Purtroppo assomigliava a suo padre, mentre Wiggo assomigliava a lei.

Mentre invitava i due poliziotti a entrare, Åsa Nyman vide per un attimo la propria immagine riflessa allo specchio. Notò gli occhi spauriti, la solitudine, il groppo che aveva in gola.

Le poliziotte si presentarono e le dissero di chiamarsi Marian Dahle e Randi Johansen.

Le due donne entrarono in salotto e si sedettero su una sedia. Lei era felice di aver spolverato e portato dentro dei fiori gialli dall'aiuola lungo la parete della casa. "Se Wiggo avesse realmente avuto qualcosa a che fare con la morte di Elna, le poliziotte sarebbero sicuramente andate avanti e indietro per la stanza come due tigri", pensò. Emanavano un senso di calma e di calore, cosa che le permise di rilassarsi. Wiggo non era un delinquente. Ma era sempre stato irrequieto, come se in qualche modo volesse mostrare il peggio di sé. C'era un abisso tra lei e i figli; pareva che vivessero entrambi in un altro mondo; erano solitari, chiusi. Ma lei aveva sempre fatto del suo meglio.

Fu la poliziotta bruna, la straniera, a prendere per prima la parola. Le chiese se aveva notato qualcosa di particolare in Wiggo, nel suo modo di fare. Le disse che si trattava di domande standard, che la polizia doveva mettere tutto nero su bianco. Åsa Nyman si mostrò comprensiva. Raccontò di quanto lui volesse bene a Elna. E di certo non aveva notato nulla di strano in Wiggo. Le domandarono anche che cosa avesse fatto il figlio nei giorni a ridosso dell'11 luglio, se lo avesse sentito litigare con Elna o qualcosa del genere. Lei disse la verità, ovvero che non lo sapeva. Lui era grande, non abitava più a casa. Ma voleva molto bene a Elna, ripeté. «Le volevamo bene tutti e tre. Anche il fratello di Wiggo», aggiunse.

«E suo figlio passò da casa la sera che fu investita Elna?»

«Sì», si affrettò a dire. «A volte è molto irrequieto, e allora viene qui con la macchina. E dato che Elna lavorava...».

La poliziotta mora la fissava insistentemente. Alla fine Åsa Nyman abbassò lo sguardo. «Perché mi fate queste domande?». Sentì che la pressione le stava salendo. «Perché...?»

«No», rispose subito Marian Dahle, «si tratta di routine. Facciamo di tutto per scoprire chi ha investito Elna. Se c'è qualcosa che le viene in mente, di cui vuole parlare...».

«No», replicò Åsa in fretta e sollevò di nuovo lo sguardo. «Cosa mai potrei dire?».

Le poliziotte erano cortesi, ma lei non sapeva esattamente che pensare di loro. Erano state scritte tante brutte cose sui giornali quel giorno: Elna era stata uccisa da un assassino che poi era fuggito. Che prima era stata aggredita fisicamente. Chi diavolo poteva aver incontrato quella poveretta? In ogni caso, non si trattava di Wiggo. La sua macchina era intatta. Non aveva neanche un graffio. Di sicuro non si trattava di lui.

Åsa Nyman raccontò alle poliziotte che Wiggo e Henning erano dei bravi ragazzi. Wiggo diceva un sacco di cose strane da bambino. *Sono come il ferro, mamma. Sono così forte.* E Henning catturava degli animali con le trappole che metteva in giro per la campagna varie volte a settimana. Ma queste cose non avevano nulla a che fare con quella storia, pensò. «Voglio bene ai miei figli», esclamò, e all'improvviso le venne in mente quel proverbio: "quando non si ama troppo, non si ama abbastanza". Ma quant'è "abbastanza"?

Era impossibile decifrare i visi delle poliziotte. D'un tratto, da fuori si sentì un abbaiare furioso. Åsa Nyman andò alla finestra e sollevò la tendina di tulle. Il cuore cominciò a martellarle. Accostò il viso al vetro, ma non vide nulla.

«È soltanto il mio cane», disse la poliziotta bruna, si alzò e uscì di casa.

«Non sopporto i cani», fece Åsa Nyman, e guardò fuori verso le nuvole scure che correvano basse in cielo.

«È legato alla macchina», disse la bionda.

Åsa Nyman annuì, sollevata. I cani randagi erano la cosa peggiore in assoluto. Una volta un bastardo era entrato nella casetta dei gatti e ne aveva uccisi tre. La settimana dopo, Henning le aveva procurato il fucile. Era sempre carico, lì all'ingresso.

«Sicuramente avrà sentito l'odore dei gatti che sono nel recinto. Se è legato, non è un problema».

Si alzò anche la poliziotta bionda. «Penso che abbiamo ottenuto le informazioni di cui avevamo bisogno», disse.

«Bene», fece Åsa Nyman. «Di cos'è che avete bisogno?»

«Semplicemente di un alibi per Wiggo. Solo di quello».

«Alibi, capisco», ripeté Åsa Nyman e la seguì in corridoio. «Grazie», le disse.

«Grazie a lei», replicò la bionda e uscì. Åsa Nyman si chiuse la porta alle spalle, entrò in cucina e cominciò a rassettare. Meccanicamente, come se tutto fluttuasse in un'oscurità uniforme.

«O è un caso estremamente ovvio, oppure si tratta di un'incredibile coincidenza». Cato Isaksen guardò la squadra al completo con aria estremamente soddisfatta. «Dunque, è capitato che ci abbiano contattato i colleghi del distretto di Asker e Bærum. Si erano già rivolti alla polizia criminale per le ricerche di un bambino scomparso, quello che è stato per vari giorni su tutte le prime pagine dei giornali, Patrik Øye. Gli uomini di Asker e Bærum hanno telefonato proprio ad Ahmed Khan per avere il nome dell'autista alla guida del furgoncino della Direkt-is presso Høvik nel giorno in cui il piccolo è sparito, ovvero il 3 giugno».

Tutti lo guardavano tesi. «E pensate», aggiunse, «l'autista che guidava il furgone in quella zona il 3 giugno si chiama Wiggo Nyman. Wiggo Nyman! Bingo!».

«Porca miseria», disse Roger Høibakk. «Quindi è la zona di Wiggo Nyman? E il furgone era da quelle parti più o meno all'ora in cui è sparito il ragazzino, è questo che vuoi dire?».

Marian aggiunse: «Gli investigatori avrebbero dovuto pensarci prima, al furgone. Perché ci hanno messo tanto tempo? Non è possibile che siano così lenti!».

«Eccome se è possibile», disse subito Roger Høibakk, «è del tutto evidente».

«Il camion della spazzatura raccoglie i rifiuti in quella zona ogni lunedì, ma chiaramente fa il giro la mattina presto», affermò Cato Isaksen. «Non sono ancora riuscito a leggere tutto quanto. Quando l'investigatore capo Vidar Edland di Asker e Bærum ha chiamato la compagnia dei gelati e ha saputo che Nyman era già stato interrogato in relazione al caso Druzika, mi ha contattato immediatamente. Non esagero dicendo che entrambi consideriamo questo sviluppo estremamente significativo. Per sicurezza vogliono anche loro interrogare Wiggo Nyman. Quello che voglio intendere è che forse non ci troviamo di fronte a due casi separati, ragazzi, ma a uno solo. Forse si tratta di una catena di avvenimenti. Ci è già capitato varie volte in passato, no? Dettagli che all'improvviso si ricollegano gli uni agli altri. Ora dobbiamo soltanto metterci d'accordo su come affrontare la questione».

Cato Isaksen guardò fuori dalla finestra verso le nuvole che si stavano diradando. Di notte c'era stato un violentissimo temporale, ma adesso stava per tornare il sole. Percepì una sensazione alla base della nuca. Qualche volta si trattava di un falso allarme, magari era seduto nell'auto di servizio e aveva quella stessa sensazione. Capitava che imboccasse con la macchina un'oscura stradina laterale e si mettesse a pensare di fronte al volante con in mano un bicchiere di cartone con dentro il caffè. E all'improvviso qualcosa dal suo subconscio poteva insinuarsi nella sua mente.

«Comunque dobbiamo subito mandare Ellen e gli altri a esaminare sia il furgone, sia il magazzino», disse. «Ma ormai è un po' tardi. Sono passati dieci giorni da quando è sparito il ragazzino».

«Marian, con il suo intuito, aveva colto fin dall'inizio che Wiggo Nyman non era propriamente raccomandabile». Randi Johansen guardò la collega. «Non è vero, Marian? Dopo l'interrogatorio hai detto che era freddo e calcolatore, una mina vagante».

«L'intuito è una cazzata», fece Roger Høibakk e si mise in bocca una gomma da masticare.

Per un po', Marian Dahle rimase in silenzio. Pensava alla madre di Nyman, tutta pelle e ossa. Povera donna. «Le cose non sono necessariamente come appaiono», disse. «Dunque il furgone dei gelati percorre quella zona di Høvik ogni lunedì. Perfetto, no? Si trattava soltanto di uccidere il ragazzino e caricarlo sul furgone. Oppure adescarlo. Magari l'ha seguito volontariamente, a tutti i bambini piace il gelato».

«Sicuro», confermò Randi Johansen.

«Il furgone dei gelati», ripeté Marian a bassa voce, «pensateci. Si può immaginare niente di più perfetto? I colpevoli devono aver mappato il traffico della zona in cui è sparito il ragazzino molto tempo prima. Perché credete che sia stata uccisa Elna Druzika?».

«Cristo», disse Roger Høibakk, «cosa intendi? Che Nyman ha ammazzato il ragazzino e la Druzika se n'è accorta?».

Marian Dahle accennò un sorriso. «Che fai, sei raccolto in preghiera?».

Tony Hansen sedeva con aria devota e ascoltava. Cato Isaksen sentì il fastidio crescergli dentro. Tirò indietro una sedia e si mise a sedere. «Gli agenti di Asker e Bærum all'inizio hanno battuto tutta la zona con un segugio. Il cane però ha segnalato soltanto un punto all'interno di un cortile alla fine di un vicolo cieco. Ma lì c'erano anche dei resti di cibo, quindi forse la bestia è stata distratta. La signora anziana che abita in quella casa è l'ultima ad aver scorto il bambino. È l'ultima ad averlo visto. Già, ma tutto questo voi lo sapete, sui giornali sono uscite pagine e pagine con i dettagli. I colleghi di Asker e Bærum, però, hanno precisato anche che nulla indica che Patrik Øye sparì esattamente lì dov'è stato visto per l'ultima volta. Può essere stato caricato a bordo di una macchina anche da qualche altra parte. In una strada totalmente diversa. Ma, in ogni caso, il fatto che il nostro caro autista del furgone dei gelati adesso sia sotto la lente d'ingrandimento è sicuramente un buon punto di partenza per il lavoro da svolgere d'ora in avanti».

Randi Johansen si piegò sul tavolo. «Questo ex compagno violento di cui Elna Druzika aveva tanta paura, non ci dobbiamo dimenticare di lui. Mi rendo conto che potrebbe essere un buco nell'acqua, ma l'Interpol lo sta cercando. Non abbiamo ancora avuto alcuna indicazione su dove possa trovarsi. Potrebbe essere nel nostro Paese. A proposito, ho mandato un messaggio a tutte le agenzie di autonoleggio della Norvegia pregandole di fare particolare attenzione qualora venisse riconsegnata una macchina rossa con la carrozzeria danneggiata».

«Ci sono più di diciottomila donne nel nostro Paese che subiscono violenze dai loro compagni attuali o da quelli del passato», disse Marian Dahle sprezzante. «Ma Nyman è una pista più calda. Dobbiamo pensare a diversi scenari. Immaginiamo che Elna Druzika abbia scoperto il cadavere», continuò. «Forse Wiggo Nyman l'aveva addirittura nascosto nella cella frigorifera».

«Bisogna che i tecnici si rechino lì immediatamente. Qualcuno sa dov'è Ellen?»

«È tornata sicuramente a casa. Oggi è stata parecchie ore ad Alnabru. Pare che si sia presa una specie di influenza intestinale», disse Randi.

«Chiedile di ritornare qui immediatamente».

La Johansen si alzò e uscì dalla stanza.

«Dobbiamo rimpostare completamente le indagini», disse Marian Dahle. «Siamo noi a occuparci di entrambi i casi, adesso?»

«Sembrerebbe di sì», fece Cato Isaksen, guardando la sua squadra. «Ma naturalmente collaboreremo con quelli di Asker e Bærum e con la polizia criminale. Cerchiamo di agire con tatto. Penso a Wiggo Nyman. Non dobbiamo spaventarlo. Facciamo un giro e andiamo a parlare con la gente che abita vicino al luogo in cui è scomparso il ragazzino. Senza eccitare gli animi, intendo. Ma Nyman dev'essere pedinato. Immediatamente», aggiunse. «Ecco un lavoro per te, Tony».

Tony Hansen si illuminò.

«Prenditi un poliziotto del servizio di ordine pubblico e mettiti subito al lavoro».

«Dobbiamo anche andare a casa dei genitori del bambino».

«Dalla mamma», la corresse subito Cato. «Lei e il figlio vivevano da soli. Il padre abita da un'altra parte. E ha un alibi. Quelli di Asker e Bærum l'hanno verificato. Ho guardato tutti i loro rapporti. A proposito, ho anche riletto attentamente l'interrogatorio che avete fatto a Nyman», proseguì Cato Isaksen. «Dunque abbiamo ricevuto conferma del fatto che effettivamente si trovava dal benzinaio all'orario da lui indicato. Hanno delle telecamere a circuito chiuso. Ma naturalmente potrebbe anche averci fatto un salto dopo aver ucciso Elna Druzika. Nell'ipotesi peggiore, intendo».

«Ma la sua auto è bianca», fece Roger Høibakk.

«Sì, purtroppo», disse Cato Isaksen. «Ma la sequestriamo lo stesso per fare delle analisi tecniche».

Randi Johansen fece ritorno proprio mentre stava entrando nella stanza anche Asle Tengs. «Scusatemi», disse, «sono stato impegnato con i rapporti della polizia scientifica sul sopralluogo tecnico della scena del delitto».

Lo informarono rapidamente della nuova piega che avevano

preso le indagini. Cato Isaksen lo guardò con fare inquisitorio. «Tu e Tony avete interrogato Ahmed Khan ieri, che cosa ha detto? È frequente che gli autisti siano giovani come Wiggo Nyman?»

«No, per la maggior parte sono più grandi», fece Asle Tengs. «Abbiamo parlato con tutti. Ma pare che Nyman sia in gamba. E ce n'è un altro che è ancora più giovane, Ronny Bråthen, il nipote di Milly Bråthen, che lavora al catering di proprità di Noman. Però entrambi i fratelli Khan hanno un alibi. Guarda caso si trovavano proprio alla moschea quando Druzika è stata uccisa».

Cato Isaksen annuì. «E chi lo dice?»

«Ci sono dei filmati di una festa di famiglia. Un matrimonio durato tre giorni. Sono andati lì subito dopo il lavoro, e nel video compaiono in sovraimpressione data e orario. C'è solo un fatto: a guardarli, questi tipi si assomigliano tutti. Noman Khan è facile da riconoscere, ma Ahmed... Insomma, *dicono* che sia lui. Devo riguardare il filmato un'altra volta».

«Ellen ha mandato qualcuno sul luogo del delitto a sigillare la cella frigorifera e mettere i piombini al furgone di Nyman», disse Randi Johansen e si sedette. «E Inga Romulda era davvero a Sjølyst a lavorare come cameriera all'orario che ci ha fornito. Ho fatto una verifica».

Il cortile della scuola brulicava di ragazzini con addosso indumenti estivi dai colori pastello. Il parcheggio era pieno zeppo delle automobili di insegnanti e genitori. Tutti dovevano partecipare alla riunione d'emergenza che la polizia aveva convocato nella palestra della scuola di Høvik Verk, frequentata da Patrik Øye, il bambino sparito. Høvik si trovava sul mare, vicino a un centro culturale e alla Veritas5. La zona era caratterizzata da grandi alberi e abitazioni eleganti. In macchina, Cato Isaksen ci aveva messo poco più di dieci minuti dal centro di Oslo. Parcheggiò lungo la strada, subito dietro a una grande scavatrice. Controllò il cellulare. C'era un messaggio da Vetle, il suo secondo figlio. Non aveva tempo di rispondergli subito. Scese dalla macchina e richiuse delicatamente la portiera dietro di sé. Di fronte alla scavatrice c'era una buca profonda. Lì dentro, proprio davanti alla benna di ferro, vide delle vecchie radici, grigie e marroncine. Erano conservate all'interno della terra compatta ed erano così esili e delicate che si sarebbero polverizzate, se soltanto la scavatrice le avesse sfiorate. Nella benna c'erano delle zolle di terra. Tra i denti erano incastrati dei grossi germogli, ormai secchi.

La nuova scuola sorgeva accanto al vecchio edificio di mattoni rossi. Alle finestre erano stati incollati stelle e fiori di carta velina colorata.

Era stato chiesto a Cato Isaksen di presenziare alla riunione dal momento che la sparizione di Patrik Øye era ormai collegata al caso Druzika. Dal momento che la sua squadra era stata coinvolta

[5] Fondazione indipendente che si occupa della gestione del rischio e che opera per la salvaguardia della vita, della proprietà e dell'ambiente (*n.d.t.*).

come sezione competente del distretto di polizia di Oslo, era importante che Cato si impegnasse appieno nel caso del ragazzino scomparso. Insieme a Vidar Edland, del distretto di polizia di Asker e Bærum, e a un esperto della polizia criminale, avrebbero presieduto l'assemblea generale.

Cato Isaksen si fece strada nel mare di ragazzini. Alcuni avevano in mano il cestino della merenda e delle bottigliette di acqua e sciroppo. Una ragazzina col vestitino rosa gli tagliò la strada correndo. I giochi da usare in cortile erano conservati in dei grossi contenitori lungo la parete: palle, secchielli e palette rossi, gialli e verdi. All'improvviso, Isaksen pensò a quanto passasse in fretta il tempo. Fissò il suo sguardo su una palla di colore giallo intenso che rotolava tra i bambini. I giorni, i mesi, gli anni: tutto scivolava via come una valanga.

Gli investigatori si misero in fondo alla palestra, di fronte alle spalliere. Parlavano piano tra di loro. Le voci dei bambini risuonavano chiare e squillanti attraverso la sala. Edland indossava l'uniforme affinché i ragazzini capissero che si trattava di una cosa seria.

Cato Isaksen osservava gli allievi, i genitori e gli insegnanti che arrivavano di buon umore e lentamente si radunavano nella sala calda, che era stata addobbata con ghirlande in occasione dell'imminente festa di fine anno scolastico.

Il cellulare gli vibrò nella tasca. Era Vetle: voleva sapere se quel pomeriggio sarebbe rincasato in tempo per portare lui e alcuni suoi amici alla spiaggia di Hvalstrand. Cato Isaksen si coprì l'altro orecchio con la mano, e rispose rapidamente che non sapeva se ce l'avrebbe fatta. «Chiedi alla mamma», disse, e sentì sbuffare dall'altra parte. Cato Isaksen era stato viziato da Bente, che organizzava ogni cosa, soprattutto quando lui era impelagato in qualche caso importante.

«La mamma, sei il solito», replicò Vetle. «Non puoi venire tu e farti il bagno con noi, papà?»

«Oggi non ho tempo, Vetle», tagliò corto. «Tra poco arrivano le vacanze estive e recupereremo. Devo sbrigarmi». Richiuse la scocca del telefono e fece un cenno col capo a una coppia di genitori che stavano prendendo posto su due sedie proprio di fronte a lui.

Fu Vidar Edland ad aprire la riunione, dopo che i genitori si furono accomodati sulle sedie rosse di plastica e i ragazzini per terra, e ritornò un po' di calma. Gli insegnanti si erano radunati in fondo, vicino alla porta, di fronte al muro. L'aria calda tremolava all'interno della palestra. Alla fine tutti tacquero, si sentiva soltanto il ronzio di un condizionatore che proveniva da sotto una grata sul pavimento.

«A proposito della sparizione di Patrik Øye, la polizia desidera tenere un'assemblea per informare alunni, genitori e insegnanti», iniziò l'investigatore della stazione di polizia di Asker e Bærum. «È un peccato che presto inizino le vacanze», proseguì, «e che ve ne andrete ciascuno per conto proprio e non vi ritroverete qui prima dell'autunno». I bambini lo accolsero con un brusio. «È un peccato per noi. Perché capite che si tratta di una storia molto seria, e che la polizia ha bisogno di tutto l'aiuto che potete darci. Perché ancora non sappiamo cosa sia successo a Patrik».

I bambini in prima fila si mossero nervosamente.

«Naturalmente speriamo che qualcuno di voi magari possa contribuire con qualche elemento nuovo a questo caso. È molto importante che, se pensate di sapere qualcosa che possa essere significativo per le indagini, ce lo veniate a dire. Potrebbe essere qualcosa o qualcuno che avete visto in questa zona il giorno che Patrik è sparito. Oppure in quelli precedenti. È fondamentale che diate a noi queste indicazioni. Forse avete visto qualcosa che non pensate sia importante. Ma può ugualmente esserlo per noi. Perciò raccontateci tutto quello che sapete e non preoccupatevi del fatto che possa essere poco rilevante. Lasciateci decidere se lo è o meno».

Si alzò una manina, un bambino di circa otto anni con una camicetta bianca a maniche corte fremeva dall'impazienza.

Vidar Edland gli fece un cenno col capo. «Riceveremo un premio se lo troviamo?», chiese.

«Non si dice premio, ma ricompensa», fece una bambina col vestito rosa e gli diede uno spintone nel fianco.

Il poliziotto sorrise brevemente, poi scosse la testa. «No, non riceverete nulla. Ma anche voi volete sapere cos'è succcesso a Patrik, giusto?».

I bambini annuirono in maniera composta. I genitori sulle sedie rosse avevano delle domande da fare. Una madre, in abito bianco e con in braccio un bebè vestito di celeste, domandò se era vero che poteva essere coinvolto l'autista del furgone dei gelati.

«È troppo presto per poterci pronunciare su questo elemento, ma è vero che stiamo facendo degli accertamenti per quanto riguarda il furgone dei gelati, quindi se qualcuno qui in sala ha qualcosa da dire a tal proposito, vorremmo che venisse da noi non appena avremo finito».

Un altro ragazzino alzò la mano: «Mio padre dice che Patrik è morto».

«Non è sicuro che lo sia», disse serio Vidar Edland. «Noi speriamo che sia ancora vivo».

«Oggi è il 14 giugno», continuò il ragazzino. «Manca un mese alla festa nazionale francese. *Zut alors*![6]».

L'assemblea rise sommessamente. La donna col vestito bianco alzò nuovamente la mano. «Ma se il venditore dei gelati... continua ad andarsene in giro col furgone. Non bisognerebbe sospenderlo dal lavoro?»

«Lo stiamo interrogando insieme a molti altri. Continuiamo a valutare che provvedimenti prendere. C'erano molte macchine sulle stradine qui intorno, quel giorno, e nell'orario che ci interessa. Stiamo interrogando anche altre persone, proprio allo stesso modo».

La riunione durò un'ora. Gli allievi si appuntarono il numero di telefono della polizia, e molti volevano parlare con gli investigatori dopo che l'assemblea fu sciolta. Genitori e insegnanti espressero il loro timore che potessero sparire altri bambini. Non fu facile rassicurarli, ma alla fine gli investigatori riuscirono ad andarsene.

Cato Isaksen rimase a parlare con Vidar Edland e l'investigatore della polizia criminale per dieci minuti prima di avviarsi verso l'auto-civetta. Avevano fissato di incontrarsi in questura alle nove del giorno successivo per tirare le fila e fare il punto dei due casi.

Isaksen decise di perlustrare la zona in automobile. Voleva vedere dove Patrik Øye era stato avvistato dall'ultima testimone, ma

[6] Espressione francese equivalente a "Diamine!" (*n.d.t.*).

prima avrebbe fatto un salto dalla madre del bambino scomparso. Abitava sulla Oddenveien, non lontano dalla scuola. Dal momento che doveva impegnarcisi a fondo, era bene che si facesse un quadro di tutta quanta la faccenda.

Mentre si accingeva ad aprire la portiera della macchina, notò due ragazzine di undici-dodici anni che stavano accanto alla scavatrice gialla e sembrava lo aspettassero. Una era magra e bionda. L'altra era più robusta e aveva i capelli rossi. Ciascuna teneva in mano un retino da spiaggia con all'interno l'asciugamano e il costume. Capì che gli volevano dire qualcosa.

Si rimise in tasca la chiave della macchina e fece qualche passo verso di loro.

«Ciao», disse. «Abitate qui vicino?»

«Io sto sulla Selvikveien», disse subito la biondina e diede un calcio a un sasso, facendolo finire nella buca davanti alla scavatrice. «Esattamente dove è sparito Patrik, proprio lì accanto. Nella casa gialla».

«Sapete per certo che è scomparso proprio in quel punto, allora?», chiese Cato Isaksen, abbozzando un sorriso.

«No, ma papà ha detto che la vicina l'ha visto correre via, e che poi è sparito. Quindi è successo proprio di fronte a dove abito io».

«Ma voi c'eravate in quel momento?»

«No, proprio in quel momento, no. Cioè, eravamo sul trampolino ma poi siamo rientrate in casa per un pochino, e dev'essere successo allora. Ma avevamo comprato del gelato da Wiggo mentre si trovava in fondo alla strada».

«Ah, quindi sapete addirittura come si chiama l'uomo dei gelati?»

«È da un bel po' che viene da queste parti».

La ragazzina coi capelli rossi iniziò a ridacchiare. «Sei un poliziotto anche se non hai l'uniforme?»

«Sì, certo», disse Cato Isaksen. «Non ce ne andiamo mica sempre in giro in uniforme, sai. Dove andate a fare il bagno?»

«Proprio qui sotto, alla spiaggia della Veritas», fece la rossa.

«Ma papà dice che Patrik può essere sparito anche da qualche altra parte», affermò quella bionda. Lo guardò senza lasciar trapelare il suo stato d'animo, poi sollevò la mano e si tolse i capelli da davanti gli occhi con un gesto piccolo, lento. Tre braccialettini sottili e colorati emisero un tintinnio affascinante mentre scivolavano lungo il suo avambraccio magro. «Magari è corso lontano prima di essere catturato, solo che nessuno l'ha visto. Mamma e papà hanno parlato con la polizia. Anzi, la polizia è venuta proprio a casa nostra. Perché sui giornali c'è scritto che potrebbe essere stato Wiggo? Ha soltanto diciott'anni, non può aver preso lui Patrik».

«Ne ha ventuno», disse Cato Isaksen.

«Eh?», fece subito la biondina. «A noi ha detto che aveva diciott'anni».

Le ragazzine si guardarono. La bionda si mordicchiava il labbro inferiore e guardò l'amica con aria imperturbabile.

Fu di nuovo la biondina a parlare. «Patrik aveva uno zainetto vecchio e fuori moda», disse. «Brutto, con una striscia trasversale. Se è stato l'uomo dei gelati, vuol dire che quello è pericoloso, giusto?».

Cato Isaksen la fissò socchiudendo gli occhi. «Come ti chiami?»

«Louise».

«Hai visto qualcosa che aveva a che fare con la sparizione di Patrik, Louise?».

Lei fece spallucce. «No, eravamo dentro casa in quel momento, l'ho già detto prima».

L'investigatore guardò la ragazzina grassoccia con i capelli rossi. Lei arrossì. «E tu come ti chiami?», le chiese.

«Ina», disse lei a voce bassa e ridacchiò di nuovo.

«Conoscevate Patrik?»

«No», fecero le ragazzine in coro, e subito si guardarono a vicenda. «Non molto bene, in ogni caso», aggiunse la biondina, «ma di vista ci conosciamo tutti quanti».

«Quanti anni avete?», chiese l'investigatore.

«Undici», risposero ancora in coro, «ma io ne faccio dodici ad agosto», aggiunse la biondina. «A proposito, il giornale diceva che forse era stato Wiggo a prendere Patrik».

«I giornali scrivono sempre un sacco di cose strane. Voi cosa pensate, avete visto qualche macchina in particolare, quel giorno?».

La rossa ridacchiò di nuovo. «Non quel giorno, ma qualche tempo fa abbiamo visto un uomo che si è fermato con la macchina per far fare una passeggiata al suo cane. L'ha semplicemente sciolto e l'ha lasciato correre. Era un cane grosso, nero».

«Dov'era esattamente?»

«Proprio laggiù», disse, girandosi a indicare il punto esatto. «Lì dov'è sparito Patrik. Ha fatto anche alcune foto e camminava in maniera strana, come se avesse un dolore a una gamba».

«Di che colore era la sua macchina? Poteva trattarsi di un poliziotto, no?».

Le bambine si scambiarono uno sguardo. «Non ce lo ricordiamo», disse la rossa. «Ma non aveva l'aria di essere un poliziotto. Adesso non ci lasciano più andare a scuola da sole. Dobbiamo sempre andarci insieme. E ci guardiamo continuamente alle spalle, come se ci fosse qualcosa».

«A proposito, anch'io avevo un cane», disse Louise. «Si chiamava Dennis. Era un piccolo *bichon frisé*. Qualcuno l'ha ucciso. Non sappiamo chi è stato. Era tutto pieno di sangue. Qualcuno l'ha preso ad accettate e gli ha tolto il collare».

«Quand'è successo?».

Louise alzò le spalle. «Qualche mese fa», disse. «Non appena siamo rientrati dalle vacanze di Pasqua».

Signe Marie Øye giaceva apatica sul divano, avvolta in un plaid azzurro spento. Immagini bluastre tremolavano sullo schermo del televisore. Aveva tolto il volume. La coperta le pizzicava. Quel prurito costituiva per lei una distrazione dall'angoscia. Patrik le aveva parlato di Tobias. «È così cattivo», aveva detto. «Strappa le ali degli insetti, mamma». Accanto a lei c'era l'orsacchiotto di suo figlio. Ormai era pronta a sentirsi dire tutta la verità. Forse non sarebbe mai tornato a casa. Lei non ce la faceva più. Sarebbe stato meglio sapere, malgrado tutto sarebbe stato meglio. Si sentiva gelare, anche se il sole emanava calore come un forno incandescente. In quel momento suonò il campanello della porta. Quel trillo la fece sobbalzare.

Gettò da un lato la coperta, si precipitò in corridoio e spalancò la porta con il cuore che le batteva all'impazzata. Fuori c'era un bell'uomo di mezza età. Le mostrò il distintivo di ordinanza e si presentò come Cato Isaksen. Disse velocemente che su Patrik non aveva alcuna novità. Poi le chiese di entrare.

Signe Marie Øye era bella, di una bellezza un po' neutra. I suoi capelli erano chiarissimi. Appariva stanca, ma aveva occhi grigi e lineamenti regolari.

Sul tavolino del salotto c'erano numerose tazze e bicchieri sporchi. C'era anche una copia dell'«Aftenposten» aperta sulla pagina degli annunci mortuari. Cato Isaksen le poggiò la mano sul braccio e le fece un sorriso pieno di comprensione. Sul divano c'erano una coperta di lana e un orsacchiotto. Molti anni prima, l'investigatore si era occupato di una donna che era stata ritrovata annegata nella vasca da bagno. All'improvviso, gli tornò in mente quell'immagine: la figlia della vittima, di due anni, che girava per casa con l'orsacchiotto sottobraccio. Indossava un pigiamino bianco con dei piccoli pois rossi. L'orsacchiotto era celeste chiaro, e Cato ricordava che un orecchio era inzuppato di saliva al punto da risultare piatto.

L'investigatore spiegò brevemente alla donna il perché della sua visita. Il fatto che all'improvviso era emerso un altro caso. Signe Marie Øye non lo seguiva. Sembrava nevrotica. «Pensi di potermi aiutare a ritrovarlo? Pensi che sarete più bravi degli altri poliziotti? Quelli non hanno scoperto nulla. Magari voi potete rivedere tutto con occhi diversi. Ti prego», disse. «Aiutami. Aveva paura di tante di quelle cose, dei cani di grossa taglia e delle ragazzine più grandi».

«Delle ragazzine più grandi?».

Lei annuì. «Sì, sai come sono fatte a volte le ragazzine».

Cato Isaksen la guardò serio, poi fece una smorfia. Non era il momento di fare battute, ma era quasi sul punto di dire che in effetti anche lui aveva paura delle ragazzine più grandi.

«Lui... È morto mio padre, l'anno scorso, aveva sessantott'anni, e Patrik gli voleva molto bene».

Cato Isaksen annuì.

«Patrik non riusciva a capacitarsi che se ne fosse andato... "Non era mica tanto vecchio, soltanto un po'", ripeteva».

Cato Isaksen la guardò con aria interrogativa.

«Sì, non c'è altro da dire, ma quell'espressione, sai... "Un po' vecchio"».

L'investigatore comprese.

«Costruivano sempre una specie di tenda con i piumoni, nell'angolo tra il sofà e la poltrona. Io non ero d'accordo. La biancheria da letto così si sporcava. Patrik ci rimase molto male quando gli dissi di usare le coperte di lana, invece dei piumoni». Abbassò lo sguardo. «Lo so che l'ho perso, per questo mi sforzo di usare il passato, anziché il presente, quando parlo di lui. Lo so che è morto».

Cato Isaksen la guardò. «Non voglio darti false speranze. Questo è un caso di scomparsa e non rientra neanche nel mio distretto. Io lavoro per la polizia di Oslo e non ho nulla a che fare con questa faccenda. Penso che tu possa avere piena fiducia nelle indagini che sono in corso di svolgimento, ma adesso che è spuntato fuori quest'altro caso...».

Signe Marie Øye si spostò in avanti, sedendosi sul bordo del divano. «Di che caso si tratta?»

«Una giovane donna».

«È morta?».

Cato Isaksen annuì.

«Capisco», disse Signe Marie Øye stupita, portandosi la mano alla bocca. «Ma cos'ha a che vedere con Patrik?»

«Probabilmente nulla, ma... la donna che è stata uccisa era la ragazza di quello che guida il furgone dei gelati in questa zona».

«Il furgone dei gelati?».

Cato Isaksen assentì cautamente. «Sai se Patrik parlava mai del furgone dei gelati? Aveva l'abitudine di comprarsi il gelato?»

«No», disse lei. «Di solito era al doposcuola, e quindi, quando tornava a casa, il furgone era già andato via. Ma ovviamente insisteva perché gli dessi dei soldi per il gelato, e perché non aveva voglia di rimanere al doposcuola. Ma i soldi non glieli davo mai». Signe Marie Øye chinò la testa e scoppiò a piangere.

«Però so che Klaus e Tobias, i suoi migliori amici, qualche volta si compravano il gelato. Patrik ci litigava spesso. Sai com'è, tra tre amici, forse uno è di troppo. Lo sai come sono i bambini, a volte».

Cato Isaksen annuì.

«La cosa peggiore è pensare a tutti gli anni che non ha potuto vivere. Al tempo che noi due non abbiamo potuto condividere. È stata scritta una bella cosa qui, in uno degli annunci. È proprio quello che provo anch'io». Strappò la pagina dei necrologi dal giornale con un gesto netto. «Te la leggo?».

Cato Isaksen la guardò tranquillamente: «Ma è ancora un caso di scomparsa». Stava quasi per dire *soltanto* un caso di scomparsa, ma si trattenne.

«No, è morto. Lo sappiamo tutti quanti. Sto pensando a cosa scrivere nell'annuncio mortuario». Prese il giornale che stava sul tavolo. «Ora te lo leggo: "Dovevi diventare profondo come il bosco, alto come la montagna. Accogliente come il sole al tramonto. Non ti fu data l'occasione di 'calpestare l'erba'[7], di saltare di sasso in sasso. Di sentire l'odore dei fiori. Ma dentro di noi vivrai in eterno"».

[7] Verso tratto da una poesia di Einar Skjæraasen, scrittore e poeta norvegese, 1900-1966 (*n.d.t.*).

Tirò un sospiro profondo e fissò un punto del pavimento tra il tavolo e il divano. «Mi chiedo se ci sia un senso in tutto questo, se io abbia fatto qualcosa di sbagliato, se meriti una punizione. Tu credi in Dio?».

Cato Isaksen rimase assorto per un istante. Il suo cervello faticava ad analizzare un elemento su cui si sarebbe dovuto soffermare. Era qualcosa che aveva a che fare con la terra. «Al momento attuale, risultano scomparsi 36 ragazzini di età compresa tra uno e quattordici anni. Molti di loro torneranno. Naturalmente qualcuno è stato rapito dai propri genitori, ma... Il padre di Patrik», chiese, «sei in contatto con lui?»

«No», rispose lei, «è troppo difficile. Lavora a tutte le ore del giorno e della notte. Nel settore dell'informazione. Ieri è venuto qui, ma non l'ho lasciato entrare. Lui... Siamo divorziati. Preferisco non aver nulla a che fare con lui. Ma ci ho parlato un pochino dopo la sparizione di Patrik. Naturalmente lui è disperato quanto me. Patrik stava con lui un weekend sì e uno no».

«E dove abita?»

«A Valler. La polizia ha parlato molto anche con lui. Era all'ospedale con l'appendicite quand'è scomparso Patrik».

Cato Isaksen sapeva che non avrebbe dovuto coinvolgere questa madre disperata nelle sue questioni private, ma all'improvviso lo fece ugualmente. «Anch'io ho un figlio che è sparito. Questa primavera», aggiunse. «Quindi so come ti senti».

Signe Marie Øye trattenne il respiro. Sollevò le mani e per un attimo si coprì la bocca. Poi le abbassò nuovamente, si alzò, attraversò la stanza e si sedette sul bordo di una sedia al tavolo da pranzo. «Davvero? E cosa è successo, è tornato sano e salvo?»

«È tornato sano e salvo». Cato Isaksen fissava il vaso da fiori vuoto sul tavolo da pranzo. «L'ho trovato in un piccolo cottage negli orti comunali di Sogn. Di sicuro non dovrei dirtelo. È poco professionale da parte mia».

«No, no, no», gridò quasi quella madre angosciata. «Non puoi immaginare, all'improvviso mi hai dato un po' di speranza. Da quanto tempo era sparito? Chi lo aveva rapito?»

«Il tutto è durato qualche ora. Era un assassino. Disperato, alla fine l'uomo si è suicidato. Non è un segreto, se n'è parlato un sacco sui giornali. Dell'omicida», aggiunse, «non di Georg: siamo riusciti a evitare che il suo nome fosse riportato dalla stampa».

«Sì», disse lei con un filo di voce, «forse mi ricordo, ora che ci penso bene. Pensi che qualcuno stia tenendo prigioniero Patrik da qualche parte?».

All'improvviso, Cato realizzò quanto fosse stato idiota ad aver raccontato di Georg alla donna. Scosse lentamente la testa. «Non saprei», fece, «in realtà volevo solo dirti che so come ti senti. Quelle ore… sono state…»

«Sì», disse Signe Marie Øye mentre le lacrime le scendevano lungo le guance, «è così terribile… che… nessuno può capirlo. Nessuno».

«No».

«Quanti anni ha Georg?»

«Ha sette anni», disse Cato Isaksen, «andrà in seconda dopo le vacanze estive».

«Andrà in seconda… Ci sarebbe andato anche Patrik». Signe Marie Øye si alzò dalla sedia, andò verso di lui e gli prese la mano. «Allora hanno la stessa età. Grazie, non sai quant'è importante per me quello che hai fatto. Sono contenta che tu sia venuto. Sento che me lo riporterai».

Cato Isaksen non aveva più nulla da dire. Aveva detto già troppo. «Ti terrò informata», aggiunse.

«Miracoli ne sono già successi», replicò lei. «Ne succedono ogni singolo giorno da qualche parte sulla Terra».

«Facciamo tutto il possibile», disse Cato Isaksen e pensò che doveva richiamare Vetle e spiegargli che gli sarebbe davvero piaciuto andare con loro a fare il bagno, ma che al momento aveva davvero troppo da fare.

Signe Marie Øye sbatté forte la porta dopo che fu uscito. Cato Isaksen si fermò un attimo a guardare quell'uscio chiuso, poi sentì la donna che cominciava a singhiozzare.

Vera Mattson si sporse sul piano da lavoro in cucina e sbirciò fuori dalla finestra. Scorse il poliziotto nel giardino della vicina. Non indossava l'uniforme, ma lei capì comunque che si trattava di un agente. Era nuovo, non lo aveva mai visto prima. All'improvviso, sentì nuovamente quel bisogno di nascondersi. Ogni tanto quella sensazione era davvero forte. Non le andava neanche di parlare al telefono o di aprire la porta. Erano fatti suoi se aveva voglia di parlare con la gente o meno. Le persone potevano essere così invadenti, violente e faticose per una povera donna che non sopportava tutto quello scompiglio.

Ora il poliziotto si stava avvicinando al trampolino elastico. L'uomo fece scivolare le dita lungo il bordo dell'attrezzo. Lei evitava come la peste quelle ragazzine che di solito ci giocavano. Bambine come quelle non conoscevano l'educazione. Inoltre, con il vicino non ci parlava proprio. Cos'è che le aveva detto verso Pasqua, quando l'aveva accusata di avere a che fare con l'uccisione di quello stupido cagnolino? Ah sì, che pensava che lei fosse diversa da quello che voleva dare a vedere. Che il suo aspetto grigio e ritroso non aveva nulla a che fare con la persona che era realmente. Usava quelle parole così ricercate: "ritrosa", pensa un po'. Dopo era andata a controllarne il significato nel dizionario, e aveva scoperto che "ritroso" non era certo un complimento. Dopo quanto era accaduto il giorno in cui era sparito il ragazzino, non voleva proprio avere più nulla a che fare con quella storia.

Ora il poliziotto si era girato e stava guardando verso la sua casa. Vera Mattson si scostò velocemente dalla finestra. Urtò un bicchiere, sul cui fondo c'erano i resti appiccicosi del succo di frutta. Il bicchiere cadde fragorosamente. Il ripiano della cucina era pieno di tazze sporche e piatti con resti di frutta, dolciumi, torte, biscotti e avanzi del pranzo. Lei non buttava nulla. Tutto il cibo andava mangiato o conservato. Non voleva aprire la porta. La sua casa non era come la tana di una volpe, con tante uscite. Quelli là fuori non dovevano avere la meglio sulle sue giornate.

Erano passati di lì parecchi giornalisti. Uno di loro voleva che si mettesse in strada con le braccia incrociate, esattamente nel punto in cui aveva visto Patrik Øye quel giorno. Lei si era rifiutata. Ma alla polizia non poteva dire di no. L'avevano accompagnata fuori, era stata costretta ad attraversare con loro il cortile e andare verso il sentiero e indicare il luogo preciso in cui aveva visto per l'ultima volta il ragazzino. L'avevano chiamata "ricostruzione". Come se quel punto in mezzo alla strada fosse la scena di un delitto. Le giornate erano abbastanza pesanti già prima che accadesse questa storia. Era così stufa delle persone qualsiasi che parlavano tutto il tempo del marito, dei figli, dei nipoti e dei cani. Stare da sola non le pesava. Quando non succedeva nulla, non si sentiva isolata; invece si sentiva al sicuro. Ma a volte provava un fortissimo bisogno di fare il contrario di ciò che desiderava. Si rese conto che, malgrado tutto, forse voleva parlare con quel poliziotto. E se, però, l'uomo si fosse poi ripresentato da lei un sacco di volte?

I suoi incessanti pensieri su quel ragazzino divennero molto opprimenti. Soprattutto dal momento che le toccava parlarne in continuazione. Qualche volta, quando il gatto saltava sul suo letto, lo trattava come se fosse un peluche. Era davvero arrabbiata con quel bambino. Ma a buon diritto.

Nella dispensa conservava il quaderno nero in cui prendeva nota di tante cose. Era soprattutto per essere sicura della tempistica di certi avvenimenti. Aveva preso appunti anche ogni qualvolta i ragazzini erano passati di soppiatto da casa sua. Pensava fosse un dato che avrebbe potuto utilizzare, qualora avesse dovuto recarsi alla scuola per lamentarsi di loro. A parlare con i loro insegnanti, oppure, ancora peggio, col direttore.

Aprì l'anta della dispensa, prese il quaderno e scrisse: "*Poliziotto nel giardino dei vicini, ore 13:04 del 14 giugno 2007*".

Non appena ebbe finito di annotare le sue osservazioni sul quaderno, sentì suonare alla porta. Il tono del campanello era profondo come una voce di basso. Vera Mattson ributtò il quaderno nel cassetto e chiuse la porta. Poi si ritirò nel corridoio, quello che si trovava tra la cucina e il salotto. Lì rimase ferma, in piedi, col cuore che le batteva in gola. Suonarono ancora una volta. Si guardò il vestito nero. Era macchiato. Di uova. Si era sbrodolata e non lo aveva pulito. Aprì la porta della cantina e scese giù.

La polizia scientifica aveva deciso di effettuare il sopralluogo del furgoncino dei gelati proprio nel punto in cui esso si trovava. Il parcheggio fuori dal magazzino della Direkt-is era invaso dal sole. Ellen Grue diede uno sguardo all'orologio. Cato Isaksen aveva telefonato per dirle che stava tornando da Høvik. Ci sarebbe voluta almeno una mezz'ora in macchina per arrivare da lì, attraverso la città e poi salendo verso Alnabru.

Ellen si infilò in tasca il telefono e salutò il poliziotto che stava arrivando col cane per la ricerca dei cadaveri. Era lo stesso animale che aveva cercato il bambino nella zona intorno alla Selvikveien. Il furgone utilizzato regolarmente da Wiggo era il numero cinque. Se ne stavano occupando due tecnici. Era stato appena lavato, ed era tirato a lucido dentro e fuori. Era un peccato che fosse stato pulito da poco. La carrozzeria comunque non aveva subito alcun danno. L'olio era stato cambiato da poco ed era stato fatto il pieno di benzina.

Certo, era passato parecchio tempo. Era il 14 giugno, e il ragazzino era sparito da undici giorni.

Il cane saltò a bordo del furgone, ma dopo aver fatto un paio di giri annusando energicamente, tornò fuori. Sembrava del tutto disinteressato. Ellen Grue percepì un leggero odore all'interno del veicolo. Freon, pensò. Guardò le scansie vuote, rivestite di polistirene, e i listini dei prezzi in plastica, impilati in maniera ordinata su uno degli scaffali.

Ellen Grue aprì la massiccia porta del magazzino e lasciò che il cane entrasse anche lì. Il contrasto tra l'aria estiva, calda e immobile di fuori, e il freddo gelido della cella frigorifera era enorme. Respirando, i tecnici formavano delle nuvolette di condensa. Lungo le pareti c'erano alti scaffali con pile di scatoloni chiusi con sopra il disegno dei vari tipi di gelato. Le confezioni erano rosa e celesti. C'erano delle scalette che si potevano far scorrere lungo le scaffalature per prendere gli scatoloni.

Il cane andava annusando a turno lungo gli scaffali e sulla superficie del pavimento, scodinzolando. A intervalli regolari, alzava lo sguardo verso l'agente, che gli gridava alternativamente ordini e lodi.

Il poliziotto responsabile del cane si girò verso Ellen Grue e le spiegò che in una cella frigorifera c'erano elementi di disturbo molto diversi da quelli di ambienti normali. «Il freddo e il gelo non contribuiscono a mantenere gli odori, e rilasciano meno particelle olfattive».

Ellen Grue annuì. «Sì, me ne rendo conto». Nello stesso istante, il cane cominciò ad abbaiare furiosamente.

In fondo alla stanza, in un angolo, c'erano alcune grosse macchie sul pavimento di cemento. Il cane lo puntò in maniera inequivocabile, ma un attimo dopo iniziò a leccare energicamente la macchia. Smise di colpo non appena il tecnico gli urlò un comando.

«Sembra soltanto gelato». Ellen Grue si accucciò sui talloni. «Gelato di fragola appiccicato sul pavimento». Si sentì assalire da un altro conato. Questa volta si ripromise davvero di passare da una farmacia quel pomeriggio per comprare finalmente un test di gravidanza.

Una parte della cella frigorifera era riservata alla ditta di catering. Lì veniva conservata carne macinata, pezzi di carne involtati nella plastica, cosce di pollo, scatole di pesce impanato e di cibi cinesi surgelati, oltre a pile di salmone affumicato in confezioni sottovuoto.

Accanto alla cella frigorifera c'era un piccolo magazzino dove venivano conservate scatolette, farina, zucchero e confezioni gialle e marroni con dentro del miele.

Il cane cercò anche all'interno del magazzino, ma l'odore degli hamburger appena cotti che si insinuava dalla cucina del catering lo distraeva in maniera evidente e gli faceva perdere la concentrazione.

Ellen Grue riemerse alla luce del sole nel momento esatto in cui Cato Isaksen stava parcheggiando accanto al furgone dei gelati.

* * *

Cato Isaksen sbatté la portiera e fece un breve cenno col capo alla collega. *Tra tre amici, forse uno è di troppo.* Le parole di Signe Marie Øye gli ronzavano in testa. Doveva fare una chiacchierata con quei due ragazzini. «Avete trovato niente di particolare?», le chiese. Lei scosse la testa. «Siamo ancora al lavoro».

Noman Khan gli si fece incontro. Indossava pantaloni bianchi e una camicia hawaiana a fiori. Si sistemò sulla fronte i suoi costosi occhiali di marca. Cato Isaksen gli porse la mano e si presentò.

Noman Khan aveva l'aria stanca. «Sono io il padrone del catering. Avete trovato nulla?», domandò.

Ellen Grue lo guardò. «Il cane ha puntato qualcosa», disse.

Noman Khan drizzò le orecchie. «Che cosa significa?»

«Ancora non lo sappiamo».

«Interessante», disse Cato Isaksen e si girò verso Noman Khan. «Eri soddisfatto di Elna Druzika?», chiese.

«Sì, molto. Questo ambiente le si addiceva perfettamente».

«Pensi a qualcosa in particolare?»

«Era brava. Lavorava, ragionava con la propria testa. Non dovevo dirle in continuazione cosa fare, come mi tocca fare con le ragazze norvegesi. Faceva semplicemente quello che andava fatto. Era brava», ripeté, e all'improvviso sembrò preoccupato. «Devo trovarne una nuova».

«Quindi non avevi niente di cui lamentarti?»

«No, direi di no... Non sono sicuro, ma a volte spariva del cibo».

«Del cibo?»

«Sì, varie cose».

«Ad esempio?»

«Pacchi di farina e di zucchero. Confezioni di miele. Cose così».

Cato Isaksen sembrò perplesso. «Aveva un salario decente?»

Noman Khan trasalì. «Sì», disse.

«Quanto guadagnava?»

Ellen Grue spostò il peso da una gamba all'altra.

«Novanta corone l'ora», disse Noman Khan e guardò Cato Isaksen. «È una buona paga».

«Una buona paga?»

«Sì, per queste ragazze è buona. Do loro in prestito anche un mio appartamento».

«Queste ragazze? Che vuoi dire con "queste ragazze"? Pagano un affitto». A Cato Isaksen era comparsa una ruga sulla fronte.

«Non molto», disse seccamente. «Non molto», ripeté.

«Senti un po', ma a che razza di gente affitti?»

«La casa è di proprietà mia e di mio fratello».

«Che razza di gente è? C'erano un paio di ragazze lì, che mi hanno dato da pensare. Capisci cosa intendo, vero?».

Noman Khan sollevò le spalle. Si era fatto scuro in volto.

«Tu eri alla moschea la sera che Elna Druzika è stata investita e uccisa, mi sembra di capire. Ma tuo fratello...».

«C'era anche lui», disse Noman Khan, contrariato.

Gli autisti sedevano intorno al tavolo rettangolare di fòrmica. Davanti a sé avevano i cestini del pranzo e i bicchieri di cartone con il caffè. Appena Cato Isaksen apparve sulla soglia, tutti tacquero. Due degli autisti si alzarono in piedi, ma Cato Isaksen li pregò di risedersi. Erano sei in tutto. Quattro di loro avevano un'età compresa tra i trenta e i cinquant'anni. Wiggo Nyman e un altro ragazzo sedevano a un'estremità del tavolo.

La stanza era allungata, senza finestre e rovente. Alla parete c'era un calendario con alcune foto di città. Una porta su uno dei lati lunghi della stanza conduceva alla cella frigorifera.

«Chi di voi era al lavoro la sera dell'11 giugno, quando è stata uccisa Elna Druzika?», chiese Cato Isaksen.

«Io me ne sono andato via mezz'ora prima che succedesse», disse uno degli uomini maturi. «E quando stavo uscendo, ho incontrato Ronny sulla porta», disse facendo un cenno col capo verso il vicino di Wiggo Nyman, che sembrava stesse studiando attentamente la superficie del tavolo.

Cato Isaksen lo osservò. «Come ti chiami?»

«Io non lavoro fisso qui», rispose. «Mi chiamo Ronny Bråthen».

«Allora sei tu il nipote di…».

«Milly», disse Wiggo Nyman.

Ronny Bråthen riprese a studiare il tavolo.

«Ora rivolgo una domanda a tutti voi», fece Cato Isaksen. «C'è qualcuno che ha una macchina rossa?».

Gli uomini intorno al tavolo scossero la testa.

«Qualcuno di voi conosce nessuno che abbia una macchina rossa?»

«Mia suocera ha una Golf rossa», disse un uomo sulla quarantina.

«Ok», esclamò Cato Isaksen, «scrivi il tuo nome su un pezzo di carta, così facciamo una verifica di prassi».

L'uomo estrasse un portafoglio liso dalla tasca posteriore dei pantaloni e porse all'ispettore il suo biglietto da visita.

«E tu», disse Cato Isaksen guardando Ronny Bråthen. «Vorrei farmi una chiacchierata con te al più presto giù alla stazione di polizia».

Wiggo Nyman si mosse nervosamente sulla sedia.

«No», disse Ronny Bråthen. «Sono andato via di qui in autobus prima che Elna lasciasse il lavoro». La sua voce era concitata. «Lei era qui quando sono andato via. Non voglio venire a farmi interrogare».

«Ah, dunque non vuoi venire a farti interrogare? Hai parlato con Elna quella sera?».

Scosse la testa.

Cato Isaksen guardò gli autisti. Notò che Ronny Bråthen aveva una cicatrice su un orecchio.

«So che avete parlato con i miei colleghi, Asle Tengs e Tony Hansen, ma penso di aver bisogno di fare un altro giro di interrogatori. C'è stata una svolta nel caso. Avrete letto i giornali, no?».

Gli uomini annuirono e guardarono di soppiatto nella direzione di Wiggo Nyman.

«Quindi siete amici, tu e Ronny Bråthen?». Cato Isaksen fissò Nyman, che lo interruppe.

«E allora? Che significa? Che accidenti stai insinuando?».

All'improvviso apparve sulla porta Milly Bråthen. «Che succede qua dentro?», chiese entrando nella stanza per la pausa pranzo. Poggiò sul tavolo un vassoio con una torta alle mandorle. Guardò suo nipote prima di girarsi e lanciare un'occhiata furibonda a Cato Isaksen. «Non ti devi proprio permettere, hai capito?», disse. «Nessuno voleva male a Elna. Ronny ha preso il diploma questa primavera. Lavorerà qui soltanto durante le vacanze estive».

Fece un passo verso di lui e si fermò. «Se mi toccano i parenti divento una belva, hai capito? Questo posto è pieno di inghippi», disse a denti stretti. «Ma mio nipote non ne fa parte. Probabilmente non capisci di cosa sto parlando, ma ricordati bene le mie parole. È come il cibo che prepariamo: un mix agrodolce. Gli opposti non sono necessariamente pericolosi. Ma possono esserlo».

Henning Nyman vide già da lontano che c'era qualcosa che non andava. Uno stormo di uccelli, forse quindici o venti, spiccarono il volo in contemporanea, sollevandosi da terra. Era la madre che aveva di nuovo lasciato la spazzatura all'aperto pensando che lui l'avrebbe vista e portata al cassonetto. Lei diceva che non se la sentiva di andare fino alla fine dell'appezzamento, là dove si trovavano i contenitori. Era sempre la solita.

Il bucato ondeggiava sul vecchio stendino arrugginito. Ogni volta che il vento lo colpiva, si sentiva un cigolio acuto. Henning Nyman guardò la madre che si chinava a fatica sollevando da terra la bacinella di plastica vuota. Aveva le caviglie gonfie e le sue scarpe marroni erano logore. Quando la guardava, sentiva una specie di rabbia crescergli dentro. Per tutta la vita aveva cercato di comportarsi bene e fare del suo meglio. Era tutta colpa della madre se il padre li aveva lasciati per trasferirsi in America. "America" era il vecchio nome con cui venivano chiamati gli USA, ma la madre non usava mai quell'espressione. Diceva: «Se n'è partito per l'America e basta». Henning non riusciva a ricordare il padre che sorrideva a lui o a Wiggo. Di punizioni fisiche ce n'erano state poche, anche perché non erano necessarie. Il rispetto e il timore per il temperamento dell'uomo erano stati più che sufficienti. Henning aveva dodici anni quando se n'era andato, Wiggo due.

Henning Nyman alzò la testa e fissò l'estremità più lontana del campo. Wiggo stava attraversando i campi con la sua Volvo. La strada si snodava come un serpente sulla piccola collina. Le erbacce ai bordi della strada erano cresciute a tal punto che soltanto metà macchina era visibile. Henning sentiva in testa la voce del fratello: "Elna è morta, un idiota l'ha investita e ha tagliato la corda".

All'improvviso, la madre apparve al suo fianco con in mano la bacinella. In quel preciso istante, Wiggo stava superando la cima dell'ultima collina.

«Adesso dobbiamo prenderci davvero cura di lui, tu e io», disse.

Henning si girò dall'altra parte. Wiggo fermò la macchina, sollevando una nuvola di polvere. Poi saltò fuori e fece un breve cenno alla madre e al fratello.

«Ciao tesoro», disse Åsa Nyman.

Henning fece un gesto con la mano. «Com'è andato l'interrogatorio?». Andò incontro al fratello e fece una cosa che di solito non faceva mai: gli mise la mano su una spalla, ma Wiggo si divincolò. «Lasciami in pace», gridò infastidito. «Adesso si stanno occupando del furgone, così non posso lavorare. Che diavolo sta succedendo?».

Åsa rivolse lo sguardo ai figli, rassegnata. Non sapeva se aveva voglia di starli a sentire. Che razza di persone erano diventati? C'era nulla al mondo che potesse farli commuovere?

Henning Nyman osservò il fratello con aria seria. Il fatto che Wiggo fosse arrabbiato non lo turbava affatto. Abbassò la voce. «Anch'io sono furibondo perché Elna è morta», disse, facendo scorrere la mano lungo la coscia. Dentro di sé ipotizzava che non fosse stata soltanto un'avventura occasionale per il fratello. Non lo sapeva con certezza, ma lei era sicuramente una tipa a posto. Forse al fratello stava a cuore, pensò.

Era stato Wiggo il primo a portare a casa delle ragazze. Aveva soltanto nove anni quando portò la prima, e lei forse ne aveva dieci. Si chiamava Nella.

Una volta Wiggo e Nella si erano arrampicati sulla grande quercia. Henning stava armeggiando con la vecchia Škoda che aveva a quel tempo. La macchina che era stata del padre, e con cui la madre faceva la spola per andare al negozio, era continuamente rotta. Stava accucciato e voltava loro le spalle. Aveva diciannove anni.

Nella aveva la schiena nuda e le trecce bionde. Gambe sottili e abbronzate e sandaletti rossi.

Per qualche motivo, si era girato proprio nell'istante in cui Wiggo aveva spinto Nella, facendola cadere dall'albero. Lei si era rotta il braccio in due punti. Era un'altezza di quattro metri, e lei toccò terra con la spalla. Urlava come una dannata.

Lui si era alzato di scatto. Quell'urlo... Wiggo era rimasto a sedere su un grosso ramo. Henning ricordava esattamente cosa gli aveva detto: «Sono come il ferro, io, Henning. Non è stata colpa mia. È stata punta da un'ape». Quella notte, Henning aveva sognato Nella. Era un sogno molto particolare: per la sua intera durata, il grido della ragazzina aveva formato una nota di sottofondo. Nella se ne stava stesa a gambe aperte, nuda sul suo letto. Il suo odore, l'odore della sua pelle, dei suoi capelli intrecciati, era come panna tiepida. Tutto era stato molto realistico in quel sogno. Henning che si agitava sopra di lei. Il suo corpo pesante. Molto più grosso della povera piccola Nella. *Povera piccola Nella.* Quel suo grido. Proprio quando fu punta dall'ape. Quell'urlo che scatenò tutto. La sensazione di violentarla più e più volte. Il desiderio che si trasformava in una rabbia sconosciuta. Pensò al padre e al numero da illusionista con cui si era dileguato, era partito. Per l'America. Forse era una caratteristica ereditaria. Augurare il dolore a qualcuno. Tutto l'insieme era pericoloso, era un sogno pericoloso. Ma che lo aveva stimolato nelle sue giornate ancora per lungo tempo. Erano passati tanti, tanti anni. Non sapeva bene perché proprio in quel momento gli fosse rivenuto in mente quel sogno. Ma Elna era morta. Quel sogno era stato la fine di qualcosa e l'inizio di qualcos'altro. La madre diceva sempre che tutto andava bene. Però non era vero. Poteva dire ciò che voleva, ma c'era qualcosa che non andava.

Anche quella volta, nessuno aprì. Sulla porta mancava la targhetta con su scritto il cognome.

Cato Isaksen si trovava all'interno del cortile ghiaioso. Forse era soltanto suggestione, ma gli sembrava di aver visto la donna alla finestra passando di lì qualche ora prima, quel giorno. Le tendine si erano mosse impercettibilmente, e un'ombra si era ritratta. Avrebbe voluto parlarle. Negli incartamenti c'era scritto che si chiamava Vera Mattson, e che era l'ultima ad aver visto Patrik Øye.

Il giardino era incolto, e la casa aveva bisogno di essere ritinteggiata, qua e là. L'aria era saturata dell'odore dolciastro dei lillà. Le zone che un tempo erano occupate dal prato, adesso erano ricoperte di erbacce alte e felci. Lungo la staccionata, verso il giardino dei vicini, c'era una fila di vecchie piante di lillà che non venivano potate da tempo. Tra la ghiaia del cortile spuntavano ciuffi d'erba e denti di leone. Due pilastri, in mezzo ai quali non c'era però il cancello, indicavano l'inizio della proprietà. In fondo al cortile c'era un garage un po' deformato. Un tavolino arrugginito e due sedie di zinco decorate a volute erano piazzati in un piccolo cortiletto rialzato di pietra. E dietro la casa continuava il giardino selvatico, con alberi da frutto, lillà e vecchi cespugli di frutti di bosco.

Cato Isaksen fece un giro intorno alla casa e sbirciò attraverso una finestra alta col telaio a riquadri. Un cane abbaiò da un giardino più avanti. L'ispettore avvicinò il viso ai vetri e si fece schermo con le mani per ripararsi dalla luce. All'interno, c'era una stanza piena zeppa di vecchi mobili. Regnava un disordine infernale.

Cato Isaksen guardò di nuovo verso la casa gialla. A differenza di quella di Vera Mattson, era stata tinteggiata da poco ed era tenuta con cura. Mazzetti di boccioli di rosa si stagliavano contro la parete gialla. E il trampolino di cui avevano parlato le due ragazze, Louise e Ina, si trovava proprio attaccato alla recinzione della vicina.

Mentre stava per salire in macchina, gli venne incontro una donna snella. «Gunnhild Ek», gli disse ravviandosi i corti capelli castani. «Abito nella casa gialla».

«Ah, bene», disse lui. La donna era vicina alla quarantina e aveva un aspetto sano e sportivo. «Quindi sei la mamma di Louise?»

«Sì», fece lei. «La conosci?»

«Ci ho parlato casualmente dopo quella riunione a scuola».

«Ah sì, ce l'ha raccontato. Purtroppo non sono riuscita a venire. Sta succedendo qualcosa di strano qui», disse. «In questo posto così tranquillo. È veramente inquietante, tutto l'insieme. Un bambino è sparito e tre cani del vicinato sono stati uccisi...».

«Tre cani?»

«Sì».

«Ma quando?»

«Abbastanza di recente. Il nostro a ridosso di Pasqua. Ne hanno parlato anche sul "Budstikka"[8], ma il colpevole non è stato preso. È chiaro che si tratta di qualcuno che odia a morte i cani».

«Tua figlia, Louise, mi aveva accennato a questa storia», disse Cato Isaksen.

«Dennis è stato trovato morto. Fatto a pezzi. Gli altri cani sono spariti senza lasciare traccia. Ma io sono sicura che sono andati incontro allo stesso destino del nostro».

Cato Isaksen la guardò. «Ma Vera Mattson non c'è mai a casa?»

«Non lo so. Qualche volta non apre la porta. È una persona tetra e cupa. Una vicina molto particolare. Purtroppo», aggiunse.

All'improvviso, Cato Isaksen realizzò quanto si sentisse stanco. Doveva tornare a casa, fare uno spuntino e bere qualcosa di fresco. «Grazie mille», disse. «Ti contatterò di nuovo se ne ho bisogno».

Gunnhild Ek annuì e tornò verso la casa gialla.

Cato Isaksen osservò quella silhouette alta e slanciata mentre estraeva dalla tasca il cellulare. Poi si sedette nell'auto-civetta, fece il numero del secondo figlio e gli disse che era di ritorno.

«È troppo tardi», disse Vetle. «Abbiamo finito con i bagni per oggi. È da un bel pezzo che siamo tornati a casa».

[8] Un giornale locale (*n.d.t.*).

«Dobbiamo riportare in Lettonia la bara di Elna Druzika», disse Ingeborg Myklebust. «Da domani avremo il nullaosta per le spoglie».

«Dovrebbe essere un incarico per gli addetti all'ordine pubblico», disse Randi Johansen.

«Non necessariamente», la interruppe Cato Isaksen. «Dovremmo anche procurarci informazioni sull'ex compagno violento della vittima. Inoltre, può essere una bella occasione. È lo Stato che paga, intendo».

«Infatti», disse Ingeborg Myklebust. «La cosa più stupida da fare in questo stadio così iniziale è fossilizzarci su una sola ipotesi. Wiggo Nyman sarà messo sotto accusa, ma dobbiamo stare attenti a non farci sfuggire il quadro completo. Sapete, le coincidenze».

«Ronny Bråthen, c'è qualcosa di strano anche in lui. Io e Randi lo abbiamo interrogato per un'ora. Dice di non avere nulla a che fare con Elna, e che a stento gli è capitato di parlarle. Perché è timido. In qualche modo, non riesco a inquadrare la sua personalità, ma è un amico di Wiggo Nyman. Ovvero, a sentire loro, non si frequentano durante il tempo libero, ma solo sul lavoro. E il tempo che hanno a disposizione è limitato, dal momento che ciascuno guida il proprio furgone». Cato Isaksen sentiva in testa la voce di Milly Bråthen: "Se mi toccano i parenti divento una belva. Questo posto è pieno di inghippi". «Non si tratta necessariamente di un unico caso, anche se al momento sembrerebbe così. Potrebbero essersi verificate due serie distinte di eventi. La scomparsa di Patrik Øye potrebbe essere una faccenda del tutto indipendente. Eppure, se così fosse, si tratterebbe di una coincidenza incredibile».

Effettivamente il cane poliziotto sembrava puntasse qualcosa in un angolo all'interno della cella frigorifera ad Alnabru; ma, quando lo avevano riportato nello stesso punto dieci minuti più tardi, aveva soltanto fatto avanti e indietro guardando l'agente e scodinzolando energicamente. Il furgone dei gelati era stato ispezionato, dando esito negativo, e adesso era il turno della Volvo di Wiggo Nyman. La Golf rossa della suocera di uno degli autisti era stata anch'essa analizzata ed esclusa da ogni coinvolgimento.

Marian Dahle prese una mela verde da una ciotola poggiata sul tavolo.

Cato Isaksen sentì che un piccolo elemento gli sfuggiva: era un qualcosa che stava cercando di affiorare dal suo subconscio. Qualcosa che Milly Bråthen aveva detto di suo nipote. «Voglio riguardare le riprese fatte nella moschea. I fratelli Khan devono essere controllati nuovamente, e anche quel russo. Andremo in Lettonia».

Randi Johansen si infilò in mezzo alle sue carte. «Ma Juris Tjudinov non si trova mica più in Lettonia. Non è in Svezia adesso?»

«Non ne siamo ancora sicuri. L'Interpol ha fatto un cenno in questo senso, ma poi non ci hanno comunicato nient'altro. Vediamo cosa scoprono, se riescono a scovarlo», disse Cato Isaksen. «Ma dobbiamo comunque accertarci che sia estraneo al caso, a meno che non saltino fuori degli elementi che lo coinvolgano nuovamente. Probabilmente non c'entra nulla. Dobbiamo anche cercare di procurarci le sue impronte digitali, quando saremo da quelle parti. Hai voglia di venire, Randi?»

«Assolutamente no», tagliò corto lei. «Ho organizzato una festicciola per mia figlia. Non posso proprio».

Ingeborg Myklebust si tirò su e guardò Cato Isaksen negli occhi. «Penso che debba andare tu in prima persona, e che tu debba portare con te Marian Dahle».

Cato Isaksen guardò attonito la responsabile del reparto. «Possiamo andare io e Roger», si affrettò a dire. La responsabile non doveva mettere becco nel modo in cui assegnava gli incarichi all'interno della sua squadra.

Roger Høibakk scosse la testa. «Devo andare a vedere altre case. Devo assolutamente comprarmi un appartamento. Tra qualche settimana devo lasciare quello che ho affittato. In questo momento, proprio non è possibile».

«Per me va bene», disse Marian Dahle. «Se Roger si prende cura del mio cane».

«Allora facciamo così». Ingeborg Myklebust si alzò in piedi. «Roger, tu prendi il cane di Dahle. E poi prenotate un'interprete». Evitò di guardare Cato Isaksen. «Penso che dovreste contattare l'ambasciata lettone. Ora devo scappare perché ho un incontro col ministro della Giustizia. Scusatemi», disse, e uscì rapidamente dalla stanza affrettandosi per il corridoio con i suoi tacchi alti.

Cato Isaksen rimase a sedere; era come paralizzato. Questo era davvero un nuovo colpo sotto alla cintura. Roger Høibakk lo guardò incerto.

«Vorresti dire che accetti di accollarti il cane?». Cato Isaksen era scuro in volto.

Tony Hansen e Asle Tengs si alzarono. «Be', è ora che ce ne torniamo su ad Alnabru», disse Asle Tengs. «Dobbiamo ancora occuparci dei fratelli Khan e di Milly Bråthen. Stanno per iniziare le vacanze estive, e la donna presto se ne andrà in ferie».

«Sono sicuro che andrà tutto bene», disse Roger Høibakk. «Non dovrò mica far dormire il cane con me?».

Marian Dahle sorrise e poggiò il torsolo di mela su un tovagliolino di carta.

«Probabilmente non vorrà dormire nel tuo letto. È piuttosto schizzinoso».

«Allora facciamo così, dài», disse Roger Høibakk.

Randi Johansen guardò Asle Tengs. «Suppongo che contattaterete anche le mogli e le famiglie dei fratelli Khan».

«Certo», disse Asle Tengs.

«Fantastico», fece Marian Dahle e dette una pacca sulla spalla a Roger Høibakk. «Allora mi dedico al viaggio. Preparo il kit per il rilevamento delle impronte digitali e quelle cose lì». Guardò Cato Isaksen. «Partiamo dopodomani, vero?».

Cato Isaksen annuì, assente. «Sì, sì, partiamo domenica», disse.

Era talmente chiaro che tutti gli leggevano nel pensiero. Gli sembrava che potessero guardare dritto nella sua mente. Non c'era dubbio che questa fosse una vendetta da parte di Ingeborg Myklebust. Lui odiava quando la donna gli si rivolgeva in quel modo. Era evidente che lei aveva escogitato un qualche trucco infantile per far sì che lui e Marian Dahle facessero amicizia, imparassero ad andare d'accordo, *vivessero per sempre felici e contenti*, insomma, come una vecchia coppia di coniugi. Col cavolo. Quella stessa mattina lui aveva ribadito il suo fastidio nei confronti di Marian Dahle. La responsabile del reparto lo aveva guardato con stupore e gli aveva detto che era arrivato il momento di fare i conti con la realtà. Gli aveva ripetuto, specificando che lo avrebbe fatto per l'ultima volta, che non lo aveva voluto disturbare mentre era in malattia. Lo rispettava abbastanza per evitare di fare una cosa del genere, disse. Aveva aggiunto che doveva smetterla di sprecare tempo con quella faccenda, e che ciò la preoccupava. La cosa più importante di tutte era che la squadra svolgesse un buon lavoro.

Cato Isaksen sedeva a mensa con una razione di cibo caldo su un piatto bianco. Era ancora furibondo. Tutta la faccenda tornava continuamente a tormentarlo. L'ordine impartitogli dalla Myklebust era talmente smaccato da provocargli la nausea. La scenetta messa in atto dalla responsabile del reparto nella sala riunioni era una provocazione diretta contro di lui in qualità di capo della squadra. Era compito suo, e non della donna, distribuire gli incarichi. Se pensava di aver vinto la partita in quel modo, si sbagliava di grosso. Ma non poteva neanche mostrare agli altri che per lui si trattava di una questione così importante. Non poteva certo arrendersi. Altrimenti avrebbe vinto Marian Dahle. Che figura ci avrebbe fatto? Ora doveva stare attento a non cadere nella propria trappola. Doveva comportarsi in maniera professionale.

Aveva incontrato molti assassini nel corso della sua carriera d'investigatore. La frustrazione e la rabbia che caratterizzava molti di loro in quel momento la vedeva dentro di lui. Tanti assassini gli erano simpatici. Parlavano a voce bassa ed erano cortesi. Erano tutti caratterizzati da un meccanismo psicologico che li spingeva sempre a negare, e un carisma particolare che li proteggeva dalla loro stessa personalità. Aveva imparato molto da loro. "Quando si lavora quotidianamente con persone che hanno ucciso, che hanno oltrepassato un limite, non si può fare a meno di esserne influenzati", pensò.

Roger Høibakk entrò in cantina e vide che Cato Isaksen era lì. Si lasciò cadere su una sedia libera. «Ciao, che situazione di merda, capo», disse.

«Sì».

«Maledizione, mi squilla di nuovo il telefono. Ho fatto un'offerta per un appartamento in Arendalsgata». Estrasse il cellulare dalla tasca, si alzò e tornò in corridoio. Cato Isaksen scorse Marian Dahle, che aveva appena pagato con la carta di credito e se ne stava in piedi vicino alla finestra con il vassoio in mano.

Vide in controluce il suo piccolo seno appuntito di profilo, e i capelli corvini che formavano un'onda morbida su una guancia. La fronte larga, la bocca sottile. Non sarebbe mai riuscito ad accettare il fatto che lei doveva diventare parte della sua squadra. Non credeva alle qualifiche che erano state esibite a suo favore. Tirò un sospiro profondo. Forse si trattava di qualcos'altro, pensò, di una sua caparbietà che all'improvviso doveva trovare sfogo.

Roger Høibakk era di ritorno. «Non sono riuscito ad aggiudicarmelo», disse risentito, poi estrasse un pettine dalla tasca posteriore dei pantaloni e se lo passò tra i capelli. «A proposito, dobbiamo contattare anche il padre del bambino scomparso».

«Ha un alibi. Era in ospedale, ricoverato, per tre giorni. Ma dirò ad Asle e Tony di farci una chiacchierata».

Henning Nyman sentiva il sangue pulsargli in gola. Era venerdì pomeriggio. Il sole era come un occhio incandescente in cielo quando la polizia arrivò con un piccolo carroattrezzi e si portò via la vecchia Volvo di Wiggo. La sollevò e se la portò via. Il fratello si fece dare un passaggio da una poliziotta bruna con il cane. Henning Nyman seguì con lo sguardo le rosse luci posteriori del carroattrezzi e la macchina della polizia mentre sparivano dietro a una curva. Si sentì cogliere da un violento disagio.

Non poteva essere soltanto la faccenda di Elna. Era chiaro che quello che stavano cercando erano le tracce del bambino scomparso. Henning ne aveva sentito parlare al telegiornale.

Provava una stanchezza diffusa in tutto il corpo. Dormire non lo aiutava: non era quel tipo di debolezza. Era la solitudine, lì nella piccola fattoria. L'incessante miagolio dei gatti nelle loro gabbie, la tristezza della madre e la sua stessa irrequietezza, che lo pervadeva per poi sfociare in un furore che non sapeva come sfogare. Non era mai riuscito a lasciarla sola. Ma lui sarebbe dovuto andarsene già molto tempo prima.

Era così maledettamente stanco di quei gatti. E dei pranzi della madre a base di salsa per arrosti e carote bollite. La mattina lei si faceva la barba in bagno. Lui la sentiva, usava il vecchio rasoio elettrico del padre. E se per qualche giorno non lo faceva, le spuntavano dei robusti peli neri sul mento.

Ogni volta che il fratello arrivava in macchina dalla città, l'umore di lei si tranquillizzava. Per lui, invece, le visite del fratello nella sua Volvo bianca erano dei pugni nello stomaco. Quell'aria di sufficienza mentre la madre lo serviva a tavola facendosi in quattro. Perché non se ne rimaneva in città, visto che aveva deciso di andarsene?

* * *

Åsa Nyman si girò e, attraverso il reticolato, osservò il sentiero di terra battuta che dal recinto dei gatti portava fino al cortile attraverso il prato. La polizia era venuta a prendere Wiggo e la macchina. Doveva esserci un grosso malinteso. Dopo, Henning era sparito dentro il fienile. Sicuramente aveva da fare con le sue trappole lì dentro, le appendeva alla parete con dei ganci e si occupava delle sue cose.

La donna si chiuse alle spalle il recinto dei gatti e si diresse verso casa. Entrò in cucina senza togliersi le scarpe. Prese una birra fredda dal frigorifero e uscì nuovamente. Lì, sotto l'albero grande, erano stati tutti insieme riuniti per pranzo, soltanto pochi giorni prima.

Raggiunse la quercia e si sedette su una delle sedie di vimini, aprì la lattina di birra e bevve direttamente da quella. La luce del sole formava una striscia luminosa sul tavolo. Åsa Nyman sentì l'angoscia come un'onda che saliva dallo stomaco verso il petto. Wiggo era già stato interrogato una volta, e adesso erano venuti di nuovo a prenderlo. Le aveva parlato di un amico che aveva al lavoro, ma Åsa non l'aveva mai visto. Alzò la testa e fissò le fronde della grande quercia. Le foglie tremavano leggermente. Nella parte inferiore, avevano delle piccole macchie, come se fossero dotate di occhi.

Il vaso di vetro trasparente emanava un odore putrido e dolciastro. L'acqua era torbida. I fiori di campo erano ormai marroni, rinsecchiti. Erano avvizziti già da molti giorni. Elna era stata seduta proprio su quella sedia.

Erano stati qui sotto la quercia a mangiare tutti e quattro insieme, come se nulla potesse mai accadere. Era il giorno in cui aveva trovato il gatto morto nel fienile. Wiggo ne aveva portato via il corpo per toglierglielo di mezzo. Aveva messo nella Volvo il sacco della spazzatura con dentro l'animale morto, senza che Elna lo sapesse.

Henning aveva urtato la caraffa d'acqua rovesciandola. Poi era successo tutto in un attimo. All'improvviso, sciami di insetti erano sbucati fuori dal tronco marcio. Sembrava la vibrazione di una macchina da cucire che si insinuava tra le foglie appena nate. Le api, striate di nero, erano venute giù ronzando lungo il tronco, verso il tavolo da pranzo. Alla fine erano dovuti scappare tutti e quattro. E Henning era andato a prendere una confezione di Ajax all'ammoniaca. Poi l'aveva spruzzato energicamente in aria e sul tronco dell'albero. Elna aveva riso di lui, ma era una risata bonaria. Henning si straniva sempre quando arrivava lei, ma quella volta rise. Åsa non capiva se fosse invidioso del fratello o piuttosto timido. A quanto ne sapeva, suo figlio maggiore non aveva mai avuto una ragazza.

Proprio mentre formulava quel pensiero, lo vide uscire dal fienile. Si fermò sulla rampa d'accesso e la guardò. Lei si voltò dall'altra parte e fece finta di non vederlo.

«In Lettonia! Santo cielo, Cato. Tra qualche giorno iniziano le vacanze estive. Avevamo anche affittato quel cottage». Bente guardò il marito con aria rassegnata, e gli porse l'insalatiera. Stavano pranzando in giardino con pollo, insalata e pane fatto in casa. Bente si allungò per prendere il burro. «Hai promesso di raggiungerci, i ragazzi non vedono l'ora. Con noi ci saranno sia Gard che Vetle. E anche Tone. È fantastico che la ragazza di Gard preferisca stare con noi piuttosto che con i suoi genitori. Non oserai mica privarci ancora una volta delle vacanze estive».

«Resterò in Lettonia soltanto per due brevissimi giorni, Bente. Torno l'8, di sera. Inoltre Tone vuole stare con Gard, non con noi due». Cato Isaksen sospirò e bevve un sorso dal boccale di birra. In tutti quegli anni non era mai riuscito a far capire del tutto a Bente in cosa consistesse il suo lavoro. Uno non poteva sottrarsi a metà di un'indagine. C'erano tanti mattoncini, erano sempre numerosi e troppo piccoli. L'unico modo per raggiungere la meta era lavorare ostinatamente con i dettagli, uno dopo l'altro. «Certo che ci faremo le nostre vacanze estive, Bente, ma io devo per forza accompagnare il feretro».

Il gatto rosso sedeva sul davanzale e li osservava dalla finestra con i suoi occhi verdi come laghi.

Bente sospirò. «Lo so che sembrerò cinica, ma me ne strafrego di quella bara. Me ne strafrego di tutti i morti di cui ti occupi per mestiere. Io lavoro all'ospedale, sono continuamente circondata da vecchiaia e malattie: ora è arrivato il momento di tagliare la corda e andarcene in vacanza. La nostra vita non può consistere esclusivamente in anziani e morti. Inoltre, ultimamente sei stato anche poco bene. Perché non ci mandi qualcun altro in

Lettonia?». Esitò un attimo. «Tra l'altro, ho sempre avuto voglia di andare a Riga».

«Non vado a Riga».

«E allora dove te ne vai?»

«Cento chilometri più a sud, vicino alla frontiera con la Lituania. È un paese che si chiama Bene».

«Insieme a quella nuova investigatrice, vero?». Bente aveva assunto un tono stizzito. Si alzò rapidamente ed entrò in casa attraverso la porta finestra della veranda.

«Che ti prende adesso?». Cato Isaksen la seguì irritato. La trovò nella lavanderia, che con gesti energici riempiva la lavatrice di biancheria sporca.

Cato Isaksen si appoggiò allo stipite della porta. «Devo andare, dannazione, non sto partendo per una gita, se è questo che pensi. Devo accompagnare la bara, te l'ho già detto. Non ho la minima voglia di fare questo viaggio».

«No», sospirò lei in maniera plateale. «Accompagnare una bara è una cosa che può fare chiunque. Perché lo devi fare proprio tu?»

«Perché devo scoprire se a uccidere Elna Druzika è stato il suo ex amante folle. Devo parlare con sua madre e i suoi fratelli, e con la moglie del presunto assalitore, che forse si trova in Norvegia. Potrebbe essere lui l'assassino. In questa fase del lavoro, è fondamentale sistematizzare le cose. I dettagli», disse. «Ma tu queste cose le sai benissimo, Bente».

La donna si tirò su e si girò verso di lui, appoggiandosi rigidamente al tavolo da lavoro alle sue spalle. Il suo seno era prorompente. «Quanti anni ha?»

«La donna che è stata uccisa?»

«No, quella nuova».

«Vuoi dire Marian Dahle?»

«Sì, Marian Dahle».

«Trentadue, penso, o trentuno». Cato Isaksen la guardò rabbiosamente per un istante, prima di scoppiare in un'improvvisa risata. «È grassa e brutta. Non ti sto neanche a raccontare come la chiama Roger». All'improvviso comparve il gatto, che iniziò a strusciarsi formando delle volute intorno alle sue gambe.

«No», disse Bente, «risparmiamelo». Le affiorarono alla mente i ricordi di quella volta che Cato l'aveva lasciata per andare a vivere con un'altra donna, qualche anno prima. Aveva provato un dolore cupo e profondo. Non sarebbe mai riuscita a ricostituire quello che c'era stato prima, anche se ormai erano passati diversi anni. Il dolore di quella volta aveva incrinato per sempre la sua fiducia in se stessa. E Georg, che ora aveva sette anni, sarebbe rimasto perennemente la prova tangibile dell'errore che lui aveva commesso. Per fortuna, quell'anno il bambino sarebbe andato in vacanza con la mamma e il patrigno. Sarebbero stati nel paese d'origine di lui, e ci sarebbero rimasti sette settimane. Era quasi incredibile. La prima estate senza Georg. Bente si sentiva cattiva, ma una volta tanto era giusto che fosse così, pensava.

Dopo che Bente si fu addormentata, Cato Isaksen rimase steso nella luce grigia della sera, con la federa morbida contro la guancia destra. La biancheria da letto odorava di fresco. Fissava un punto nella stanza. Aveva bevuto troppo. Dopo la birra era passato al vino. Aveva un bruciore di stomaco a causa del tannino. *Dobbiamo passare insieme le vacanze, i ragazzi non vedono l'ora. Non oserai mica privarci ancora una volta delle vacanze estive.* Pensò al modo in cui Marian Dahle l'aveva guardato dall'altro lato del tavolo quando Ingeborg Myklebust aveva annunciato che toccava a loro due accompagnare il feretro in Lettonia. Se la rivedeva davanti a mensa, un paio di ore dopo, di fronte alla finestra aperta. I seni a punta, la sua silhouette controluce. Si era sorpreso a chiedersi come fossero i suoi capezzoli, se fossero chiari o scuri. Lei si era accorta che lui la stava fissando. I suoi movimenti erano diventati rigidi e meccanici.

Sentì che tutto dentro di lui si contraeva. Rimase per qualche minuto ad ascoltare il respiro regolare di Bente prima di iniziare ad accarezzarle delicatamente la guancia. Il suo corpo si trasformò, sentì il desiderio scorrere giù lungo la schiena. Lei si svegliò e lui la attirò verso di sé e le si stese sopra. La moglie gli sorrise e lo baciò. Fecero l'amore con foga. Poi lui si rotolò giù da un lato e rimase accanto a lei ad accarezzarle il corpo. Sul ventre aveva delle smagliature lasciate dalle gravidanze. La donna reclinò all'indietro la testa. Lui si accorse che all'estremità del mento le si era formata una piccola, morbida piega. Lei si girò di schiena e si coprì le spalle col piumone estivo. Poi si riaddormentò. Cato Isaksen rimase ancora per un po' a guardare il soffitto che la notte estiva tingeva di grigio.

Una hostess di origini lettoni li avrebbe accompagnati nel viaggio facendo loro da interprete. Cato Isaksen aveva preparato una borsa con dentro una t-shirt pulita, dei boxer, lo spazzolino da denti e gli accessori da toilette. E una camicia bianca e le scarpe nere per il funerale. I documenti che dovevano consegnare erano raccolti in un'apposita cartellina. All'aeroporto di Riga sarebbero stati accolti da poliziotti lettoni e da alcuni rappresentanti di una ditta di pompe funebri. Pur trattandosi di una domenica, le autorità avevano promesso che tutto sarebbe filato liscio. Non c'erano alberghi a Bene, perciò avrebbero pernottato presso una vicina della madre di Elna Druzika. Non sarebbe certo stato un viaggio piacevole, ma per una notte ci si poteva pure adattare.

Di Marian Dahle ancora non c'era traccia. Cato non sapeva come ce l'avrebbe fatta a sopportarla per i due giorni che dovevano trascorrere insieme. Ce la doveva fare per forza, doveva essere professionale. Ma non era facile.

Subito prima dell'arrivo della macchina che li avrebbe portati a Gardermoen[9], giunse una chiamata dalla reception che li avvertiva della presenza di una giovane donna all'ingresso. Cato Isaksen lanciò uno sguardo all'orologio, scese in ascensore fino al pianterreno e passò il tesserino magnetico nella fessura.

Nell'atrio principale c'era un grande silenzio.

Era Inga Romulda. Stava vicino al bancone della reception con una gonna nera e una camicia bianca.

«Scusami», disse in tono grave appena lui le si avvicinò. «Per il disturbo, intendo. So che oggi partirai con la bara. Potresti portare laggiù una cosa da parte mia?». Gli porse un pacchetto di carta

[9] L'aeroporto principale di Oslo (*n.d.t.*).

bianca. «È un cuore d'argento», disse. «Lo puoi portare a nome mio e metterlo sulla bara? Non ho i soldi per venire al funerale».

Cato Isaksen prese il pacchetto che gli porgeva. «Lo metterò sulla bara», confermò.

Inga Romulda chinò la testa e fece un piccolo cenno di riconoscenza.

* * *

Il gruppo salì sull'aereo con parecchio anticipo. L'hostess che doveva fare da interprete si chiamava Jelena e aveva una trentina d'anni. Sua madre era lettone, per questo conosceva la lingua. Marian e Jelena si intesero bene fin dall'inizio, e Cato Isaksen pensò che era perfetto, così loro due avrebbero fatto conversazione e lui non avrebbe avuto bisogno d'intrattenere nessuno.

Il volo durò meno di due ore. Ci volle più tempo per sistemare le formalità, una volta arrivati all'aeroporto di Riga. Fu fatto loro segno di entrare all'interno di un gabbiotto di vetro che si trovava in fondo alla zona degli arrivi. Due poliziotti austeri in uniforme e un consigliere comunale li ricevettero e passarono in rassegna tutta la documentazione. Dopo mezz'ora arrivò il rappresentante delle pompe funebri; la bara fu portata su un carrello fuori dagli arrivi e caricata direttamente su di un carro funebre vecchio stile.

All'interno del gabbiotto di vetro faceva un caldo incredibile e c'era pochissimo spazio. Jelena fece da interprete e i documenti furono timbrati e firmati. C'era un'infinita serie di carte che andavano lette. Quando finalmente fu tutto a posto, erano quasi le due del pomeriggio. Il calore del sole era intenso. I due poliziotti e l'interprete dovevano essere trasportati su un pulmino Volkswagen che avrebbe seguito il carro funebre.

«Avremmo dovuto avere dei fiori da mettere sul feretro», disse Marian Dahle. «È veramente da miserabili presentarsi con la bara così, completamente spoglia».

Cato Isaksen concordò. «Ma non ci saranno negozi di fiori aperti di domenica», fece lanciando un'occhiata interrogativa all'hostess, che alzò le spalle.

«Non sono pratica di questo tipo di cose», disse, «ma posso chiedere all'autista».

Questi, che aveva dei grossi tatuaggi sulle braccia muscolose, blaterava ininterrottamente mentre guidava per le strade di Riga. L'hostess spiegò che si potevano fermare in una fattoria lungo la strada. La maggior parte di esse aveva dei fiori, confermò l'autista.

«Dobbiamo comunque fermarci per comprare qualcosa da bere», disse Cato Isaksen. I vecchi sedili di gomma emanavano un odore acre a causa del caldo. Sotto le cosce, i jeans gli si incollavano alla fodera.

«E anche qualcosa da mangiare», aggiunse Marian Dahle passandosi la mano sulla fronte.

«Ci fermiamo al primo benzinaio appena usciti dalla città», disse l'interprete, indicando alcuni grossi palazzi. «Non è bello qui? Tutta la città risente dell'influenza tedesca. Dopo Praga, Riga è la più bella città d'Europa, secondo me».

Cato Isaksen aveva in tasca il pacchettino bianco con dentro il cuore d'argento di Inga Romulda. Infilava continuamente la mano in tasca per sentire se c'era ancora.

Dopo un'ora e mezza di viaggio, all'improvviso lessero "Auce" su di un grosso cartello giallo. «Si tratta della provincia alla quale siamo diretti», spiegò l'hostess. Erano quasi arrivati. «Allora adesso dobbiamo trovare quei fiori», disse Marian Dahle. L'interprete riferì la frase, e l'autista fece un colpo di clacson al carro funebre, che accostò e si fermò sollevando una nuvola di polvere. L'interprete saltò fuori e parlò con l'altro autista, il quale lasciò che il pulmino della Volkswagen lo superasse e facesse strada. Il paesaggio era incredibilmente simile a quello danese, pensò Cato Isaksen osservando le casette in pietra, basse e fatiscenti, che si trovavano lungo la strada. Le sfumature di verde nei campi erano brillanti, e grossi alberi caduchi si stagliavano all'orizzonte. All'improvviso Marian gridò che aveva avvistato una cicogna. «Guardate, quella mi sembra proprio una cicogna, o sbaglio?». Un uccello bianco e grosso si stava per poggiare in mezzo a un prato. L'interprete rise, e disse che la Lettonia era piena di cicogne. «È davvero pazzesco quando si sente dire che le cicogne sono quasi estinte, e infatti non è vero. In Lettonia si possono vedere su un tetto sì e uno no. Guardate quei nidi enormi».

Poco prima di arrivare a destinazione, l'autista svoltò su una strada sterrata e poi prese di nuovo a destra. Percorsero la strada carrabile attraverso un paesaggio lussureggiante, superando due vecchi cavalli intenti a pascolare. L'autista continuava a blaterare. «Dice che nei boschi qui intorno ci sono anche i cinghiali», spiegò l'interprete.

Alla fine, si fermarono di fronte a una casa di pietra bassa. Ne uscì una donna rotondetta sulla cinquantina. Portava un vestito estivo marrone e in testa un fazzoletto.

Il carro funebre si era fermato a una certa distanza. Quando l'autista le spiegò perché si erano fermati da lei, la donna annuì. Entrò in casa, ne riuscì con un grosso coltello e sparì dietro l'edificio. Cato Isaksen osservò Marian Dahle, che stava di spalle. Era a quindici metri di distanza e fumava come una turca. Era tanto stupida da pensare che lui non vedesse cosa stava facendo?

Dopo dieci minuti, la donna tornò con le braccia piene di fiordalisi di un colore blu intenso. Aveva un'aria grave quando mise i fiori in grembo a Cato Isaksen.

Bene era un paesino di campagna con edifici bassi in muratura e travi di legno grigio. L'autista indicò loro la scuola mentre passavano. Era di muratura, e per molti versi ricordava l'ala vecchia della scuola di Høvik Verk, quella frequentata da Patrik Øye. La scuola adesso era chiusa, raccontò l'autista. I ragazzini andavano in vacanza fin da maggio per poter dare una mano nei campi.

Passarono accanto a un anonimo negozietto. A tratti, le strade erano coperte di brecciolino, ma in certi punti erano semplicemente sterrate. Vecchi binari in disuso attraversavano la cittadina. L'erba cresceva alta lungo le rotaie arrugginite.

Il carro funebre si fermò di fronte a un edificio biancastro. «La bara va qui dentro», disse l'interprete. «È una specie di sala riunioni della comunità locale. L'uomo delle pompe funebri si occuperà del resto. Noi possiamo proseguire fino alla casa di Fanja Druzika. Ci sta già aspettando», disse l'autista.

Cato Isaksen si girò e notò che la macchina nera si accostava all'ingresso dell'edificio. Vide qualcuno che usciva. C'era un muro di pietra e, dietro l'edificio, terreni a campi coltivati.

Su un cartello inchiodato a un albero c'era scritto «*Stacijàs ièla*» a caratteri grandi e bianchi. Erano arrivati. Il numero quattro era una catapecchia che sorgeva a una certa distanza dalla strada polverosa. Un'alta palizzata di legno la separava dai vicini. Al di là della casa, c'era un muretto e in mezzo campi coltivati a fragole, verdure e patate. Di fronte alla scala d'ingresso, il terreno era battuto, e qua e là spuntavano ciuffi d'erba.

Cato Isaksen e Marian Dahle si lanciarono un'occhiata. «Qui è così», disse l'interprete, e aprì la portiera. L'autista volle entrare con loro.

«È come tornare indietro di cent'anni», fece Marian Dahle, sbalordita. «Non ero quasi al corrente del fatto che esistessero posti come questo... così vicini a noi».

Cato Isaksen la guardò. «Avrai pur visto alla televisione alcune regioni della Russia, del Kazakistan e altri posti simili. Questo è uno di quei Paesi».

«È ovvio che lo sapessi», lo interruppe Marian, «ma fa ugualmente un certo effetto. O almeno, a me fa effetto», concluse in fretta e si avviò verso la casa.

* * *

La mamma di Elna Druzika stava accanto al tavolo sgangherato e armeggiava con una brocca d'acqua. Più in là, vicino ai fornelli, c'era una bambina inginocchiata per terra che guardava gli sconosciuti con aria un po' intimorita. Poteva avere tre anni. Davanti a lei, sul pavimento, c'era un biberon sporco con dentro dell'acqua.

Cato Isaksen accennò appena un sorriso verso la madre di Elna Druzika e pensò alle parole di Inga Romulda: *Sua madre aveva paura che potesse succederle qualcosa.*

L'odore all'interno della piccola casa era indescrivibile: un misto di cavolo marcio e polvere. Era incredibile che riuscissero a vivere in quelle condizioni con quattro bambini.

Fanja Druzika si asciugò le mani sul vestito e gli andò incontro. Era una donna consumata che aveva appena passato la quarantina, con un viso affilato e occhiaie scure. I capelli castani, di media lunghezza, erano tirati dietro le orecchie. Salutò tutti e tre, uno alla volta. Tese loro la mano in maniera incerta, quasi schiva.

Li fece entrare in una cameretta. Cato Isaksen capì che era stata la stanza di Elna Druzika. Alla parete c'era una sua fotografia, incorniciata con cura. Un ciuffo di capelli le scendeva sulla fronte in maniera irriverente, come se una folata di vento l'avesse sfiorata subito prima dello scatto.

All'improvviso, Fanja Druzika guardò Cato Isaksen con il terrore negli occhi, come se le stesse portando un'altra brutta notizia.

Strofinò nervosamente le mani sul grembiule marrone e arancio che indossava. Abbassò le spalle e fece un respiro. Fissò la foto al muro mormorando che la figlia era già morta. Non poteva morire di nuovo.

Il calore in cucina era insopportabile. Sul tavolo c'erano dei cetrioli pieni di terra. Di sicuro li coltivava vicino al muretto di pietra. Fanja Druzika parlò e l'hostess tradusse. «In realtà, non potete fare nulla per noi, perché se è stato lui, voglio dire... se è stato Juris, comunque ormai se n'è andato via da un bel pezzo. A proposito, è lui che ha scattato la fotografia di Elna, quella appesa alla parete. Erano le uniche cose che sapeva fare: fotografare e bere. Elna era così bella. Ma Juris non è più qui. Lei stava bene in Norvegia... con Inga. E Wiggo», aggiunse. «Lui era... così gentile. Sua madre era molto gentile. Elna era tanto felice... Diceva che era una famiglia di brave persone».

L'autista si sedette su una sedia e sembrò che stesse raccontando a Fanja dei fiori sulla bara. Lei sorrise fugacemente e ringraziò, disse che dopo sarebbe andata a vedere il feretro insieme ai ragazzi quando sarebbero tornati dai campi.

Marian Dahle fece un cauto sorriso a Fanja quando l'interprete ebbe finito di tradurre le sue parole. «Dove sono gli altri tuoi figli? Ne hai altri quattro, giusto?».

Fanja annuì, disse che faticava ad affrontare ogni nuova giornata, che doveva concentrarsi sugli altri figli. Ora gliene rimanevano solo quattro. C'erano tante cose da fare, c'erano tante bocche da sfamare. Ma non sapeva come avrebbe fatto ad andare avanti.

Tutto d'un tratto, l'interprete parve stanca. «Dice che le sembra così assurdo che la figlia la stia aspettando nell'aldilà, e che, quando morirà, la troverà già lì».

Fanja Druzika scoppiò a piangere, raccontò singhiozzando che due figlie lavoravano come contadine in cambio di un piccolo compenso. «La scuola si chiude già a maggio, affinché i bambini possano aiutare nei campi. Mio figlio ha diciott'anni e vive a Riga, ma torna a casa quasi ogni fine settimana. E mangia come un cavallo», aggiunse asciugandosi gli occhi. «Quindi di giorno qui ci siamo esclusivamente io e la piccola. Ha tre anni, ma è già abituata a rimanere a casa da sola. Quando do una mano nei campi, se ne sta seduta qui per conto suo. Qualche volta passa una vicina per vedere che fa, altre volte la porto con me».

Si asciugava continuamente le lacrime con rapidi gesti.

Cato Isaksen rivide un'immagine davanti agli occhi: all'epoca, avrà avuto tre o quattro anni. Sua madre lo aveva lasciato con dei vicini. Doveva fare qualche commissione fuori casa. Era inverno e lui piangeva. Ma lei non venne a salvarlo. Aveva visto il suo cappotto blu, di spalle, scomparire all'orizzonte. Ricordava quella sensazione fortissima di essere arrivato alla fine del mondo.

* * *

Cato Isaksen, Marian Dahle e l'interprete erano seduti intorno al consunto tavolo da cucina. Finalmente l'autista aveva capito che era ora di andarsene. La madre di Elna Druzika servì loro un semplice pasto fatto di patate lesse e verdure. C'erano cetrioli, pomodori e rape. Versò nei bicchieri della vodka pura.

Le patate erano quelle di un tempo. Cato Isaksen sorrise. «Le patate sono incredibilmente buone», disse, sorseggiando la vodka per cortesia. L'interprete tradusse. «In Norvegia usiamo così tanto concime artificiale che il sapore svanisce. Queste invece hanno lo stesso identico sapore delle patate che ricordo di aver mangiato da bambino».

Fanja Druzika accennò un sorriso e rispose qualcosa che l'interprete si affrettò a tradurre. «Fanja dice che è così afflitta per la figlia. Del fatto che non potrà mai più mangiare patate, che non rivedrà mai più la sua famiglia. È a Elna che dobbiamo pensare, non a noi stessi. Noi in fondo siamo ancora vivi. Elna non lo è più».

«Raccontaci di Juris Tjudinov», la pregò Cato Isaksen.

«Non so che dire. Elna aveva fatto una cosa molto stupida. In qualche modo non si era comportata come le avevo insegnato io. Non so per quale motivo avesse stretto quel legame con Tjudinov, ma penso si annoiasse. Ci sono così poche cose piacevoli, qui da noi. Tjudinov è sposato con una delle maestre della scuola. Una brava donna. Hanno quattro bambini. La maestra venne qui a dirgliene di tutti i colori. Era furibonda. Lo capisco, del resto era una situazione terribile. Juris non lavorava da parecchi anni. Poi diventò pericoloso per Elna. È un bell'uomo, ma non faceva altro che bere e stava tutto il giorno buttato sul divano. Qualche volta la picchiava brutalmente, così lei se n'è dovuta andare. Poi se n'è andato anche lui, e nessuno sa dove sia. L'unica cosa che ha portato con sé è la macchina fotografica. Sua moglie l'ha raccontato a mio padre. È in Norvegia, vero? L'ha trovata. Alla fine l'ha trovata, giusto?».

Louise Ek e Ina Bergum stavano stese sul trampolino elastico e fissavano il cielo della sera, supine. Non videro l'uomo con un cane al guinzaglio che stava fermo a guardarle. Quello si trovava appena all'interno della proprietà di Vera Mattson, dietro un cespuglio di lillà. Sollevò la macchina fotografica e guardò dentro il mirino. L'obiettivo catturò il paesaggio, le piante, i lillà. Il suono metallico dell'otturatore spezzò in due il silenzio col suo *click*. Al lato estremo della foto, la lente catturò le ragazzine. In macchie di colore frammentate dalla siepe, il tono della loro pelle, delle loro mani e dei ciuffi di capelli fu catturato da un fotogramma. I capelli della ragazzina bionda assomigliavano a rivoli d'acqua.

Entrambe indossavano il bikini. Quello della bionda Louise era rosa con perline bianche e gialle ricamate sui bordi. Era così magra che le ossa delle anche erano il punto più sporgente del suo corpo quando stava stesa a pancia in su. Quando era in piedi e si chinava in avanti, le costole e la spina dorsale si distinguevano nettamente attraverso la pelle. Le lunghe gambe avevano già assunto un bel colore dorato.

Ina Bergum aveva un bikini a quadri verde. Il suo petto era molto più sviluppato di quello dell'amica. I due piccoli, morbidi rigonfiamenti erano racchiusi a stento nello striminzito top del bikini. E la pancia formava un rotolo subito sopra al bordo degli slip. La sua pelle era ancora bianco latte.

L'uomo si guardò intorno, tirò a sé il cane e cominciò a risalire per il sentiero. Ogni tanto si fermava. Fotografava la stradina fatta di brecciolino, i denti di leone e le margherite. E le erbacce nei fossati ai lati della strada.

Louise si riparava dal sole con la mano. Le nuvole arrivavano fluttuando oltre la sommità rossa del tetto. Il cielo blu intenso contrastava fortemente con il tetto rosso e le nuvolette bianche.

«Le nuvole ricordano gli spumoni, vero? Peccato che Wiggo nel furgone non abbia la macchina per fare gli spumoni, e che ogni volta ci tocchi comprare un intero pacco di gelati. È così costoso. Mamma dice che ne abbiamo abbastanza di gelati, e che non mi dà il permesso di riempire ancora di più il congelatore».

«È possibile che stia mentendo», disse Ina, al suo fianco. «Quel poliziotto dice che ha ventun anni».

«Ne ha soltanto diciotto», disse Louise convinta. «Eccola lì che ci sta fissando di nuovo».

«Chi?»

«La signora Mattson. Se ne sta immobile dietro le tendine della cucina e pensa che non la vediamo. Papà dice che ha qualche rotella fuori posto».

Le ragazze si girarono sulla pancia. In fondo al prato, verso la siepe, c'era un tratto con dei fiori di campo che il tosaerba non poteva raggiungere.

«I ranuncoli sono i più belli», fece Ina. «Tu che ne pensi?». Louise non rispose e Ina proseguì: «La mamma mi ha detto che non ho il permesso di tornare a casa da sola, neanche di giorno. La devo chiamare, e lei mi viene a prendere».

«Neanch'io», disse Louise. «Ma nessuno può venire e rapirci finché c'è luce e restiamo in due. È peggio se uno è solo, giusto?»

«Ma Patrik non era mica solo. Erano in tre».

«Sì, ma gli altri non sono tornati indietro».

«Noi l'abbiamo visto», disse Ina con tono incerto.

«Sì, ma era molto prima», fece Louise. «Molto prima che sparisse, intendo. Era quando è passato accanto al furgoncino insieme agli altri, prima che entrassero nel giardino, no? Ma io non l'ho detto neanche a mia mamma, perché altrimenti non ci dà più il permesso di parlare con Wiggo. Io non dico niente a nessuno. Di Wiggo, intendo. Solo a te». Louise Ek scoppiò in una piccola, acuta risata.

«Ma forse lo dobbiamo dire lo stesso», replicò Ina.

«Perché? Dire cosa, poi? Patrik era così scontroso. Uno stronzetto».

«Non starai mica dicendo che speri che sia morto?»

«Ma che sei scema? Certo che spero di no. Perché pensi così?».

Ina fece un respiro profondo e sentì una fitta alla pancia. Louise parlava a ruota libera. Doveva stare un po' più attenta, pensò. Era come se Louise tirasse fuori la sua parte peggiore. "È una di quelle amiche che ti spingono a fare delle cose che in realtà non vorresti fare", pensò. Ma forse non avrebbe più voluto essere sua amica se lei avesse fatto troppo la secchiona. E Louise era la più bella della classe. «Ma sei sempre tu che parli con quello dei gelati», disse, e sentì che si stava pentendo di esser venuta a trovarla. «Potresti fare a meno di andarci sempre a parlare».

Louise fissava la finestra della cucina di Vera Mattson. «Ma io non ho mica detto che dobbiamo parlarci per forza», replicò. «Ti ho soltanto chiesto se hai voglia di parlarci».

«Ma io non ho il permesso. E non sappiamo neanche quanti anni ha».

«Ha diciott'anni. E io non gli ho mandato nessun SMS, se è questo che pensi».

«Lui dice di avere diciott'anni. Tu non ci hai mica parlato. Il poliziotto dice che ne ha ventuno».

«Ha diciott'anni. Il poliziotto non può mica ricordarsi l'età di tutti quanti. Per me dimostra diciott'anni».

«Ma ha il tuo numero di telefono, quindi deve sapere come ti chiami. Come fa a saperlo?»

«Ma dài, quello può averlo ottenuto dal servizio informazioni elenco abbonati, si può chiedere anche l'indirizzo. Lui lo sa che abito nella casa gialla. E poi posso fare finta di chiamarmi Pippi o roba del genere. Pippi Calzelunghe». Louise sollevò la testa e ridacchiò, alcune ottave ancora più in alto del solito. «La bambina più forte del mondo, evviva!».

Ina la guardò, sollevò un sopracciglio e sorrise, anche se si stava sforzando di non farlo. «Cosa credi che voglia?»

«E tu cosa credi che voglia? È per questo che dobbiamo essere in due».

«Pensa se all'improvviso si tira giù i pantaloni, come quell'esibizionista».

«Non lo farebbe. Quello era un vecchio. Aveva almeno trent'anni. Io non ho detto niente a mamma e papà, e tu?».

Ina scosse la testa. «Che sei matta?», fece. «Così non mi avrebbero mai più dato il permesso di tornare alla spiaggia».

Tutto d'un tratto, il silenzio fu interrotto dal rumore di due gatti che si azzuffavano. Successe all'improvviso. Le ragazze si tirarono su a sedere sul trampolino e guardarono nel giardino accanto. Un gatto bianco attraversò la strada come un razzo e si arrampicò su di un albero. Una vespa arrivò ronzando e cercò di posarsi sulla gamba grassoccia e bianca di Ina Bergum. Lei agitò freneticamente le braccia. «Oddio, una vespa, ci risiamo, come tutte le estati».

«Le vespe sono semplicemente disgustose», urlò Louise. «Odio gli insetti». Si alzò in piedi e iniziò a saltare su e giù sul trampolino. All'improvviso, suo padre si affacciò in veranda e guardò giù verso di loro. «Non è niente, papà», gridò Louise e rise. La vespa fece ancora un paio di giri ronzando sulle teste delle ragazzine, poi superò la siepe e sparì verso la casa marrone della vicina.

Forse la vodka lo rendeva più amichevole. Perché all'improvviso Cato Isaksen sorrise di una cosa che aveva detto Marian Dahle. Lei lo guardò quasi con stupore mentre camminavano tra le casette insieme all'interprete. Fanja Druzika li aveva ringraziati, augurando loro di fare un buon sonno. Poi era uscita per raggiungere i suoi familiari e amici nel luogo dove si trovava la bara di Elna.

Gli investigatori e l'interprete avrebbero trascorso la notte in una casa in muratura al centro della breve via principale. Il pomeriggio successivo ci sarebbe stato il funerale. Era una cosa urgente, dato il caldo.

La casa nella quale avrebbero dormito si trovava al lato della stazione ferroviaria in disuso. Marian e Jelena avrebbero diviso una stanza. A Cato Isaksen, invece, ne fu assegnata un'altra al piano superiore, con un letto stretto e una finestrella che affacciava sull'orto. Il calore faceva vibrare l'aria sotto il soffitto.

Gli ci volle del tempo prima che prendesse sonno. I pensieri gli si affastellavano nella mente. *Questo posto è pieno di trappole. Ronny ha preso il diploma in primavera.* La prima cosa da fare al rientro era guardare il filmato girato nella moschea.

Quando si svegliò il giorno dopo, regnava un gran silenzio nell'edificio. Si mise a sedere sul letto e guardò l'orologio. Erano le dieci e un quarto. Aveva la bocca secca e la testa pesante. Aveva appena trascorso una nottataccia nello scomodo letto di una stanza striminzita e rovente.

* * *

Scendendo al primo piano trovò Marian da sola. Non si era pettinata: i capelli erano ancora raccolti in una coda di cavallo, la stessa del giorno prima. I suoi occhi erano ancora più chiusi del solito. Il caffè bolliva in un bricco vecchio stile su un fornelletto elettrico. Accanto c'erano due tazze.

«Dov'è Jelena?», le chiese.

«Sta dando una mano a Fanja. Dobbiamo sbrigarci e andare a casa dalla moglie di Juris Tjudinov, non appena Jelena sarà di ritorno. Hai il kit per il rilevamento delle impronte digitali?»

«Sì», rispose lui. «Guanti, buste e istruzioni: è tutto pronto».

Sopra a un piccolo tavolo di legno erano ammonticchiate merci di ogni tipo: pacchi di farina e zucchero, quattro grossi pani, due lunghe confezioni di uova e due rotoli di stoffa a fiori.

«Che roba è questa?», chiese lui.

«Niente», disse lei. «Sono io che l'ho comprata al negozio in fondo. Jelena mi ha aiutata. Abbiamo preso in prestito un carrello.

«Perché?», chiese lui.

«È per Fanja. L'ho comprata con i miei soldi. È un regalo».

Marian uscì dalla porta e scese le scale. Rimase ferma lì a braccia conserte. Cato Isaksen riempì le tazze di caffè e la seguì. Si sedette sul gradino di pietra più in alto.

«Non puoi mica prendere e regalarle tutta quella roba. Siamo qui come rappresentanti della polizia norvegese, non come volontari di un'organizzazione benefica». Rimase a sedere con le due tazze in mano.

Marian si girò rapidamente per non fargli vedere che era arrossita. Non era vergogna, ma rabbia. Certo che poteva regalarle quello che voleva. A prescindere da ciò che diceva o pensava Cato Isaksen, poteva fare proprio come le pareva. Aveva comprato tutto quanto con i suoi soldi.

«Questa cosa è davvero poco professionale da parte tua», continuò indignato.

Marian Dahle sentì la rabbia salirle dallo stomaco attraverso la cassa toracica e poi su per la gola. Si sedette sul gradino inferiore e rifletté se fosse piuttosto il caso di girarsi e urlargli contro, oppure di mordersi la lingua e guardarlo con una calma compassata. Le scale odoravano di pietra. Avrebbe voluto che fosse lontano, molto lontano. Avrebbe voluto trovarsi da sola con queste persone per le quali poteva fare qualcosa di utile. Fare qualcosa per qualcuno, era questo ciò che desiderava. E in particolare, per la bambina piccola. Come diavolo le era venuto in mente di entrare in polizia, pensò. Non era assolutamente il posto giusto per chi volesse fare del bene per gli altri.

Marian si alzò, gli strappò una delle tazze di caffè dalle mani e lo fissò. Poi si sedette di nuovo. Gli stava dando una minuscola possibilità di rimangiarsi ciò che aveva detto, di mostrarle un briciolo di comprensione. Ma lui non lo fece. Era chiaro che lei si stava sforzando di tener chiuso il becco, ma a un certo punto sbottò. La tazza le bruciava le dita. «Gli uomini sono negati per l'empatia. Non riesco a capire come fai a fare questo lavoro. Sei particolarmente inadeguato. Hai poca abilità nel percepire le cose, hai pochissima o nessuna capacità intuitiva. Non sei bravo a capire la gente. È per questo che sei così vulnerabile verso le critiche. Pensi che non sappia che corri continuamente dalla Myklebust per lamentarti di me e Birka, come un bambino piagnone?».

Cato Isaksen non credette alle sue orecchie. Per un secondo, un istante infinito, fu quasi sul punto di alzarsi e darle uno schiaffo. Questo non è un litigio, pensò: questa è una rottura. Di per sé, era abituato a essere criticato. Ma non in quel modo. Aveva paura della sua aggressività. La donna era riuscita a prendere il sopravvento su di lui. Se ne stava qui seduta a rovesciargli addosso un fiume di parole come se stessero portando avanti un normale dialogo. La gente che li vedeva lì, fianco a fianco, poteva pensare che stessero parlando in maniera del tutto naturale. Marian Dahle era analitica e si esprimeva con proprietà di linguaggio. Le cose che diceva erano chiaramente ragionate, e infatti tutto quanto andava a segno. Se ne stava lì ad accusarlo di essere un investigatore ottuso e brutale, il cui unico modo per procurarsi un po' di autorità era comportarsi male con chiunque fosse abbastanza stupido da accettare quella situazione. La rabbia gli ribolliva dentro. Aveva soltanto una possibilità in quel momento, ed era quella di non risponderle. Non voleva perdere la propria dignità. Si alzò di scatto e tornò dentro casa.

* * *

La famiglia di Juris Tjudinov abitava al piano più alto di una casa di mattoni alta e stretta. Cato Isaksen avrebbe dovuto aspettare a far loro visita finché non avesse avuto a disposizione l'interprete, ma si era avviato furibondo giù per la strada a causa della predica di Marian Dahle. E ora stava davanti alla porta con lo sguardo rivolto in su, a osservare quella costruzione in muratura che troneggiava, circondata da una catapecchia di legno da ciascun lato. Ebbe un'intuizione infantile: Marian si sarebbe risentita del fatto che si era recato dalla famiglia di Tjudinov senza di lei. Era un pensiero sciocco ma, a furia di stare con lei, gli stava dando di volta il cervello. Aprì il portone sfondato ed entrò nel misero ingresso. C'era puzza lì dentro, un odore quasi insopportabile di cibo vecchio, marcio. Forse c'era qualche topo morto nascosto nelle mura. Tutti gli edifici in cui era entrato fino a quel momento avevano quel particolare puzzo di rancido.

Cato Isaksen salì per le scale. Da più di un appartamento, giungevano dei suoni. Delle voci nel caldo estivo. Al terzo piano c'era qualcuno che schiamazzava. I Tjudinov abitavano all'ultimo.

L'ispettore bussò leggermente alla porta. Se ne pentì, ma ormai era tardi. Gli aprì una ragazzina. Cato Isaksen le sorrise e si presentò in inglese. La ragazzina lo guardò con aria interrogativa e si girò incerta verso l'interno della stanza. Lui entrò in un sottotetto angusto. Nella minuscola, cadente mansarda faceva un caldo insopportabile.

La moglie di Tjudinov lo guardò terrorizzata. Se ne stava in un angolo con gli occhi pieni di paura e, tirando su uno dei figli, se lo avvicinò al viso, coprendosi la bocca. Era chiaro che sapeva perché era venuto. Altri due bambini, due maschietti di dieci-undici anni, sedevano a un piccolo tavolo sotto l'unica finestra. La donna stringeva a sé il piccolo. Era come se pensasse che Cato Isaksen li avrebbe uccisi tutti quanti. Lui si pentì, non sarebbe dovuto andare a trovare quella famiglia senza l'interprete. Era stato poco professionale: forse delle importanti informazioni su Juris Tjudinov sarebbero andate perse, in quel modo. Imprecò tra sé e sé, cercò di sorridere e le mostrò il suo tesserino. Fece un gesto con le mani per rassicurarla. Era tutta colpa di Marian Dahle, pensò, e si guardò intorno. Tre letti da bambino erano allineati lungo una delle pareti, con materassi sporchi e sopra delle coperte leggere. All'improvviso vide delle foto. Erano un mucchietto infilato a forza tra due vecchi giornali su uno scaffale.

Cato Isaksen le tirò fuori e le scorse velocemente. Ne sollevò una e chiese se quello era Tjudinov. La moglie annuì, spaventata.

In qualche modo, riuscì a farle capire che gli serviva un oggetto di Juris. Qualcosa che avesse toccato. Le mostrò le punte delle dita. «Impronte digitali», disse in norvegese.

Dopo scese le scale quasi di corsa. Nelle bustine per le impronte digitali aveva alcuni documenti e una sveglia. A quanto aveva capito, la sveglia era di Juris. La moglie non la usava mai, aveva balbettato uno dei figli in inglese. La tenevano in alto, su uno scaffale. Era verosimile che ci fossero sopra le impronte digitali di Tjudinov. Aveva portato via con sé anche la fotografia. Era un uomo alto e pelato, con i tratti del viso molto marcati.

Cato Isaksen pensò a Marian Dahle e provò un improvviso senso di vergogna. Lei voleva davvero aiutare quelle persone. E loro ne avevano bisogno. Avevano bisogno di qualsiasi cosa. Uscì rapidamente dal portone sfondato e si trovò di nuovo nella strada infuocata. Salutò distrattamente alcuni passanti. Capì che tutti sapevano chi lui fosse.

Come diavolo avrebbe fatto a spiegare a Marian che era andato dalla famiglia senza l'interprete?

Quando fece ritorno alla casa vicino alla stazione abbandonata, lei non c'era più. Erano sparite anche le merci dal tavolo. Rimanevano soltanto le tazze di caffè mezze vuote sui gradini.

Sentì che stava per venirgli il mal di pancia. Era sicuramente qualcosa che aveva mangiato. La flora batterica doveva essere senz'altro più rigogliosa qui che in Norvegia. Uscì di casa ed entrò nella capannina storta all'esterno dell'abitazione, adibita a bagno. In casa non c'era un posto dove ci si potesse lavare, o almeno non ne aveva visti. Soltanto un secchio di zinco con dentro dell'acqua marroncina che si trovava in cucina.

Quando uscì dal bagno, Marian era tornata. Lei si sedette sulla scala di pietra e prese un piccolo sorso di caffè. Il sole aveva già riscaldato i gradini. Lui le passò accanto entrando in casa e andò a lavarsi le mani nella ciotola di zinco. Poi uscì di nuovo e le si sedette accanto.

Lei iniziò a parlare facendo finta di niente. «Come va?»

«Bene», disse lui. «Mi sono procurato le impronte digitali di Tjudinov».

«Perfetto», disse lei. «Non è che puoi dimenticarti della nostra merdosa discussione?», disse, e prese un altro sorso di caffè dalla tazza. «Non è che devi raccontare proprio tutto anche agli altri».

Lui accennò un sorriso. "Merdosa" non era proprio l'espressione più appropriata in quel momento, pensò.

«A te non viene voglia di fare qualcosa per queste persone, di vedere come se la passano? Non ti viene?».

Cato Isaksen non rispose. «Hai una sigaretta?», chiese. «Lo so che fumi anche se avevi detto di no».

«Ora mi è venuta in mente Birka». Marian poggiò la tazza a fianco a sé sullo scalino di pietra. «Devo chiamare Roger».

«Roger ha fin troppo da fare».

«Fatti gli affari tuoi. Non è mica il tuo di cane».

Cato Isaksen la guardò. Ecco che ricominciava. Era molto seccato che Roger avesse accettato di prendersi cura del cane di Marian mentre erano fuori. Gli sembrava quasi un tradimento. Forse non era vero che aveva qualcosa contro quell'animale?

«Hai una sigaretta?», ripeté. Marian posò il cellulare accanto a sé sullo scalino. Poi si infilò la mano in tasca per la seconda volta, tirò fuori un pacchetto deformato di Prince Mild[10] e glielo tirò. Cato Isaksen lo prese al volo. «Accendino», disse stancamente.

Marian Dahle mise ancora una volta una mano nella tasca dei pantaloni, estrasse un accendino e glielo porse.

Cato Isaksen lo prese e si infilò in bocca una sigaretta. «Marian», disse come se stesse assaporando quel nome. «Non si chiamava così la moglie di Robin Hood?»

«Sì», rispose lei. «La volpe col vestito lilla e con la cuffietta in testa. Era una volpe, nel cartone animato».

«Stavo quasi per dirlo, che assomigli a una volpe, ma adesso l'hai detto tu stessa».

[10] La Prince è la marca di sigarette più diffusa in Norvegia (*n.d.t.*).

«Sì», confermò lei stancamente e accennò un sorriso. «A proposito, sai cosa ho scoperto?».

Cato Isaksen fece un tiro profondo.

«Accidenti, è quasi troppo buona, questa sigaretta», disse.

«Prima, quando la mamma di Elna è andata al pozzo per prendere l'acqua, io ho guardato nella dispensa. E lì c'erano buste di farina e di zucchero norvegesi. E del miele, degli spaghetti marca Sopps e del riso della Uncle Ben's». All'improvviso arrossì. «Capisci cosa significa, vero?»

«Che Elna rubava cibo sul lavoro e lo mandava alla madre», disse lui, ed esalò dalla bocca una spessa colonna di fumo.

«Sì, ed è carissimo mandare pacchi in Lettonia. Non c'è da meravigliarsi che fosse sempre al verde. Novanta corone l'ora». Marian sbuffò.

«Hai mai pensato che Patrik Øye potesse essere prigioniero da qualche parte, e che il cibo fosse per lui?»

«Veramente no», fece subito Marian. «Noman Khan sostiene che le merci mancavano da tanto tempo, anche prima che sparisse Patrik. Ma pensavo che magari Inga ed Elna le rubassero per loro stesse».

Da lontano videro la madre di Elna Druzika e l'interprete che risalivano il sentiero. Erano state alla chiesa. Fanja Druzika aveva un fazzoletto rosso in testa e una vecchia giacca di lana lavorata a maglia che le copriva il vestito a fiori. Ai piedi aveva delle galosce.

«Parla tu con loro», disse Cato Isaksen alzandosi. Il mal di pancia lo costrinse a tornare al bagno.

«Mi dispiace», fece lei all'improvviso. Lui si fermò e si girò per metà verso di lei.

«Se ti rendo la vita difficile, intendo», continuò.

«No, non me la rendi difficile», sibilò Cato Isaksen e si sbrigò a entrare in bagno.

Fanja Druzika e l'interprete erano andate a controllare che tutto fosse pronto. I becchini avevano scavato tutta la mattina, una grande buca marrone chiaro non lontano dal muretto. «Nessuno da queste parti era mai stato sepolto in una bara così bella», disse Fanja Druzika. Jelena tradusse. «E poi vi ringrazia per tutte le cose che le avete regalato», aggiunse facendo l'occhiolino a Marian.

Cato Isaksen tornò dal bagno appena in tempo per sentire l'ultima frase. Sorrise incerto a Fanja Druzika.

* * *

Durante il funerale la famigliola di Elna sedeva al completo al primo banco. Tutti i bambini avevano avuto il permesso di lasciare i campi per partecipare. Le ragazze del paese indossavano bluse di pizzo bianco e avevano le mani ruvide. I ragazzi e gli uomini sedevano da un lato, le ragazze e le donne dall'altro. La chiesa era al completo. C'erano vicini, insegnanti e quelle che evidentemente dovevano essere le amiche di Elna. Ma la famiglia di Tjudinov non c'era. Il nonno di Elna, malgrado il caldo, indossava un piumino che gli stava stretto.

Il prete parlò del Signore e della misericordia. L'interprete sussurrava una parola ogni tanto, seduta tra Cato Isaksen e Marian Dahle al secondo banco. Fanja Druzika piangeva in silenzio. Il fratello diciottenne di Elna sedeva serio e cupo accanto alla madre col suo abito di foggia antica, troppo corto per lui. Le sorelle sedevano inerti con indosso i vestiti delle feste.

All'improvviso, Cato Isaksen si accorse che Marian Dahle gli sgusciava accanto e faceva cenno all'interprete di fare la stessa cosa. Non capì cosa stesse accadendo fin quando la collega non ebbe raggiunto la bara e iniziato a parlare ad alta voce. Jelena si mise in piedi accanto a lei e tradusse.

Disse che la polizia in Norvegia avrebbe fatto ogni cosa per trovare l'assassino. Disse che la Lettonia era un bel paese, pieno di brava gente, e che Elna aveva ricevuto ottime referenze da tutti quelli che avevano avuto a che fare con lei in Norvegia. Disse che alla polizia norvegese dispiaceva molto per la sua famiglia.

Cato Isaksen ribolliva dalla rabbia. Marian Dahle era totalmente imprevedibile, pensò. Era lui quello a capo del team investigativo. Le libertà che si prendeva erano non solo inaudite, ma anche sfacciate e nocive. Non gli era mai capitato di avere a che fare con una persona così spudorata. Quale sarebbe stata la prossima mossa, detronizzarlo come capo e trasferirsi armi e bagagli nel suo ufficio? All'improvviso, si sentì esausto. Si alzò in piedi subito prima che portassero la bara fuori dalla chiesa. In mano aveva il pacchettino bianco. Strappò la carta, andò alla bara e ci poggiò sopra il cuoricino d'argento di Inga Romulda. Notò che i fiordalisi stavano appassendo.

Poi tutti uscirono seguendo il feretro. Lo portavano il fratello e il nonno di Elna, e quattro altri uomini sconosciuti. Fu fatto scivolare nella bruna terra secca mentre i presenti cantavano un salmo. I bambini ci gettarono sopra i fiori di campo, e Cato Isaksen notò che il sole faceva brillare il cuore d'argento di Inga Romulda. Alla fine i becchini coprirono tutto con palate di terra.

* * *

Lo stesso autista arrivò col vecchio pulmino Volkswagen per riportarli a Riga. Fanja Druzika pianse nell'abbracciarli al momento dei saluti. Anche Marian e Jelena piangevano palesemente. Per un attimo, perfino Cato Isaksen dovette lottare contro le lacrime.

Si sedette davanti, accanto all'autista. Marian e Jelena si accomodarono sul sedile posteriore. Era talmente sconvolto da tutta la situazione che non disse una parola per l'intera durata del viaggio. Il mal di pancia andava aumentando.

All'aeroporto si precipitò al bagno mentre Jelena correva a comprare un dolce tradizionale per sua madre in uno dei negozi. Quando uscì dal bagno, Marian era lì ad aspettarlo. Fece la finta tonta e gli chiese cosa ci fosse che non andava stavolta. *Cosa c'è che non va stavolta*: roba da pazzi. Lui non rispose, cercò soltanto di svignarsela.

«Ma io lo voglio sapere», disse lei.

«Sapere cosa?», chiese lui, le girò le spalle e guardò fuori dalle finestre panoramiche verso la pista di decollo. Uno stormo di uccelli volava in cerchio lì fuori. Volavano qui e lì, sempre compatti, fino a quando non si allontanarono da un lato uscendo dalla visuale e sparendo nel cielo di un blu intenso.

«Non è stata una delle mie trovate, quella in chiesa. Sentivo solo il bisogno di dire qualcosa. Non puoi avere così poca fiducia in te stesso da essere infastidito perché avevo voglia di fare un discorso».

«È stato particolarmente di cattivo gusto», rispose girandosi verso di lei. «Fai delle cose che non si addicono a un membro della polizia. Sei irrazionale e troppo sensibile».

In aereo si mise a sedere il più possibile lontano da lei, in fondo al veivolo, dove i motori rombavano facendo vibrare il suo poggiatesta. Sentiva il battito del suo cuore che sovrastava il frastuono. Sedeva con lo sguardo rivolto in avanti, immobile. Non si spostò neanche quando l'aereo cominciò a muoversi, o quando accelerò e si staccò da terra.

La busta era rosa, con intorno un bordino viola ornato da piccole sirene verde chiaro e gialle. Wiggo Nyman fissò la lettera. Il suo nome era scritto in un corsivo infantile.

Eccone un'altra, pensò, e sentì che il cuore iniziava a battergli furiosamente e il sangue pulsava ritmicamente nella carotide. Il francobollo era un po' di sbieco, nell'angolo superiore destro.

Vide Inga attraverso la porta di vetro, la vide là fuori, nel piazzale del parcheggio, ad aspettarlo. Dovevano prendere l'autobus insieme. La polizia non gli aveva ancora restituito la Volvo.

Quando la aprì, gli tremavano le mani. Il suo sguardo corse giù per il foglio.

Caro uomo dei gelati,

Abbiamo telefonato al servizio elenco abbonati e ci hanno dato il numero di dove lavori. La Direkt-is, sai? Poi abbiamo chiesto il tuo indirizzo e come ti chiami. Abbiamo detto che una di noi aveva dimenticato il berretto nel tuo furgone. Ma non è mica vero, sai? Perché non usiamo mica il berretto d'estate, sai? Però abbiamo comprato il gelato da te un sacco di volte. Non abbiamo raccontato niente di quella cosa che sai. Ma quel giorno abbiamo visto tutto.

P.S.: Patrik era maleducato. Non ci piaceva, quindi non diremo nulla. Però ci devi dare del gelato gratis. Ah-ah!

Due sirene

Era una copia identica della lettera che aveva ricevuto cinque giorni prima. Cosa accidenti volevano quelle maledette stronzette? Aveva cercato di telefonare a una delle due. Aveva ottenuto il suo numero dall'elenco abbonati. Erano le due ragazzine del trampolino. Erano loro, sicuro. Non sapeva quale delle due abitasse nella casa gialla. Se la rossa o la bionda.

Salì di corsa le scale e aprì la porta di casa. Rimase un attimo fermo nell'ingresso. L'autobus sarebbe passato dopo dieci minuti.

L'aria era pesante e immobile. Corse dentro e infilò la lettera in un cassettino.

Wiggo Nyman incrociò il proprio sguardo nello specchio sopra il divano. Era dimagrito. Forse era il caso di andarsene su a Maridalen, quel pomeriggio?

Elna era morta. Il giorno prima era stata sepolta a casa sua, in Lettonia. La paura si materializzò sotto forma di un dolore intenso al diaframma. Morta, era morta. Gelida e immobile, giaceva in una bara sotto molti strati di terra.

Si lasciò cadere sul divano ed emise un respiro profondo. Sentì i passi leggeri di Inga che saliva le scale. All'improvviso apparve sulla porta e lo guardò con aria interrogativa. Indicò il suo orologio da polso: «L'autobus», disse.

Lui si alzò e fece una smorfia che doveva somigliare a un sorriso.

Roger Høibakk uscì dall'ascensore con Birka stretta al guinzaglio, che scodinzolava. La sua gioia nel rivedere Marian fu immensa. Il cane, che per altri versi era ben addestrato, era fuori di sé dalla felicità. «Mamma mia», disse Roger Høibakk, «si direbbe che tu sia stata via per un anno. Scemo d'un cane, sono solo due giorni!».

Marian scoppiò a ridere e poggiò le mani sulle ginocchia. Il cane saltava e le si strusciava addosso girandole intorno. Percorse correndo di taglio tutto il corridoio, e tornò indietro abbaiando e ululando dalla gioia. Marian si accovacciò e lo accarezzò per calmarlo.

Cato Isaksen sedeva nel suo ufficio e capiva benissimo cosa stesse succedendo nel corridoio fuori dalla sua porta. Era irritato con tutti. Roger e lui non avevano mai trascorso del tempo insieme in privato, non c'era mai stata vera confidenza tra loro. Ma questa faccenda del cane era stata ugualmente un tradimento.

Si alzò e si avvicinò alla finestra. Fuori gli alberi cambiavano continuamente colore. Il vento muoveva le foglie, regalando alla chioma sfumature sempre diverse. In fondo, vicino alla chiesa, una madre spingeva una grossa carrozzina con due gemelli. Bambini dappertutto. *Sai com'è, tra tre amici, forse uno è di troppo. Lo sai come sono i bambini, a volte.* Amici e nemici. Sia gli adulti che i bambini avevano dei nemici. Per un istante, a Cato Isaksen venne in mente che forse Marian Dahle era prima di tutto un sintomo, capace di scatenare una rabbia che lui aveva in corpo e che avrebbe dovuto cercare di definire in maniera appropriata. Lei era l'*uno di troppo*. Era lei che stava portando avanti una vendetta personale contro di lui? O era lui che era ipersensibile in maniera infantile?

Forse Marian stava semplicemente cercando di fare un buon lavoro. Invece di concentrarsi sul caso, lui aveva portato avanti una vendetta personale contro di lei. Lui lo sapeva, e anche lei, ma gli altri non ne captavano i segnali, non capivano del tutto cosa stesse succedendo tra quei due. E forse era meglio così.

All'improvviso, Roger comparve sulla porta. «Ciao, capo. Te l'immagini che mi è toccato portare quel dannato boxer alla firma del contratto? Ho comprato un appartamento, a Tåsen[11]».

Cato Isaksen si girò verso di lui. «Congratulazioni», tagliò corto.

«Cane di merda». Roger sorrise. «A proposito, sui giornali ci sono stati molti articoli mentre eravate via. Il "VG" e il "Dagbladet" hanno saputo che eravate in Lettonia; hanno scritto di Juris Tjudinov e hanno detto che è ricercato dall'Interpol. Hanno anche fatto più di un riferimento al fatto che la scomparsa di Patrik Øye potrebbe avere qualche collegamento con il caso di Elna Druzika. Così adesso sai tutto. Maledizione, ci sono così tante fughe di notizie da mettersi le mani nei capelli».

«In ogni caso, io ho riportato le impronte digitali di Tjudinov», disse Cato Isaksen. «La sua sveglia adesso ce l'hanno quelli della scientifica, e hanno già detto che le impronte sono buone».

Asle Tengs si affacciò alla porta: «Allora adesso ci guardiamo il filmato della moschea».

* * *

«Ecco Noman», disse Asle Tengs indicando un uomo al margine del fotogramma. Cato Isaksen si avvicinò ulteriormente allo schermo. «Dannazione, questi tipi si assomigliano tutti». Alcune cifre in rosso indicavano data e orario della ripresa. «Si possono falsificare, questi dati?».

Asle Tengs scosse la testa. «Adesso ho mandato avanti il filmato. Le riprese sono state fatte esattamente al momento in cui Elna Druzika veniva investita. Tony e io abbiamo anche parlato con le loro mogli. A proposito, qui le vedi entrambe», e le indicò. Cato Isaksen fissò le due donne in abito lungo, uno rosso e uno dorato. «Quella in rosso è la moglie di Ahmed. Mi è sembrata un po' spa-

[11] Quartiere di Oslo (*n.d.t.*).

ventata. Insisteva che il marito si trovava lì. È quello che vedi qui, tra parentesi. Ora fermo il video, così lo vedi meglio».

Cato Isaksen strinse gli occhi. «Ti sembra che gli assomigli? Potrebbe essere chiunque. Non ci ho neanche parlato».

«È proprio quello il problema, infatti», disse Asle Tengs. Siccome è mezzo girato di spalle, non è facile da vedere. Ma la giacca che indossa è piuttosto particolare. Siamo stati a casa sua e la giacca era lì. La moglie ce l'ha mostrata».

* * *

Tony Hansen si schiarì la voce. «Io praticamente ho pedinato e osservato Wiggo Nyman fin da quando è stato ipotizzato un collegamento tra i due casi. Non ho notato nulla di speciale. Va al lavoro insieme a Inga Romulda, guida il furgone e la sera fa un salto dalla madre. Non c'è altro. Non ha trascorso del tempo in privato con Ronny Bråthen».

Roger Høibakk lo guardò. «Accidenti quanto sei abbronzato, Tony, ma fai le lampade?». Hansen accennò un sorriso. «E allora?», disse. «Mi alleno in palestra, sai. Dobbiamo essere in forma per affrontare l'inverno, noi eroi».

Roger si chinò in avanti sul tavolo e stava per rispondere, quando Ingeborg Myklebust entrò nella sala delle riunioni. «Ciao a tutti», disse energicamente. «Com'era la Lettonia?».

Cato Isaksen lanciò uno sguardo a Marian Dahle. «È andato tutto benissimo», rispose lei.

La Myklebust fissò Cato, che ricambiò l'occhiata. «Sì», disse lui, «è andato tutto bene. Abbiamo ottenuto quello che ci serviva».

«Bene».

Cato guardò Randi Johansen.

«E voi avete parlato col padre di Patrik Øye, mentre eravamo via?»

«Sì, era ricoverato all'ospedale quand'è sparito il ragazzino. È un tipo simpatico, ma il rapporto tra i genitori è incasinato. Sembra che il divorzio sia stato molto doloroso. Lui sostiene che la ex, Signe Marie Øye, sia un po' nevrotica. Io non saprei… Tu ci hai parlato, vero, Cato?»

«Sì», confermò lui, «ma proprio nevrotica... non saprei se definirla così. Considerate le circostanze. È chiaro che è totalmente a pezzi».

«Comunque lui lavora nei media, per una casa editrice che pubblica giornali», continuò Randi. «Come dicevo, era ricoverato all'ospedale di Bærum per l'appendicite quando è sparito il figlio, quindi ci possiamo proprio dimenticare di lui. Non l'ha sottratto lui. La polizia di Asker e Bærum naturalmente ha analizzato prima di noi tutte le possibilità. L'Interpol continua a sostenere la tesi che Juris Tjudinov si trovi in Svezia. Adesso abbiamo anche le sue impronte digitali e la sua foto. Naturalmente, l'ipotesi che abbia passato la frontiera e che dalla Svezia sia arrivato in Norvegia è del tutto verosimile».

Ellen Grue si passò un fazzolettino profumato sul collo. «Ci stiamo ancora occupando della macchina di Wiggo Nyman», disse. «Penso che domani potremo dare il nullaosta. Nyman ha chiamato già tre volte dicendo che la rivoleva indietro».

«Quindi non ci sono tracce di nessun tipo in quella macchina, mi sembra di capire». Ingeborg Myklebust la guardò.

«In effetti no», disse Ellen Grue. «Non ci sono tracce del bambino scomparso, in ogni caso. Ma, come dicevo, non abbiamo ancora finito».

«Dobbiamo soltanto lavorare in maniera mirata, su cose concrete», disse Cato Isaksen con fare deciso. «Da casi precedenti sappiamo che a volte sono le coincidenze più bizzarre quelle che contano. Io voglio andare fino in fondo e scoprire dove si trova questo Juris Tjudinov. Se è davvero in Norvegia, dobbiamo scovarlo. Comunque il viaggio in Lettonia è stato molto particolare. Tutti ci hanno detto che Elna Druzika era una persona tranquilla e riservata. Non posso davvero immaginare che avesse dei nemici».

«Allo stesso tempo questa faccenda dell'autista del furgone dei gelati è una coincidenza un po' troppo strana. Non pensate?». Ingeborg Myklesbust cominciò a parlare profusamente dei possibili collegamenti tra i due casi. Alla fine fu Cato Isaksen a interromperla.

«Un talk-show!», sussurrò Roger Høibakk a Tony Hansen, che arrossì subito e fece finta di non aver sentito la battutaccia. Fissava ammirato la responsabile del reparto. Far parte di uno dei migliori team della sezione omicidi gli suscitava un senso di gratitudine.

«Per il momento, interrompiamo il pedinamento di Nyman, Tony», disse Cato Isaksen. «Dobbiamo interrogare di nuovo la guardia privata, che è l'unico testimone. E Asle, tu ti occuperai dei fratelli Khan. Cerca altri testimoni che si trovavano alla moschea quella sera. Porta qui la moglie di Ahmed e interrogala nuovamente. Qua in ufficio, così capisce che è una cosa seria. Io ritornerò a Høvik oggi pomeriggio, e cercherò di parlare con questa maledetta testimone. La vecchia che vive in quel giardino selvatico, Vera Mattson. L'ho cercata due volte, ma non apre la porta. Devo anche passare dai due ragazzini, Klaus e Tobias».

«Vengo con te», disse Marian Dahle.

«Non se ne parla nemmeno», fece Isaksen brutalmente. Non aveva neanche un briciolo di pudore? Non capiva proprio nulla?

«Lo faccio sulla via del ritorno. Così non c'è bisogno che andiamo con due auto».

«Non importa. La prendo come se fosse una gita. Dopo posso far fare una passeggiata a Birka nel parco della Veritas. Adesso se ne sta in macchina, dentro al garage. Vado spesso a Høvikodden e al parco della Veritas durante i weekend, quindi conosco bene quelle parti».

Cato Isaksen la guardò socchiudendo gli occhi.

A Ingeborg Myklebust si formò una ruga tra le sopracciglia.

«Allora il viaggio in Lettonia non è servito a nulla, mi sembra di capire».

Cato non rispose. Un pensiero improvviso gli era balzato alla mente. Cos'è che aveva detto Milly Bråthen? *Nessuno voleva male a Elna. Ronny ha preso il diploma questa primavera.* «Aspettate un attimo», gridò. «Ronny Bråthen ha preso la licenza liceale in primavera. E le macchine che i liceali usano per i festeggiamenti sono rosse[12]».

[12] I ragazzi che frequentano l'ultimo anno del liceo in Norvegia vengono chiamati "Russ", e tradizionalmente indossano tute rosse e fanno feste, spesso a base di alcol, e gite spostandosi in camioncini, piccoli bus o automobili rosse ascoltando la musica ad alto volume (*n.d.t.*).

Louise stava stesa sul letto con il piumone tirato su fin sotto il mento, come una corazza. Il copripiumino odorava leggermente di detersivo. L'aria era talmente calda che respirare era quasi doloroso. Lo stormire del cespuglio di lillà entrava dalla finestra aperta. Sentiva ronzare gli insetti tra gli arbusti di lampone. Era rimasta soltanto una settimana di scuola prima delle vacanze estive. E quattro giorni dopo sarebbero partiti in gita di classe. Per un attimo fu sul punto di addormentarsi, ma all'improvviso spalancò gli occhi. Lo scampanellio del furgone dei gelati. Era arrivato! Sentì il cuore che le batteva più forte. Si immaginò il veicolo, la scritta blu e celeste sulla fiancata. "Direkt-is, il sapore delle stelle". Si ricordò all'improvviso che aveva sognato Wiggo, si era assopita e aveva sognato che correvano uno a fianco all'altra a rotta di collo. Erano minuscoli e saltavano su e giù dal furgone, attraverso le stelle. Il furgoncino era una chiesa, una torre celeste su quattro ruote.

Poi tutto tacque. Ora aveva parcheggiato all'incrocio. Adesso sarebbero arrivate frotte di clienti per comprare i gelati.

Era tutto cambiato da quando era sparito Patrik. L'ultima settimana il padre l'aveva osservata con uno sguardo molto particolare. Come se avesse l'impressione che lei sapesse qualcosa. E anche la madre. Entrambi erano nervosi e irascibili, le dicevano che era diventata davvero sfacciata e cose del genere. E che doveva stare bene attenta. Poiché aveva la coscienza sporca, si era convinta che loro sapessero che c'era qualcosa che non andava. Era un modo sicuro da parte loro per tirarsi addosso altri problemi. Usavano espressioni che lei non sopportava, come "staremo a vedere". Espressioni che si usavano per mettere a tacere i bambini, parole che in realtà significavano "no".

Al padre interessava soltanto lo sport. Doveva continuamente fare jogging, allenarsi e giocare a golf. Diceva che Louise era pigra. Era tutto collegato: i genitori non la rispettavano più. Non la volevano ascoltare, volevano soltanto che ogni cosa fosse fatta a modo loro. Non aveva neanche il diritto di decidere come andare vestita. Per questo li voleva punire. Voleva fare cose che non le erano permesse. Presto sarebbero iniziate le vacanze estive. Era così stufa di coniugare verbi e della matematica.

Gli shorts bianchi e la camicetta rosa con i tre bottoncini sotto alla scollatura erano appallottolati per terra. Sullo scaffale sedeva Bittelise, la bambola che le avevano regalato per i suoi quattro anni, che non riusciva a mettere via. E a causa sua Ina l'aveva presa in giro varie volte.

Gettò da un lato il piumone e si alzò. Aveva di nuovo litigato con la madre per via dei vestiti. Alla parete stava appeso il grosso disegno che aveva fatto del suo cane. La testa con le orecchie pelose e la bocca semiaperta, con quella buffa lingua a penzoloni. Sedeva sotto un albero con un fiocco rosso al collo. Dennis era morto. Qualcuno l'aveva fatto a pezzi e buttato nel fossato. Il collare era sparito. Il padre diceva che era stata la vicina, ma Louise sapeva che non poteva essere. Lei, che non parlava mai con nessuno, non poteva aver ucciso quel cagnolino bianco.

Louise Ek attraversò la casa senza niente addosso. Si fermò per guardarsi nella grande specchiera. Studiò il proprio corpo, il proprio viso. La madre diceva che sembrava viziata. Era vero? Le davano 300 corone[13] alla settimana. Era davvero troppo, sosteneva la madre.

Louise si infilò un dito nell'ombelico. Aveva iniziato a pensare ai bambini, che un giorno ne avrebbe avuto uno tutto suo. Il suo corpo lo avrebbe accolto fin quando non fosse formato. Bittelise era una bambina, anche se era soltanto una bambola di gomma e aveva i capelli artificiali.

Non voleva pensare a Patrik Øye, era una storia terribile. In realtà cominciava a essere stufa anche di Ina. La spingeva a fare cose

[13] Circa 38 euro (*n.d.t.*).

che non avrebbe voluto. Qualche volta era come se scivolassero dentro a qualcosa che sfuggiva al loro controllo. Come se tutto ciò che lei e Ina sfioravano andasse in pezzi e non si potesse più ricomporre.

Milly Bråthen ascoltava Cato Isaksen senza interromperlo. Lui le fece una serie di domande a raffica. Ronny aveva avuto una di quelle macchine che usavano i ragazzi per i festeggiamenti del diploma? E dov'era ora l'auto? E lui dove si trovava?

La cappa aspiratrice sopra la grande cucina elettrica emetteva un ronzio continuo. Uno dei furgoni dei gelati stava parcheggiando là fuori. Cato Isaksen capiva dai suoi gesti che Milly Bråthen era furibonda. Lei si girò di spalle e aprì il forno, tirando lo sportello con violenza. Si voltò nuovamente, prese la teglia, la fece scivolare sulla griglia e chiuse ancora una volta lo sportello, sbattendolo con forza. «Non riesco mai a trovare una ricetta decente per i rigatoni al gratin. Tutti dicono che è tanto facile, ma non è affatto vero. È davvero un'arte, quella di fare dei buoni rigatoni al gratin».

Inga Romulda tornò dalla cella frigorifera portando due buste piene di cosce di pollo surgelate. Quando vide l'investigatore, ebbe un sussulto. «Avete trovato qualcosa? Sapete chi è stato?».

Cato Isaksen si asciugò il sudore dalla fronte. «No», disse. «Sono qui per parlare con Milly e Ronny».

«Lui è in giro con il furgone». Inga guardò subito l'orologio. «Ma sarà presto di ritorno, giusto, Milly?».

La donna si sciacquò le mani sotto il rubinetto con movimenti bruschi ed energici. «Io lo dicevo fin dall'inizio che Ronny avrebbe fatto bene a stare alla larga».

«Stare alla larga da cosa?»

«Da tutto. Sì, aveva una di quelle auto».

«Che macchina era?»

«Una vecchia Mercedes. A quattro posti. C'erano a bordo quattro persone. Non so che fine abbia fatto».

Inga guardò Milly con aria spaventata. «Ronny...», disse.

«No», tagliò corto la Bråthen. «Lui con questa storia non c'entra niente».

Una mosca era rimasta prigioniera all'interno di una delle finestrelle sotto al soffitto. Ronzava furibonda avanti e indietro. Cato Isaksen osservò le due donne. Inga Romulda poggiò le cosce di pollo sul piano di lavoro e iniziò a mescolare del tonno e della maionese in una scodella.

«L'ultima volta che sono venuto», disse lui mentre fissava Milly Bråthen, «hai parlato di opposti che non sono necessariamente pericolosi, ma che potrebbero esserlo. A cosa ti riferivi?».

Gli occhi di lei si arrossarono mentre parlava.

«Ho detto che è come il cibo che prepariamo, un mix agrodolce. Gli opposti non sono necessariamente pericolosi, ho detto. Ma possono esserlo».

All'improvviso Ahmed Khan uscì dall'ufficio. Era evidente che la vista di Isaksen gli provocava un certo disagio. Forse Milly Bråthen gli stava raccontando qualcosa di lui e suo fratello? *Gli opposti non sono necessariamente pericolosi. Ma possono esserlo.*

«Che c'è adesso?», chiese Ahmed.

Cato lo fissò. Era questo l'uomo con indosso quella strana giacca nel filmato? Era lui quello mezzo girato, di taglio? Pensò che poteva esserlo, ma che poteva anche trattarsi di qualcun altro.

L'ispettore gli tese la mano.

Ahmed Khan la strinse. «Voglio sapere cosa sta succedendo qui», disse bruscamente. «Devi riferirmi tutto».

Inga Romulda sciacquò un cespo di lattuga cappuccina sotto il rubinetto e affettò dei pomodori. Milly Bråthen infilò la mano in un guanto di gomma e iniziò a strofinare il lavello col detersivo.

«Non vorrai mica decidere tu cosa può fare o non fare la polizia», disse Cato Isaksen.

Ahmed Khan assunse subito un tono più pacato. «Ma è un insulto parlare di morte in una cucina», fece.

Milly Bråthen si avvicinò alla porta e la spalancò. Folate d'aria estiva invasero l'ambiente portando via parte dell'odore di cucinato. «Adesso vorrei parlare con Milly Bråthen, se me lo permetti».

Inga Romulda tagliò due grandi pompelmi. Guardò timorosa in direzione di Cato Isaksen e Ahmed Khan, il quale tirò fuori le chiavi dalla tasca e fece un cenno col capo all'investigatore prima di sparire giù per la scala di ferro e avviarsi verso la sua Audi grigia.

Il dolore era impresso sul viso di Milly. «Penso che quell'automobile sia parcheggiata a casa di un amico di Ronny», disse a bassa voce. Poi scoppiò a piangere.

La terra era grigia e secca, le zolle giacevano sparpagliate qua e là. Henning Nyman cercava di non calpestare il grano. Lì dove finiva il campo, iniziava una parte in cui crescevano dei fiori, prima di giungere alle ortiche vicino alla vecchia recinzione del pascolo, che si trovava giù in fondo. Stava attento a dove metteva i piedi. Le margherite e il trifoglio violetto erano rinsecchiti a causa del caldo. A dire il vero, aveva piovuto qualche giorno prima, ma non a sufficienza. Il sole aveva fatto evaporare l'acqua già il mattino dopo. Calpestò il recinto abbattuto. Al di là di esso, si estendeva il bosco, buio e profondo.

Vi entrò e seguì il sentiero finché non vide una luce in fondo. Alla fine arrivò al fossato dove crescevano fiori di piantaggine e cardi, e dall'altro lato intravide la casa rossa.

Henning Nyman non sapeva perché la madre avesse la chiave dell'abitazione di Helmer Ruud. Ce l'aveva da moltissimi anni, da quando lui era piccolo. Era sempre stata appesa nell'armadietto delle chiavi all'ingresso. Per quanto riuscisse ad andare indietro nel tempo scavando nei ricordi, era sempre stata lì. E ora Helmer Ruud era finito all'ospedale. Era caduto e si era rotto un femore, e sarebbe stato lontano da casa per varie settimane. Da quando la madre glielo aveva raccontato, Henning aveva iniziato ad andare alla casa disabitata.

Pensò alla madre. Il fatto che Wiggo fosse stato chiamato per essere interrogato nuovamente e che avessero rimorchiato la sua macchina l'aveva davvero impressionata. In generale, ne erano successe un po' troppe, pensò. All'improvviso, gli balenò in mente un ricordo d'infanzia. Quella volta che il padre se n'era andato, la madre gli aveva detto a chiare lettere che non doveva parlare con nessuno dei loro "problemi", come li chiamava lei. Dovevano dire soltanto che il padre era in America per un viaggio d'affari. Cosa che in parte era anche vera, salvo che non tornò mai più a casa. L'avevano assunto come rappresentante per la vendita di un qualche dispositivo, una specie di gancio che teneva ferme le rotaie del treno. La madre non pianse mai dopo che se n'era andato, ma era amareggiata. Henning pensava che fosse terribile dover nascondere una cosa simile, cioè che il padre non avrebbe mai fatto ritorno. Aveva trovato la fede della madre nel vecchio cofanetto delle gioie che teneva in camera da letto. Era solita dormire sempre dalla stessa parte del letto matrimoniale. Ma, dopo che il padre se n'era andato, iniziò a dormire dal suo lato.

La casa di Helmer Ruud era dipinta di un rosso intenso; era stata costruita negli anni Settanta. Era un tipico prefabbricato delle Block Watne[14], con una porta d'ingresso di vetro smerigliato e una veranda piuttosto spaziosa sopra il garage. Davanti alla casa c'era un ampio spiazzo col brecciolino e un grosso cumulo di pietrisco. Durante l'inverno, era compito di Helmer Ruud ripulire le stradine nel bosco dalla neve e renderle transitabili. Perciò lo spazzaneve restava parcheggiato sul piazzale anche d'estate. L'uomo era responsabile anche della sbarra che impediva agli sconosciuti di entrare in macchina all'interno di quello spazio privato. Erano soltanto i proprietari degli chalet di quella zona ad averne la chiave.

Henning era già entrato un paio di volte in quella casa con la madre dopo che il padre se n'era andato. Aveva soltanto un vago ricordo, lontanissimo nella memoria. Cercò di metterlo a fuoco, ma gli sfuggì.

Nel piccolo ingresso c'era odore di chiuso. Provava una sensazione singolare a essere in una casa altrui senza permesso. Non c'erano fiori da annaffiare, nessuno di cui prendersi cura. Non c'erano neanche animali da compagnia.

Una porta di legno massiccio conduceva all'interno dell'abitazione, ma Henning aprì la porta di destra ed entrò nella lavanderia a fianco all'ingresso. Lì dentro c'erano una vecchia lavatrice e un lavello. Sotto il tubo di scarico del lavabo, era piazzato un secchio rosso di plastica. Il rubinetto gocciolava. L'acqua traboccava dal

[14] La più importante ditta di case prefabbricate della Norvegia (*n.d.t.*).

secchio riversandosi per terra, per poi scorrere verso il tombino vicino alla parete. Dalla lavanderia c'era una scala che portava in cantina. Giù c'erano diverse stanze e ripostigli, ma neanche una finestra. La porta che conduceva alla cantina era chiusa. Henning aprì la porta e trovò l'interruttore a tastoni. Si accese una lampadina solitaria, sopra la scala stretta con i gradini consumati. C'era odore di umido e un vago sentore di muffa.

Spense la luce, richiuse la porta e uscì dalla lavanderia. Rimase per un attimo fermo ad ascoltare in silenzio. Poi entrò di nuovo nell'ingresso e da lì in salotto. C'era un odore di chiuso in casa: nulla di strano, visto che non ci abitava nessuno. La tavola da pranzo era piena di carte, mucchietti di ricevute delle scommesse e documenti relativi alla strada carrabile attraverso il bosco, con l'elenco dei proprietari di cottage a cui spettava una copia della chiave per aprire la sbarra, e altre cianfrusaglie. Sparpagliati sulle sedie e sul divano c'erano giacche e altri indumenti. Il ripiano della cucina era zeppo di stoviglie sporche, e c'era odore di marcio a causa di alcuni rimasugli di cibo.

Fuori dalle grandi finestre del salotto c'era un prato pieno di denti di leone; più in là iniziavano gli abeti e il bosco.

L'odore delle pareti di legno, dei mobili e del caminetto, con la sua fuliggine, erano impressi in maniera indelebile tra le sue memorie più lontane nel tempo.

Henning cercò di concentrarsi e di richiamare alla mente quel ricordo, ma gli sfuggì ancora una volta.

Henning non era tanto stupido da sentirsi anormale. Non è che non riuscisse a interagire con le altre persone secondo le consuetudini. Non era quello il problema. Se si fosse trattato davvero di una cosa anormale, riviste come quelle non sarebbero esistite, pensò.

Aveva trovato quei giornali il primo giorno. In un cassetto della vecchia cassettiera nel corridoio della cantina. Le riviste puzzavano di muffa. Erano gonfie e ondulate per via dell'umidità. Le foto nelle riviste di Helmer Ruud ritraevano bambini, piuttosto piccoli d'età. La bambina in copertina era nuda, di spalle, china in avanti su un letto. Con fiocchi rossi nelle lunghe trecce bionde. Assomigliava in modo impressionante a quell'amichetta di Wiggo di tanti anni prima, Nella, pensò.

C'era qualcosa che non tornava. Qualcosa a cui avrebbe dovuto far caso. Cato Isaksen sentì un senso di frustrazione crescergli dentro. La luce del sole batteva sullo schermo del computer, rendendogli difficile la lettura. L'ispettore si alzò e tirò una delle tende con un gesto deciso. Uscì in corridoio per andare a prendere del caffè. Poi richiuse la porta e si sedette.

La macchina rossa di Ronny Bråthen era già stata prelevata per essere sottoposta ad analisi. Si trovava proprio dove aveva detto Milly. Cato Isaksen voleva passare ancora una volta in rassegna tutti gli elementi concreti in suo possesso, giacché non c'era nulla che indicasse che la vecchia Mercedes aveva subìto danni. Tutta la faccenda era assurda, così come il fatto che non si riuscisse a trovare un qualche indizio. Possibile che, malgrado tutto, fosse una casualità il fatto che i due reati erano stati commessi quasi in parallelo? C'erano forse degli elementi che andavano ancora interpretati e si erano verificati nel lasso di tempo che separava il caso di Patrik Øye e quello di Elna Druzika? Dettagli che erano sfuggiti alla loro attenzione? Possibile fosse soltanto una coincidenza il fatto che Wiggo Nyman fosse al centro di entrambi? Il giovane non aveva macchie sulla sua fedina penale. E Ronny Bråthen era coinvolto in qualche modo? Da solo o insieme a Wiggo Nyman? E poi i fratelli Khan che diavolo stavano combinando?

Cato Isaksen sentì un fastidio alla fronte, un dolore sordo che all'improvviso lo colpì da un lato. Prese una compressa contro il mal di testa. Non sembrava affatto che fossero vicini a una soluzione. Avevano in mano soltanto pure supposizioni. E non erano affatto sufficienti. Non c'era alcuna traccia né nelle vetture, né altrove. Ma era verosimile che Nyman, sebbene avesse la fedina penale pulita, non fosse coinvolto nei due casi? Credere o non credere. In tal caso dovevano esserci state una marea di coincidenze, pensò irritato Cato Isaksen e si chinò sullo schermo. Sulla via di casa avrebbe fatto un altro salto da Vera Mattson sulla Selvikveien. Avrebbe battuto coi pugni sulla porta finché non gli avesse aperto. Il suo numero di cellulare non era negli elenchi, e a quello di casa non rispondeva.

Patrik Øye era dunque sparito sulla strada che dalla scuola portava a casa sua lunedì 3 giugno, più precisamente verso le tre di pomeriggio. Indossava una t-shirt verde chiaro, jeans e scarpe da ginnastica nere. Sulla schiena aveva uno zainetto nero e beige con una striscia verde. I genitori erano divorziati. Il padre viveva a Valler. La madre sulla Oddenveien. Il giorno della scomparsa il padre era ricoverato in ospedale, e la madre era al lavoro in un negozio di fiori nel centro commerciale di Høvik.

Vera Mattson era stata l'ultima a vedere il ragazzino…

Cato Isaksen aguzzò la vista e fece scorrere rapidamente gli occhi sulla ricostruzione dei fatti.

Il cane poliziotto che era stato impegnato nella ricerca del bambino aveva segnalato un luogo all'interno del cortile del numero 38 della Selvikveien. Ma proprio lì c'era una coscia di pollo che ovviamente si era messo a mangiare. Forse quella segnalazione non aveva a che fare con la sparizione del ragazzino. Il camion della spazzatura era passato di lì proprio quel giorno. La coscia di pollo doveva essere caduta quando i netturbini avevano prelevato i sacchi dell'immondizia.

I due compagni di scuola di Patrik Øye, con cui si trovava subito prima di sparire, Klaus e Tobias [*controllare cognomi e indirizzi, persone di contatto, genitori: vedi nota a piè di pagina*] confermano di aver visto il furgone dei gelati, e che questo stava parcheggiato al solito posto, ma dicono di essergli passati accanto e di aver proseguito attraverso il giardino del numero 38 della Selvikveien fino a giungere sulla Oddenveien.

All'improvviso, l'investigatore si soffermò su un piccolo dettaglio. Tobias aveva detto che Patrik da scuola faceva un'altra strada, e che si separavano all'incrocio [*dove si fermava sempre il furgone dei gelati*].

Ogni tanto, Tobias aveva la sensazione che Patrik dovesse incontrare qualcuno, aveva detto. C'era anche scritto che il ragazzino non l'aveva mai rivelato apertamente, ma che ogni tanto dopo la scuola voleva tornarsene a casa da solo, e non voleva prendere la scorciatoia [*vedi la piantina e la spiegazione qui sotto*]. Quel giorno, in particolare, prese la scorciatoia attraverso il giardino insieme agli amici, ma si spaventò quando la padrona di casa aprì la porta e iniziò a sgridarli. Gli amici tirarono dritto scavalcando la staccionata, mentre Patrik Øye si girò e tornò indietro.

Quel giorno non era stata notata nessuna macchina in particolare all'ora in cui era sparito il ragazzino. Alcune vetture erano state controllate per pura formalità, ed escluse dal caso. Il camion dei rifiuti aveva raccolto la spazzatura circa due ore prima dell'orario in questione. Il furgone dei gelati si trovava in zona quando era sparito il bambino.

I due ragazzini, Klaus e Tobias, raccontarono anche che, a un certo punto, prima di imboccare la Selvikveien, avevano incontrato un cane sciolto, grosso e nero, forse un labrador, ma non ne avevano visto il proprietario. Non avevano mai notato prima quella bestia, eppure Patrik, che non amava i cani, non sembrava esserne spaventato. Klaus e Tobias avevano anche scorto due bambine della scuola che saltavano sul trampolino del numero 37 [*la casa gialla proprio di fronte al numero 38*]. In seguito, le due erano state identificate come Louise Ek e Ina Bergum. Erano state interrogate, ma non avevano dettagli da aggiungere. Dicevano che al momento esatto in cui Patrik Øye era tornato indietro correndo, loro non si trovavano più in giardino. Gli amici aspettarono Patrik all'incirca per dieci minuti prima di proseguire nuovamente verso casa. Soltanto verso le sei di sera la madre aveva chiamato i genitori di Klaus e Tobias per chiedere notizie del figlio.

Cato Isaksen si strofinò gli occhi. C'era un qualche elemento su cui per un attimo si era fermata la sua attenzione. Qualcosa che aveva a che fare con i cani. La donna della casa gialla aveva parlato di alcuni animali che erano spariti senza lasciar traccia. E di uno che era stato ucciso.

Compose il numero di Signe Marie Øye. Il telefono squillò a lungo prima che lei rispondesse. Le chiese come stava. Lei ovviamente rispose che stava male. Poi le domandò se sapeva che Patrik si incontrasse con qualcuno dopo scuola, sulla via di casa. Se c'era qualcuno che vedeva abitualmente. Fece riferimento a quanto scritto nel verbale dell'interrogatorio del compagno di classe. Ma la madre replicò che non sapeva di cosa stesse parlando. Però, quella faccenda del cane... Patrik, in effetti, le aveva accennato di un cagnolino bianco che gli era corso appresso quando erano entrati di soppiatto nel giardino privato. Lui ne aveva avuto paura, ma era passato molto tempo da quando gliene aveva parlato.

Cato Isaksen sedeva con una matita in mano, e prendeva appunti su un pezzo di carta. «E questi due amici di Patrik...».

Qualcuno bussò alla porta. La matita, che premeva sul foglio di carta, si spezzò in due. Lui la gettò con rabbia oltre il tavolo. Poi urlò: «Avanti». Era Ingeborg Myklebust. Cato ringraziò Signe Marie Øye e disse che l'avrebbe chiamata di nuovo, non appena avesse saputo qualcosa in più. Poi attaccò il telefono.

«L'Interpol sostiene di avere le prove che Tjudinov si trovava in Svezia due settimane fa», disse Ingeborg Myklebust. «Significa che può essere venuto a Oslo. Può aver noleggiato una macchina rossa; potrebbe averla affittata in Svezia. Dobbiamo seguire questa pista, dal momento che la macchina del liceale, con ogni probabilità, non ha niente a che fare con questa faccenda».

«Tra poco ci arriverà una risposta dalla Germania sul modello dell'auto, poi vediamo. Se era lì due settimane fa, è probabile che si trovi ancora in Norvegia».

«Mi sembra di capire che è andata bene in Lettonia», disse lei.

«No».

«Oh, Cato, sii gentile». Socchiuse gli occhi.

"Sii gentile": è così che gli si rivolgeva sua madre quand'era piccolo. Ingeborg Myklebust lo faceva sentire come un bambino sorpreso più e più volte con le dita nel barattolo della marmellata. In quell'istante, sentì che il suo istinto di sfida prevaleva su tutto il resto.

«Marian è perfettamente inutile», fece irritato. «Confermo tutto quello che avevo già detto. Rovina l'atmosfera collaborativa». Se ne sarebbe andato a Høvik in macchina prima che Marian Dahle facesse in tempo a batter ciglio. Se c'era una cosa di cui era sicuro, era che non sarebbe venuta con lui a casa di Vera Mattson.

«Non puoi farla finita?», proseguì Ingeborg Myklebust. «Non abbiamo tempo per occuparci di questioni personali, dovete concentrarvi sul caso Druzika. Vediamo come si mettono le cose, pure e semplici. Io ho la netta sensazione che agli altri lei vada a genio. Ora devi smettere di sprecare tempo con questa storia. Ti tocca farci l'abitudine. E poi, in effetti, è molto brava, che la cosa ti piaccia o no», aggiunse.

Cato Isaksen si alzò. «Ingeborg, se vuoi sbarazzarti di me, il miglior consiglio che ti posso dare è di continuare a comportarti così come stai facendo adesso».

Prima di allora, Åsa Nyman non aveva mai visto il furgone dei gelati; ne aveva soltanto sentito parlare. In quel momento, lo intravide da lontano. Mise in piedi il ferro da stiro e si avvicinò alla finestra aperta. Era più bello di quanto immaginasse. Celeste, con un logo blu scuro, rosa e giallo sulla fiancata.

Guardò l'orologio. Una coppia di Grefsen doveva venire a ritirare il proprio gatto un'ora dopo. Doveva andare a pettinarlo e dargli una porzione di merluzzo crudo, pensò.

Prese il ferro da stiro e riprese a stirare. La tovaglia era grezza e asciutta, e doveva ripassarla parecchie volte per togliere le pieghe. La stoffa emanava un leggero odore di vaniglia.

In testa sentiva un suono cupo, costante. Come il soffio di un gatto inferocito. Quel rumore inquietante le ricordava qualcosa che il suo subconscio aveva registrato molto tempo prima. Qualcosa che non andava, qualcosa di terribilmente sbagliato.

Quando Wiggo aprì la porta d'ingresso, la madre era ancora in cucina a stirare. Faceva tutto in contemporanea, quel giorno: stirava e preparava la marmellata. C'era qualcosa di maniacale nei suoi gesti. Di solito non aveva voglia di far nulla. Ma l'agitazione la spingeva a cercare continuamente qualcosa per tenersi occupata. L'odore dolce di rabarbaro sfatto impregnava l'aria fin dall'ingresso.

Wiggo entrò in cucina. Sui fornelli c'era una pentola con dentro della marmellata. Accanto c'era un mestolo di legno. La massa appiccicosa aveva sporcato il piano di cottura nero a puntini bianchi.

Chissà se la madre era di cattivo umore? Come sempre, sembrava stanca. Sempre stanca, pensò con fastidio. Che si trovasse nel recinto dei gatti o stesse seduta sul panchetto vicino al tavolo della cucina. O anche sotto la quercia a bere una birra. Era facile capire che anche quel giorno non era in forma. Forse aveva alzato troppo il gomito. Ma di certo non lo poteva far fesso. E ora se ne stava a stirare e contemporaneamente faceva la marmellata. Wiggo fu colto da un impeto di rabbia. Il solo pensiero che Inga lo stesse aspettando nel suo appartamento lo eccitava a tal punto che gli sembrava di esplodere. Doveva cercare di darsi una calmata.

«Perché hai quell'aria così preoccupata?», le chiese seccato.

«Non è mica vero».

«E invece sì. Dov'è Henning?»

«Non è in casa», fece lei. «Hai il permesso di andartene in giro col furgone dei gelati anche nel tempo libero?»

«No», disse lui. «Tra poco me ne vado. Ma domani mi restituiscono la Volvo. Dov'è Henning?», ripeté. Bastava la vista di lei e l'odore sdolcinato della marmellata a farlo stranire. Prima non era così; di certo due settimane fa era diverso.

«Non ne ho idea... Si è avviato per i campi e poi nel bosco. Io me ne sto qui a stirare e a fare la marmellata. Sono così irrequieta, Wiggo. Che cosa sta succedendo?»

«Non sta succedendo niente, che vuoi dire?»

«Ma perché hanno preso la tua macchina?»

«Routine. Ti ho spiegato che domani me la ridanno. L'hanno detto loro. Calmati, non è niente. Ma mi chiedevo se Henning poteva accompagnarmi a fare una cosa domani».

«Che cosa?»

«Semplicemente un giro in macchina. In fondo è estate».

«Già, è estate».

Wiggo non rispose. Voleva avere accanto il fratello per parlare con le due ragazzine. Perché non sapeva che piega avrebbe preso il discorso. Si erano firmate "sirene", ma lui sapeva chi erano. Gli avevano mandato un'altra lettera idiota in cui dicevano di aver visto qualcosa. Ma non potevano aver visto nulla, pensava. Quel giorno non c'era nessuno nei paraggi. Di questo era assolutamente certo, solo quella mezza pazza che non capiva nulla. Era corsa dietro al furgone svariate volte quando lui entrava nel suo cortile per fare manovra. Batteva sulla fiancata con i suoi grossi pugni. Una volta gli aveva tirato dietro della ghiaia. Ma quando lui aveva abbassato il finestrino e le aveva detto che avrebbe chiamato la polizia, si era calmata. Però non era una brava persona. Bastava guardarla per capire che lo non era affatto.

Vera Mattson scostò le tendine di pizzo. Da qualche parte una mosca era rimasta intrappolata nell'orlo di nylon. Prima, quello stesso giorno, aveva osservato il furgone dei gelati che andava in folle proprio di fronte a casa sua. Aveva visto l'uomo dei gelati sporgersi in avanti all'interno della vettura e guardare verso la casa gialla, prima di fare retromarcia nel suo cortile e fare manovra. Lei sapeva chi stava cercando. Le due ragazzine cretine. Ma il trampolino era vuoto.

Era successo tre ore prima. In quel momento, era accaduta un'altra cosa. All'improvviso era apparso un uomo nel suo giardino; spuntò come una marionetta proprio fuori dalla finestra della cucina. Guardò dritto verso di lei. Lei ebbe un sussulto, ma era troppo tardi per nascondersi. Le mostrava qualcosa, teneva qualcosa in una mano. Un tesserino. Era un poliziotto. Era l'uomo che qualche giorno prima si era intrufolato nel suo giardino, ficcando il naso dappertutto. Non aveva scelta, doveva per forza aprire la porta. "Recitare", pensò. "Devo semplicemente fingere di essere diversa dalla realtà". Quando era da sola a fantasticare, si immaginava nei ruoli più seducenti con indosso vestiti da sera. Poteva volteggiare di qua e di là. Non era una signora grigia e noiosa: semplicemente non desiderava uscire là fuori, in mezzo alla vita vera. E, in fondo, erano soltanto fatti suoi. Quante altre volte avrebbe dovuto ripetere tutta la storia? Ultimamente era così stanca, dormiva più di prima. Sicuramente in parte dipendeva da quella faccenda.

Rimasero in piedi in cucina. Lei non gli permise di addentrarsi ulteriormente. Cato Isaksen osservò quella donna poco curata. Guardò le sue sopracciglia unite e la fronte larga. Si guardò intorno nella cucina in disordine. C'era un odore indefinibile, in quella casa. Gli ricordava la Lettonia. Molecole dello stesso odore che c'era laggiù, nelle case e negli appartamenti. Un misto di polvere, sporcizia e qualcos'altro. «Perché stai alla finestra a spiare quello che succede?», le chiese.

«Io non sto alla finestra a spiare un bel niente. Non è permesso neanche guardare fuori dalla propria finestra? La polizia può davvero disturbare la gente in qualsiasi momento?», chiese con voce monotona.

«Sì», disse Cato Isaksen. In quell'istante sentì il *bip* del suo telefono che indicava un messaggio in arrivo. Lo prese. Era di Marian. "Dove sei? Dovevamo andare insieme in quel posto". Spense il telefono e guardò Vera Mattson. «Purtroppo la polizia può disturbarti, eccome. Quando è necessario».

«Io ho già detto tutto», sospirò.

«Non hai nominato il furgone dei gelati in nessuno degli interrogatori rilasciati al distretto di polizia di Asker e Bærum».

«Interrogatori? Non c'è stato nessun interrogatorio. Abbiamo soltanto fatto una chiacchierata. E il furgone dei gelati, cosa c'entra col resto?»

«I giornali li leggi o no? Perché non hai raccontato che il furgone faceva manovra nel tuo cortile? E che si trovava più o meno qui al momento della sparizione di Patrik Øye?».

Il volto di Vera Mattson si rabbuiò. Era meglio sostenere di non aver visto assolutamente nulla. Altrimenti sarebbero state soltanto seccature. Lei voleva essere lasciata in pace. «Non voglio venire coinvolta in questa faccenda, ho detto», rispose seccata. «Il ragazzino è corso giù per la strada dopo che era passato il camion. L'ho ripetuto cento volte. Il suo zaino era troppo pesante. Quante volte ve lo devo dire ancora? L'ho detto, no? Il furgone era stato qui e se n'era già andato. Anche il camion della spazzatura passa di lunedì», disse. «Pensi possa avere qualcosa a che fare con questa faccenda?».

Cato Isaksen la osservava. «Da quanto è stato scritto, nell'interrogatorio hai detto che è corso giù per la strada, ma non appresso al furgone dei gelati».

«Non è corso dietro il furgone dei gelati. Quello se n'era andato via, ho detto».

Quella notte Vera Mattson aveva dormito in poltrona con la coperta di lana bianca. Si era addormentata verso mezzanotte e si era svegliata soltanto a mattinata inoltrata, con i muscoli tutti indolenziti a causa della posizione.

Cato Isaksen la guardò. «I bambini hanno paura di te», disse. «Sono in parecchi ad averlo detto».

«Sì, è sicuramente vero. Non c'è più nessuno che passa da qui di soppiatto, e di questo sono contenta».

«Sei sicura che il furgone fosse già andato via quando hai visto i ragazzi?»

«Era andato via», ripeté in maniera monotona.

«Quindi non pensi che l'autista del furgone possa essere coinvolto in qualche modo?».

«No».

«Però mi sai dire perché il furgone si ferma qui, alla fine di un vicolo cieco? Non può essere proprio il posto ideale per le vendite».

«Infatti non se ne sta qui a vendere il gelato. Non capite proprio niente! Il furgone sta laggiù». Alzò il braccio e indicò il punto. «Sta all'incrocio, quasi vicino alla scuola. Ma quando deve andar via, è un po' difficile fare marcia indietro, allora prosegue semplicemente dritto fin qui. Poi fa manovra dentro il mio giardino». Fece un ampio gesto con un braccio. «Fa manovra dentro il mio giardino, perché io casualmente non ho più un cancello. Era arrugginito e l'ho dovuto far togliere. È terribile che io debba essere costretta a comprare un nuovo cancello per potermene stare in santa pace. Questa è proprietà privata».

Cato Isaksen guardò Vera Mattson. «Hai mai comprato il gelato dal furgone?».

Lei chiuse gli occhi per un attimo, stanca. Se avesse potuto, non avrebbe neanche voluto muoversi al di fuori del suo giardino, ma naturalmente lo faceva. Quando non aveva scelta, e doveva andare a fare la spesa o alla posta. «Non ho mai comprato gelato dal furgone», ripeté.

Louise Ek sedeva su un asciugamano verde di spugna sulla spiaggia della Veritas. Passò un uomo con al collo una macchina fotografica. La fissò, poi girò lo sguardo. Dietro di lui trotterellava un cane nero. Il mare era calmo. Il sole pomeridiano era talmente pallido da sembrare un buco bianco nel cielo. Lei se ne stava seduta a guardare in controluce a occhi stretti, contando i gabbiani e le barche. Dopo la scuola, lei e Ina erano tornate di corsa a casa a prendere la roba da mare e le biciclette. Volevano andare in spiaggia. Avevano portato con loro delle ciambelle fatte in casa e della Coca-Cola. Gli insegnanti avevano capito che non potevano mantenere viva l'attenzione dei ragazzi in quegli ultimi giorni di scuola. Ormai le giornate trascorrevano tra una cretinata e l'altra. Louise pensava alla gita di fine anno che stavano per fare col resto della classe. Sarebbero andati al lago di Burud per la notte di San Giovanni15. Avrebbero dormito in piccole tende da due e da quattro persone. Lei e Ina sarebbero state in una tenda da due.

Per strada c'era un uomo che l'aveva osservata mentre passava in bicicletta. Lei aveva stretto la cinghia della borsa e serrato con forza il manubrio. Ina l'aspettava all'incrocio. All'improvviso, ricordò chi fosse quell'uomo. Era il poliziotto che era venuto a scuola in occasione dell'assemblea su Patrik Øye. Lo stesso che aveva parlato con lei e Ina vicino alla scavatrice, che gli aveva fatto tutte quelle strane domande. Louise non voleva pensare a Patrik, era una storia davvero terribile. Non appena pensava a lui, le veniva subito in mente il furgone dei gelati.

Ebbe un brivido, si rivoltò e rimase stesa sulla pancia. All'im-

[15] La notte di mezza estate, festa diffusa in tutta la Scandinavia, che si celebra accendendo falò tra il 23 e il 24 giugno (*n.d.t.*).

provviso sentì suonare il suo cellulare rosa. Aveva ricevuto un messaggio. Si mise in ginocchio e afferrò il telefono. Premette "sì" per far comparire le parole sul display. "Che ne dici di domani sera? Saluti, Wiggo".

Louise Ek chiuse gli occhi e inarcò la schiena. Si era procurato il numero del suo cellulare. Era una cosa che proprio non si aspettava. Si alzò in piedi e corse giù verso il mare. «Ina!», gridò. «Ina!».

L'amica si girò. Stava con i piedi in acqua e parlava con alcune ragazzine della scuola. Proprio di fronte ai suoi piedi c'era un pesciolino morto. Fluttuava piano avanti e indietro.

Louise sentiva il cuore batterle in gola, così forte da farle quasi male. «Ina», urlò, «vieni!».

Lei sorrise alle ragazzine, si girò e mosse dei passi in acqua verso l'amica. Era bagnata fradicia.

«È lui», disse Louise eccitata, agitando il telefono. «Un messaggio da lui. Che gli rispondo?»

«Da Wiggo? Non gli rispondere proprio», disse Ina. «Non sappiamo cosa vuole».

«Ma devo rispondergli».

«No, non devi mica. E poi devi cancellare il messaggio, così tua madre non lo trova».

Louise le tendeva il telefono, affinché potesse leggerlo anche lei.

«Non rispondere», disse Ina. Poi rise. «Oppure sì, rispondigli che vai, che andiamo tutte e due».

«No», fece Louise. «Non rispondo». Cancellò il messaggio. «C'è qualcosa di lui che non mi piace. Ha un che di strano».

Ina fece spallucce e tornò rapidamente di nuovo sulla spiaggia. Entrò in acqua correndo e si fermò di fronte alle compagne di scuola. Vedeva i sassolini sul fondo. La sabbia era grossa, ma diventava sempre più fina man mano che si avanzava nell'acqua. Per un attimo sembrò che il sole dovesse sparire del tutto, ma poi trovò un piccolo spazio tra le nuvole.

Louise si stese nuovamente sull'asciugamano. Il polso le batteva attraverso le sottili arterie blu, là dove la pelle era più sottile, nella parte inferiore dell'articolazione. Si girò sulla pancia e si pentì di aver cancellato il messaggio. Era stata una cosa anche eccitante, in qualche modo. Sapeva esattamente cosa l'aspettava lì fuori, nel mondo. Quando ci pensava avvertiva prima delle vampate di calore e poi brividi freddi. Louise sentiva gli sguardi della gente su di sé quando andava al negozio, specie se si vestiva "in quel modo". Era la madre che lo chiamava così. «Quando ti vesti *in quel modo*», le diceva con tono di rimprovero, «non puoi non aspettarti che ti succeda qualcosa, uno di questi giorni». "Uno di questi giorni", roba da pazzi.

Louise si sentiva sempre messa a nudo quando la madre iniziava a dire tali cose. Litigavano. In quel periodo discutevano tanto e di frequente. E presto sarebbero iniziate le vacanze. Dovevano andare in Italia per tre settimane. Tre settimane intere, senza Ina.

Louise pensò a quanto odiava la madre quando lei la rimproverava, quando riusciva a capire le intenzioni dietro il suo abbigliamento o altre cose che voleva tenere nascoste. Ma il padre era ancora peggio. Le facevano male le ossa dei polsi soltanto a pensarci. Era talmente disgustoso quando il padre le chiedeva cosa stesse realmente combinando. Come se davvero stesse facendo qualcosa di male. Quando il padre le guardava i fianchi, i pantaloni che a stento coprivano quello che dovevano coprire. Era la moda che era così, rispondeva lei. Non era colpa sua.

Ma adesso Wiggo le aveva mandato un messaggio. Non è che fosse molto bello, anzi, a dire il vero non lo era affatto. Aveva delle cicatrici dell'acne davvero brutte su una guancia. Ma la fissava con uno sguardo molto particolare. Era quasi identico allo sguardo che ogni tanto lei stessa coglieva nei propri occhi allo specchio. Come se fosse infatuata. Di se stessa.

Signe Marie Øye stava in piedi e fissava la fotografia di Patrik. All'improvviso ricordò il sogno che aveva fatto quella notte, in cui il figlio si era trasformato in un piccolo animaletto dalla morbida pelliccia che correva nel sottobosco, tra l'erba e le foglie. Raggi di sole filtravano attraverso il fogliame dei fitti alberi, formando strisce gialle sul terreno marrone. Mentre saltellava cautamente di qua e di là, d'un tratto fu sovrastato da una grande ombra. Erano le ali di un rapace. All'improvviso, aveva afferrato il morbido animaletto con i suoi artigli taglienti. Ma proprio in quel momento un suono metallico aveva interrotto il sogno. Sembrava il rumore di una grande forbice che si chiude. Era quello di una trappola. Si era svegliata di soprassalto e si era messa a sedere sul divano, tanto era stato realistico quel suono.

Ripensando al sogno, nella sua mente poteva ancora risentire il fruscio delle grandi ali e lo scatto della trappola che si richiudeva. Più e più volte.

Non era stata una brava madre. Non poteva esserlo, se Patrik era sparito così all'improvviso. Lei non faceva altro che girare per la casa, con quel caldo, giorno dopo giorno. I compagni di classe del figlio le mandavano dei bigliettini e dei fiori. Era quasi da ridere. Proprio a lei che lavorava con i fiori, non avrebbero dovuto... Ma a cosa serviva? Non c'era nulla che la facesse star meglio. Non poteva certo prendere a casa con sé uno di quei bambini e far finta che fosse suo figlio.

Ogni volta che entrava nella sua stanza, veniva sopraffatta da un moto di paura. Sarebbe mai tornato? Si sarebbe più coricato nel suo letto?

E le cose in salotto: tutti gli oggetti si erano come trasformati. Il divano non era più lo stesso di prima. I mobili avevano cambiato forma. Tutto si era rimpicciolito. Il tappeto, che prima era beige a riquadri marroni, era diventato marrone a riquadri beige. E la tovaglia che stava sul tavolo sembrava diversa. Non riusciva a ricordare che i fili della trama saltassero all'occhio in maniera così evidente, formando un disegno netto. C'era un odore strano in casa. Come se lei fosse diventata una macchina spargiveleno che se ne andava in giro diffondendo le tenebre. Perché era il suo odore, se ne accorgeva lei stessa quando la sera faceva la doccia, che il corpo aveva iniziato a emanare in modo forte. Un odore completamente diverso.

Si avvicinò alla foto appesa alla parete. Quella che i poliziotti avevano preso in prestito i primi giorni per farne delle copie. Era stata pubblicata su tutti i giornali norvegesi, ed era stata mostrata su ogni canale televisivo. Il suo bellissimo bambino. I suoi capelli chiarissimi, i grandi incisivi e gli occhi, profondi come scure gallerie.

Si sedette sul divano. Il quotidiano «Aftenposten» era aperto sul tavolino del salotto. Ci si chinò sopra per guardare le pagine dei necrologi, con tutti quei piccoli annunci rettangolari con le crocette e i nomi di gente sconosciuta. Strinse gli occhi e le sembrò di vedere il nome di Patrik. In cima non ci voleva una croce, ma un cuoricino. *Patrik Øye, figlio adorato, ci ha lasciati all'età di sette anni...* Aveva trovato una poesia che avrebbe potuto utilizzare. *Non stare a piangere sulla mia tomba. Io non sono lì. Non sto dormendo. Sono mille venti che soffiano... La luce del sole sul grano maturo. La morbida luce delle stelle di notte. Non stare a piangere sulla mia tomba. Io non sono lì.* Tutto d'un tratto gridò come se la sua gola fosse una diga che non riusciva a chiudere. Premette le mani sulla bocca per soffocare il suono, ma non servì a nulla: risaliva su per la sua gola, con forza. Strano e normale allo stesso tempo. Non riusciva più a controllare la propria voce. Stava morendo anche lei. Poteva la morte di una persona causare quella di un'altra?

Un rumore improvviso la fece alzare e precipitarsi attraverso la stanza. Era un rumore ben noto. Il pallone contro il muro. Corse alla finestra della veranda e girò la maniglia. Poi uscì lentamente. Non doveva rovinare quell'attimo muovendosi troppo in fretta.

I bambini si trovavano dietro alla palla che giaceva nell'erba. Era il pallone di Patrik. La guardarono con gli occhi sbarrati. I loro visi erano come superfici slavate. Klaus e Tobias. Tobias e Klaus. «È tornato ora Patrik?», chiese uno dei due. Lei sentì che le gambe cominciavano a tremarle. «Venite solo per chiedermi questo?», gridò.

Gunnhild Ek si precipitò giù per le scale con in mano il cellulare rosa della figlia. Era scalza, e si sentiva lo scalpiccio dei piedi sui gradini. Un uomo adulto aveva cercato la sua bambina. L'aveva appena chiamata sul cellulare. La madre aveva risposto, e l'uomo aveva chiesto se parlava con la sirena. Pensava che fosse Louise. Le aveva chiesto se potevano vedersi, e poi aveva riattaccato di colpo non appena aveva capito chi ci fosse realmente dall'altra parte.

Louise stava stesa supina sul trampolino con gli auricolari dell'iPod nelle orecchie. Indossava il bikini giallo chiaro e grandi occhiali a specchio.

Una serie di immagini frammentarie si susseguirono nella mente di Gunnhild Ek. Louise, in una gonna di tulle svolazzante e poi con un paio di pantaloni a vita bassa, con la pancia scoperta e i fianchi che ondeggiavano. La figlia aveva iniziato a usare il trucco: ombretto, matita e rossetto rosa. E i rimproveri e le minacce della madre non erano serviti a nulla. Se l'avesse costretta a lavarsi la faccia, qualche ora dopo si sarebbe truccata di nuovo. E aveva solo undici anni.

Un fischio improvviso colpì le sue orecchie quando aprì la porta principale. Il sole pomeridiano filtrava tra le foglie del grande acero. Il brusio della via principale si depositò come sottofondo nella sua mente. Attraversò il prato a grandi passi, notò l'auto-civetta e un'altra camionetta bianca che nello stesso istante entrava nel cortile di Vera Mattson. Di nuovo la polizia, pensò. L'investigatore era lì anche ieri. Che diavolo sta succedendo nella casa della vicina?

La rabbia si mescolò a un profondo timore. Malgrado tutto, un ragazzino era sparito proprio fuori dal loro cancello.

Louise era totalmente assorta nella canzone che stava ascoltando. Stava distesa a pensare a quanti giorni mancavano prima che tornasse il furgone dei gelati. Non erano arrivati altri messaggi da quando aveva cancellato l'SMS di Wiggo, quattro ore prima. Anzi, non poteva esserne proprio sicura, perché il cellulare era dentro casa. Ma non voleva incontrare Wiggo senza Ina. Se doveva succedere, dovevano essere insieme. Facevano sempre tutto insieme.

All'improvviso si sentì come se un predatore l'avesse afferrata per un braccio. Louise si mise a sedere di scatto. La madre la strattonò. Gunnhild Ek afferrò l'iPod e le strappò gli auricolari dalle orecchie. Poi urlò: «Un uomo ha chiamato da un numero riservato e ha chiesto se parlava con la sirena!».

Louise vide che la madre aveva il suo cellulare in mano.

«Mi puoi spiegare che significa?».

Louise la guardò spaventata. «Che significa? Non so di cosa stai parlando».

«Pensava che avessi risposto tu. Louise, era un uomo adulto al telefono. Che cosa diavolo stai combinando?»

«Cosa sto combinando, ma senti qua. Hai risposto al mio cellulare? Non hai nessun diritto di rispondere al mio telefono quando squilla».

La paura di tutto quello che sarebbe potuto succedere le causava un dolore acuto ai polmoni. «L'avevi lasciato dentro casa e io pensavo che fosse Ina».

«Ma lei non ha un numero riservato, mamma».

«Ma quello l'ho notato solo dopo. Non ti do il permesso di andare in campeggio con la classe se prima non mi dici chi è quell'uomo. Che cosa dirà adesso papà? È una persona che hai conosciuto su internet? Non ti lascio andare in gita se fai di queste cose».

Louise sentiva un groppo in gola. «Non navigo su internet, lo sai. Non so chi sia. Deve aver sbagliato numero, ti dico. Vi odio, te e papà».

Si sforzò di trattenere le lacrime. Naturalmente era Wiggo che aveva chiamato. Li odiava davvero entrambi, sia la madre che il padre. «Gesù Cristo, sei soltanto una vecchia puttana», le urlò. «Perché te la prendi con me? Non so neanche chi era al telefono. E io alla gita di fine anno ci vado comunque».

«Ma lui sapeva il tuo nome, e tu non osare chiamarmi vecchia puttana».

Gunnhild Ek guardò la figlia e si rese conto che si sarebbe dovuta controllare, ma le parole le scaturivano dalla bocca. Dopo se ne sarebbe pentita profondamente, ma stavolta non era un gioco.

Una folata improvvisa si insinuò nella porta aperta e la fece richiudere fragorosamente. Un raggio di sole si rifletté sul vetro e colpì il viso di Louise. Gunnhild Ek fissò la figlia. Era così incredibilmente, maledettamente bella. «E perché i tuoi vestiti sono sparsi per tutta casa?», le urlò, afferrandola di nuovo per un braccio.

«Sei una psicopatica», gridò Louise e si divincolò dalla stretta della madre. «Che c'entrano i miei vestiti con questa faccenda?». Strillò talmente forte che sentì bruciare la gola. «Non ho idea di chi fosse al telefono, ti ho detto». All'improvviso gli occhi le si riempirono di lacrime. L'uomo dei gelati la voleva vedere. La madre non doveva venirlo a sapere. Non doveva leggere nulla sul suo viso. Non doveva vedere niente, la madre. C'erano delle cose che succedevano e che la madre non poteva e non sarebbe riuscita a controllare. Erano quelle che gli adulti non capivano. Era soltanto l'uomo dei gelati che l'aveva chiamata per quella buffa storia delle sirene.

«Tu non mi fai paura», urlò Louise e si lanciò in avanti, strappando di mano il telefono alla madre. La donna fu attraversata da una specie di brivido. C'era qualcosa di ripugnante nella consapevolezza di quella bambina di undici anni, qualcosa che la faceva tremare dalla paura. Il gesto della figlia fu rapido. Nulla più sarà come prima, pensò. Non dopo quello che è successo. Ma provava quella sensazione ogni volta. La madre lasciò la presa. Louise si accarezzò il braccio dolorante. Era seduta nella stessa posizione, come congelata.

Gunnhild Ek si girò, attraversò nuovamente il prato e rientrò in casa.

Louise si girò sulla schiena. Rimase a dondolare dolcemente su e giù. Guardava il cielo sopra di sé e la maestosa chioma dell'albero. Subito prima che la madre la aggredisse, stava sognando Wiggo, e che lui la baciava. Era un bacio avido. Nel sogno le aveva strappato di dosso i vestiti e l'aveva messa a pancia in giù. Poi l'aveva afferrata alla vita, le aveva sollevato i fianchi e l'aveva penetrata. Quell'immagine era talmente potente che si era sentita gelare alla nuca. Ma dopo che la madre era venuta lì a sgridarla, quelle immagini le sembrarono come avvelenate, e furono relegate ai margini oscuri del suo sistema nervoso.

Poggiate su un piatto, sul piano di lavoro sotto la finestra, c'erano due cotolette e alcune patate lesse con la buccia rinseccolita. Due grosse mosche avevano puntato il piatto col cibo, e ronzavano vicino ai vetri.

«È il pranzo di ieri», disse con fare scontroso. «Io non butto via la roba da mangiare».

Cato Isaksen sollevò un sopracciglio. Il cibo non aveva un'aria proprio invitante. Con un gesto stanco, si passò la mano sulla barba lunga di qualche giorno. Marian aveva insistito affinché la portasse da Vera Mattson. Per farsi un'idea su di lei, come era solita dire. Era stato stupido da parte di Cato andarci da solo il giorno prima. Doveva saperlo ormai che la collega non si dava mai per vinta.

La porta d'ingresso era spalancata. Il gatto bianco era fuori. In quel momento stava seduto sul muretto di pietra vicino al garage storto, e se ne stava in santa pace a leccarsi energicamente.

Vera Mattson guardò Marian Dahle. Le aveva detto di avere un cane in macchina. Cato Isaksen osservò la vecchia. Le ciocche di capelli un po' ispide e grigie erano raccolte in una lunga coda di cavallo che le ricadeva sull'ampia schiena. Tra le scapole si delineava un arco. Sembrava tesa.

Rimasero fermi vicino al piano di lavoro in cucina. Il gatto bianco entrò, gli sgattaiolò accanto e scivolò oltre, attraverso la porta semiaperta, in quello che doveva essere il salotto.

«Dunque hai un gatto bianco», disse Cato Isaksen.

«Sì».

«La vicina della casa gialla qualche giorno fa mi ha raccontato che sono spariti alcuni cani qui nel circondario».

«Non solo cani, anche gatti», disse Vera Mattson. «Io ne ho persi vari. Credo che siano quei bambini. Quelle ragazzine. Non potete neanche immaginare la confusione che fanno. Odio quando saltano sul trampolino. Guardate». Vera Mattson si piegò verso la finestra e indicò il giardino dei vicini. «Ora se ne sta lì stesa a oziare sul trampolino e ascolta la musica».

Marian Dhale si allontanò dal ripiano. «Hai proprio ragione per quanto riguarda i ragazzini», disse. «Capisco che è irritante che passino continuamente di qui di nascosto. Neanche a me piacciono i bambini. Posso davvero dirlo con una mano sul cuore».

Cato Isaksen la guardò e pensò alla sorellina di Elna Druzika, che aveva tre anni. Non era vero quello che aveva detto: Marian Dahle prendeva a cuore i bambini.

«Quei ragazzini si infilavano tra il traliccio marcito su cui sono fissate le piante di piselli e i cespugli di lillà lungo la staccionata. Non è che venissero ogni giorno. Non ho più visto i loro musi da quando è sparito quel bambino. Ma io ho come un sesto senso, sto particolarmente attenta verso le tre-tre e mezzo. Tendo l'orecchio per sentire se ci sono bambini in giro e sbircio fuori dalla finestra della cucina. Spesso mi segno la data e l'orario in un piccolo taccuino nero, così se dovesse essere necessario ho qualcosa in mano da mostrare».

Marian Dahle la guardò: «In che senso qualcosa in mano da mostrare? Ce l'hai qui?»

«No», si affrettò a dire Vera Mattson. «Non più. L'ho buttato via».

Aveva pensato di andare alla scuola, attraversare i corridoi e bussare alla porta del preside. Si era immaginata la scena svariate volte, con tutti i dettagli, ma poi non l'aveva mai fatto.

«Perché l'hai buttato?»

«Perché non era più un problema. Perché Patrik Øye è sparito. Adesso i ragazzini non prendono più la scorciatoia. Ho visto il suo zaino fin troppo grande ballonzolargli su e giù per la schiena…».

Marian Dahle la osservò e le chiese se poteva dare un'occhiata al salotto.

«Per quale motivo?», domandò Vera Mattson in tono sospettoso.

«Non c'è un motivo particolare», disse Marian Dahle.

«Hai qualcosa in contrario?», chiese Cato Isaksen.

«No, no», rispose Vera Mattson. «Per carità».

Marian Dahle si affacciò in soggiorno e poi entrò. Il pavimento scricchiolava sotto i suoi passi. Era una stanza piuttosto buia e zeppa di mobili, con solo due finestre riquadrate che affacciavano sul retro del giardino. E una porta di vetro che portava a uno spiazzo con del pietrisco. Una coperta di lana era buttata su una delle poltrone, e il gatto bianco stava acciambellato sul divano in mezzo a pile di vecchi giornali. Erano tutte copie dell'«Aftenposten». Quello più in alto era aperto alla pagina dedicata agli adolescenti. La nota rubrica era intitolata *DillJ*. Marian Dahle si fermò di fronte a una poltrona in stile retrò ricoperta da peli di gatto. Davanti c'era un tavolo. Guardò la tovaglia viola lavorata all'uncinetto e le rose rosse di plastica nel vaso. Accanto c'erano tre tazze da caffè sporche e un piatto pieno di briciole.

Su un comò c'erano un computer portatile e una stampante. Quindi Vera Mattson navigava in internet?

Marian Dahle sentiva le voci di Cato Isaksen e della donna provenire dalla cucina. Tale suono faceva sì che riuscisse a mantenere una distanza sufficiente a proteggerla da quanto avveniva in quella stanza. Un grande ragno camminava sul pavimento. All'improvviso, fu colta nuovamente dallo stesso sgradevole stato d'animo. Non le era nuovo, anzi si ripresentava di tanto in tanto. Una sensazione di fragilità. Come se nulla avesse mai fine. E di noia, di eterna immobilità. Come una lunga, infinita domenica. Come se niente mai potesse cambiare. Quella sensazione aveva a che fare con la sua infanzia. Cercò di scacciarla, osservando il ragno e guardando fuori dalla finestra, verso il giardino selvatico, dove vecchi meli, cespugli ed erba alta lottavano per farsi spazio. Sul davanzale c'erano alcuni fossili impolverati e delle conchiglie.

Aprì la porta finestra del giardino e uscì nel piccolo spiazzo. Piante ed erbacce avevano invaso ogni angolo. Nella piega di una foglia vide una coccinella, lucente come un liquido. Assomigliava a una goccia di sangue. Sugli alberi erano appese piccole ciotole e vasetti di vetro che pendevano dai rami, attaccati a dei fili di ferro.

Marian si avvicinò e guardò dentro a una di esse. Emanava un forte odore. Era piena di liquore. Sulla superficie galleggiavano degli insetti: vespe, bombi e zanzare.

Né Randi né Roger si lasciavano infastidire da Birka, che se ne stava stesa sotto il tavolo e dormiva profondamente. Ma Cato Isaksen era particolarmente consapevole della presenza del cane, anche perché era sdraiato per metà sul suo piede. Ogni volta che smettevano di parlare, risuonava il respiro regolare dell'animale, che si propagava ritmicamente per la stanza.

«Ho interrogato la moglie di Ahmed Khan», iniziò Asle Tengs. «Sembrava molto incerta e spaventata. Non voleva dire se quello che abbiamo visto nel video della moschea fosse il marito. Mi ha consigliato di parlare col cugino di Ahmed. Quindi subito dopo quell'incontro sono andato da lui».

«Dove lavora?». Cato Isaksen tirò via il piede.

«Che tu ci creda o no, lavora nel settore degli autonoleggi, per la Avis».

«Cavolo». Cato Isaksen si sporse in avanti sul tavolo. «Ma allora...».

«Appunto», disse Asle Tengs. «Tony e io andiamo direttamente lì, come ti dicevo. Una possibilità è che Nyman e Ahmed Khan siano complici in questa storia».

«Ma Vera Mattson è una mina vagante», interruppe Marian Dahle.

«Questo l'hai detto anche di Wiggo Nyman», replicò Randi Johansen.

«Può darsi, ma lo penso sul serio».

«E cos'è che ti mette in grado di sparare definizioni a casaccio su chicchessia?». Isaksen era ancora irritato perché era dovuto tornare ancora una volta da Vera Mattson. E ora che erano spuntate fuori altre tracce...

«Non sparo a casaccio, è come se le fiutassi».

«Fiutare. Come se fossi una specie di maiale da tartufi», rise Roger Høibakk.

«A proposito, nella Volvo di Wiggo Nyman non è stato trovato nulla. Ellen ce lo ha fatto sapere», disse Randi. «Non abbiamo nessuna prova contro di lui. Nega fermamente di avere qualcosa a che fare con questi due casi. E non abbiamo neanche prove contro Ronny Bråthen. Il suo furgone dei gelati lo divide con un altro autista. La sera che la Druzika fu uccisa, lui si recò in macchina a casa di alcuni amici partendo direttamente da Alnabru».

Cato Isaksen fissava due macchie sulla parete, che gli sembravano due lettere in braille. Aveva provato a parlare con i due amici di Patrik il giorno prima, dopo aver lasciato la casa di Vera Mattson. L'ispettore aveva chiamato la madre di Tobias e l'aveva pregata di farlo parlare col figlio. Lei aveva detto che erano nel cortile della scuola, e Cato Isaksen era andato lì e si era fermato a osservarli per un po' prima di avvicinarsi. Klaus e Tobias giocavano a pallone. Isaksen li aveva chiesto loro di parlargli di Patrik. Ma i bambini non avevano voluto dire nulla. Erano soltanto corsi via con le facce arrabbiate.

Prima dell'incontro coi colleghi, aveva discusso di nuovo con Bente per telefono. Lei aveva capito che le indagini avrebbero avuto la meglio sulla famiglia, come sempre, e ogni giorno tirava fuori la storia delle vacanze estive. Mancava soltanto qualche giorno alla notte di San Giovanni. Cato sarebbe andato in ferie il 2 luglio.

Tony Hansen aveva partecipato, insieme ad Asle Tengs, a una riunione con Vidar Edland della polizia di Asker e Bærum, per tirare le fila delle indagini e mettersi d'accordo su cosa far sapere alla stampa o meno. Lui lavorava autonomamente, e contattava l'Interpol di sua iniziativa a intervalli regolari per sapere se c'erano notizie su Juris Tjudinov.

«A proposito, è stato accertato che ultimamente è stato a Stoccolma», disse Tony Hansen. «Pare che fosse coinvolto in una specie di rissa in un cantiere da quelle parti. Le sue impronte digitali sono state identificate, ma è da un po' che non lo si vede in giro, quindi...».

«Quindi?», ripetè Randi Johansen e guardò Cato Isaksen. «Lo dichiariamo ufficialmente ricercato?»

«Sì», fece Cato Isaksen. «Penso che dovremmo farlo. È arrivata una mail dalla Germania. Hanno scoperto di che tipo sono la vernice e i fanali. Ho mandato le informazioni a tutti i rappresentanti di automobili che ci interessano, così tra poco sapremo anche di che modello si tratta. È molto interessante questa storia del cugino di Ahmed Khan».

Marian Dahle accarezzò il cane, che si era messo a sedere. «Non possiamo aspettare e vedere di che tipo di macchina si tratta prima di iniziare a cercare Tjudinov? Pensate se c'entra qualcosa Ahmed Khan. Poi ci occupiamo di tutto il resto, intendo».

«Tjudinov è stato appena inserito tra i ricercati», disse Cato Isaksen. «Non hai sentito quello che ho detto?».

Lei lo provocava, e lui era sempre più certo che lo facesse apposta. Non poteva mai sapere cosa avrebbe detto o come avrebbe reagito agli argomenti che lui sollevava. Inoltre, non gli mostrava neanche un briciolo di rispetto. Malgrado fosse entrata a far parte della squadra soltanto da qualche settimana, si permetteva continuamente di interromperlo mentre parlava. E se ne usciva con le trovate più incredibili. Cato Isaksen non aveva mai avuto così tanto di cui parlare con Roger Høibakk, prima di allora. Marian Dahle era un tema ricorrente. La sua parlantina era fuori luogo. Non riusciva a porre freno alle sue opinioni e ai suoi pensieri, e li esprimeva tutti insieme. Gesticolava, parlava a voce alta e animatamente, interrompeva gli altri e non si curava delle loro idee. Lei occupava un sacco di spazio. Come se lui non avesse già abbastanza problemi, con Ingeborg Myklebust, Bente e tutta la combriccola. Fino a che punto doveva spingersi la pazienza di un povero investigatore di polizia?

«Vera Mattson è una mina vagante», ripeté Marian Dahle.

Cato Isaksen scosse enfaticamente la testa. «E tu bolli gli altri come mine vaganti. Usi troppe parole, Marian. Facci vedere qualche risultato, per favore. Se sei così incredibilmente brava come sembri convinta di essere».

Marian si girò e lo guardò. «Da che pulpito viene la predica», disse, e si alzò. Uscì dalla stanza con Birka che le trotterellava dietro a coda bassa.

Randi li guardò entrambi con aria preoccupata. «Per cortesia...».

«Spiegami perché Marian Dahle dovrebbe avere un trattamento preferenziale».

«Sono d'accordo», sghignazzò Roger, «perché mai dovrebbe? Proprio lei che abita a Grünerløkka: avrebbe dovuto chiamare il cane Burka, invece di Birka[16]».

Randi si raddrizzò sulla sedia e guardò Roger. «Io che ho una figlia posso soltanto dire...».

«Cos'è che puoi dire?»

«Che spero che abbia metà della fiducia in se stessa che ha Marian, perché allora farà molta strada».

«Col cavolo che farà molta strada, finirà male di sicuro, invece», disse Roger Høibakk. «Almeno per quanto riguarda gli uomini».

«Gli uomini non c'entrano. C'entra... la vita».

«Oh Gesù!», esclamò Cato Isaksen. «Non possiamo farla finita con questi discorsi del cavolo e venire al punto? In nome della decenza, non possiamo lasciare che quel cane stia sempre tra i piedi qua in giro».

«Devo dire che a me piace quel cagnaccio di merda. Quando me ne sono occupato mentre eravate in Lettonia... be', è stato davvero piacevole». Roger Høibakk teneva in bocca uno stuzzicadenti.

«Non ci avrai mica dormito insieme», scherzò Randi.

Høibakk si batté enfaticamente sul torace. «Il richiamo della giungla».

Un sorriso passò fugace sulle labbra di Cato Isaksen. «Pure io sono quasi tentato di dire che in effetti preferisco il cane alla padrona. Pensate un po' voi», aggiunse.

«Ma no», interloquì subito Roger. «Marian Dahle ti piace un sacco, è soltanto che non te ne rendi conto. È una soggettona con un quoziente intellettivo estremamente alto. Ma non sembrerà mai una vera signora». Imitò il tono di voce della collega. «Siete delle donnicciole, tutti quanti».

«Fatela finita, adesso», disse Randi Johansen e si alzò in piedi. «E dico sul serio. Perdete un sacco di tempo con queste cattiverie. Vedete di darvi una calmata, tutti e due».

[16] Riferimento al fatto che nella parte orientale di Oslo, non lontano da Grünerløkka, vivono molte comunità di immigrati (*n.d.t.*).

Il sole batteva all'interno della stanza. Cato Isaksen e Roger Høibakk si guardarono l'un l'altro, stupiti.

«Ma che diavolo», disse Roger, «forse tutte le signore hanno preso un'insolazione?».

Si alzò con fare plateale, fece qualche passo e spalancò la finestra. Il brusio della città invase la stanza. Marian Dahle si affacciò di nuovo alla porta. «A proposito, Cato», disse. «Hai mai sentito questa poesia di Emily Dickinson?».

Cato Isaksen ruotò la sedia. «Ti ha dato di volta il cervello?», chiese. Marian Dahle si appoggiò allo stipite e poi disse: «"Muore la parola appena è pronunciata: così qualcuno dice. Io invece dico che comincia a vivere proprio in quel momento"».

Forse, malgrado tutto, una cosa era cambiata in meglio dopo la morte di Elna, pensò Åsa Nyman. La luce dorata del sole, prima che sparisse dietro gli alberi, filtrava in un angolo della stanza illuminando le piastre della cucina elettrica.

Lei si alzò e guardò fuori dalla finestra; vide che Henning usciva dal fienile e si dirigeva verso la macchina. Si chinò a parlare col fratello, che rimase a sedere dietro al volante col motore in folle.

Sembrava che i suoi due figli si fossero riavvicinati. Quella sera dovevano andare insieme in città. Wiggo aveva riavuto indietro la sua Volvo. Lui non c'entrava un bel niente con quella faccenda.

Henning sembrava cambiato. Era più spensierato, più di buon umore, come se stesse aspettando che accadesse qualcosa. Wiggo spense il motore e scese dalla macchina. Lei vide che porgeva un foglio a Henning. Curiosa, tolse i fermi e spalancò la finestra. Sentì solo alcuni frammenti delle loro voci.

Piccole... ammiratrici, evidentemente. Però stai attento... non gli dare altro, al di fuori del gelato.

Proprio in quell'istante, due gatti iniziarono ad azzuffarsi furiosamente nel recinto. I loro miagolii si diffondevano per la campagna. Quelle bestie erano maledette, pensò. Henning dovrebbe mettere le sue trappole all'interno del recinto dei gatti e catturarli con ferocia, uno a uno.

* * *

Wiggo e Henning sedevano nella Volvo e aspettavano: Wiggo aveva parcheggiato la macchina sul bordo della cunetta, vicino alla scultura gialla e grigia del centro d'arte Henie Onstad[17]. Le sculture finivano in una punta sottile, proprio in cima. Le onde sciabordavano e facevano sì che le barche nel porticciolo un po' più in là oscillassero dolcemente. La luna bianca, estiva, si stagliava tonda e trasparente contro il cielo grigio.

«Non è sicuro che verranno». Henning si passò la mano impercettibilmente sui jeans, all'interno della coscia. Wiggo non rispose, anche se di solito tra i due era lui quello che parlava.

Forse sarebbe venuta solo la ragazzina bionda. In tal caso, il gioco era fatto. Aveva parlato al telefono con sua madre. Era stato un errore. Pensava che all'altro capo ci fosse la biondina, e aveva assunto un tono un po' buffo. Perché lei rideva sempre di lui. La rossa invece era diversa. Pesante e cupa, pensava. Era un'osservatrice, come se in qualche modo riuscisse a smascherare le sue intenzioni.

* * *

Henning non capiva a cosa stesse pensando il fratello. Non gli aveva detto tutto di quelle ragazzine, per quale motivo fossero così pericolose. Che cosa avessero fatto. Sapevano di Elna? Tutta quella situazione non aveva senso. Come facevano a sapere qualcosa su Elna? Wiggo non gli aveva spiegato cosa avrebbero fatto con le ragazzine, qualora si fossero presentate. Non aveva raccontato quasi nulla, solo che erano una seccatura, che gli avevano scritto due lettere. E che avevano undici anni.

Henning pensò ai giornali che si trovavano a casa di Helmer Ruud. Quelle riviste erano illegali – almeno questo gli era chiaro – e sicuramente Ruud sarebbe tornato a casa non appena gli si fosse rinsaldato il femore, quindi il tempo iniziava a scarseggiare.

«Maledizione, ma quando arrivano?». Wiggo abbassò il finestrino.

«Ma cos'è che sanno, poi?»

«Ma dài, levati. Tu che dici?».

[17] Collezione d'arte fondata nel 1968 dalla pattinatrice su ghiaccio Sonia Henie e dal marito, l'armatore Niels Onstad (*n.d.t.*).

Henning pensò che non conosceva molto bene il fratello.
«Perché le stiamo aspettando?»
«Pensavo che mi avresti dato una mano in questa faccenda!».
«In quale faccenda?»
«Maledizione, Henning, vuoi tornartene a casa?».
Wiggo aveva un lavoro e riusciva a procurarsi delle donne. Non poteva smettere di guardarlo dall'alto in basso? Henning socchiuse gli occhi e osservò il fratello minore. Se ne stava lì davanti a lui e si sentiva un figo. In effetti, da quando era stata uccisa Elna, il suo viso aveva un aspetto stanco. Wiggo aveva le occhiaie e fumava in continuazione, eppure... era sempre lui il più forte.
All'improvviso, si mise a ridere. Henning lo guardò. Non poteva dirgli che se ne andava a casa di Helmer Ruud, perché Wiggo si straniva per ogni cosa. «Perché ridi?», gli chiese.
«Nulla», disse Wiggo.
Henning guardò fuori attraverso il parabrezza. D'inverno, quando ghiacciava, l'erba alta nel fosso sarebbe stata ricoperta di un trasparente manto di brina. Proprio nell'istante in cui quel pensiero, dopo essere transitato nella sua mente, si tramutò in una fredda immagine, apparvero le ragazzine. Così, all'improvviso. Proprio in carne e ossa, fuori dalla macchina.
La bionda indossava una giacca bianca, abbagliante e immacolata, di una stoffa sottile e arricciata. I suoi capelli erano lucidi e scendevano morbidi sulle spalle.

Wiggo saltò fuori e poggiò i gomiti sul tetto della macchina. «Ciao», disse. «Sono contento che siate venute». La brezza salata del mare gli investiva il viso come un'onda tiepida. «Entrate dentro».
Le ragazzine si guardarono incerte. La rossa fece un piccolo gesto, quasi impercettibile.
«Non c'è nulla di cui avere paura», disse lui. «Non vi facciamo nulla. E poi non dobbiamo andare da nessuna parte. Soltanto stare un po' qui seduti a parlare».
Louise guardò Ina. La voce le era morta in gola. Sentì il corpo ghiacciarsi, irrigidirsi. Le gambe quasi non le obbedivano più. Afferrò il braccio di Ina e sentì che erano legate l'una all'altra come

a formare un unico corpo. L'uomo dei gelati si era rimesso a sedere al posto del conducente, accanto all'altro uomo. Premette un pulsante e accese lo stereo a tutto volume. La musica, con il suo ritmo duro, si diffondeva nella sera estiva.

Wiggo guardò Henning e si chinò sul fratello. «Venite a sedervi dentro», urlò loro attraverso il finestrino aperto. «Questo è soltanto Henning, mio fratello».

* * *

Louise si sedette sul sedile posteriore insieme a Ina. Si misero strette strette, una accanto all'altra. Dal sedile proveniva un odore pungente di gomma. Era un'auto piuttosto vecchia. Sentì i suoi piccoli capezzoli che si indurivano. La musica le rimbombava dentro al corpo. Di fronte a lei sedeva il fratello dell'uomo dei gelati. Aveva la nuca decisamente larga. Vide Wiggo afferrare il volante. «Dove ci portate?»

«Rilassati», ribatté Wiggo, «non ho ancora neanche acceso il motore, no?».

Abbassò il volume dello stereo. Louise non riusciva a star ferma dal nervosismo. Gettò un breve sguardo al viso pallido di Ina.

Ecco, adesso avrebbe dovuto vederla la madre, pensò rabbrividendo. Il freddo le gelò le nocche delle dita. Cercò di ridere, ma riuscì soltanto a fare una smorfia. Sentiva lo sguardo incerto di Ina su di sé. «Penso che dobbiamo andare», disse.

«Solo una cosa». Wiggo Nyman si girò verso il sedile posteriore e, atteggiandosi, poggiò il braccio sullo schienale. «Quella lettera...».

«Quale lettera?»

«Non fate le finte tonte».

Louise fissò Ina, incerta, poi guardò Wiggo e infine la nuca di suo fratello.

Questo era proprio ciò che non aveva il permesso di fare. Era quello che stava alla base di tutte le raccomandazioni della madre. Lei lo sapeva bene, ma Wiggo era l'uomo dei gelati: sarebbe tornato in fondo alla strada più e più volte con il suo furgone blu. Non poteva certo far loro del male.

Sentiva il sedile morbido sotto le cosce. Ina si chinò verso di lei e disse con voce tremante: «Andiamo?».

«Aspettate un attimo», disse Wiggo seccamente. Rimasero sedute in silenzio. Un gabbiano gridò in lontananza, in prossimità delle barche. «Questa cosa che avete visto, cosa sarebbe?». Si girò nuovamente in avanti.

Louise guardò Ina con aria interrogativa. «Non capiamo di cosa stai parlando», rispose. «È vero che hai diciott'anni?»

«Sì», disse Wiggo girandosi nuovamente. «E tu?»

«Quasi quattordici», fece lei, e sentì un improvviso calore in gola. Scoppiava dal caldo sotto la giacca bianca. Il fratello di Wiggo non parlava.

«Ma allora ci sono soltanto quattro anni di differenza tra noi due», disse lui, fingendo di crederci. «Quattro anni non sono nulla».

«No», disse lei.

«Allora, cos'è che avete visto?»

«Visto?»

«Siete carine», esclamò e sorrise loro dallo specchietto retrovisore. Louise Ek ricambiò lo sguardo con aria seria. «Tutte e due», aggiunse, ma non lo pensava veramente. La biondina non era male, ma la rossa aveva un faccione enorme con occhi azzurri a palla e la bocca grande. Era quasi senza collo: al suo posto c'era un doppio o triplo mento.

Disse: «Quindi non vi stava molto simpatico quel Patrik, quello che è sparito?».

Louise Ek lo guardò incredula. «Non volevamo certo che scomparisse», fece.

«Oh, guardate che carino quel cagnolino». All'improvviso, Louise indicò un punto fuori dal finestrino. «Il mio è morto. Qualche settimana fa».

Wiggo fece un sospiro e si rigirò in avanti. Il fratello sedeva immobile sul sedile accanto al suo. Era difficile capire cosa avessero in testa le ragazzine a quell'età. Perché gli avevano mandato quella lettera? Non capiva cosa volessero da lui. Forse era meglio non stuzzicarle troppo. «Ciascuna di voi può avere una confezione di gelati». Disse. «A vostra scelta. Negli USA ci mettono le vitamine, nel gelato».

Louise rise. «Eh? Vitamine? Che schifo. Vero, Ina?».
Lei annuì. «Sì», disse.
Wiggo avrebbe desiderato andare più a fondo. Doveva assolutamente farlo, adesso che ne aveva l'occasione. «Volete fare un giro?», chiese.
«Sì, così ti levi quelle ragnatele che hai in testa?». La voce di Louise tremava.
A Wiggo venne da ridere. Era proprio simpatica. Girò la chiave e mise in moto la macchina.

* * *

Improvvisamente gli occhi di Louise si riempirono di lacrime. L'immagine della sua stanzetta sicura, di Bittelise sullo scaffale dei libri e della morbida coperta da stringere nel letto la fecero sentire male. Credeva di parlare, ma non diceva nulla. Guardava soltanto verso il basso, verso le sue mani e le unghie su cui c'erano i resti dello smalto rosa.
La macchina superò l'ufficio postale e imboccò la strada principale.
«Non possiamo prendere la E18», disse Louise. «Dobbiamo andare a casa. Mia madre si arrabbia se non torniamo prima delle dieci». Ina le si stringeva accanto.
«Vi faccio vedere soltanto dove lavoro», fece Wiggo e ingranò la terza. «Avrete voglia di vedere il posto da cui arriva tutto il gelato, no?».
Il fratello non diceva nulla. Guardava dritto davanti a sé. I suoi capelli chiari coprivano il risvolto della giacca blu scuro. Era come se i due seduti davanti avessero studiato un piano accurato che adesso stavano per mettere in atto. Louise Ek aveva paura. Al suo rientro, i genitori non dovevano venire a sapere che l'uomo dei gelati l'aveva portata in giro in macchina.

Più tardi, quella stessa sera, mentre stava steso sullo stretto letto che aveva utilizzato per tutta la sua esistenza, Henning Nyman sentì sopraggiungere un'erezione. Una sensazione cupa, profonda. Avevano accompagnato le ragazzine a casa in macchina dopo essere stati ad Alnabru e aver visto la cella frigorifera. Le ragazzine erano state contente di ricevere le confezioni di gelati. Ma lui si era accorto di quanto fossero timorose. Se ne stavano lì con quello sguardo da cerbiatte e i capelli che gli si rizzavano sulla nuca. Ne aveva sentito l'odore intimo, dolciastro. E quando uscirono di nuovo sul piazzale del parcheggio, dove la luce della sera formava delle chiazze sull'asfalto, pensò che temeva davvero di poter far loro del male. Non ora, ma in seguito. Senza Wiggo.

Sarebbe tornato alla casa vuota il giorno dopo. Si sarebbe spogliato e avrebbe vagato da una stanza all'altra. Avrebbe attraversato tutte le camere, ma non la cantina.

Dopo che ebbero riportato le ragazzine a Høvik, rimasero seduti in macchina per un po' a parlare a bassa voce. La madre si era addormentata, e i gatti sonnecchiavano nel recinto. La tinozza gialla stava accanto alla parete con uno straccio celeste appeso ad asciugare sul bordo.

Tutto d'un tratto, Wiggo aveva fatto un gesto brusco con la mano, come se volesse voltare pagina. Henning si accorse che c'era stato una specie di passaggio di potere. Tutto d'un tratto, era di nuovo lui ad avere tutte le carte in mano. Capì che era successo qualcosa, una cosa che avrebbe potuto creare un legame più stretto tra lui e Wiggo. Elna era morta, ma questa delle ragazzine era una faccenda completamente diversa. All'improvviso, fu come se Henning si rendesse conto di qualcosa che ancora non aveva vissuto.

In fondo erano piuttosto simili, lui e Wiggo, ma questa non era una cosa di cui parlavano. L'idea di rapire due bambine lo eccitava profondamente. Certo, il fratello non gli aveva detto questo, non aveva parlato di doverle rapire. Gli aveva assicurato che ciò non aveva nulla a che fare con Elna, che era soltanto per stare tranquillo. Perché non ce la faceva più a farsi ricattare.

Riusciva a capirlo, Henning? Lui non sapeva cosa rispondere. Wiggo lo aveva pregato di aiutarlo con le due ragazzine, ma lui non capiva esattamente di cosa si trattasse.

Henning pensò alla madre, se la rivide davanti con il viso stanco, il corpo magro. Il suo respiro affannoso. La madre non doveva venire a sapere nulla. Del resto lei questo lo sapeva, che non doveva rompere le scatole.

Henning sollevò la testa e ascoltò. Non poteva essere il rasoio della madre, quello che sentiva, perché era notte fonda. Ma sentiva un ronzio nella testa, profondo e sordo, come un piccolo motore elettrico. Forse stava impazzendo. Il suono che sentiva non esisteva, era soltanto nella sua mente.

Doveva riprendersi. Un modo per isolare la follia era quello di muoversi nella direzione opposta, diventando molto comprensivo ed empatico. Non era poi così difficile.

Si alzò e tirò fuori una delle riviste dall'ultimo cassetto. Fissò le donne nude, depilate, con seni così gonfi che sembrava dovessero esplodere. Le loro pose erotiche da sdraiate, in piedi e sedute, non lo eccitavano. Erano gli altri giornali che suscitavano in lui quel richiamo oscuro. Le riviste di Helmer Ruud.

Erano le sensazioni che poteva provocargli un animale. Una bestiolina morbida, che con la massima naturalezza gli si strofinava addosso per essere accarezzata. La devozione nel suo sguardo faceva sì che qualcosa si placasse. Ma poi, all'improvviso, poteva aver voglia di ucciderla. Spesso provava un senso di pena quando piazzava le trappole. Ma godeva a sentir urlare disperatamente gli animali. Il loro dolore si tramutava nel suo piacere.

L'anta dell'armadio era semiaperta. Nella sua stanza c'era un gran caos. Le tendine si muovevano avanti e indietro per via del flusso costante di vento caldo che entrava dalla piccola fessura nella finestra. Malgrado ciò, l'aria era calda e opprimente. Lei guardò le pieghe del copripiumone che raffigurava Harry Potter. Non aveva toccato nulla. La polizia le aveva chiesto di non farlo. Avevano messo tutto a soqquadro, ma non avevano trovato niente. Che cosa stavano cercando?

Signe Marie Øye andò alla scrivania e poggiò una mano sulla superficie polverosa. L'aveva sempre saputo. Ora, col senno di poi, poteva dire che quell'ultima mattina si sentiva che stava per succedere qualcosa.

Dopo l'estate sarebbe ripresa la scuola. Non poteva andare a cercarlo lì, perché non ci sarebbe stato: non sarebbe stato seduto al suo banco. Quel giorno non era riuscita a percorrere il sentiero col brecciolino. A metà strada era tornata indietro. Forse non lo avrebbe percorso mai più. Quella sera aveva vagato per ore nel parco della Veritas. Aveva visto delle ragazzine. E due giovani uomini che le aspettavano, in una macchina parcheggiata. All'improvviso, avevano acceso lo stereo dell'auto a tutto volume. Il frastuono feriva le orecchie.

Aveva camminato lungo il mare fino alla spiaggia della Veritas. Lì si era tolta le scarpe e aveva iniziato a camminare in acqua. Poi tutto tacque. Sentiva l'acqua che si muoveva con piccole onde verso la spiaggia, e il fruscio tra le punte degli alberi. Poi tutto sparì. Non si sentiva più nulla. Sarebbe stato bello svanire e basta. Morire tra le onde. Il suo soprabito rosa era bagnato, in basso. Galleggiava e fluttuava intorno a lei. Ma poi iniziò a pensare a Patrik. E se fosse tornato? E se lei non fosse stata a casa al suo rientro?

Doveva esserci in quel momento, riempire il congelatore di pizza e würstel. Comprare bibite gassate. E quel giocattolo che desiderava tanto, che lei gli aveva negato. Un fucile, un mitra di plastica.

Era tornata verso la spiaggia. Le fibre del soprabito si erano gonfiate, perché era di stoffa pesante. Il bordo gocciolava copiosamente. Le gocce cadevano sulla sabbia. Lei stava lì, in piedi, e non era nessuno. Avrebbe potuto essere una donna, un bambino, un adolescente; vecchio o malato; non aveva alcuna importanza chi fosse realmente. Quando, un secondo dopo, tornò completamente in sé, fu come precipitare nel vuoto, come se in effetti la sua vita avesse avuto un corso completamente diverso da quello che aveva avuto davvero. Doveva proteggersi.

Non c'era nulla di sicuro, dal momento che non le avevano ancora dato alcuna notizia. Fu sopraffatta da un ricordo. Patrik che giocherellava col pallone in salotto. Era una cosa che non aveva il permesso di fare, ma lui non voleva smetterla, e alla fine lei gli era saltata addosso e gli aveva fatto il solletico fino a quando lui non l'aveva implorata di smetterla. E subito riprovò l'allegria di quel momento. Quell'allegria la colse inaspettata, come una luce, prima di affievolirsi gradualmente e di sparire del tutto.

Dapprima il suo inquietante piano affiorò sotto forma di un sogno crudele. Non si fissò con la nitidezza di un pensiero concreto: rimase grigio e sfocato in un luogo recondito della sua mente. Henning aveva dormito male e si era svegliato quando la madre aveva cominciato ad armeggiare con le tazze in cucina. Una volta alzato, scostò completamente le tendine e spalancò la finestra. Il sogno era stato davvero realistico. Aveva sognato la ragazzina rossa. La vista di quel cielo di un blu intenso lo fece sentire depresso. Il cielo blu, le foglie verdi e quel sole giallo, era tutto perfetto: quell'insieme di cose gli faceva venire voglia di spaccare il vetro con un pugno. Il fruscio del bosco gli suscitava un senso di solitudine. Ricordava quel suono da quando era piccolo e si avvicinavano le vacanze estive. Giornate calde e senza fine, senza nulla da fare.

Era solo un sogno, un delirio, una fantasia, forse, quella di fare prigioniere le ragazzine. Immaginava il modo in cui si sarebbe liberato di loro, dopo. Una volta che le avesse strozzate. Le avrebbe dovute seppellire da qualche parte, nel fitto del bosco. Avrebbe dovuto trasportarle lì, lungo la strada carrabile. Avrebbe aperto la sbarra e si sarebbe inoltrato sempre più. Quell'immagine gli procurò immediatamente un'erezione. Sapeva che erano cose che non stavano né in cielo né in terra, ma un pensiero era soltanto un pensiero.

Se fosse vissuto per altri cinquant'anni, cosa che non era molto verosimile, il tempo comunque sarebbe stato colmo soltanto di ore che non passavano mai e di giorni tutti uguali. La casa vuota era l'unico posto dove poteva starsene in pace. Non erano passate più di tre settimane dalla prima volta che c'era andato, che aveva attraversato il campo di colza per poi imboccare il sentiero attraverso il bosco. Sotto i grandi alberi. Quella volta certo non sapeva che avrebbe trovato le riviste con le foto dei bambini nudi. Quel fatto aveva messo in moto così tante cose.

Pur essendo il maggiore, negli anni durante l'infanzia e l'adolescenza aveva timore di ogni genere di cose. Wiggo non aveva mai paura: di nulla, pensava. Lo aveva deriso quando Henning gli aveva raccontato che aveva sognato dei troll: ne aveva incontrato uno al limitare del bosco, lì dove finiva il pascolo. Ma il troll era lui stesso. Aveva la sua faccia. Wiggo aveva riso e basta. «Tu sei matto», gli aveva detto.

Che razza di giorno sarebbe stato quello, se non uno come tutti gli altri? Non succedeva nulla, e la madre gli stava sempre alle calcagna. Come sarebbe mai riuscito ad andarsene? Lei si aspettava che la aiutasse coi gatti. Che desse loro da mangiare e da bere, e che cambiasse la sabbia nelle lettiere.

Dopo aver mangiato, Henning andò nel fienile per occuparsi delle sue trappole. Non ce la faceva più a tenere bloccata la paura. Chi se ne sarebbe mai potuto accorgere, se lui avesse tenute prigioniere le bambine e utilizzato la casa a quello scopo?

Nessuno. La risposta era *nessuno.* Il cuore gli batteva tanto forte da togliergli quasi il respiro. Quando il pensiero prese forma, divenne un rumore sinistro nella sua testa.

Quel frastuono si spostò più in basso, verso la parte del cuore. Sentiva una specie di spina in gola. Era una strana sensazione, come se fosse innamorato. Era tutto cambiato, e la cosa gli piaceva. Era una sensazione nuova, una specie di libertà. Quasi che l'immobilità della sua esistenza si fosse trasformata in qualcosa che lo toccava profondamente. Innamorato, era innamorato della rossa. Gli ricordava un animaletto morbido e indifeso.

Le bambine avevano creduto a quello che gli aveva raccontato: che lavorava in una fabbrica di cosmetici. Wiggo non aveva battuto ciglio quando lui aveva mentito. Sicuramente non si rendeva conto che il fratello pensava davvero di sfruttare quell'espediente. Come poteva capirlo, se neanche Henning lo sapeva? Non fin da allora, in ogni caso. Wiggo aveva soltanto stretto le mani intorno al volante e guardato fuori attraverso il parabrezza.

* * *

Una mosca nera dalle ali luccicanti attraversò il tavolo marrone del salotto. Henning Nyman ci fece cadere sopra un mucchio di riviste. La mosca sparì immediatamente. L'uomo sfogliò le prime due pagine del giornale in cima alla pila. Era la foto di una bambina di circa otto anni. Era stesa su un letto con lenzuola di merletto, bianche e immacolate. Non posava, giaceva semplicemente lì con la sua camicetta di pizzo rosa, mentre dalla vita in giù era nuda. Un uomo adulto le sedeva accanto sul letto. La mano robusta era posata sulla sua coscia, pelosa e muscolosa. Il suo sguardo era crudele e spietato. Guardando più da vicino, Henning vide che forse la bambina stava piangendo, o stava per mettersi a piangere. Presto sarebbe successa una cosa terribile. La rivista era vecchia. La richiuse e guardò l'anno di pubblicazione. Lui sedeva con la testa china e le mani sulle ginocchia. Se la bambina era ancora in vita, adesso doveva avere all'incirca diciannove, vent'anni: all'incirca quell'età, pensò.

Si alzò, uscì nel piccolo ingresso e si guardò nello specchio dell'armadietto. Guardò il proprio corpo nudo, i muscoli rilassati nelle braccia mollicce, il grosso ventre e i peli chiari sotto le ascelle. I denti color avorio.

Poi vide davanti a sé le bambine. Le lacrime, come stelle. Gli sguardi innocenti. Il dolore. Tutto insieme. Non erano immagini che uno desiderava tenere a mente. Erano immagini di cui uno cercava di sbarazzarsi. E dimenticare. Per poi richiamarle alla memoria.

Il pavimento era cosparso di piccoli cumuli di vestiti, libri di scuola, un accappatoio rosa e turchese e uno zainetto. Louise ci infilò dentro una giacca di pile e una tuta da ginnastica. «Quanta roba pensi che dobbiamo portare? Sono solo due notti». Louise si girò e guardò Ina che sedeva sul letto vicino a un mucchietto di dolciumi che avrebbero portato con sé. Louise prese a calci l'involucro che conteneva la tenda da due, facendoloa rotolare. Si succhiò una piccola ferita sull'avambraccio. Il sapore era amaro per via della crema solare che si era spalmata alcune ore prima. «Penso che sarà una gita davvero pallosa. Tu che ne dici, Ina?»

«Credo che sarà una palla».

«Meno male che papà ci ha dato in prestito la sua tenda in cui entrano soltanto due persone, così almeno non dobbiamo dormire con qualcun altro. Sono così infantili».

Louise rise. Una sensazione di sollievo si era schiusa dentro di lei come il germoglio di una pianta, dopo che l'uomo dei gelati e quel noioso fratello le avevano riportate a casa due giorni prima. Non era successo nulla.

Wiggo e Henning avevano soltanto mostrato loro il magazzino; avevano parlato di quella lettera e non gli avevano fatto nulla. Dentro alla cella frigorifera faceva un freddo terribile. Nuvole di condensa uscivano dalla bocca di tutti e quattro. Per un attimo, Louise aveva provato una paura cieca. Ma alla fine sia Ina che lei avevano avuto il permesso di scegliere una confezione di gelato a testa. Poi Wiggo e il fratello le avevano riaccompagnate a casa in macchina.

Ina guardò Louise. «Tu ci credi a quello che dice il fratello di Wiggo, che lavora per una fabbrica di cosmetici?»

«Non mi sembra proprio», disse Louise, tirandosi indietro per appoggiare la schiena alla parete. «Però è comunque possibile che sia vero. Sicuramente lavora soltanto in magazzino. Pensa a tutto quello che avranno. Mascara, eyeliner, fard, creme, rossetti. Sarà divertente! Pensa se possiamo prendere quello che vogliamo! Sarà una sensazione nuova! Il gelato è una cretinata, ma i trucchi...».

Ina si stese sulla schiena, appoggiata ai gomiti. I suoi piccoli seni erano in evidenza. Non è che quella faccenda fosse poi così divertente, ma Louise aveva comunque ragione, per un verso. Sarebbe stata una sensazione nuova. Però capiva una cosa: quella situazione avrebbe potuto farle sentire più unite, oppure dividerle nel giro di un secondo. Era così per tutte le cose che facevano insieme. La madre le aveva rotto le scatole chiedendo che tipo fosse in effetti quella Louise. Ina guardò i dolciumi accanto a sé sul letto. Una scatola di caramelle, due tavolette di cioccolato, un sacchetto di gelatine e un mucchio di lacci di liquirizia rosa. Si ficcò in bocca un laccio. «Secondo me, forse la cosa migliore da fare è che attacchi il telefono, se Wiggo chiama di nuovo».

Ci fu un attimo di silenzio. «Lo so», disse Louise, «ma me ne frego della mamma. Non capisce niente. E poi ci hanno portate a casa in macchina, no? La mamma non ha fatto altro che rompere le scatole da quando ha telefonato Wiggo. Mi fa diventare pazza». Louise infilò la lingua tra i denti inferiori e la gengiva, e Ina fece la stessa cosa. «Non è stata mica una bella cosa da parte di tua madre chiamare la mia», disse Ina. «Anche lei è andata completamente fuori di testa. Mi hanno rivoltato come un pedalino».

«Accidenti, lo so». Louise gettò un asciugamano bagnato sulla testa di Ina. «Se un giorno avrò una figlia, sarò una madre completamente diversa, lo prometto. Sarò una mamma buona».

Ina sorrise e si tolse l'asciugamano, poi accarezzò i capelli dell'amica.

«Non mi toccare», disse Louise, secca.

«Perché no?». Ina lasciò cadere la mano.

Louise incrociò le braccia e la guardò di sbieco.

Non voleva confessare che le piaceva un sacco, ecco perché. «Ora telefono a Wiggo», disse, «oppure gli mando un messaggino».

«Che gli devi dire?»

«Che ci possiamo vedere alle quattro. Quando telefona, gli

chiedo se il fratello ci può portare i trucchi. Ce l'aveva promesso, no?»

«Ok», fece Ina. «Ho freddo».

«Anch'io. È soltanto perché siamo state troppo a lungo in acqua. Gli dico che ci possiamo vedere alle quattro alla fontana nel parco della Veritas. Ora finisco soltanto di fare la borsa, poi andiamo da te e prendiamo le tue cose. E dopo andiamo lì. Wiggo ci porterà sicuramente a scuola in macchina. Tanto non dobbiamo essere lì prima delle sei. Mi immagino già che faccia faranno gli altri. Mi sembra quasi di sentirli. "E quello chi era? Chi era quello? Ma insomma, chi era?"».

«Non passi mai l'aspirapolvere qui?». Ina, sul letto, si girò su un fianco e si ficcò in bocca dei dolciumi. Aveva le guance piene.

Louise schioccava dei baci, col telefono in mano. «*Smack smack*», disse, e rise. «Ora gli ho scritto "baci" e adesso spedisco il messaggio. Fatto».

«Ti sei pentita?»

«No».

«Non ti sei pentita?»

«No, oggi è libero. Di venerdì non guida il furgone. Che pensi che diranno gli altri quando lo vedranno? Se non risponde, telefoniamo semplicemente a suo fratello».

Cato Isaksen ci mise cinque minuti a forzare la porta. Non sapeva bene cosa cercare, ma all'improvviso sentì un piccolo *click* e la porta del monolocale di Wiggo Nyman si aprì. Roger Høibakk era dietro di lui e guardava nervosamente giù per le scale. «Allora, entriamo», disse impaziente.

Il pavimento dell'ingresso scricchiolò sotto i loro passi. La luce sul soffitto era accesa. Dentro il salotto, le tendine erano tirate. Cato Isaksen attraversò la stanza e le scostò. Si guardò intorno nell'ambiente angusto.

In un angolo c'era un piccolo ripiano di lavoro. La superficie di fòrmica era piena di piatti sporchi e pile di piatti di carta usati, incrostati di ketchup rinsecchito. Un letto sfatto, con davanti un tavolino rosso dell'Ikea, era accostato a una delle pareti. «Porca miseria che casino», disse, e guardò la TV a schermo piatto che stava poggiata sul mobile rettangolare dello stereo.

«Inizia a cercare», disse Roger Høibakk e aprì l'anta di un armadio nell'ingresso.

«Cerca senza creare disordine», disse Cato Isaksen, «così che Nyman non si accorga che siamo stati qui. Qualcosa troveremo».

«Ricordati però di richiudere le tendine, capo. Comunque dubito che troveremo qualcosa. Di cosa si tratterebbe, poi?»

«Una qualsiasi cosa», ripeté Cato Isaksen e si chinò per guardare sotto il letto. Era maledettamente seccante che Asle Tengs non avesse trovato una macchina rossa danneggiata all'autonoleggio dove lavorava il cugino di Ahmed e Noman Khan.

Cato Isaksen rimase a quattro zampe a guardare sotto le due poltrone e il mobiletto dello stereo. C'erano grumi di polvere, bottiglie vuote e vecchi giornali e riviste sparse dappertutto.

Sentì Roger che rovistava nell'armadio dell'ingresso. In alto il mobiletto dello stereo aveva tre cassettini. Aprì quello di mezzo. Ci trovò un pacchetto di preservativi e una scatoletta di graffette. Infilò dentro la mano e toccò la parte più interna. Nulla. Il secondo cassetto conteneva cianfrusaglie, alcuni CD, scatole di caramelle vuote e uno stradario. Nel terzo c'erano delle mutande e alcune t-shirt piegate. Lo stava quasi per richiudere quando vide un pezzo di carta che spuntava tra i vestiti. Lo tirò fuori. Era una lettera.

Era scritta al computer e la carta era rosa pallido, con un bordo viola e delle piccole sirene stampate tutt'intorno. Era arrivata per posta, perché accanto c'era la sua busta. Guardò la data. C'era scritto 12 giugno.

All'improvviso, Roger si palesò alle sue spalle. «Che hai trovato, capo?».

Cato Isaksen richiuse il cassetto con il ginocchio e fece scorrere gli occhi sul foglio. «Una lettera», disse, e cominciò a leggere.

Caro uomo dei gelati,
Abbiamo telefonato al servizio elenco abbonati e ci hanno dato il numero di dove lavori. La Direkt-is, sai? Poi abbiamo chiesto il tuo indirizzo e come ti chiami. Abbiamo detto che una di noi aveva dimenticato il berretto nel tuo furgone. Ma non è mica vero, sai? Perché non usiamo mica il berretto d'estate, sai? Però abbiamo comprato il gelato da te un sacco di volte. Non abbiamo raccontato niente di quella cosa che sai. Ma quel giorno abbiamo visto tutto.

P.S.: Patrik era maleducato. Non ci piaceva, quindi non diremo nulla. Però ci devi dare del gelato gratis. Ah-ah!

Due sirene

Cato Isaksen si girò verso Roger Høibakk sventolando la lettera. «Ecco qua, guarda», disse. «Che avevo detto? Lo sapevo che Nyman c'entrava qualcosa».

«È Marian che lo diceva, capo, non tu».

«Non è vero, porca miseria. Sono io che lo dicevo. Secondo te che significa? Qualcuno ha visto tutto, sta scritto qui. E che vuol dire, secondo te?».

Cato Isaksen alzò lo sguardo e puntò nel vuoto. «Chi erano le sirene?».

All'improvviso ebbe un'intuizione. Nella sua mente cominciavano a formarsi dei collegamenti. Il suono di quelle parole nella lettera, *Patrik era maleducato… Patrik aveva paura di tante di quelle cose, delle ragazzine grandi…*

«In realtà, non ne so un tubo, ma penso che nella casa accanto a Vera Mattson ci siano delle ragazzine… Ci ho parlato dopo quell'assemblea a scuola. Di fatto, ho parlato con una delle loro madri proprio qualche giorno fa. Ha menzionato alcuni cani spariti, e un altro che è stato ucciso». Una vaga certezza cominciò a prendere forma nella sua mente. Un nesso, qualcosa che prima non aveva intuito. Gli rivenne in mente la buca davanti alla scavatrice, lì dove era stato a parlare con Louise Ek e Ina Bergum dopo l'incontro a suola. «Tira le tendine. Andiamocene di qui».

Roger Høibakk lo guardò e gli sfilò di mano la lettera. La prese per un angolo e scosse la testa. «Non dobbiamo sporcarla», disse. «Vedi se trovi qualcosa in cui infilarla. Una busta di plastica o qualcosa del genere».

Cato Isaksen aprì lo sportello sotto la cucina, ne estrasse una busta della spesa e ci mise dentro la lettera. «Ecco», disse. «Ora tagliamo la corda». Tirarono le tendine, chiusero attentamente la porta dietro di loro, senza fare rumore, e scesero giù di corsa per le scale sconnesse. C'era un odore del tutto particolare in case come quella, degli anni Cinquanta. «Le bambine…», disse Cato Isaksen. «Le sirene…».

Estrasse con aria assente il cellulare dalla tasca e fece il numero di Asle Tengs. «Ho parlato un paio di volte con quelle ragazzine», disse a Roger Høibakk. Gli gettò le chiavi.

«Guida tu. Io devo fare una telefonata».

«A che stai pensando?»

«Niente, è qualcosa che ha a che fare con questa lettera. Sono sicuro che è importante. È un dettaglio».

Si misero in macchina e Roger fece manovra per uscire dal parcheggio. Cato Isaksen bestemmiò a bassa voce. Perché Asle Tengs non rispondeva? In mano stringeva la busta di plastica.

Finalmente qualcuno rispose. «Senti un po', Asle, mi è venuta in mente una cosa. Ah sì? Quando?».

Roger Høibakk ingranò la marcia.

«Allora certo, lascia che ci parli Randi, senz'altro. Sì, bene. Puoi mandare qualcuno alla scuola di Høvik per controllare quel posto dove c'è una scavatrice, proprio fuori dal cortile… Sì, vicinissimo al parcheggio, lungo la strada... No, non so, voglio semplicemente fare un controllo. Non c'è niente di concreto, soltanto una brutta sensazione, diciamo... Sì, ora, subito. Bene, grazie».

Roger Høibakk non disse una parola. Conosceva bene il linguaggio del corpo. Quando Cato Isaksen era stressato, era meglio tenere la bocca chiusa.

«Andiamo a Høvik», disse bruscamente.

«Ora?»

«Sì, maledizione. Secondo Asle, il cugino dei fratelli Khan sostiene di essere lui quello nel filmato, e che Ahmed gli aveva chiesto di prestargli la giacca. Perché pensassimo che si trattava di lui, capito? Khan ha un problema. Non era nella moschea. Potrebbe darsi che sia stato lui ad aver investito Elna Druzika. Ma andiamo sulla Selvikveien. Alla casa gialla. Devo parlare immediatamente con le ragazzine. Quella magra, la bionda, Louise. Mi parlava di Wiggo Nyman come se lo conoscesse. E sembrava imperturbabile mentre parlava di Patrik Øye».

«Le ragazze», disse Roger Høibakk, «possono essere creature incredibilmente velenose».

«Sì, in effetti mi trovi assolutamente d'accordo. Però, scherzi a parte, può essere una faccenda molto seria. La madre di Patrik Øye ha detto che lui aveva paura delle ragazzine. E c'è qualcosa di strano a proposito di quelle due bambine del giardino di fronte a Vera Mattson. Inoltre questa lettera dimostra che hanno visto qualcosa. Qualcosa che ha fatto Wiggo Nyman».

«Ti ricordi anche i loro nomi?»

«Ina Bergum e Louise Ek. Si parla di loro nel rapporto di Asker e Bærum. Non riesco a rielaborare le informazioni abbastanza in fretta. Ci sono dei tasselli mancanti. Sta per succedere qualcosa».

Non appena ebbe finito la frase, si aprì il portoncino e ne uscì una donna russa con gli stivaletti bianchi. «Fermati!», gridò Cato Isaksen.

Roger Høibakk inchiodò e fece marcia indietro. Cato Isaksen saltò giù dalla macchina con la busta in mano. «Salve», gridò andandole incontro. Non appena la giovane donna con i capelli decolorati lo vide, sgattaiolò nuovamente nell'androne. Cato

Isaksen corse verso di lei e cercò di aprire la porta. Ma la donna era già rientrata nel suo appartamento e non gli aprì, sebbene lui picchiasse sulla porta con tutte le forze e le urlasse di uscire di lì.

Gunnhild Ek guardò sorpresa il poliziotto fuori dalla sua porta di casa. "Di nuovo?", pensò. Non avrebbe mai avuto fine quella faccenda? Lui la fissò. Lei stava in bikini e all'improvviso si sentì a disagio. «Oh, scusi», disse. «Mi vado un attimo a infilare qualcosa». Corse in camera da letto, prese una vestaglia e se la gettò sulle spalle.

Cato Isaksen la attendeva con impazienza. «Veramente dovrei parlare con Louise. È in casa?»

«È in gita scolastica», disse la madre. «Non possiamo farle passare il weekend in santa pace? Ne sono successe così tante, ultimamente. Tornano domenica sera. Non sarà mica una cosa così seria?»

«Dove sono andati?»

«Al lago Burudvann. È la gita di fine anno con la classe, sono lassù, nel bosco».

«Sì , sì, lo so dov'è», disse Cato Isaksen. «D'accordo. Le parlerò lunedì». Le fece un cenno col capo e un rapido sorriso. «Mi scusi per il disturbo».

* * *

Un uomo stava in piedi e guardava dentro al giardino di Vera Mattson. Era sul punto di scattare una foto quando Cato Isaksen e Roger Høibakk aprirono le portiere e si sedettero nell'auto-civetta della polizia. L'ispettore non aveva notato l'uomo, ma solo il suo cane. L'uomo passò rapidamente accanto alla casa calpestando l'erba e sparì giù per la Oddenveien con dietro l'animale.

Quando Roger fece marcia indietro nel cortile di Vera Mattson per girare, Cato Isaksen gli disse: «È la famiglia Ek che ha perso il cane. Quella bestiolina bianca che è stata fatta a pezzi. Penso sia meglio andare a prelevare immediatamente Wiggo. Non ha senso far passare altro tempo. Torna in questura, così ne parliamo un attimo prima di andarlo a prendere».

«Ok, capo», disse Roger Høibakk. «Ma a proposito di cani: Marian ce l'ha a morte con te. Sa che sei andato per la centesima volta a lamentarti di Birka con la Myklebust. Lei ci ha parlato e le ha detto di essere d'accordo con te. "È la goccia che fa traboccare il vaso", ha detto Marian».

«Siamo investigatori, non *dog-sitter*. Per la miseria, non gestiamo mica un canile! Devo cominciare a portarmi appresso il gatto al lavoro?».

Roger Høibakk ridacchiò. «Rilassati, capo. Vedrai che si calmerà».

«Spero di tutto cuore che non lo faccia. Sarebbe fantastico se si infuriasse e desse le dimissioni».

* * *

Cato Isaksen entrò dritto nell'ufficio di Ingeborg Myklebust. «Dov'è Asle?», chiese.

«Si sta ancora occupando del cugino dei fratelli Khan».

«Ho una lettera che, secondo me, dimostra il coinvolgimento di Wiggo Nyman in questa faccenda».

Ingeborg Myklebust lo guardò. «Allora vallo a prendere».

«Diamoci una mossa», disse Cato Isaksen. «Wiggo Nyman non risponde al cellulare. Forse si trova su a Maridalen. Ha spento il telefono. È venerdì, quindi oggi non lavora. Andiamo su. Io e Roger. Subito», aggiunse.

«Bene», fece la responsabile del reparto. «Non starò a chiederti come ti sei procurato quella lettera».

«No», disse Cato Isaksen. «Non lo fare. Dobbiamo anche controllare quelle ragazze che vivono nella casa di Karihaugen. Prostitute russe. Ne sono sicuro. Ma prima occupiamoci di Nyman!».

«A proposito Cato, hai vinto tu», disse. «Capisco che non è bello dover lavorare con persone con cui non si riesce a trattare. Quindi si fa come vuoi tu. Sposterò Marian da un'altra parte. Ho provato a darle una strigliata una mezz'ora fa, ma mi ha risposto in maniera assolutamente sfacciata. Quindi adesso capisco cosa intendevi».

«Aspetta qualche giorno», disse Cato Isaksen, con aria stressata. All'improvviso non era più sicuro. Erano troppe cose in una volta. «Ora vado a prendere Nyman».

Ingeborg Myklebust lo guardò sconfortata: «Ma avevi detto che…».

«Fregatene di quello che ho detto, senti cosa ti sto dicendo adesso». La guardò irritato. «Non riesci mai ad ascoltare? Ognuno qui al reparto si fa i fatti propri, ognuno segue i propri interessi. In sostanza è colpa tua se io devo continuamente fare la parte del cattivo, e sono proprio stufo. Sei tu che hai assunto Dahle, e io me ne vorrei sbarazzare, ma non ora, perché siamo arrivati a una svolta».

Il senso di stress si trasformò in un dolore alla fronte. Gli venne in mente una frase. "Quando vedi chiaramente il tuo obiettivo, vuol dire che gli stai andando incontro, e che l'obiettivo sta venendo incontro a te".

Ingeborg Myklebust capì che era il momento sbagliato. Annuì brevemente e si ritirò nello stesso momento in cui Ellen Grue entrava nella stanza. «È stata una Mazda a investire e uccidere Elna Druzika», disse, mostrando un foglio a Cato Isaksen.

Questi ebbe l'impulso di abbracciarla. "Finalmente una donna normale", pensò. Ora le cose si stavano mettendo nel giusto verso.

«È arrivato anche il rapporto finale dell'autopsia», proseguì Ellen Grue, mostrandogli un altro documento. «Non ci sono dei grossi cambiamenti rispetto a quello preliminare. Il servizio di ordine pubblico ti manda a dire che non hanno avuto segnalazioni serie per quanto riguarda la macchina rossa e anche Juris Tjudinov. Soltanto un sacco di soffiate inattendibili, per così dire. Sai come vanno queste cose. Stanno controllando le ultime due, ma non si aspettano grossi risultati. Ma ora potete anche verificare se una Mazda rossa è stata presa a noleggio in Svezia, giusto? Adesso abbiamo in mano qualcosa».

«Benissimo», disse Cato Isaksen, fissandola. «Allora dirò a qualcuno di cercare la Mazda sia in Norvegia che in Svezia».

Ellen Grue era pallida. Di solito il suo viso era pieno di colori contrastanti, con i capelli scuri e il rossetto rosso.

«Ellen… non ti senti bene?»

«Come no», rispose lei sorridendo affettatamente. Pensava di andare a dormire presto. Ancora non era riuscita ad andare dal dottore per prendere un appuntamento per quell'aborto, pur sapendo che il tempo stava volando.

«Non potresti... Adesso vado io a prendere Wiggo Nyman, ma è importante mettersi a tavolino a ragionare», disse Cato Isaksen. «Non puoi parlare tu con Randi e Asle?»

«Nisba», disse e gli fece un sorrisino. «Io non ragiono. Io mi occupo di trovarvi i fatti. Basta per oggi, Cato. Forse domani». Prima che riuscisse a risponderle, era sgattaiolata fuori dalla porta e sparita giù per il corridoio.

* * *

Cato Isaksen si affacciò nell'ufficio di Marian Dahle. Stava seduta e sfogliava un librone.

«Te ne stai qui a leggere? Adesso devi darti una mossa. Stiamo per inchiodare Nyman e forse anche Ahmed Khan. Abbiamo trovato una lettera nell'appartamento del primo. Puoi avvisare in Svezia e in Norvegia che stiamo cercando una Mazda rossa?». L'ispetttore le gettò sulla scrivania i documenti che gli aveva appena dato Ellen Grue.

Lei lo guardò rassegnata, il cane uscì da sotto la scrivania e scodinzolò debolmente.

«Io non sono la tua segretaria. Chiedi a qualcun altro di cercare quella macchina. Sto leggendo dei testi scientifici. Ripeto: testi scientifici. Mi sto documentando su quale livello possono raggiungere le persone la cui vita è andata in pezzi».

«Dannazione, Marian...».

«Ritengo che ci sia una cosa che abbiamo ignorato. Una cosa che ha a che fare con l'immagine che si dà di sé... Penso di aver scoperto qualcosa».

«Quindi questa bestia lavora sempre qui», disse Cato Isaksen con tono sarcastico, interrompendola. «Neanche le parole della responsabile del reparto hanno alcun effetto su di te, mi sembra di capire».

«La Myklebust mi ha dato un ultimatum: o Birka o il lavoro. È colpa tua, Cato. Non posso prenderti sul serio».

Lui si rabbuiò. «Questo io lo chiamo un gioco di potere, Marian Dahle: dire che non riesci a prendermi sul serio è come insinuare che io sono stato retrocesso. Ti rifiuti di accettare gli ordini. È meglio che te ne vai».

Per una volta, sembrò incerta. Le parole dell'ispettore le bruciavano. In fondo a lei piaceva Cato Isaksen. Il problema è che era lei a non andargli a genio. Lui la osservò. Era evidente che capiva di essersi spinta un po' troppo in là. Con un gesto della mano si liberò del senso di deferenza. In fondo l'attacco era la miglior difesa. Lui l'avrebbe messa sotto se Marian gli avesse soltanto dato la minima possibilità. «Tu non sei una persona che ispira lealtà», fece lei duramente. «Questo l'avrai sicuramente già sentito dire. È come se mi dovessi mettere al tappeto prima di potermi accettare. È facile capire cos'hai in mente, proprio come se fossi con un ragazzino. Ma io non mi rotolo per terra. Non l'avrai vinta. Per la maggior parte del tempo, Birka sta seduta in macchina. Ma ora era stata da sola così a lungo che sono andata a prenderla. Io non credo che questa storia abbia a che fare con il cane. Io credo che tu abbia paura di me».

«Non dovresti essere così sarcastica, Marian Dahle: non ti si addice».

«Il sarcasmo non è mai una bella cosa», replicò lei, «ma può essere indispensabile. Lo so che hai passato un brutto momento dopo che tuo figlio è...».

«Mio figlio? Cosa diavolo ne sai tu di mio figlio? Tu non mi conosci per niente».

«So che quel ragazzo, quello che ha ammazzato quella donna di Vindern a gennaio... So che lui...».

Cato Isaksen si sentì pervadere da una sensazione di sollievo. Per un attimo aveva temuto che sapesse del figlio maggiore, Gard, e del fatto che tanto tempo prima aveva fatto uso di sostanze stupefacenti.

«No, queste cretinate non le voglio neanche ascoltare», disse irritato. «Cosa pensi di ottenere?»

«Eppure dopo sei stato in malattia, per parecchio tempo».

Cato Isaksen sollevò la mano e le sfiorò quasi il viso puntandole contro l'indice. «Tu te ne andrai, dovrai lasciare la squadra. Se c'è una cosa che ti posso assicurare, è questa. E ora devo trovare Roger e andare a prendere Wiggo Nyman, se per te va bene».

Henning Nyman infilò la chiave nella toppa e girò. Aprì la porta del garage, guardò la Mazda rossa di Helmer Ruud che era là dentro. Era parcheggiata con la parte anteriore rivolta verso il fondo. Per un attimo, pensò di essersi sbagliato. L'auto sembrava assolutamente a posto.

Si girò a guardare gli abeti. Assomigliavano ad ali. Ali nere. Sentì i versi degli uccelli, quello sgradevole stridio che pareva non avere fine.

Wiggo aveva detto che di certo Helmer non aveva nulla in contrario a che utilizzassero la sua macchina. Le auto si arrugginivano a star ferme, gli aveva detto il fratello. E con ciò non intendeva la ruggine, ma il fatto che il motore si rovinasse a non utilizzarlo. L'aveva detto lui stesso, che al motore di una macchina faceva bene andare su di giri una volta ogni tanto.

Per un po' Henning stette a osservare le luci posteriori, prima di scivolare lungo la parete. Voleva vedere la macchina da davanti. Il garage era stretto. Dovette scavalcare due blocchi Leca e una cassetta degli attrezzi. Per terra, c'erano macchie d'olio e ritagli di panno di daino buttati qua e là.

Lo vide subito. La macchina aveva un grosso danno alla parte destra del parafango. Il fanale era rotto. All'improvviso fu tutto chiaro. L'aveva sempre saputo che era stato Wiggo a uccidere Elna, che l'aveva investita con la macchina di Helmer Ruud. Prima l'aveva picchiata. Doveva essere andata così. Era questo che c'era scritto sul giornale. Ma quel ragazzino sparito non poteva essere colpa di Wiggo; dove mai avrebbe potuto farlo scomparire?

Si sedette in macchina e avviò il motore. Inserì la retromarcia e uscì dal garage. Louise Ek lo aveva chiamato per sapere se era vera la storia dei trucchi.

Eppure qualcosa la madre doveva pur averlo capito, pensò. Lei, con le sue galosce e la tinozza di plastica. Era ignobile, tutta quella faccenda. Doveva aver intuito che Wiggo aveva utilizzato la macchina di Helmer Ruud. Doveva pure aver capito che lui andava a casa di Helmer Ruud, ogni volta che attraversava i campi.

Quel pomeriggio si era girata a guardarlo mentre si allontanava. In salotto aveva una foto di lui e Wiggo, fatta in uno studio fotografico quando avevano, rispettivamente, quindici e cinque anni. In quello scatto, assomigliavano in maniera inquietante alle lepri e alle volpi che uccideva con le sue trappole. Gli occhi furbi, i musi appuntiti. Ora Wiggo era nella sua vecchia stanza e dormiva.

Henning si chiuse dietro la porta del garage e si risedette in macchina, girò a sinistra e proseguì giù per la strada. Fasci di luce dorata ballavano qua e là di fronte al parabrezza, all'unisono col movimento dei rami pesanti che il debole vento faceva ondeggiare. Si sentì investire da una sensazione di vuoto profondo, che gli proveniva dal bosco.

Si immaginò la rossa con le guance bagnate di lacrime. Era troppo tardi per i ripensamenti. Ormai stava andando a prendere le ragazzine. Loro credevano che gli avrebbe portato dei trucchi. Era quello che gli aveva detto lui. Il battito del cuore gli rimbombava nelle orecchie. La bionda aveva risposto che sarebbero venute. Al parco della Veritas, aveva detto. Vicino alla fontana, a patto che dopo le accompagnasse su, alla scuola. Al bus che le doveva portare alla gita di fine d'anno.

Lui glielo aveva promesso. Le avrebbe portate a scuola, dopo. Louise gli aveva chiesto se sarebbe venuto anche Wiggo. Lui aveva risposto di sì. Certo che aveva detto che sarebbe venuto Wiggo. Ma cosa avrebbe fatto se fosse riuscito davvero a portarsi appresso le ragazzine? Se se le fosse portate in macchina, e poi dentro casa? E come si faceva a convincere due come quelle a fare ciò che voleva? Forse poteva invogliarle con qualcos'altro, oltre ai trucchi. Forse non bastavano. Ecco, una delle due aveva perso il cane. E se avesse detto loro che aveva un cesto pieno di cuccioli in cantina? Quelli erano morbidi e dolci. E le ragazzine impazzivano per i cuccioli.

Åsa Nyman sedeva al tavolo della cucina col caffè tiepido in una tazza bianca, incrinata. Sulla ceramica c'era scritto "mamma", a lettere dorate ormai scrostate. Fuori, in cortile, era parcheggiata la macchina di Wiggo. Lui era su, nella sua vecchia camera di quand'era bambino, a dormire. Lei pensò che non doveva più sentirsi a suo agio nel monolocale giù in città da quando era morta la sua amica. Lo aveva sentito parlare nel sonno varie volte: mormorare qualcosa sul fatto che Elna viveva nelle ombre sull'erba. Che non era colpa sua, e che il cuore di lei era un piccolo martello che avrebbe continuato a battere senza sosta. Stranezze del genere, cose che assolutamente non erano da lui. Poco prima, quand'era salito su per coricarsi, aveva detto che un giorno avrebbe portato con sé Inga. Quando gliel'aveva raccontato, si trovava a metà delle scale. Si era girato verso la madre subito al di sotto della finestra con i vetri colorati. La luce, che arrivava da dietro, si era posata sulle sue spalle. All'improvviso, sembrava più sereno. «Porterò qui Inga», aveva detto.

* * *

Åsa Nyman sapeva che la polizia stava arrivando. Quando la macchina grigia svoltò per entrare nel cortile di fronte alla casa, pensò che tutto sembrava così consueto: il suono del motore che si spegneva, i due uomini che scendevano dall'auto, il colore del cielo. Tutto era così familiare, ma allo stesso tempo non lo era.

La donna si alzò a fatica e uscì nel piccolo ingresso. «Siete venuti ad arrestarlo per qualcosa?», chiese spaventata.

«No», fece Cato Isaksen, «non direi proprio così. Vogliamo soltanto portarlo da noi per interrogarlo di nuovo. Dov'è Wiggo?»

«Di sopra», disse lei e si girò dall'altra parte. Non voleva fare altre domande. Non ce la faceva più. Era successo qualcosa, quell'estate, qualcosa che era fuori dal suo controllo. Entrò nel salotto e si mise davanti alla fotografia di Wiggo e Henning. L'ultima settimana li aveva sognati quasi ogni notte. Aveva ricordato com'erano prima. Li aveva sognati nell'aia della fattoria, da bambini, che giocavano a pallone. Aveva visto davanti a sé la polvere del cortile sollevarsi formando dei mulinelli mentre dribblavano.

Aveva sempre sospettato che nel mondo esterno ci fossero dei pericoli, e ormai era chiaro che aveva ragione a crederlo. Maridalen era un posto fuori dal tempo, a una certa distanza da Oslo. Lontano da tutto quanto, ma allo stesso tempo anche vicino. L'America e Oslo erano posti diversi. Era da molti anni che non andava in città. Wiggo avrebbe dovuto trovarsi un lavoro diverso, invece di girare con un furgone celeste e rosa che vendeva sogni ai bambini. Il gelato delle stelle o il sapore delle stelle. Che roba era? Che cosa aveva a che fare con la realtà? E Henning e le sue trappole per gli animaletti: che diavolo combinava? Le lepri che catturava, i loro strani lamenti. Quelle in inverno mutavano il pelo. Le cose cambiavano. Ma perché attraversava i campi e spariva nel bosco varie volte a settimana? E dov'era in quel momento?

Sentiva che qualcosa stava per accadere. Signe Marie Øye andò alla finestra e guardò fuori. Con l'occhio colse un movimento ai lati del giardino. Giù in fondo, vicino alle olmarie bianche e cariche di fiori, qualcosa sgusciò via. Era qualcosa di bianco e nero. Doveva essere un cane, un cane scuro. Possibile che si trattasse di quel cane? Intravide un uomo. Poi sparì giù per la strada. C'era qualcosa in quell'immagine che lei non voleva vedere. Non le andava, non le andava proprio.

Si girò e guardò la fotografia di Patrik. La camicetta le stringeva il petto. Fece un po' avanti e indietro di fronte alla foto. Poi andò in cucina. Il ronzio della lavastoviglie era annidato lì, sotto il ripiano. Sembrava volesse parlarle. Un suono duro e freddo. "L'anno prossimo, in questo giorno, forse non ci sarò più", pensò, e controllò che il rubinetto fosse chiuso per bene. Accese la lucetta al di sopra del ripiano, anche se non serviva, e la radio. La musica invase l'ambiente, frivola e fastidiosa. "Sono nato per amarti". La spense. Da qualche parte doveva pur essere, Patrik. Possibile che nessuno capisse che lei non ce la faceva più? Voleva semplicemente una risposta. Venire a sapere che era morto, e che non stava soffrendo. All'improvviso, ebbe un conato di vomito, corse verso il lavello della cucina, ma non le uscì nulla.

Non era riuscita a salvare suo figlio. Sollevò le mani e le appoggiò ai lati del viso. Le premette sulle guance. Il dolore la dilaniava da dentro come un filo di ferro. Faceva avanti e indietro guardando fuori in giardino. Quattro anni prima avevano trascorso le vacanze estive in barca. Con alcuni amici. Lei, Patrik e il padre del bambino. Non avrebbe mai dimenticato l'odore di legno e pece, e il grosso maglione di lana di suo figlio. La barca di notte oscillava mentre loro dormivano nell'aria umida. Saliva un odore aspro dal mare, un lezzo di alghe marce che proveniva dalla superficie dell'acqua. Era l'estate prima che si separassero. Nulla andava più bene, e la distanza tra di loro divenne costante, quell'autunno. Patrik soffriva. Patrik era triste. Patrik voleva che il padre tornasse a casa.

Si erano incontrati a un workshop sulle composizioni floreali, lei e il padre del bambino. Lei doveva intrecciare delle ghirlande, e lui doveva fotografarle. Foto, foto, foto. Che significato potevano avere delle foto?

Tornò nel salotto. I portavasi vuoti sul davanzale della finestra brillavano verso di lei. Ogni singolo mobile era saturo di dolore. Non succedeva nulla. Nulla, succedeva. Solo questi oggetti morti, tra i quali lei si aggirava ora dopo ora dopo ora, da quando era sparito Patrik.

Ultimamente i media avevano parlato di casi importanti: bambini che erano spariti e che poi erano ricomparsi. Natascha Kampusch, che era stata tenuta prigioniera ma che era sopravvissuta e infine era tornata. Da sua madre. Era in Germania o in Austria? Le sue foto erano apparse ovunque, sui giornali e su tutti i canali televisivi.

Signe Marie Øye fissava fuori dal vetro della porta del salotto. La stanza all'improvviso le sembrava una piccionaia. Era per l'odore, come se lì dentro ci fossero stati degli uccelli. I piccioni volavano via e poi tornavano. All'indirizzo che avevano memorizzato nei loro piccoli cervelli. La direzione, qui e lì.

Non ce la faceva più, doveva uscire di casa.

Tirò via il soprabito estivo dall'attaccapanni. Ci si avvolse dentro, come si trattasse di una protezione. Infilò i piedi nudi in un paio di scarpe da ginnastica lise. Sarebbe andata al lago. Lungo il lago, per poi tornare indietro. Quante volte ancora avrebbe fatto ritorno? Aprì la porta e uscì di casa senza chiuderla a chiave.

Henning Nyman le sentì già da lontano. Ragazzine come quelle emettevano dei suoni del tutto particolari. Le aveva intraviste lassù, in alto, tra i grandi alberi. Ora stavano scendendo giù, verso la fontana.

Stava fuori dalla macchina ad aspettarle. Era appoggiato alla portiera e aspettava. Aveva tolto il cric e la ruota di scorta dal sedile posteriore. Per sicurezza, soltanto nel caso in cui non ci fosse stato abbastanza posto per loro. Si era fermato a comprare dei lucidalabbra in una profumeria.

Il cuore gli batteva all'impazzata. Ora stavano superando il palo vicino alla fontana. L'erba all'interno della vasca era ancora verde, ma per il resto tutto era grigio. Nella sua testa, tutto era grigio.

Mentre guidava per arrivare là, aveva parlato per telefono con Louise. Le aveva detto che ciascuna di loro avrebbe ricevuto una grossa scatola con dentro dei trucchi. E c'era dell'altro: un suo amico aveva quattro cuccioli, aveva aggiunto. Bastardini di cui non riusciva a liberarsi. Se le ragazzine volevano, potevano averli gratis. Louise era rimasta in silenzio all'altro capo. Poi aveva detto: «Non saprei, non so se ho il permesso». Ma lui capì di aver fatto centro.

Avevano grossi zaini in spalla, e i jeans di entrambe erano molto bassi sui fianchi. La rossa aveva una felpa col cappuccio, senza maniche. Era bianchissima, malgrado fosse estate. Aveva delle piccole lentiggini sul naso, e le braccia sembravano morbide e flaccide. Tra la felpa e il bordo dei pantaloni aveva un abbondante rotolo di grasso. Di un bianco roseo, come un neonato. Era una bambina, una deliziosa, fragile bambina.

Louise chiacchierava senza sosta, poi ogni tanto si fermava e si batteva le ginocchia. Si girò per un attimo e tornò un po' indietro mentre parlava con l'amica. La sua voce era acuta, come possono esserlo solo le voci delle bambine. Lui non sapeva quanto ancora avrebbe potuto reggere. Erano successe troppe cose negli ultimi tempi, decisamente troppe.

In realtà, provava soltanto disprezzo per Louise. La sua voce, l'autostima che emanava dagli occhi azzurri e i capelli troppo chiari. Era alta per la sua età, e magra. Non aveva neanche un accenno di seno, era completamente piatta dalla pancia fino al collo. All'improvviso, lei si mise a ridere istericamente e a gesticolare con le braccia.

Proprio in quell'istante, lo videro. Si fermarono. La rossa teneva la tenda arrotolata tra le braccia. Per un attimo tutto tacque, poi si girarono e iniziarono a correre. Lui notò che ridevano, mentre correvano. Quello comunque era un buon segno. Per un po' rimase fermo a meditare sulla situazione, prima di iniziare a seguirle a passo rapido. Aveva iniziato a piovere. O forse erano soltanto gli spruzzi della fontana? Vicino alla vasca, un velo d'acqua verde chiaro attraversava i coni di luce come fosse un sottile vapore. Henning sentì che le gocce gli si fissavano sotto il naso. Iniziò a correre. Non ci voleva niente per raggiungerle.

Era un brutto segno che la macchina fosse rossa, pensò Louise. C'era una grossa ammaccatura sul parafango anteriore destro, e il fanale era rotto. Qualcosa stava emergendo dal suo subconscio. Era soltanto una sensazione. Non c'era scritto qualcosa di una macchina rossa, sui giornali? Ina rise forte accanto a lei, e si premette la tenda contro il petto. Il fratello di Wiggo le aveva raggiunte. Stava accanto a loro e rideva. "Cappuccetto Rosso e il lupo", pensò Louise, fissando le grosse mani del fratello dell'uomo dei gelati.

Il labrador nero gli corse incontro scodinzolando. Louise aveva visto molte volte il suo proprietario. Allungò la mano e lo sfiorò. Il cane cominciò ad abbaiarle, con voce roca e allegra. Ma il padrone lo richiamò a sé, e allora sparì con la coda tra le gambe attraverso il prato e poi dietro la siepe di rosa canina. Non potevano vederne il proprietario, sentirono soltanto che parlava al cane a voce bassa.

Il fratello dell'uomo dei gelati rise. «Scemette», disse, e prese Louise per un braccio.

«Ahi», disse lei, «non scherzare». La consapevolezza che il peggio sarebbe potuto accadere si fece largo in lei. Ma lui rideva, continuando a tirarsela appresso. «Vi ho portato i trucchi». La presa forte sul suo braccio la pilotava come se fosse una bambola di pezza. L'erba bagnata sotto i suoi piedi la fece quasi scivolare. Il suono dei suoi passi le rimbombava in corpo. Il cuore le batteva forte in petto, pieno di presagi. «Dov'è Wiggo?». Sentiva il dolore della sua presa come un artiglio intorno al braccio. Lui intanto continuava a ridere. «Ho detto che vi darò un cane ciascuna», disse, e mollò la presa.

Louise guardò Ina, che gli era trotterellata dietro. Lei sorrise incerta e sollevò le spalle.

«Lo capite che sto solo giocando, no?», disse Henning Nyman. «Wiggo mi ha detto di salutarvi e che vi aspetta».

Louise cinse Ina col braccio, poi guardò Henning Nyman. *Come si fa a dire di no a un uomo adulto che ti chiede di salire sulla sua macchina?*

«Dove?»

«È là, dove sono anche i cuccioli», disse Henning Nyman.

Louise pizzicò forte Ina sul braccio. L'amica si strinse al petto la tenda. «Lasciamo perdere?», sussurrò Louise.

Ina la guardò e fece una smorfia con la bocca. «Non so», disse. «Sei tu che ci hai parlato», sussurrò. «I cuccioli sono sicuramente carinissimi, ma cosa dirà tuo padre?»

«O mia madre». Louise deglutì.

«Entrate in macchina», gridò Henning Nyman.

Come si fa a dire di no a un uomo adulto che ti chiede di salire sulla sua macchina?

Louise lo guardò. «Ma adesso non possiamo portare con noi i cani. Li possiamo prendere lunedì?»

«Non c'è problema», rispose lui. «Adesso ve li faccio solo vedere».

Ina guardò Louise. «Mi prenderò cura del tuo mentre stai in Italia», disse. «Non è un problema. Starò a casa tutta l'estate. È bellissimo prendersi cura di un cagnolino».

«Sedetevi sul sedile di dietro», fece Henning Nyman, aprì la portiera e abbassò il sedile anteriore.

«Che macchina vecchia», disse Louise. «Ma ce la facciamo a tornare per le sei?». *Come si fa a dire di no a un uomo adulto che ti chiede di salire sulla sua macchina?*

«Non c'è problema. Entrate».

Poi, quando Henning Nyman ebbe chiuso la portiera dal lato del guidatore, Louise guardò i suoi occhi, incorniciati come in un quadretto dallo specchietto retrovisore.

«Allora ci porti direttamente al lago, dopo», chiese Ina. «Se non ce la facciamo per le sei. Dopo che ci hai dato i trucchi e abbiamo visto i cani».

«Certo», rispose lui.

«Puoi chiamare l'insegnante e dirgli che sei mio padre, o il padre

E come qualsiasi altro assassino, Wiggo Nyman ovviamente nega di avere a che fare con questa situazione. Per quanto riguarda Khan, non abbiamo ancora messo in moto le procedure. Lui dice che c'è un testimone che lo può scagionare, e che si tratta dell'amica di Elna Druzika».

«Perfetto», disse Marie Sagen e, precedendo Isaksen, entrò nella stanza delle riunioni, in cui la squadra era radunata. Strinse la mano a Marian Dahle, che non aveva mai incontrato prima, e fece un breve cenno col capo agli altri.

Roger Høibakk spalancò le finestre e diede una schicchera a una mosca morta che giaceva sul davanzale.

Marie Sagen poggiò il suo portadocumenti sul tavolo e lo aprì con un piccolo *click*. «A quanto vedo, Wiggo Nyman sta seduto nella stanza degli interrogatori ad aspettare», disse sedendosi a un'estremità del tavolo.

«Sì», disse Isaksen con impazienza. Non vedeva davvero l'ora di iniziare l'interrogatorio e i riscontri dei nuovi indizi. Ora si trattava soltanto di mettere a punto una strategia formale.

Asle Tengs entrò nella stanza. Salutò brevemente Marie Sagen. «Nella buca vicino alla scavatrice a Høvik Verk non c'era nulla, capo», disse guardando Cato Isaksen. «Nient'altro che terra secca. La polizia scientifica ha appena telefonato».

«Ok», fece lui, «era soltanto una mia sensazione. Qualcosa che aveva a che fare con le due bambine... Siediti. Quando arriva Inga Romulda?»

«È già per strada. Tony è andato a prenderla. Comunque, Asle, sembra che adesso abbiamo in mano qualcosa». Cato Isaksen buttò delle carte sul tavolo e scostò una sedia. «Una tessera dopo l'altra. L'intuizione non basta, come dicevamo prima».

Asle Tengs fece un rapido sorriso a Randi Johansen, che si girò sulla sedia e mise la sua giacca sullo schienale.

«Non è importante trovare le due ragazzine che probabilmente hanno scritto questa lettera e sentire cos'hanno da dire prima dell'interrogatorio?», chiese Marie Sagen.

«Sì, ma sono in gita scolastica. Cerchiamo per prima cosa di torchiare Nyman», disse Isaksen. «Forse, quando vedrà che abbiamo la lettera delle cosiddette sirene, si arrenderà. E poi c'è Inga Romulda».

«Nyman non può inventarsi nulla per prendere le distanze da quella lettera», disse Roger Høibakk. «È stato un idiota a non buttarla via».

«Se la richiesta di custodia cautelare viene accettata», continuò Marie Sagen, «può darsi che ci sia un'udienza per la carcerazione preventiva domani in giornata. La lettera delle ragazze e l'orario in cui il furgone dei gelati si trovava sulla Selvikveien sono buoni indizi, comunque».

«Ma non lo saranno a lungo», disse Asle Tengs. «Abbiamo maledettamente poco tempo per trovare delle prove contro di lui. Infatti non abbiamo né un cadavere, né la Mazda rossa».

«Un cadavere ce l'abbiamo, eccome», fece Roger Høibakk. «Elna Druzika. Ma la Mazda rossa è un vero mistero».

«Potrebbe averla rubata ed essersene sbarazzato dopo», disse Asle Tengs.

«Non ci dimentichiamo Tjudinov», esclamò Randi. «Che Nyman abbia qualcosa a che fare con il ragazzino scomparso lo pensiamo tutti, ma il caso Druzika...».

«L'avvocato della persona in questione...», si intromise Marie Sagen.

«Sta arrivando», interruppe Randi Johansen. «Si tratta di un giovane che è stato nominato difensore d'ufficio. È un nome che non ho mai sentito prima, forse è un sostituto per le vacanze estive. Si chiama Thomas Fuglesang[18]».

«Un buffo nome, a ogni modo», disse Roger Høibakk.

Randi Johansen spiegazzava un pezzetto di carta.

La consulente legale aveva una ruga profonda sulla fronte.

«Sembra davvero incredibile, tutta questa faccenda. Qui dobbiamo davvero stare attenti alle formalità. Come dicevamo, non possiamo usare fermi e arresti per far confessare un sospettato».

«Qualche prova contro di lui dobbiamo trovarla». Fino a quel momento, Marian Dahle era rimasta in silenzio. Cercava di incrociare lo sguardo di Cato Isaksen, ma lui aveva gli occhi rivolti da un'altra parte.

Marie Sagen si passò sulla fronte la mano ben curata: portava uno smalto color madreperla.

[18] *Fuglesang* significa "canto degli uccelli" in norvegese *(n.d.t.)*.

«In ogni caso, non dobbiamo mai trasgredire questi principi: sono assoluti. Altrimenti rischiate di essere accusati di grave negligenza in servizio. Quali sarebbero i capi d'imputazione che gli volete addebitare?»

«Iniziamo intanto l'interrogatorio e vediamo che succede», disse Roger Høibakk.

«No», ribatté Marie Sagen.

«Marian non potrebbe...», fece Randi Johansen.

«Cosa?»

«Interrogare Nyman».

«Per quale motivo?»

«Perché ha una tecnica...».

Cato Isaksen sbuffò.

Marie Sagen guardò la Dahle, incuriosita. «In che cosa consiste la tua tecnica?», le chiese sorridendo.

«Nulla», rispose secca Marian. «Non ho nessuna tecnica particolare».

D'un tratto, comparve sulla porta Thomas Fuglesang. Il giovane avvocato non sembrava affatto a disagio. «Ho ricevuto una mail con i fatti principali», disse brevemente, «ma non ho ancora potuto parlare col mio cliente».

Cato Isaksen non riuscì a trattenersi. «Ti chiedo, nell'interesse del tuo cliente, di rimandare la preparazione formale sulle domande che gli porremo. Non sappiamo esattamente cosa uscirà da quest'interrogatorio: mettiamola così».

Il giovane avvocato sembrò preoccupato. «Ma noi quali garanzie abbiamo che...».

«Naturalmente faremo tutto nel migliore dei modi», si intromise Marie Sagen nella conversazione. «Non c'è motivo di nasconderti che probabilmente chiederemo la custodia cautelare».

«Cerchiamo di metterci al lavoro il prima possibile», disse Roger Høibakk. Poi guardò Cato Isaksen. «Tu e Marian potreste interrogarlo insieme».

Thomas Fuglesang si alzò e fissò Marie Sagen. «Prima voglio parlare a quatt'occhi col mio cliente».

Cato Isaksen guardò i due avvocati, l'uno dopo l'altro.

«Certamente», disse irritato.

Henning Nyman abbassò il finestrino. Nel momento in cui furono entrate in macchina, la certezza aveva preso a bruciargli dentro come una fiamma. Non si poteva più tornare indietro. Per prima cosa doveva calmarsi.

Non c'era molto traffico. La gente era andata in spiaggia o si era seduta in terrazza con un bicchiere di vino bianco in mano. Mentre teneva d'occhio le ragazzine attraverso lo specchietto retrovisore, Henning pensava che dovevano aver capito che sarebbe andata a finire male. Lo vedeva dall'espressione sui loro visi: erano incerte. Era comunque soddisfatto di se stesso, e del modo in cui riusciva a rivolgersi alle due. In tono fermo e naturale ripeté che voleva soltanto mostrare loro i cuccioli. «È Wiggo che mi ha pregato di venirvi a prendere. Mi ha raccontato che una di voi ha perso il suo cagnolino. L'uomo che ha i cuccioli è un mio amico».

Si sentiva pervaso da un'energia particolare, ma la paura gli bruciava in petto. Non era tanto sciocco da dare alla madre la colpa di questa situazione. Era tutta colpa sua. Lui era in grado di interagire in maniera normale con gli altri esseri umani. Ma aveva scelto questa via. Le tenebre erano state in agguato per tutti quegli anni. Ormai non si poteva più tornare indietro.

Svoltò e imboccò l'autostrada. «Ha quattro cuccioli in un cesto a casa sua. Sono un incrocio tra un labrador e un barboncino. Sono molto carini, e inoltre sono gratis».

Louise inghiottì. «Un labrador e un barboncino... Com'è possibile?»

«Certo che è possibile», disse lui. «Il labrador si è accoppiato col barboncino». Le ragazzine sorrisero, e d'un tratto Louise si immaginò la scena del grosso cane nero che montava quello piccolo.

A scuola avevano letto una poesia di una certa Edith Södergran.

Una strana poesia: c'era un verso che era diventato come un tarlo nella sua mente. *I miei amici hanno una falsa immagine di me. Io non sono mansueta.* Nei giorni precedenti, il calore all'interno della classe era diventato insopportabile. L'aria, carica di polvere di gesso e di sudore, era pesante. Se uno inspirava troppo profondamente, poteva anche svenire. Ripensò ai suoi genitori: avevano detto che quella sera sarebbero andati al cinema, dal momento che lei non c'era.

Imboccò la tangenziale e prese l'uscita subito dopo Tåsen. Le sue mani stringevano saldamente il volante. In effetti, si trattava di un piano davvero ben congegnato. La rossa aveva indosso dei pantaloni aderenti e una felpa col cappuccio e i bordi smerlettati. E sotto i vestiti c'era un corpo bianco e gelatinoso. La biondina era secca, ma la magrezza ricorreva in molte delle fotografie sulle riviste di Helmer Ruud.

Le guardava di soppiatto nello specchietto retrovisore. Ina e Louise. Louise e Ina. I capelli della rossa avevano la riga al centro. Fissò per un attimo i loro visi. Percepiva il loro odore dolciastro e leggero. Se le immaginava nella stanza in cantina con la porta chiusa a chiave. Sembravano degli animaletti in procinto di essere soppressi.

«Potete anche averli tutti, i cuccioli, se volete. Tutti e quattro».

«Uno per ciascuna è sufficiente», disse Louise.

Il padre le aveva promesso un nuovo cane, dopo che l'altro era stato ucciso. Glielo aveva promesso, ma poi non se n'era fatto più nulla. Lei non era stata molto brava nel portare regolarmente a spasso Dennis. Non quanto aveva promesso. Ma aveva adorato lui e tutto ciò che lo riguardava. Il suo essere un giocherellone. Il suo pelo, il musetto e gli occhi. Era il cagnolino più carino del mondo. Se fosse tornata a casa con un nuovo cucciolo, magari vedendolo il padre si sarebbe innamorato di lui. O meglio, era assolutamente certa che se ne sarebbe innamorato. Lui era fatto così. E anche la madre, una volta che avesse visto quant'era carino. Non le avrebbero detto di riportarlo indietro. Louise conosceva abbastanza bene i suoi da sapere che sarebbe andata in tal modo.

«Insomma, l'ho già detto che non mi ricordo nessuna di loro. Credo di averlo già spiegato una decina di volte». Wiggo Nyman guardò gli investigatori in cagnesco. Erano di nuovo quella donna asiatica e Cato Isaksen.

Il suo avvocato lo aveva pregato di pensarci a fondo prima di dare delle risposte. L'aveva messa così: "Rifletti su: una volta che hai detto una cosa, non te la puoi più rimangiare".

Era un sforzo notevole doversi ricordare cosa uno avesse raccontato o meno. «Non posso ricordarmi di tutti quanti». Wiggo li fissò. «C'erano alcune madri con le carrozzine...».

Marian Dahle sbatté sonoramente il palmo della mano sul tavolo. «Ora la devi piantare...». Wiggo Nyman ebbe un sussulto.

Cato Isaksen e Thomas Fuglesang rimanevano in attesa.

«Abbiamo le prove che le bambine hanno visto qualcosa. Sta scritto nero su bianco nella lettera che hai ricevuto da loro».

Cato Isaksen si alzò e andò a prendere la busta trasparente che stava sul davanzale della finestra.

Wiggo Nyman la vide subito. Era quella dannata lettera rosa. Quella lettera rosa di merda, da parte delle maledette sirene. All'improvviso, gli vennero in mente le trappole del fratello. Gli animali morti che giacevano immobili in mezzo all'erba con una ferita profonda lì dove la tagliola arrugginita si era chiusa intorno al loro collo. Ferite come quelle che poteva causare un investimento. La morte tornava, più e più volte.

«Come fate ad avercela?»

«Louise Ek e Ina Bergum», disse Cato Isaksen.

Wiggo Nyman gli rivolse uno sguardo vacuo.

«In effetti, come avete fatto a procurarvi quella lettera?». Thomas Fuglesang guardò Marian Dahle con aria interrogativa. Poi la lesse rapidamente attraverso la busta di plastica.

«Non chiederlo a me», rispose lei.

«Allora andate a cercare quelle ragazzine e domandatelo a loro», disse Wiggo Nyman.

Cato Isaksen sospirò stancamente. «Ora stiamo interrogando te. Lo sai che anche la polizia criminale è coinvolta in questa faccenda?».

D'un tratto, Wiggo Nyman si vide davanti Inga Romulda. Lo aveva guardato in un modo strano il giorno prima, girandosi verso di lui quand'era sporca di farina fino ai gomiti. Aveva un grembiule con dei disegni gialli, e la cinta le stringeva la vita sottile. Da sotto sporgeva il sedere, con i glutei che formavano un cuore, fasciato dalla gonna. Inga non sapeva assolutamente nulla di lui. Era sola e triste. La desiderava; soltanto a pensarci, sentiva un principio di erezione. La tristezza le creava intorno un'aura del tutto particolare. La madre gli aveva chiesto di portargliela a casa. Lo avrebbe fatto, se solo fosse riuscito a uscire da quella situazione. C'era gente che si tirava fuori da accuse ben più gravi. Si trattava soltanto di resistere. Il giovane avvocato lo aveva capito.

Cato Isaksen osservava Wiggo Nyman con aria impaziente. «Ehi, sveglia», disse, «a cosa stai pensando?»

«Come?», fece lui.

«Le due bambine», rispose l'investigatore.

«Non capisco cos'hanno a che fare con questa faccenda. Non c'è nessun collegamento tra Elna... E non dovete credere... Vi state sbagliando completamente».

«La vecchia signora in fondo alla strada», continuò Cato Isaksen. «Tu fai manovra nel suo cortile. È una cosa che la irrita. Si tratta di un giardino privato».

«Certo», disse Wiggo Nyman indifferente, si girò da un'altra parte e fissò un uccello che stava passando al volo fuori dalla finestra.

«Perché non ti interessa se ritroviamo chi ha malmenato e ucciso Elna?».

Wiggo Nyman fece una risatina. «È solo che non capisco il collegamento. Cos'è che volete davvero che dica?»

«Vogliamo che parli per il tuo bene», lo esortò Marian Dahle. «Prima che ti invischi ancora di più in questa faccenda. Può essere vantaggioso per te...».

Thomas Fuglesang si intromise. «Non pilotare le sue risposte. Di che vantaggi stai parlando?».

Marian Dahle gli fece un gesto con la mano come per farlo tacere e continuò: «Vogliamo andare a fondo su quello che hanno visto le cosiddette sirene. I due amici di Patrik Øye dicono che sono passati accanto al tuo furgone alle tre, e che a quell'ora eri parcheggiato a una certa distanza sulla strada...».

«In quel momento stavo vendendo i gelati, non è che noto proprio tutto mentre sto lavorando. La maggior parte dei bambini non ha soldi. Si fermano a guardare, poi tirano avanti».

«Louise Ek e Ina Bergum, alias le sirene», insisté Marian Dahle, «hanno visto cos'è successo quel giorno. Il 3 giugno, quando Patrik Øye è tornato indietro correndo. Fu l'unico a tornare sui suoi passi, gli altri due proseguirono dritti attraverso il giardino della signora anziana».

Wiggo Nyman scosse la testa.

Cato Isaksen sospirò sconfortato: «Vuoi rimanere seduto qui tutta la notte?».

Marian Dahle all'improvviso tirò fuori un altro foglio e lo sbatté sul tavolo davanti a Wiggo Nyman. «Ti voglio leggere un'altra lettera», disse a bassa voce. «L'ha scritta la madre di Elna. A me».

Cato Isaksen la guardò. Era un fuoriprogramma. Si pentì all'istante del battibecco che c'era stato tra loro qualche ora prima. In effetti, sarebbe potuta diventare una buona amica. C'era qualcosa nel suo modo di fare. Lui provava una specie di rabbia cieca se qualcuno gli si avvicinava troppo. E Marian, col suo modo di fare, avrebbe potuto entrare nel suo spazio privato. Era proprio *quello* che Cato non sapeva come gestire. Lei era una persona rabbiosa e diretta. Era esattamente come lui.

Marian continuò: «Siamo stati in Lettonia con la bara, io e Cato. Sua madre ha parlato molto bene di te, Wiggo. Ha detto che eri gentile con Elna, e anche tua madre era gentile con lei. Che l'avete quasi salvata, qui in Norvegia. Che la sua vita non era facile. Ma tu eri tutto, per lei. Capisci, Wiggo? Eri tutto, per lei».

Il ragazzo sentì il sudore scendergli per la schiena. Era una situazione che gli creava disagio. All'improvviso, scorse Inga nel corridoio, fuori dalla stanza degli interrogatori.

Cato Isaksen si girò e vide Tony Hansen e Inga Romulda che passavano.

«Fanja Druzika è una persona abituata alle difficoltà della vita», proseguì Marian Dahle. «Non è nulla di nuovo per lei, ma io ti voglio leggere cosa dice del dolore per la morte di Elna. Ho fatto tradurre la lettera in norvegese. Fanja scrive che "il dolore è come un triangolo che gira all'interno del cuore, sventrandolo con le sue punte. È una sofferenza atroce. Eppure, man mano le punte si smussano sempre più, e alla fine il triangolo diventerà un cerchio. Continua a girare, ma senza strazio. Il dolore è un processo che richiede tempo. Quanto ci voglia prima di ricominciare a vivere, dipende da tante cose. Da quali appoggi si hanno, da quali risorse. Quando riesci a capire che un giorno la felicità per ciò che hai supererà la mancanza di ciò che non hai più; quando riesci a mollare la presa con cui ti aggrappi alla sofferenza, allora le punte saranno completamente smussate, e il cerchio diventerà un tesoro racchiuso nel tuo cuore. Se soltanto potessimo sapere cosa è successo e perché. Saluta Wiggo da parte nostra – mia e dei fratelli di Elna – e digli che è una grande persona"».

Casa rossa e macchina rossa. Il rosso indica pericolo, pensò Louise e provò una grande inquietudine quando Henning Nyman ci parcheggiò di fronte. C'era qualcosa che non andava. Si trovavano nel fitto del bosco. E lei non aveva riavuto indietro il suo cellulare. Wiggo l'aveva infilato nel vano portaoggetti. Era vero che i cuccioli si trovavano là dentro? La casa era completamente isolata. Il bosco si rifletteva nei vetri delle finestre. La luce sopra la porta di casa era accesa, malgrado fosse piena estate. E la luna era grande e fredda. Bianca e trasparente, come la carta. Una luna bianca su un cielo bianco. Sembrava che se ne stesse tranquillamente adagiata a riposarsi tra i rami di un albero. Le macchie lunari apparivano sotto forma di ombre grigie e sfocate contro la superficie chiara. Sarebbe venuto a piovere. Ormai era troppo tardi. Lo sapevano entrambe, che il peggio sarebbe successo. Ina stava immobile accanto a lei sul sedile posteriore.

* * *

Lui aveva preparato tutto prima di andarle a prendere in macchina. Aveva aperto le porte, così che sarebbe stato più facile far loro attraversare la lavanderia e scendere le scale della cantina. Era tutto pronto.

* * *

Scesero dalla macchina e rimasero in piedi a guardarsi a vicenda. Henning portò la macchina dentro al piccolo garage di legno, tirò giù lo sportello e chiuse a chiave. Perché non correre via? Perché non correre ciascuna in una direzione diversa, così non avrebbe saputo quale delle due seguire? *Come si fa a dire di no a un uomo adulto che ti dà un ordine?*

Misero gli zaini per terra. Ina appoggiò il rotolo con la tenda a uno dei due. Nel cortile c'era un grosso trattore, un vecchio tosaerba arrugginito e degli arnesi sotto un pezzo di tela cerata.

«Non devi riportarci indietro con la macchina dopo che abbiamo visto i cuccioli?». La voce di Louise era flebile. Sentiva rizzarsi i capelli sulla nuca. Fu percorsa da un brivido freddo. Si sentì ghiacciare. La catastrofe era vicina. Era una questione di secondi. Forse un minuto.

«Certo, certo», disse Henning. «È solo che il mio amico odia che la macchina rimanga all'aperto. Ci sono così tanti uccelli. Fanno la cacca sulla carrozzeria. Venite, vi faccio vedere i cuccioli».

Come si fa a dire di no a un uomo adulto che decide?

Aprì la porta d'ingresso col vetro smerigliato. «Dài ragazze, venite», disse.

Il bosco si estendeva in tutte le direzioni. Gli abeti scuri sibilavano. Le foglie degli alberi avevano orecchie che prestavano ascolto alla natura. Louise guardò Ina. Lei sollevò le spalle. Mossero qualche passo incerto verso la porta. «Quindi tu non abiti qui».

«No, no. È la casa di un mio amico, vi ho detto».

Louise fissò nuovamente Ina. Capì che anche lei sentiva che c'era qualcosa che non andava. Ma che era troppo tardi. Non c'era ombra di Wiggo.

Louise guardò la casa. Le finestre, lo zerbino, la porta aperta: tutto quanto. Era il capolinea. Le si riempirono gli occhi di lacrime.

In quell'istante, vide che lui si rendeva conto che lei aveva capito.

«E i trucchi?». Louise aveva la voce tremante. Tracciò un segno nella ghiaia con la punta della scarpa.

«Sono in corridoio. Lucidalabbra. Fard e *touch and go*», disse cupo.

«*Touch and go*? Che sarebbe?». Si fermarono.

Un'espressione d'impazienza calò sul viso di Henning Nyman.

«Mi volete costringere a portare quassù quei maledetti cuccioli, è questo che volete?».

Era arrabbiato, molto arrabbiato.

«No, no», fece Louise e sentì un singhiozzo salirle su per la gola. «Adesso veniamo. Ma Wiggo?». *Come si fa a dire di no a un uomo adulto che decide?*

«Lui arriva dopo».

«Quando?». *Come si fa a dire di no a un uomo adulto che decide?*

* * *

Si buttò su di loro. All'improvviso, era lì che le circondava con una presa di ferro. Ora le teneva entrambe, serrandolo le braccia intorno al collo. Teneva i gomiti piegati in modo da non farle divincolare. La sua voce era tagliente come un coltello. Louise pensò a Bittelise. Vide davanti a sé la bambola seduta sul letto, sul lenzuolo di pizzo, bianco e pulito, che guardava nel vuoto con i suoi occhi inespressivi. La madre e il padre erano al cinema, e all'insegnante era stato detto che non sarebbero andate. Nessuno si sarebbe accorto della loro assenza. Soltanto la sera della domenica i genitori avrebbero appreso che non erano state al campeggio con la scuola.

* * *

"Se riescono a liberarsi adesso va tutto a rotoli", pensò lui. Le trascinò all'interno attraverso la lavanderia e giù per le scale della cantina. La rossa aveva capitolato, pendeva come un sacco di patate dalla sua morsa. La bionda magra, invece, si dimenava, dava calci e cercava di morderlo. E urlava. In maniera forte e penetrante. Isterica. Le strattonò la testa in avanti e indietro per farla smettere.

«Inga Romulda è qui per una confessione», disse Tony Hansen facendo un rapido cenno della testa a Marie Sagen. «Vogliamo parlarci noi due, Asle?».

Asle Tengs si alzò. La ragazza stava sulla soglia con le spalle rigide e il capo chino. «Vorrei parlarle io», disse Randi Johansen e fece un gesto con la mano. Asle Tengs si sedette nuovamente.

Inga Romulda le ricordava un uovo di gabbiano che aveva trovato tempo addietro: grigio-marrone, opaco e fragile. C'era qualcosa nel suo sguardo. Qualcosa che aveva a che fare con l'essere donna.

Lei non voleva entrare nella stanza degli interrogatori. «Lo dico qua fuori», disse, e si portò una mano alla gola.

Erano fuori in corridoio: Randi Johansen, Tony Hansen e Inga Romulda.

«Ahmed non ha ucciso Elna. Non era ad Alnabru in quel momento. Non era neanche alla moschea. Stava a Karihaugen».

Randi la guardò: «A Karihaugen?».

Inga annuì. «Mi ha pregato di parlare con voi. Non è stato lui a uccidere Elna. Era con le ragazze al pianterreno. Le russe. Io non le conosco. Ma Ahmed era lì. L'ho visto. Gli ha dato fastidio che lo vedessi, sua moglie non doveva sapere… Loro… Lo sapete cosa fanno, quelle ragazze. Allora ho promesso. Ahmed aveva paura. Lui… Sapete, gli uomini musulmani. Avrebbe dovuto essere a quel matrimonio. Festeggiamenti come quelli durano tre giorni. Gli ospiti vanno e vengono. Dopo, quando Ahmed ha capito che pensavate fosse lui in quel video… Ma l'uomo che avete visto di schiena non era lui. Era suo cugino. Così lui ne ha preso in prestito la giacca. Soltanto perché sua moglie… e la sua famiglia non dovevano sapere che lui… Voi avete creduto che fosse Ahmed nel filmato», aggiunse. «Ma lui va a trovare quelle ragazze. Piuttosto spesso», aggiunse. «Era lì. L'ho incontrato di sotto, nell'ingresso, quando sono tornata a casa. Lui stava entrando nel loro appartamento. Era un quarto d'ora prima che Elna fosse uccisa. Non l'ha uccisa Ahmed».

Randi Johansen e Tony Hansen si scambiarono uno sguardo.

«Ok, Inga», disse Randi mettendole una mano sulla spalla. «Grazie. E Ronny Bråthen...».

«No, il nipote di Milly, no!».

«E Wiggo?».

Inga Romulda chinò la testa e iniziò a piangere silenziosamente.

* * *

Wiggo Nyman doveva pensare in fretta. Non sapeva esattamente quali fossero le implicazioni del fatto che avevano trovato quella dannata lettera. E perché Inga era lì? Cosa poteva sapere di tale faccenda? Gli girava la testa. Qualcosa balenò nella sua mente, ma si dileguò non appena cercò di afferrarlo. Non aveva il permesso di fumare. Doveva assolutamente fumare una sigaretta. Se ne stavano seduti lì, tutti e quattro. In quella stanza calda. I due investigatori e quel tipo, quell'avvocato seduto sul bordo della sedia. Perché gli avvocati erano tutti così? Per quanto tempo doveva restarsene lì senza poter fumare?

Le cose si stavano complicando. Doveva essere cauto, dire le cose giuste. Mettere a punto una strategia efficace.

Saluta Wiggo da parte nostra – mia e dei fratelli di Elna – e digli che è una grande persona.

L'investigatrice cominciò a raffica. «Dobbiamo avere una risposta adesso. Io ti vedo. Vedo la tua personalità. Ogni persona ha qualcosa di suo. Sai cosa penso di te? Penso che sei piuttosto intelligente. Ma che sei caduto nella tua stessa trappola».

La sua stessa trappola? E poi cos'è che vedeva?

Thomas Fuglesang sollevò un braccio. Fuori passò un camion.

«Devi essere abbastanza malato da riuscirci. Ma abbastanza sano da non fallire. Capisci quello che sto dicendo?».

Wiggo Nyman la fissò con la bocca semiaperta. Sentiva che stava per scoppiare a piangere. All'improvviso, udì la propria voce. Stava dicendo che non aveva fatto nulla al bambino. Lo aveva soltanto preso con sé nel furgone.

La tensione nella stanza si poteva tagliare col coltello. Cos'è che aveva appena detto?

Wiggo Nyman abbassò lo sguardo sul pavimento. Intrecciò le mani e fissò per terra. «Era caduto e si era sbucciato il ginocchio», continuò. «Nient'altro. Proprio dietro al furgone, proprio nel momento in cui stavo facendo manovra. Dentro il cortile di quella signora acida».

Thomas Fuglesang guardò l'orologio.

Cato Isaksen e Marian Dahle lo fissavano.

«Ha soltanto chiesto se potevo dargli un passaggio. Soltanto questo. Mi pento amaramente di avergli detto di sì. Gli diedi un passaggio ma lo lasciai giù alla curva, vicino alla Oddenveien. Questo è tutto. Voglio soltanto non essere tirato in mezzo. Quello che hanno detto le ragazzine è sbagliato. Hanno soltanto visto che si era fatto male e che gli ho dato un passaggio. Il resto non lo sanno. Perché non c'è nient'altro. E poi quanto dice la vecchia pazza non è vero, perché lo zainetto non ce lo aveva».

Marian Dahle osservava Wiggo Nyman senza dire nulla.

«Quindi non aveva nessuno zainetto?». Cato Isaksen lo fissava e si sforzava di analizzare cosa potesse significare quella risposta.

Wiggo Nyman scosse la testa e ripeté che il ragazzino non aveva alcuno zainetto. «Non è vero quello che hanno scritto sui giornali. Non ce lo aveva, lo zainetto. Adesso potete darmi una sigaretta?».

Marian Dahle si alzò e uscì dalla stanza. Cato Isaksen e l'avvocato si guardarono.

Cato si chinò sul tavolo. «Hai qualcosa in contrario se diamo un'occhiata al tuo cellulare?».

Wiggo Nyman scosse stancamente la testa. «No», disse, e lo fece scivolare sul tavolo. Isaksen afferrò il telefono e cercò gli ultimi messaggi. Ce n'era uno da Inga Romulda, uno da Noman Khan e uno da Louise Ek. «A che ora ci vediamo stasera?», diceva. Il messaggio era di quello stesso giorno.

Wiggo Nyman lo guardò stancamente. Aveva cancellato il messaggio con i baci.

«Dovevi incontrarle oggi? Louise e Ina?»

«No», disse. «Non gli ho neanche risposto. Quando posso avere quella sigaretta?».

L'avvocato guardò Cato Isaksen.

«Mi dispiace», fece lui. «Non è permesso fumare, qui».

L'ispettore proseguì. «È stata una Mazda rossa a investire Elna Druzika. Ti dice qualcosa?».

Wiggo Nyman lo guardò. «No», rispose con fermezza. «Io non ho una Mazda rossa. Posso andare?».

«No», replicò Isaksen, «non puoi. Per oggi abbiamo finito, ma continuiamo domani. Stanotte rimani qui».

La squadra era già seduta e aspettava nella stanza delle riunioni. Marie Sagen se n'era andata. Cato Isaksen fece il segno della vittoria a Marian Dahle. Lei sorrise appena. Girò leggermente lo sguardo, come se fosse imbarazzata per il complimento. Il silenzio era stato la sua arma, pensò lui. Un silenzio che includeva la mancanza di apprezzamento e la sua arroganza. Era stato un atteggiamento consapevole, che alcune ore prima aveva raggiunto il culmine. Ma si sentiva a disagio, e lo irritava enormemente essere esploso in quel modo. Aveva quasi voglia di dirle di andare a prendere il cane, che se ne stava chiuso in garage. Pensò al proverbio: "chi si somiglia, si piglia".

Randi e Tony riassunsero brevemente ciò che Inga Romulda aveva raccontato di Ahmed Khan. Cato Isaksen lasciò uscire l'aria dai polmoni. E che una nuova certezza si impossessasse di lui: quell'uomo non aveva nulla a che fare con la faccenda. O almeno, era verosimile che le cose stessero così, sempre che Inga Romulda fosse sincera. E lo era senz'altro. Quanto Milly aveva detto agli autisti nella stanza durante la pausa pranzo dipendeva dal fatto che non lo sopportava. Non le piaceva né Ahmed, né tutto ciò che rappresentava. *Un mix di agrodolce. Gli opposti non sono necessariamente pericolosi. Ma possono esserlo.* Si trattava solo di quello. Gli opposti. Gli immigrati. E forse Inga le aveva raccontato delle prostitute, pensò.

«Ok ragazzi», sospirò. «A ogni modo, abbiamo fatto un passo avanti. Molto probabilmente Khan è fuori da questo caso. Ma

Nyman ha ammesso di aver fatto montare sul furgone il ragazzino. È un inizio, giusto?»

«Benissimo», disse Randi, stanca.

«Un buon inizio», disse Roger Høibakk.

«In qualche modo penso che sia sincero quando dice che il ragazzino non aveva lo zaino in spalla. Non ho idea di cosa possa significare, però...».

«Infatti dice la verità», ribadì Marian Dahle. «Penso che sia così. E ciò implica che Vera Mattson mente».

Cato Isaksen annuì e guardò la sua squadra. Notò che sembravano tutti molto stanchi. «Ma perché mente? Allora non è vero che ha visto Patrik Øye allontanarsi correndo per strada, come ha ripetuto un sacco di volte?».

«Di questo ne parliamo domani», fece Roger Høibakk e sospirò rumorosamente. «Sono le otto passate. Andiamo a farci una birra. Venite tutti quanti, andiamo a bere una birra».

Cato Isaksen fece finta di non averlo sentito. «Ma Louise Ek e Ina Bergum, non abbiamo ancora finito... Forse avremmo dovuto prendere la macchina e andare a parlare con loro al lago».

«Ma santo cielo, capo, possiamo farlo domani, no?». Roger Høibakk ne aveva abbastanza. «Ora finalmente ne sappiamo di più. Ci possiamo anche fermare per oggi. Abbiamo lavorato ininterrottamente tutto il giorno. Siamo completamente spompati. O sbaglio?».

L'ispettore proseguì. «Non capisco la storia dello zainetto. Louise Ek ha detto che Patrik aveva uno zaino molto brutto. Wiggo Nyman sostiene che Patrik Øye non ce l'aveva quando gli ha dato un passaggio. E Vera Mattson ribadisce che, come ultima cosa, ha visto lo zainetto che ballonzolava su e giù sulla schiena del ragazzino. Potete aiutarmi a capire che significa?»

«Ma dài, Cato, Wiggo Nyman non dice la verità! Certo che Patrik Øye aveva lo zaino in spalla. Lo sai che i colpevoli a volte respingono le immagini di cose che non desiderano ricordare. Di questi dettagli ci occupiamo domani».

«No», fece Marian Dahle. «C'era qualcosa di particolare nel modo in cui Wiggo lo ha detto. Perché avrebbe dovuto mentire sullo zaino? Io gli credo: c'è qualcosa che non quadra. Ma andate pure, voi».

Asle Tengs guardò Isaksen con aria sconfortata. Randi Johansen era pallida. «Abbi pazienza, Cato», disse. «Continuiamo domani».

«Ok», rispose lui, «andatevi a prendere una birra. Continuiamo domani. Va bene». L'investigatore capo si alzò e uscì dalla stanza calda.

Nel reparto regnava il silenzio dopo che gli investigatori se ne furono andati. Birka se ne stava a un'estremità del corridoio, vicino all'ascensore, con le zampe larghe e la testa bassa. Il boxer fissava Cato Isaksen con lo sguardo perso. Cato Isaksen a sua volta fissava il cane. Poi entrò nel suo ufficio e si sedette. Sul tavolo di fronte a lui giaceva la lettera.

Caro uomo dei gelati,
Abbiamo telefonato al servizio elenco abbonati e ci hanno dato il numero di dove lavori. La Direkt-is, sai? Poi abbiamo chiesto il tuo indirizzo e come ti chiami. Abbiamo detto che una di noi aveva dimenticato il berretto nel tuo furgone. Ma non è mica vero, sai? Perché non usiamo mica il berretto d'estate, sai? Però abbiamo comprato il gelato da te un sacco di volte. Non abbiamo raccontato niente di quella cosa che sai. Ma quel giorno abbiamo visto tutto.

P.S.: Patrik era maleducato. Non ci piaceva, quindi non diremo nulla. Però ci devi dare del gelato gratis. Ah-ah!

Due sirene

«Due sirene». Cato Isaksen parlava da solo, a bassa voce. «Patrik era maleducato».

Quella parola, "maleducato"...

All'improvviso, sulla soglia apparve Marian Dahle. Aveva un fascio di carte sotto il braccio.

Lui la guardò stancamente. «Non sei uscita con gli altri?».

Marian entrò nella stanza e poggiò il mucchio di carte sul bordo della scrivania di Cato Isaksen, dopodiché si sedette sulla sedia. «Non mi va di litigare con te; non in questo momento, almeno».

Lui tirò un profondo sospiro.

«Sospira, cuore, ma non ti spezzare[19]». Lo guardò con aria seria.

[19] È il primo verso di una vecchia filastrocca norvegese (*n.d.t.*).

«Hai ragione sul fatto che qualcosa non quadra. Il modo in cui Wiggo Nyman ha riferito la storia dello zaino. Io penso che stia dicendo la verità». Guardò in faccia Cato e si rese conto di non essere più arrabbiata con lui. Innervosirsi a causa sua non aveva senso. Aveva quasi paura di dirgli ciò che pensava. Avevano fatto grandi progressi. Ma lei aveva intuito fin dall'inizio che c'era qualcosa di strano su Vera Mattson.

Cato Isaksen la fissava. Ebbe la strana sensazione che una volta tanto fossero uniti da uno scopo comune. Lui e Marian Dahle. Ed era una bella sensazione. Dovette ammettere a se stesso che in effetti aveva sperato di risolvere il caso insieme a lei. Per un attimo, gli balenò in mente il viso di un giovane assassino che aveva smascherato in primavera. Lo stesso che aveva rapito Georg. Quello a causa del quale aveva dovuto mettersi in malattia per sei settimane. Qualche elemento, nella personalità dell'assassino, stranamente gli aveva smosso qualcosa dentro. Un collegamento, qualcosa che richiamava un'altra questione. Qualcosa di pericoloso. Un punto di fuga in avanti, tagliente come un vetro rotto. Cato ricordava di aver affrontato l'argomento con quel ragazzo. «Io sono creativo», gli aveva risposto, «creativo al limite di qualcos'altro». L'assassino aveva un livello profondo di comprensione della propria psiche. A un certo punto, si era definito un genio, ma l'ispettore lo aveva smentito con fermezza. Però il ragazzo aveva aggiunto: «I crimini di per sé non sono nulla, capisci? Bisogna soltanto pensare un po' più a fondo. Quando le cose sono così semplici che la polizia non le vede, allora sei un genio».

«Non un genio», gli aveva risposto Cato Isaksen a brutto muso, «soltanto uno profondamente disturbato».

Marian Dahle capì che era assorto in qualcosa, che il suo cervello lavorava intensamente su alcuni dettagli che potevano forse portare a una soluzione.

Cato Isaksen si alzò e iniziò a girare per la stanza. Sollevò la mano, come per farla tacere, e si avvicinò alla finestra. Lì rimase, dandole la schiena. Dopo un po' si girò e disse: «C'è qualcosa che mi sfugge, qualcosa che abbiamo scoperto durante le indagini, ma che non siamo riusciti ad afferrare».

«Sì», concordò Marian Dahle.

«I criminali spesso sono geniali, oppure disturbati. Disturbati e rovinati», aggiunse, «ma...».

«Oppure entrambe le cose», lo interruppe Marian. «Tutto insieme», disse eccitata. «Lascia che gli altri si riposino e si bevano una birra. Analizziamo ancora una volta tutto quanto».

«Adesso?»

«Sì, adesso. C'è davvero qualcosa che non torna. Io non credo a quello che Wiggo Nyman ha detto su Patrik, cioè che gli ha dato un passaggio col furgone dei gelati».

Cato Isaksen percepì qualcosa di vago: l'immagine di Signe Marie Øye nella casa calda, opprimente, all'improvviso comparve vivida davanti ai suoi occhi. Sentì la sua voce che gli diceva: «Aveva paura di tante di quelle cose, dei cani di grossa taglia e delle ragazzine più grandi».

«Sì, c'è qualcosa che non torna», disse. «Non può essere una coincidenza che Wiggo Nyman fosse in zona quand'è sparito Patrik. E le ragazzine... Cosa pensi di loro? Patrik aveva paura delle ragazzine più grandi, mi ha detto sua madre».

«Sì, c'è qualcosa a proposito delle ragazzine più grandi», fece Marian Dahle e gli rivolse uno sguardo vacuo. «Specialmente per quanto riguarda una di loro».

«Una di loro? E chi sarebbe?»

«Vera Mattson», disse lei a bassa voce.

Ancora una volta, le parole del giovane assassino gli lacerarono il cervello. *Quando le cose sono così semplici che la polizia non le vede, allora sei un genio.*

«Mi ci gioco il cane che c'è un anello mancante. Penso che abbiamo visto male. Vediamo un possibile assassino che non è quello vero».

«Al gusto di lampone», disse Louise, con la voce incrinata dal pianto. «Con fuori la vaniglia. Vediamo se ci ricordiamo tutte le qualità diverse?».

Regnava un gran silenzio in cantina. Stavano sedute una accanto all'altra con la schiena al muro. Il pavimento su cui sedevano era gelato. Il freddo si diffondeva su per la schiena, fino alla nuca.

Ina annuì e le si accostò ulteriormente. Louise guardava davanti a sé. Per fortuna aveva lasciato accesa la luce. Una lampadina gialla alla fine di un filo che pendeva dal soffitto. «Perché i gelati sono fatti al contrario rispetto al solito», iniziò, «l'ha detto la mamma. È questo che rende speciale la Direkt-is. Di solito lo strato di cioccolata o di fragola è all'esterno, ma loro si sono inventati una cosa diversa. Vero, Ina?».

I suoi erano al cinema. Louise se li immaginava nella sala, uno accanto all'altra con i cellulari spenti. Non gli aveva chiesto quale film andassero a vedere.

«Secondo te, cosa ci faranno?»

«Non lo so, Ina, non lo so». La sua voce tremava leggermente quando riprese: «Hanno messo il sapore e il colore all'interno del gelato, e fuori c'è uno strato di vaniglia. Tutti i gelati sono bianchi all'esterno. Il gelato alla fragola si chiama Virgo e quello al lampone Vega».

Ina la interruppe. «E il gelato alla cioccolata si chiama Corvus».

Louise iniziò a cantare con una voce chiara, limpida. Il canto si trasformò in un pianto silenzioso. Abbassò la testa e sollevò le mani. Sentì quella di Ina sulla nuca. «Dobbiamo cercare di non avere così tanta paura», disse.

«Ci dovrà pur fare uscire, alla fine. Qualcuno verrà a salvarci.

Me lo sento. Penso che dovremmo alzarci in piedi. Fa così freddo. Ci verrà una cistite. Proviamo a ricordare altri tipi di gelato».

«Gelato al limone con la vaniglia intorno», disse Louise.

«Sinus», fece Ina.

«E con la cioccolata e le nocciole?».

«Non ricordo. Lo sai che sono stelle, che i gelati da passeggio hanno i nomi delle stelle?».

«Sì», annuì Louise, «lo sapevo».

Rimasero in piedi, con la schiena appoggiata alla parete di mattoni. Scese un silenzio penoso. Louise aveva la pancia scoperta tra il bordo dei pantaloni e la maglia. Era strano che facesse tanto freddo in cantina. «Lo sai come mi chiama papà?».

Ina scosse la testa.

«La regina della pancia. Sai... perché ho sempre questa parte scoperta tra la maglia e i pantaloni... sai...».

Ina annuì. Anche lei aveva la pancia scoperta. Il grasso dei fianchi trabordava, formando come due rotoli al di sopra dei pantaloni. «È colpa tua, Louise», disse Ina risentita e si mise a singhiozzare all'improvviso. «Sei tu che pensi sempre di essere così bella, che vuoi... Io ho cercato di dirtelo».

«Tu non hai cercato di dirmi un bel niente». Louise fissò Ina con occhi sbarrati, furiosi. «Sei una stronza», esclamò.

* * *

Henning Nyman tornò dalla madre. Attraversando il bosco, con la chiave in tasca. Tutto gli turbinava nella mente: la casa rossa, la cantina, le ragazze. Gli zaini e la tenda che aveva trasportato in corridoio. Il sangue pulsava nel suo corpo. Il basso ventre gli fremeva. Aveva sfiorato la pelle bianca della nuca di Ina mentre le trascinava giù per le scale. Una pelle calda con una peluria bionda, impalpabile, che gli faceva il solletico sulle labbra. Le aveva soltanto scaraventate nel ripostiglio prima di chiudere a chiave la porta. Ora stavano sedute lì dentro. Era tutto chiuso, non c'era neanche una finestra. Nessuno poteva sentirle gridare. Erano sue. Doveva soltanto calmarsi, per prima cosa. Era troppo tardi per tornare al punto di partenza. Era comunque troppo tardi. Passò accanto ai due grandi massi, sentì gli uccelli che cinguettavano tra gli alberi. Guardò quelle rocce e pensò a tutta la luce che vi era racchiusa. Milioni di anni fa, la luce vi era rimasta imprigionata dentro. Da qualche parte, l'erba si mosse. Un animale sparì tra i fili d'erba. "Un topo o uno scoiattolo", pensò, e continuò a camminare. Presto un velo grigio si sarebbe steso sul paesaggio, come una fitta cappa. E più tardi, quella sera, di notte o il mattino seguente, sarebbe tornato da loro.

«Quando le cose sono così semplici che la polizia non le vede, allora sei un genio». Cato Isaksen mormorò ancora una volta quelle parole tra sé e sé. Poi rivolse lo sguardo a Marian. «Fammi il favore di non parlare in codice», le disse. «Le cose sono già abbastanza complicate così come sono. Cos'è questa storia di Vera Mattson?»

«Vera Mattson», ripeté lei.

«Ma che vuoi dire?»

«Non pensavo che l'avrei mai detto a nessuno». All'improvviso, Marian sembrò furibonda. La sua bocca si assottigliò, imbruttendosi.

«Ma cosa?». Cato Isaksen la guardava sbalordito. Di che cosa lo stava accusando?

«Cos'è questa storia, che vuoi dire?», gli fece il verso lei. «Non puoi tenere il becco chiuso per un po'?». Lo guardò con disprezzo, si sporse in avanti e puntò i gomiti sulle ginocchia con un gesto virile. Poggiò il mento sui pugni chiusi, fissò un punto sulla parete e iniziò a parlare. «Quando fui portata qui dalla Corea per l'adozione avevo tre anni. Tutti pensano che i bambini adottati finiscano in case sicure. Non nel mio caso». Si mise a dondolarsi impercettibilmente avanti e indietro. «Quando ti sei arrabbiato tanto con me in Lettonia, perché avevo comprato tutta quella roba per Fanja Druzika, è stato a causa di quella piccola. La sorella minore, quella con gli occhi scuri che stava seduta vicino ai fornelli».

«Anche lei aveva tre anni». Cato Isaksen la guardò con aria seria.

«Non puoi chiudere il becco quando parlo io?». Marian Dahle si alzò di scatto, fece tre passi verso la finestra e si passò una mano tra i capelli, furibonda. «Sto per dirti una cosa che non ho mai rivelato ad anima viva, e non c'è bisogno che commenti ogni mia parola».

Cato fissò incredulo la sua ampia schiena, incerto per un attimo sul da farsi, e chiedendosi se lo stesse umiliando a bella posta o se stesse facendo sul serio. Si appoggiò sulla sedia ed emise un profondo sospiro.

Lei si girò nuovamente verso di lui. «Quando sono venuta qui, mia madre aveva trentanove anni, mio padre quarantadue. Erano una coppia di miserabili. Mi sono ritrovata in un alto caseggiato di Stovner, con mia madre che aveva dei problemi psichici. Mio padre lo sapeva, ma forse pensava che, con un bambino, le cose sarebbero migliorate».

Lo fissò. Cato Isaksen sedeva con le mani in grembo. Lei lo guardò dritto negli occhi. Sembrava quasi che sperasse di essere interrotta di nuovo, pensò lui, per avere una scusa per cambiare di nuovo discorso, fargli una scenata. Perché si rendeva conto che lei gli stava raccontando delle cose che in realtà non avrebbe voluto dirgli.

Marian si mise di nuovo a sedere sulla sedia. «Avere una bambina non fu d'aiuto a mia madre», continuò. «Non le avevano diagnosticato nulla, a quell'altezza della situazione. Ma dieci anni dopo, glielo spiegarono: era schizofrenica».

Marian poggiò le mani sulle cosce. Le dita con le unghie corte erano ben aperte, e assomigliavano a due ventagli. Un insetto volava silenzioso intorno alla plafoniera bianca sul soffitto.

«Mi ci sono voluti molti anni per riconoscere che quella situazione non mi piaceva. Molti anni, e molti episodi dolorosi. Non sono riuscita a uscirne finché non ho capito che non si può scegliere il posto da cui si proviene, ma si può decidere dove andare. Ho problemi a farmi andare a genio le persone, ma questo l'hai già capito. Avrei sicuramente potuto essere una di quelle persone sedute sulla Karl Johan[20] che chiedono l'elemosina, oppure dormono negli androni dei palazzi e rapinano i vecchietti. Si può dire che, in tutti questi anni, sono stata la psicologa di me stessa. Ho capito i miei comportamenti ricorrenti, per così dire. È tutta insicurezza e paura. Quando sento che le cose non prendono esattamente la piega che volevo io, mi scatta una rabbia enorme».

[20] La via principale di Oslo (*n.d.t.*).

L'ultima parola fu seguita da un lungo silenzio.

Dopo un po', Cato Isaksen fece: «Ora posso dire qualcosa?»

«No», rispose lei bruscamente. «Non cambierò mai. Sono quella che sono, ma ora arrivo al dunque. Quando eravamo a casa di Vera Mattson, qualche giorno fa, ho riconosciuto qualcosa: se vuoi puoi definirlo un odore. O un gesto che ha fatto, o il suo modo di essere disordinata».

Marian sollevò le mani e iniziò a gesticolare. «Il disordine sul ripiano della cucina... La coperta di lana sporca con sopra il gatto. I vecchi giornali. Per non parlare dell'odore in quella casa. Sono un segugio che fiuta gli stati d'animo. Forse gli schizofrenici emanano un effluvio particolare, nello stesso modo in cui alcuni cani riescono a riconoscere un malato di cancro dall'odore. Nello stesso modo, io percepisco la schizofrenia. C'era odore di follia, a casa sua».

«Schizofrenica?». A Cato Isaksen comparve una ruga sopra il naso. Avrebbe voluto dire "e con ciò?", ma si trattenne.

«Sì», fece Marian. «Lo so che qui al reparto pensiamo un po' tutti che l'intuito sia una cazzata, ma il punto è che Vera Mattson è davvero schizofrenica; in effetti ho fatto un po' di ricerche. E la mia intuizione si è dimostrata giusta. Ho trovato che ha trascorso un biennio, dai quarantasei ai quarantott'anni, a Dikemark[21]. Mi sono documentata. Tu ti sei stranito tanto quando ti ho detto che stavo leggendo dei testi scientifici, ma era proprio ciò che stavo facendo. Un controllo su Vera Mattson. Volevo illustrarti questi pensieri in maniera competente. Era proprio ciò che stavo facendo, quando mi hai detto di darmi una mossa». Marian si chinò, afferrò il cumulo di carte e lo tirò a sé. Se lo mise sulle ginocchia e cominciò a sfogliare rapidamente i documenti in cima. «I sintomi sono di varia natura», proseguì. «Ce ne sono di primari e secondari. Al primo gruppo appartengono i disturbi associativi e quelli del pensiero».

«Scarso controllo degli impulsi», aggiunse Cato Isaksen, fissandola intensamente. Marian stava dicendo cose che lui spesso pensava, in solitudine, quando un caso volgeva alla fine. Stavano lavorando *insieme*.

[21] Un noto ospedale psichiatrico non lontano da Oslo *(n.d.t.)*.

«C'è anche il concorso di fattori ereditari e dell'ambiente», continuò lei, «un'ambivalenza che fa sì che il paziente si senta succube di bisogni e impulsi contrastanti. Picchiare delle bambine, per esempio: infliggere una punizione. Infatti, ha detto di odiare il fatto che saltassero sul trampolino elastico».

«Paranoia», disse Cato Isaksen pensando ai bambini nel giardino, alla rabbia di lei perché usavano il suo giardino come scorciatoia.

«Sì», disse lei, «allucinazioni, manie di persecuzione. Quanto avevo detto sul fatto che è una bomba a orologeria forse risulterà giusto. La faccenda dei cani: non è sicuro che si tratti solo di quello. Forse ha tratto ispirazione da tale situazione. Anche il ragazzino è sparito, no? È scomparso il problema». Poggiò nuovamente il cumulo di carte sul tavolo.

Cato Isaksen la guardava, ammutolito. «Ma Wiggo Nyman ha ammesso di aver preso con sé Patrik Øye», disse. «In questo caso, può essere troppo tardi».

Marian Dahle fissava un punto sul muro al di sopra della sua spalla. «In che senso troppo tardi? Facciamo una ricostruzione ipotetica dei fatti. Non è sicuro che Wiggo Nyman dica la verità. Forse ha raccontato soltanto qualche sciocchezza per evitare di essere interrogato ulteriormente, per spiegare il contenuto della lettera. L'unica cosa di cui gli importava era potersi fumare una sigaretta. E poi non sappiamo cosa volessero dire esattamente le ragazzine in quella lettera. Non è che stia scritto nero su bianco, intendo. Dobbiamo cercare di pensare su due binari, Cato. Si potrebbe immaginare che sia vera la storia dello zaino e che realmente Wiggo non l'abbia visto. La mia teoria è che l'abbia preso Vera Mattson, che fosse rimasto nel suo cortile quando il furgone se ne andò».

Cato Isaksen prese il telefono. «Chiamo Roger. Sicuramente si infastidirà moltissimo. Se ha bevuto una birra, dovrà trovare qualcun altro che lo porti a Burudvann per parlare con Louise Ek e Ina Bergum. È una questione che non può aspettare. Avremmo dovuto prelevare subito le ragazze».

* * *

«Si è stranito, infatti», disse Cato Isaksen, non appena terminò di parlare al telefono. «Guida Randi. Roger naturalmente gli ha già dato giù alla grande».

Marian continuò: «Oggi sono andata in macchina fino a Dikemark. Ho avuto accesso agli archivi. Ho fatto qualche copia». Afferrò il foglio più in alto. «Oltre ad aver diagnosticato alla Mattson una schizofrenia, le hanno fatto anche una diagnosi secondaria. Soffre di un disturbo della personalità che si chiama sociopatia. È caratterizzato dal fatto che la persona è indifferente nei confronti degli obblighi sociali, non ha comprensione per i sentimenti degli altri e ha una tolleranza alla frustrazione estremamente bassa. Inoltre, la sua soglia per gli scoppi di aggressività e l'uso della violenza è molto bassa».

«Ma perché non ci ha detto nulla, dal momento che ha sempre saputo che Wiggo si era portato appresso Patrik Øye?».

Marian Dahle sospirò. «Sinceramente non lo so. Ma tu sai come sono le malattie. Forse pensava che la scomparsa del ragazzino fosse un bene, così c'era uno stronzetto in meno che attraversava il suo giardino. E forse non le andava di prendersi la briga di darci delle informazioni. Gli schizofrenici possono essere freddi, sai. *Trust me, I know*[22]. E si irritava anche per quelle due ragazzine. Del fatto che gridavano e facevano chiasso. Proprio fuori dalla sua finestra. E poi c'è un'altra cosa ancora».

«Un'altra cosa?»

«Sì», disse lei. «Un'altra cosa».

[22] In inglese nel testo: "Credimi, lo so" (*n.d.t.*).

Un criminale abile è quello che conosce i propri limiti. Henning Nyman, all'improvviso, si accorse di avere una gran fame. Si immaginò i piatti della madre, con i fiori blu e le scanalature lungo i bordi. Le patate lesse e la salsa marrone. Forse lei sapeva che cosa stava combinando. Quel pensiero fu così forte che gli venne quasi da vomitare.

Le ragazzine erano chiuse a chiave in cantina. Wiggo in cella, Helmer Ruud all'ospedale. Ma presto le cose sarebbero potute cambiare. Senza preavviso, sarebbero potuti tornare sia Wiggo che Helmer Ruud, e per allora le ragazzine dovevano essere sparite.

Ogni volta che toccava terra con le scarpe da ginnastica consumate, si sentiva un piccolo rimbombo. Come se il terreno sotto di lui fosse cavo. Da ciascun lato del sentiero c'era un fitto boschetto di felci.

Il caso aveva voluto che capitasse in quel luogo. Così lontano da casa. Le ragazzine dovevano sparire. Per sempre. L'unica cosa che doveva cercare di ricavare da quella situazione era un ricordo. Qualcosa da richiamare alla mente più e più volte. Perché sarebbe stata la prima e ultima volta. Era un vizio che assolutamente non doveva prendere.

A loro non sarebbe piaciuto, o magari sì. Pensava che le ragazzine come loro, che ridevano istericamente, e che si trovavano in una fase della vita in cui erano ancora piccole, forse non sapevano bene se una cosa piaceva loro o meno. Le aveva accarezzate, come per consolarle. Loro si erano irrigidite ed erano rimaste immobili. Aveva accarezzato quella grassoccia sopra i vestiti, ma si era avvicinato alla sua pelle nuda sul collo e sulle braccia.

Quando aveva la loro età, una volta aveva trovato un passerotto mezzo morto. La madre aveva detto che lasciarlo vivere era una crudeltà. Allora l'aveva preso in mano e lo aveva stretto fino ad ammazzarlo, ma dopo aveva passato la notte a piangere e aveva sognato che l'uccello gli infilzava il becco nel collo, lì dove la pelle è più sottile, per vendicarsi.

Dovette cercare di calmarsi; si fermò alla fine del campo coltivato prima di imboccare il sentiero verso casa. Nel recinto dei gatti non volava una mosca. Il cielo estivo era bianco. Qua e là era costellato di stelle fioche, come pallide impronte digitali.

* * *

La madre sedeva all'altro capo della tavola e lo guardava. Henning mangiò tutta la sua porzione di polpettone con salsa di sedano. C'erano dei pezzettini di carota nel sugo, e le patate erano troppo cotte. Aggiunse rapidamente del sale e mandò giù lo sciroppo[23] a grandi sorsi.

«Qualcosa non va, Henning?»

«No».

«È quella faccenda di Wiggo, vero? Non capisco cos'abbia fatto», disse la madre. «Perché la polizia è venuta a prenderlo di nuovo? Anche se è tardi, voglio andare al commissariato».

«Non è il commissariato. È la questura. E noi lì non ci andiamo».

«Sai forse qualcosa, Henning, qualcosa che io non so?»

«No. Che intendi?»

«Perché avrebbe dovuto investire Elna? Perché?»

«È uno sbaglio. Si sbagliano, aspetta e vedrai. È stata una macchina rossa a ucciderla. Quella di Wiggo è bianca».

«Ma c'è la macchina di Helmer Ruud», disse la madre.

«Che c'entra quella?»

«È rossa».

Henning masticò a lungo e bevve un altro sorso di sciroppo allungato con l'acqua. Si girò da un lato e guardò fuori dalla finestra della cucina. «Però Wiggo non guida quella macchina».

«Ma quel giorno sì».

Henning chiuse la bocca e si passò la lingua sugli incisivi. «No», disse.

[23] Tradizionalmente durante pasti in Norvegia si beve acqua, latte o sciroppo diluito (*n.d.t.*).

«E invece sì, la guidava. L'ho visto io. Stavo giù, vicino al recinto del pascolo: ho visto che portava la Volvo su per la strada carrabile nel bosco. Poco dopo è tornato giù con la macchina rossa». La madre era scura in viso. «Mi ha pregato di dire che era stato qui».

«Non è vero che ha preso quella macchina», ribatté seccamente Henning. La madre raccolse due briciole che si trovavano sulla tovaglia smerlettata, e abbassò lo sguardo. Il figlio non usava mai quel tono con lei.

«Il marito di Vera Mattson», disse Marian freddamente, «è sparito dieci anni fa. Da allora non l'ha più visto nessuno. L'aveva conosciuto a Dikemark. Due pazienti che si incontrano. Si trasferì da lui, lasciò l'appartamentino che aveva in affitto nel centro di Sandvika e si spostò nella casa di lui sulla Selvikveien. Una cosa romantica, vero? Romantica, ma non priva di pericoli».

Cato Isaksen guardò Marian Dahle. Era brava, forse troppo. Birka entrò trotterellando dalla porta, si stese scodinzolando in mezzo al pavimento, fece un sonoro sbadiglio e lo fissò con ammirazione. Riluttante, l'ispettore notò il calore dello sguardo del cane.

Marian Dahle continuò a sfogliare il mucchio di carte che aveva in grembo. «Aage Mattson, nato il sette maggio 1944. Aveva una parziale invalidità civile, e si guadagnava da vivere con l'apicoltura».

«Con l'apicoltura?»

«Sì, con l'apicoltura. Aveva sei anni meno di lei. Vera Mattson è nata nel '38».

La collega si sporse in avanti e poggiò un foglio per volta sulla scrivania, tra loro due. «I documenti sono sistemati in ordine cronologico».

Cato Isaksen li raccolse, uno per volta, e lesse il rapporto che era stato stilato in seguito alla sparizione di Aage Mattson.

«Organizzarono delle ricerche», continuò Marian Dahle, «ma non fu mai ritrovato».

Poggiò una fotocopia della denuncia di scomparsa scritta a mano da Vera Mattson e consegnata alla polizia di Sandvika in cima al rapporto che Cato stava leggendo. Il suo sguardo corse lungo il foglio: «5 giugno. Mio marito è sparito due giorni fa. Era uscito per fare una semplice passeggiata serale. Potete aiutarmi a trovarlo?».

«Ho parlato con il vicino della casa gialla», continuò Marian. «Gli ho telefonato».

«Senza avvertirmi?». Isaksen la guardò irritato.

«Sì», disse lei. «Senza avvertirti. Prima dovevo vedere se era una cosa in qualche modo rilevante. Non vedevo perché disturbarti mentre eri indaffarato con l'incontro in cui si decideva del fermo di Wiggo Nyman. Dieci anni fa non abitavano ancora lì, ma ho avuto il nome di quelli da cui hanno comprato la casa. Aage Mattson non faceva mai passeggiate serali. Stava sempre in giardino, mi hanno detto i vecchi proprietari. Lavorava moltissimo con le piante, i cespugli e gli alberi. E con le sue arnie».

«Le arnie? Ma non ce ne sono in quel giardino!».

«Come no, certo, sono in fondo. Sono semplicemente coperte dalle piante. È pieno di foglie su quegli alberi, c'è una vera foresta. Le foglie formano uno spesso sipario». Un sorriso le sfiorò le labbra. «Sì, sembra un'immagine un po' letteraria, per come l'ho messa io».

«Ma cosa c'entrano le arnie con questa storia?»

«Nulla, certo. Ti dico come la vedo io», fece lei, pensierosa. «È una cosa che ha a che fare anche con gli animali».

«Animali?»

«Sì, ti ricordi cosa...»

«Oh sì, cavolo, quei cani... Il cane dei vicini».

Marian Dahle annuì.

«Probabilmente Vera Mattson ha fatto a pezzi quel cane, perché aveva ucciso uno dei suoi gatti».

«Quel piccolo *bichon frisé*?»

«Forse l'aveva soltanto spaventato. Che ne so. Ma ho fatto ulteriori ricerche nel vicinato. Ci sono diverse persone che ritengono che la Mattson abbia a che fare con le sparizioni dei cani, ma naturalmente non ne hanno le prove. Uno dei cani, come dicevamo, è stato trovato morto. Gli altri sono semplicemente spariti».

Squillò il cellulare. Cato Isaksen rispose. Era Randi. «Roger preferirebbe telefonare all'insegnante delle ragazze invece di andare lì di persona», disse.

«Roger preferirebbe... Non ha sentito cosa ho detto? Andate a prendere le ragazzine, ho detto!».

«Sì, ma non ci sono a quella gita... Per prima cosa abbiamo telefonato ai genitori di Louise Ek, ma avevano entrambi i cellulari staccati... quindi...».

«Quindi cosa, porca puttana?»

«Niente, poi abbiamo chiamato il padre dell'altra, Ina Bergum. Lui ci ha dato il numero dell'insegnante. Perché nessuna delle due ragazze risponde al proprio cellulare. L'insegnante ha detto che il padre di una di loro lo aveva chiamato dicendogli che erano malate... Roger pensa...».

«Che diavolo pensa Roger?».

Lo stress scatenava in lui una rabbia incontrollabile.

«Sì, ma non sono lassù, Cato», disse Randi. «Sicuramente saranno andate da qualche altra parte. Dobbiamo aspettare che tornino a casa i genitori di Louise Ek e chiedere a loro. Forse sanno dove sono le ragazzine, forse sono proprio con loro».

Cato Isaksen terminò la chiamata. Marian Dahle aveva afferrato la situazione. «Il mio sesto senso mi dice che dovremmo ispezionare la cantina di Vera Mattson. Ho la netta sensazione che... ci sia qualcosa. Patrik Øye, oppure tutti e tre».

«Ma sei pazza?». Cato guardò la Dahle, furibondo. «Adesso basta con le intuizioni. Wiggo Nyman in fondo ha detto che aveva fatto salire sul furgone il bambino».

«Sì», disse lei, «è possibile che io sia matta, che questa sia una bufala totale, ma io mi sento molto nervosa. Anch'io sono stata tenuta prigioniera da piccola. Penso che Wiggo Nyman stia mentendo. Ho provato a guardare attraverso le finestre della cantina di Vera, qualche giorno fa, quando eravamo lì, ma era tutto sbarrato da dentro, con qualche materiale. E io ho una bruttissima sensazione».

Cato Isaksen aprì la bocca per dire qualcosa. «No», lo interruppe lei. «Non fare domande».

«Ma allora diamine, andiamo subito», fece lui e, mentre si alzava, afferrò le chiavi della macchina.

Il cane sollevò la testa e lo guardò trepidante mentre la coda iniziava a muoversi impercettibilmente.

«No», disse Cato Isaksen seccamente, «non andiamo a fare una passeggiata, deficiente».

«Vieni Birka», disse Marian e sciolse il guinzaglio che si era legata intorno ai fianchi. «Vieni bella, facciamo una passeggiata».

* * *

Marian Dahle si mise alla guida. Parcheggiò l'auto-civetta a una certa distanza dalla casa sulla Selvikveien. Le nuvole, color acciaio, incombevano pesanti sui tetti delle case. L'intero circondario era silenzioso: non c'erano bambini in giro, né rumori. Soltanto, in lontananza, il rumore costante dell'autostrada. Un sottile raggio di sole si era fatto strada attraverso lo strato di nubi, abbracciando l'angolo della casa gialla e continuando lungo la fila dei bidoni della spazzatura sulla strada sterrata. Vicino al trampolino, giaceva una rivista dimenticata con le pagine che svolazzavano al vento.

Marian fece scendere Birka e le mise il guinzaglio. Percorsero l'ultimo tratto della strada senza uscita, e si fermarono un secondo a guardare la casa marrone all'interno del giardino incolto. Le finestre apparivano nere o grigie, a seconda di come ci batteva la luce. Per una frazione di secondo, Cato Isaksen udì un suono acuto che vibrava e si fondeva con l'immagine della casa. Sentì un brivido freddo all'attaccatura dei capelli. Era come se il suono provenisse dalla casa stessa, una specie di monito.

Marian lo guardò. «C'è qualcosa?»

«No, no», disse lui, scuotendo la testa. «Penso che stia per piovere». Rivolse il palmo delle mani verso l'alto. «Tuona». Una folata improvvisa di vento scosse il vecchio filare di piante di lillà, e fece oscillare in su e in giù le infiorescenze a grappolo.

Marian legò Birka a uno degli arbusti di lillà dietro un angolo della casa, vicinissima alla parete, in modo che non si potesse vedere dalla finestra.

Suonarono alla porta. Ci fu un lungo silenzio. Birka guaì dal suo nascondiglio. Marian le fece un verso per farla star zitta. Poi, all'improvviso, Vera Mattson comparve sull'uscio. Tirò fuori la testa e osservò i due poliziotti senza dire una parola. Il vento le soffiava violentemente tra i capelli, tanto che il nodo si sciolse e i capelli arruffati svolazzarono avanti e indietro, sulla sua ampia fronte e giù sugli occhi.

«Vorremmo di nuovo fare due chiacchiere con te», disse Cato Isaksen.

Come la volta precedente, rimasero in piedi in cucina. Lei non li invitò a entrare all'interno della sua abitazione. Il gatto sedeva maestosamente sul davanzale della finestra. Si girò e fissò i poliziotti con i suoi occhi gialli. Accanto a lui, c'era una coppetta con delle caramelle multicolori. «Si tratta ancora di quella rottura di scatole del ragazzino?», iniziò Vera Mattson. Parlava come una macchinetta; ricominciò a recitare a memoria la lezione. «Io non ho nulla contro i ragazzini, ma penso che molti di loro al giorno d'oggi siano maleducati. Qui di fronte alla mia finestra c'è un grosso trampolino. Guardate». Si chinò in avanti e scostò la tendina di tulle trasparente. Marian pregò mentalmente che non vedesse il cane legato poco sotto la sua finestra. «Strano, no, che i genitori non capiscano che i propri figli possono essere una scocciatura. Quelle ragazzine schiamazzano tanto da farti venire i brividi lungo la schiena».

Cato Isaksen la guardò. «Sei l'ultima persona ad aver visto Patrik Øye, vero?»

«Sì, così dice la polizia. Ma qualcuno deve per forza averlo visto dopo di me, per così dire. Maledette bestiacce, pensano di poter venire qui a fare i propri comodi. In una proprietà privata. Mettersi a proprio agio, occupare lo spazio. Come lo si può definire? Egoismo, egocentrismo, o semplicemente pura e semplice sfacciataggine».

«Abbiamo parlato con l'uomo che guida il furgone dei gelati. Ci ha dato una nuova indicazione».

«Quante volte ve lo devo ripetere: il furgone dei gelati è qui ogni lunedì. Un putiferio terrificante. Guida per le stradine qua intorno, suona la campanella e fa rumore per varie ore. Il lunedì è il giorno degli orrori, ci sono un sacco di scocciature. Anche il camion della spazzatura passa di lunedì».

Marian Dahle la fissò: «Posso usare il bagno? Nel frattempo, Cato rimane qui a parlare con te. Non mi sento molto bene. Scusatemi».

Vera Mattson le lanciò un'occhiata infastidita. Era chiaro che quella richiesta non le era piaciuta. «Non so esattamente...», disse. «Non è proprio pulito».

«Non fa nulla», rispose Marian in fretta e aprì la porta che portava all'ingresso verso l'interno della casa, prima che Vera Mattson avesse il tempo di controbattere. Richiuse la porta alle sue spalle.

* * *

Il gatto bianco guardava fuori dalla finestra. Cato Isaksen pensò al boxer che stava legato in giardino. «Bel gatto», fece.

«Io sono un'amante dei gatti». Vera Mattson lo disse con un'espressione che non rivelava nulla. Era totalmente priva di mimica facciale. «I cani li devi sempre tenere a freno, si intrufolano da tutte le parti senza controllo».

«Ce ne sono molti qui in zona?».

Sul viso di Vera Mattson apparve un'aria allarmata. «Con questo che intendi dire?», chiese con durezza.

* * *

Marian aveva notato dove si trovava la porta del bagno, la volta precedente. Le scale per la cantina dovevano essere al di là della porta accanto. Era leggermente diversa dalle altre: non era stata verniciata e aveva una maniglia di ferro vecchia e allentata. Marian l'abbassò e aprì la porta, che emise un leggero cigolio. La scala era scoscesa e buia, e la colpì un odore di muffa e di chiuso. Scese lentamente a tastoni. La scala scricchiolò forte quando raggiunse il quinto gradino. Era così scivolosa che fu sul punto di perdere l'equilibrio. La salvò il corrimano. Raggiunse il fondo e poggiò i piedi sul pavimento in muratura. Doveva pur esserci un interruttore, da qualche parte. «C'è nessuno?», sussurrò, come se pensasse che ci fosse davvero qualcuno. Rimase ferma ad ascoltare, sentì dei passi sopra la sua testa, dalla cucina. Sperava che Cato Isaksen riuscisse a tener buona la Mattson mentre lei ispezionava la cantina.

All'improvviso, la sua mano tastò un interruttore, e accese la luce. C'era una lampadina bianca e spoglia che pendeva dal soffitto. Si trovava in un grande ripostiglio dalla forma allungata, una stanza piena di cianfrusaglie. Una vecchia catasta di legna addossata a una parete, una bicicletta, qualche cassetta di legno ingrigita e una solitaria racchetta da sci di legno, come si usavano un tempo, abbandonata in un angolo.

* * *

«Quanti gatti hai adesso?», le chiese Cato Isaksen e fissò la scatola di biscotti aperta che stava poggiata sul ripiano.

«Ne ho soltanto uno. Mi piacerebbe averne diversi, ma crepano tutti quanti. Io sto male quando muoiono». Il gatto bianco iniziò a leccarsi le zampe a occhi chiusi. Cato Isaksen era contento che se ne stesse fermo.

«Quindi tu non hai figli, giusto?»

«No. Non ho niente contro i bambini, come ho detto, ma penso che molti di loro al giorno d'oggi siano maleducati. Ci sono un sacco di persone deboli. Vegetano senza fare nulla, senza avere un'opinione su nulla». Fissò il giardino dei vicini, dove l'erba, di un verde intenso per la luce serale, gettava pallide ombre, oblique e allungate, sul prato. La luce a quell'ora era innaturale, e presto sarebbe svanita. Stava per mettersi a piovere, rifletté lei. L'inverno le si addiceva di più. D'inverno tutto era silenzioso, e il trampolino spariva. Quando arrivava la neve, era come se il paesaggio venisse avvolto da una coperta di lana grigia e umida. E gli aghi sugli alberi si riempivano di neve, come fosse una pelliccia. Una protezione, pensò lei. Un inverno solitario senza suoni, né movimenti. Immobilità, pace.

* * *

Cato Isaksen guardava Vera Mattson. Lei si lasciò cadere pesantemente su una delle vecchie sedie da cucina. All'improvviso, notò che non aveva nulla ai piedi; non indossava le scarpe, ma soltanto calzettoni marroni pesanti con un buco davanti. Fuoriuscivano entrambi gli alluci, con unghie giallo cera, troppo lunghe e deformi.

Che fine aveva fatto Marian?

Vera Mattson continuò a parlare, quasi tra sé. «Le cose non migliorano», disse. «È la vecchiaia. Vedere il proprio corpo che da un lato collassa su se stesso, e dall'altro lato si gonfia. Tutto è così privo di senso».

* * *

Marian aveva le mani sudate. Spalancò la porta che conduceva alla cantina. La luce dietro di lei gettò un rettangolo luminoso all'interno della stanza. Le feritoie lungo il soffitto erano schermate con carta da pacchi. C'era una grossa cassa per le patate. Ne proveniva un odore assolutamente nauseabondo. Le patate dovevano essere lì da un'eternità. Su uno scaffale di legno erano allineati dei barattoli di miele. Uno accanto all'altro, con delle etichette che riportavano le annate: "1994", "1995" e "1996", vergate con una scrittura infantile. Un colpo da sopra la fece sobbalzare.

* * *

Il gatto era saltato giù dal ripiano e si era seduto davanti alla porta di casa. «Guarda qui», fece Vera Mattson cercando di attirarlo a sé, e si alzò goffamente dalla sedia. «Vieni, puoi uscire. Fuori ho detto, dài».

Cato Isaksen si accucciò e richiamò a sé il gatto per prendere tempo. Non voleva che uscisse per via del cane. Lo accarezzò sulla morbida schiena, fece scorrere la mano lungo la coda e poi all'insù, finché la mano scivolò via e un piccolo batuffolo di pelo cadde ondeggiando per poi depositarsi a terra.

Si ritirò su. La Mattson era alta quasi quanto lui. Una vecchia strega odiosa, pensò. Che diavolo stava combiando Marian giù in cantina?

La parola "maleducati" gli si era fissata nel subconscio. Bambini maleducati. Sapeva che c'era qualcosa che sarebbe stato necessario ricordare, ma gli sfuggiva. Era uno scambio di espressioni, come uno scambio di binari ferroviari. C'era qualcosa che avrebbe dovuto afferrare, un ricordo. Ma non riusciva proprio a rammentare quale fosse.

Il gatto soffiò all'improvviso, e Cato Isaksen ritirò rapidamente la gamba. Non doveva permettergli di uscire. Altrimenti Birka avrebbe subito cominciato ad abbaiare all'impazzata.

Le poggiò la mano sulla spalla e la fermò. «Andiamo in salotto», disse.

«Perché?»

«Perché lo dico io». C'era qualcosa di strano nel suo modo di fare. Era ingenua, acuta e inquietante allo stesso tempo.

Lei lo guardò aspettando qualcosa. Poi aprì la porta ed entrò per prima nella stanza zeppa di mobili.

Cato Isaksen si guardò intorno. «Quando la polizia cercava di localizzare Patrik Øye con quel cane, uno dei primi giorni, hanno trovato una coscia di pollo fuori nel tuo cortile».

Vera Mattson lo guardò inespressiva. «Non so», disse.

«Come no, c'è scritto nel rapporto che hanno trovato una coscia di pollo, e che proprio quella ha sviato il cane. Era intenzionale?»

«È passato il camion della spazzatura, quel giorno», fece con voce monotona. «Dev'essere caduta fuori quando gli addetti ai rifiuti hanno svuotato il bidone. Sono talmente trascurati, quegli uomini».

«Ma tu hai detto che non butti mai del cibo».

Lo sguardo di Vera Mattson sembrò allertato. «Ho detto questo? Quando l'ho detto?»

«La prima volta che sono venuto», ribatté Cato Isaksen.

«Infatti è una cosa che non faccio», rispose bruscamente.

«Ma perché c'era una coscia di pollo in cortile? Era ancora buona, l'avevi buttata appena comprata?»

«Non puoi mica sapere se era buona o no. Magari era rancida. Io non mangio cibo rancido, come puoi immaginare».

Vera Mattson non aveva più voglia di collaborare. Gli disse bruscamente: «Dov'è finita la tua collega?»

«Eh, non sta molto bene. Influenza intestinale, sai», spiegò lui. «Mi dispiace, adesso torna di sicuro».

* * *

Niente ragazzine e niente Patrik Øye. Nulla di nulla, tranne l'odore insopportabile della cassa delle patate. Ci si chinò sopra, ed ebbe un conato di vomito nel momento in cui infilava entrambe le mani tra le patate marce e cominciava a frugarci dentro. C'era qualcosa lì in mezzo, lo capì subito. Qualcosa che era chiuso in un sacco della spazzatura nero. Qualcosa di piccolo. Il cuore le batteva in gola. Aprì la busta. Erano i resti di un animale, probabilmente la carogna di un cane. Per un attimo si sentì quasi felice. Non si era sbagliata.

Risalì le scale. Le mani erano impiastricciate di una melma appiccicosa. Richiuse la porta della cantina con la spalla. Aveva dimenticato di spegnere la luce, ma pazienza. Andò alla porta del bagno e riuscì ad aprirla senza fare rumore. Entrò rapidamente e la richiuse.

Dentro, nel bagno vecchio stile di un colore verde chiaro, rimase in piedi ad ascoltare per un istante. Sentiva soltanto il proprio sangue, il battito cardiaco che le pulsava in testa.

Lungo i bordi del lavabo di ceramica c'erano tracce di sporco. Le irregolarità della parete emergevano attraverso lo strato di tinta, in parte scrostata. Aprì il rubinetto e sciacquò via il marciume delle patate. Poi lasciò che l'acqua le scorresse sui polsi mentre il suo respiro recuperava il proprio ritmo naturale. Si asciugò sull'asciugamano sporco e uscì silenziosamente.

Marian sentì la voce di Cato in salotto, aprì la porta ed entrò come se niente fosse. Lui la guardò con aria interrogativa. Lei fece spallucce in maniera impercettibile, cercando allo stesso tempo di fargli capire che aveva trovato qualcosa.

Sentiva che il suo sistema nervoso era stato come inquinato dalla scoperta che aveva fatto in cantina. Non c'erano bambini lì sotto, però c'era un cane morto. La rabbia le covava in petto. La vecchia strega era, come minimo, una seviziatrice di animali.

Vera Mattson staccò un quadro dalla parete. «Ero molto bella, un tempo. Guardate questa foto».

Marian Dahle le prese di mano la foto, sulla quale si vedeva una donna giovane con un viso largo e le sopracciglia spesse. Per un istante le sembrò che le assomigliasse. Aveva qualcosa a che fare con quella fronte ampia. Lei non si considerava affatto bella. Era una cosa che le era rimasta impressa dalla sua infanzia: il fatto di essere una seconda scelta, una specie di soluzione di emergenza. Non le era stato detto chiaro e tondo, ovviamente, ma attraverso alcuni accenni. *Dato che non ti stanno bene i vestiti, forse potresti comprarti dei pantaloni.*

Tornarono in cucina, tutti e tre.

All'improvviso, Marian disse: «Sei stata internata a Dikemark, vero?».

Vera Mattson fissò la scatola di biscotti sul ripiano da lavoro; ci guardò dentro con aria seria, ma non fece una piega. La scatola era piena per metà, e lei vide la propria immagine deformata sulla superficie dorata di metallo. Poi spostò lo sguardo sul coltello da pane nel portacoltelli alla parete. Infine si passò le tozze dita sulla fronte. «Sono stata internata perché la terra si era spaccata in due sotto i miei piedi. Aveva qualcosa a che fare col mio ambiente, con la mia famiglia. Non è stata colpa mia. Mio padre era una persona fredda e insensibile», disse. «Inoltre gli piacevano i cani. Te l'immagini, io le detesto quelle bestie immonde».

Marian Dahle e Cato Isaksen si scambiarono un'occhiata.

«La schizofrenia non è una malattia sempre uguale a se stessa», continuò in tono inespressivo. «Ma questo lo sapete di sicuro. Io convivo tranquillamente con la mia malattia, oggi. I sintomi sono spariti, ho smesso di distruggere le cose. È una cosa che facevo solamente là fuori. Così avrebbero visto».

Marian Dahle guardò Cato Isaksen. «Così avrebbero visto che cosa?»

«Che ero disperata».

Il silenzio invase la stanza. «Non sapevo che avessi distrutto delle cose *là fuori*», disse Marian.

Vera Mattson la guardò. La sua forza stava proprio nell'essere sincera mentre mentiva a se stessa.

«Ma cos'è successo a tuo marito? È sparito, vero?»

«Sì, è sparito», tagliò corto, riempiendo d'acqua una brocca trasparente sotto il rubinetto. Non voleva più sentir parlare della follia. Non voleva che il dolore tornasse. Aveva faticosamente preso le distanze dai fili conduttori della sua vita. Erano come scure vene piene di sangue rappreso.

«Ci vollero due giorni prima che tu lo denunciassi. Sparì il 3 giugno di dieci anni fa, ma tu non segnalasti il fatto prima del 5».

«Successe il 3 giugno per puro caso», disse Vera Mattson. Il gelo si stava impossessando del suo corpo. Quella poliziotta non sembrava molto comprensiva. Il marito era andato a fare una passeggiata, e non era mai tornato. «Andò a fare una passeggiata», disse.

«Alcuni testimoni sostengono che non andava mai a fare passeggiate. E poi che significa "fu un caso"?».

Vera Mattson poggiò la brocca sul tavolo. L'acqua oscillava. Vetro e acqua: a pensarci era difficile vedere la differenza tra di essi. Pericolosi a loro modo, ciascuno dei due elementi. La vecchia si girò verso Cato Isaksen, che da un pezzo non apriva bocca. «Anche allora la polizia disse così. Eppure quella sera Aage uscì a fare una passeggiata. In effetti, parlava spesso di camminare, chilometro dopo chilometro, ma il problema è che quasi non aveva il coraggio di uscire di casa. Era un uomo silenzioso e singolare. Lo incontrai a Dikemark, ma questo lo sapete. Sapete già tutto, voi. Ci dimisero più o meno in contemporanea. Lui abitava qui già a quei tempi. Aveva ereditato questa casa dai suoi genitori. Quando mi trasferii, tutto era terribilmente sporco, ma insomma, lui quella sera se ne andò a fare un giro. E la polizia non si sforzò affatto di cercarlo, si può dire. Fecero soltanto qualche giro in macchina, sai com'è, l'ex paziente di un ospedale psichiatrico. Non è che si impegnarono molto. Non usarono cani poliziotto, quella volta».

Prese uno spesso bicchiere per l'acqua dalla credenza, e lo porse all'investigatore. Cato Isaksen lo accettò. «Cosa pensi che gli possa essere successo, allora?».

All'improvviso, Marian ebbe fretta di uscire di casa. «Devo prendere una boccata d'aria. Non sto molto bene». Aprì la porta e se ne andò fuori.

«Penso che sia rimasto a terra, da qualche parte», proseguì Vera Mattson versando dell'acqua nel bicchiere di Cato Isaksen. «Completamente da solo», aggiunse. «Penso che sia marcito poco a poco, come un pezzo di carne andata a male. Io non volevo che succedesse».

Cato Isaksen sorseggiò l'acqua, per cortesia.

Vera Mattson poggiò nuovamente la caraffa sul tavolo ed entrò in salotto. Cato Isaksen la seguì. Aveva ancora il bicchiere in mano. Vera Mattson guardò verso la porta finestra del giardino, e vide la propria immagine riflessa nel vetro. Vide la pelle bianca e l'incavo nero degli occhi. Il maglione troppo corto che fasciava il seno abbondante. Il reggiseno era vecchio e le stava stretto. Dei frammenti di elastico sbucavano fuori come vermetti grigi.

«Le arnie in fondo al giardino...».

«Non ce ne sono adesso, c'erano tanto tempo fa». Lo stomaco dell'ispettore gorgogliò.

* * *

Successivamente Cato avrebbe ricordato i minuti che seguirono come un momento interminabile. Aveva cercato di capire cosa Marian avesse trovato in cantina. C'era qualcosa che non andava, ma lo intuì troppo tardi.

Attraverso la finestra, intravide la collega con Birka. Marian aveva sciolto il cane e si stava avviando verso il fitto degli arbusti, tra alcuni alberi di mele. L'animale faceva avanti e indietro. Lui capì subito che stava cercando le arnie.

«La polizia ha perlustrato ogni millimetro del giardino con quel cane», disse Vera Mattson.

«Bestie orribili, i pastori tedeschi. Non si può dire che abbiano le zampe di velluto». Si avvicinò alla porta finestra e guardò fuori. Poi aprì e si mise in ascolto. Il gatto schizzò fuori dalla porta come un razzo.

All'improvviso, Vera Mattson aguzzò la vista. Cos'era quella cosa che si muoveva dietro il melo, dietro i vecchi cespugli di ribes inselvatichiti che non davano più frutti? I fitti rami oscillavano nel vento. «Ma c'è un cane in giardino!», gridò all'improvviso, e si girò verso Cato Isaksen. Aveva uno sguardo da pazza. «Fallo sparire, il gatto è fuori. Uccidi quel cane!».

Vera Mattson si riempì di rabbia. Cato Isaksen stava per uscire dalla porta-finestra quando, in un istante, Vera Mattson si girò e attraversò rapidamente la stanza.

«State lontani dalle arnie di mio marito. Non ci troverete nulla, lì», gli urlò appresso.

Traballante, si avvicinò al divano liso, si chinò, velocissima, e tirò fuori qualcosa che nascose dietro alla schiena.

Le pupille del gatto bianco si assottigliarono. Marian stava accanto al cespuglio più grande di ribes, intenta a separare i rami, quando gli animali iniziarono ad azzuffarsi. All'improvviso, il gatto si ritrovò il cane addosso. Saltò su, tirò fuori gli artigli e glieli affondò nel corpo. «No», urlò Marian. «Cattiva, Birka, cattiva!».

Vide che il gatto era sgusciato via e sfrecciava rapidissimo sotto il reticolato. «Cattiva, Birka», ripeté ancora una volta mentre la bestia stava ferma accanto alla recinzione e abbaiava roca perché la preda le era sfuggita.

Poi ci fu un gran silenzio. Il vento agitava una tela cerata che copriva per metà una catasta di legna da ardere. Il suono del telone che sbatteva avanti e indietro la disturbava. Sopra la sua testa, tra due rami del melo parzialmente fradicio, un ragno aveva tessuto una tela di fili argentati. Fili bianchi e spessi, coperti di gocce di rugiada. All'improvviso, in cielo scoppiò un tuono fragoroso. Il rumore le impedì di sentire l'urlo di Cato Isaksen.

D'un tratto, le vide. Le arnie erano mezze nascoste nella sterpaglia, non lontane le une dalle altre. La parte di legno era marcia, e ciascuno dei coperchi era avvolto in carta catramata grigia.

Si accostò all'arnia più vicina e iniziò a cercare di aprirne il coperchio. Ma non si muoveva, e allora passò a quella successiva. Le ortiche erano alte e verdi, con foglie ricoperte di minuscole spine e grossi gambi. Le facevano bruciare i polsi. Le apparvero subito delle macchie rosse, con al centro un cerchio bianco. Marian afferrò il coperchio della terza arnia, piegò le ginocchia e lo sollevò con tutte le forze. Lo gettò per terra e guardò dentro, dove c'erano alcuni favi rinsecchiti. L'odore era insignificante, come frammenti di un miele vecchio e colloso che era stato rimosso da tempo.

Tolse il favo. E lo vide. Capì immediatamente. Lo avrebbe potuto descrivere a memoria. Nero e beige con una striscia verde trasversale. Era lo zainetto di Patrik Øye.

Vera Mattson brandiva una mazza. «Quel cagnaccio maledetto», gridò. «Io lo faccio a pezzi».

Attraverso la finestra vide Cato Isaksen che cercava di acchiapparlo. *La rabbia arrivò col fragore di un'onda.* Doveva uccidere quel cane. Visibile, violenta e veloce, dal nulla. L'odio colpiva sempre come un fulmine, appiccando un incendio impossibile da domare. Era come precipitare in un buco nero, senza alcun appiglio. Soltanto una serie di sensi acuiti. Le mani che si sollevano, i muscoli che si attivano e la vampata d'odio di quando si sferra il colpo. Maledette bestiacce, pensano di poter venire qui a fare i propri comodi. Mettersi a proprio agio, occupare lo spazio. Come lo si può definire? Egoismo, egocentrismo, o semplicemente pura e semplice sfacciataggine.

Attraversò rapidamente la cucina. La mazza spiombava. Passando accanto al tavolo, la sollevò e spaccò la brocca dell'acqua in mille pezzi. Quella si ruppe prima di toccare terra. Il liquido si sparse sulla superficie del tavolo e gocciolò per terra. L'acqua aveva lo stesso colore del vetro. Ora si mescolava con i frammenti sul pavimento. Lei era sul punto di esplodere. Le cose non erano come sembravano. L'acqua non era vetro.

* * *

Le cose avvennero con una tale rapidità che Cato Isaksen non riuscì a reagire prima che fosse troppo tardi. Sentì un tintinnio di vetri dentro casa. Il vento apriva e chiudeva la porta-finestra. Rientrò, ma Vera Mattson non era in salotto. Andò velocemente in cucina. Aveva la terribile sensazione che stesse accadendo qualcosa di molto brutto, e capì che non si sbagliava. Per terra c'erano grossi pezzi di vetro in una pozza d'acqua. Guardò verso l'ingresso. La porta di casa era aperta. All'improvviso, la corrente la fece sbattere fragorosamente. Dov'era? Corse di nuovo in salotto e verso la porta-finestra. Vera Mattson era in giardino. La vide di spalle vicino al melo. Che diavolo stava facendo? Che cosa aveva in mano? Cato Isaksen urlò a Marian di stare in guardia. «Attenta, dannazione! Attenta!».

Tutto a un tratto, Birka sbucò fuori proprio davanti a Vera Mattson. Stava lì, scodinzolante, con le zampe posteriori un po' piegate e la testa inclinata. Nella speranza che potessero succedere altre cose divertenti. Prima che Cato Isaksen riuscisse a fermarla, Vera Mattson aveva sollevato le braccia. Mirò al cane con la mazza di legno. Lo colpì al lato della testa. Si sentì un suono cupo e sordo. Il cane mugolò e collassò sulla ghiaia.

Marian si precipitò facendosi rumorosamente varco attraverso i rami del melo. Un ramo marcio, appuntito, l'aveva ferita su una guancia. Sanguinava. Si proteggeva con le braccia, come per difendersi. «No», urlò. «No!». Ma la mazza era già in movimento. Fendette l'aria un paio di volte e poi colpì il braccio della Dahle, proprio sotto al gomito. Cato non fece in tempo a intervenire prima che fosse troppo tardi. Il dolore fece piegare in due Marian. Ed ecco che la mazza colpì di nuovo. Alla nuca. Lateralmente, sulla testa. Lui si avventò su Vera. "Quanto ci vuole per fare a pezzi una persona?", si domandò Isaksen. Marian urlava di dolore. Si accasciò sulle ginocchia, nell'erba. Vera Mattson si piegò, inarcò la schiena e la colpì in testa, come un automa. Colpiva, colpiva, colpiva. Si muoveva intorno alla sua vittima e la guardava con gli occhi sbarrati. Cato si gettò sul suo corpo pesante, le strappò la mazza e le diede un calcio, facendola rotolare via. Sì sentì inondare da un senso di rabbia irrefrenabile e di paura. Rimase steso su di lei, proprio nel punto in cui l'erba finiva e iniziava la ghiaia.

«Stai lontano dalle mie arnie», gli sibilava lei da sotto. «Non c'entrano assolutamente nulla. Glielo dicevo io... Maledette bestiacce, quelle api. Io sono la vendicatrice e la sterminatrice. Erano solo guai e dolori con quei.... maledetti insetti. Quando si perdevano... quando si arrabbiavano e pungevano. Io odiavo quelle api. Non ce n'è... più nessuna adesso», disse con voce spezzata. «Non ce ne sono più, mi avete sentita?».

Il cane giaceva per terra e guaiva. L'erba era sporca di sangue. Cato Isaksen sentì l'orrore farsi largo nel suo corpo lungo la spina dorsale. Marian singhiozzava. Il pianto le saliva spezzato dalla gola, sotto forma di rantoli. Il sangue le scendeva dalla tempia fino sul viso. All'improvviso, si girò tremando e rimase un attimo carponi, per riprendere le forze, prima di trascinarsi verso il cane ferito.

Birka era ancora stesa su un fianco. Respirava pesantemente. Deglutiva e ansimava di continuo. Mugolava e fissava la padrona con occhi supplichevoli, spalancati.

Cato Isaksen si alzò lentamente. La vecchia giaceva per terra accanto a lui e gridava. La saliva le colava dalla bocca. «Muori adesso! Muori!».

Marian si chinò sul cane, piangendo. «Non sopravviverà a questo... non sopravviverà...». Si alzò faticosamente in piedi e riuscì a stento a prenderlo in braccio. «Devo salvare Birka», diceva piangendo. «Aiutami, Cato, aiutami! Apri la macchina!».

Cato Isaksen vide che sanguinava copiosamente. Il sangue le scorreva sul viso e gocciolava sulle braccia. «Ora apro», disse, mettendole una mano in tasca e tirando fuori la chiave della macchina. Marian correva, china in avanti, con il cane ferito tra le braccia. «Apri il portello posteriore. Sbrigati. Guarda dentro alle arnie, Cato. Guarda dentro alle arnie, dannazione. E tienila giù. Quella pazza. Dalla macchina chiamo per chiedere che ti mandino dei rinforzi».

Vera Mattson si alzò lentamente. Marian si allontanò in auto per il sentiero mentre Cato Isaksen tornava indietro correndo. Si trascinò vicino alla donna con movimenti bruschi fino alla scala, e poi giù per qualche gradino. Lì rimase, steso a metà sopra di lei mentre continuava a tenerla bloccata con il proprio corpo. Le chiese varie volte di restare calma. «Non vai da nessuna parte», le disse tra i denti. «Sei arrivata al capolinea, Vera Mattson». L'odore acre che emanava lo spinse a girare la testa da un'altra parte. Lei ansimava senza dire una parola. Marian l'aveva detto che in quella casa si sentiva odore di follia. Aveva avuto sempre ragione. Maledettamente ragione.

«La rabbia arriva col fragore di un'onda, capisci», sussurrò lei all'improvviso. «Violenta e veloce, dal nulla. Colpisce sempre come un fulmine, appiccando un incendio che è impossibile da domare. È come precipitare in un buco nero, senza alcun appiglio. Soltanto una serie di sensi acuiti. Le mani che si sollevano, i muscoli che si attivano e la vampata d'odio di quando si sferra il colpo».

Cato Isaksen era furibondo perché la macchina con i rinforzi non arrivava. Quanto diavolo ci stava mettendo?

«Tieni chiuso il becco», disse soffocando la rabbia, nello stesso momento in cui sopraggiungeva una volante della polizia di Asker e Bærum a sirene spiegate lungo la Selvikveien. Fece la curva per entrare nel cortile e inchiodò. Cato Isaksen stava ancora mezzo steso sulla scala di pietra rossastra con un braccio intorno al collo di Vera Mattson.

«La portiamo immediatamente al posto di guardia dei servizi sociali», disse uno dei due poliziotti, che si presentò con il nome di Roar Andersen.

«Non perdetela di vista», disse Cato Isaksen a brutto muso.

«Portatela al pronto soccorso e di lì direttamente a Dikemark. E dev'essere piantonata ventiquattr'ore su ventiquattro», aggiunse. «Stiamo parlando di omicidio, qui».

«Tutto chiaro», fece il poliziotto e la portò in macchina. Lei trascinava i piedi con indosso solo i calzettoni sulla ghiaia. Sembrava veramente una pazza. Il nodo nei capelli si era sciolto completamente, e la folta capigliatura grigia le copriva mezza faccia.

«E tu che fai?», gli gridò il poliziotto giovane dopo che ebbero fatto entrare la donna in macchina.

«Io rimango qui», disse Cato Isaksen. «Voi andate pure».

Quando la volante della polizia sparì in fondo alla strada, Cato Isaksen chiamò Roger Høibakk. Gli ululò nella cornetta: «Vedi di venire immediatamente a Høvik, porca puttana».

In sottofondo sentì un tintinnio di bicchieri e le voci, e capì che in effetti erano ancora al locale. «Ho bevuto della birra, capo. Mando Randi e Tony», disse Roger Høibakk, imbarazzato.

I genitori di Louise Ek imboccarono la Selvikveien con la loro automobile proprio nel momento in cui quella della polizia ne usciva, facendo una curva. Parcheggiarono fuori dalla casa gialla, e Gunnhild Ek saltò giù mentre il marito portava l'auto in garage.

Cato Isaksen la vide che gli correva incontro attraversando la stradina. «Che cosa è successo?», gridò da lontano. «Eravamo al cinema. Che cosa è successo?»

«Perché Louise non è in gita di classe a Burudvann?», chiese lui.

«Ma certo che è lì. Certo che è lì», ripeté la madre ad alta voce, aggiustandosi la giacca estiva di stoffa leggera. «Cosa vuoi dire? Che cosa stai cercando di dirmi?»

«Guarda che lì non c'è», disse Cato Isaksen e si accorse che qualche goccia qua e là stava cadendo dal cielo. «Abbiamo telefonato all'insegnante», aggiunse. «Lei non è a Burudvann».

Per un attimo, Gunnhild Ek lo guardò furiosa. Poi si portò le mani alla bocca e iniziò a piangere in modo isterico, proprio nel momento in cui suo marito sbatteva fragorosamente la porta del garage.

Alcuni vicini stavano scendendo lungo il sentiero verso la casa marrone. Parlottavano tra di loro, sorpresi, chiedendosi cosa fosse successo.

Cato Isaksen pregò tutti di calmarsi e di farsi da parte. «Non peggiorate ulteriormente la situazione!», urlò. Ai genitori di Louise Ek disse che la cosa migliore era rimanere calmi; probabilmente le ragazzine si erano inventate qualcos'altro da fare. Si rese conto che non gli credevano; Gunnhild Ek era bianca come un cadavere, ma lui ribadì lo stesso concetto, e disse che li avrebbe informati non appena avesse scoperto qualcosa.

«Informarci di cosa?», gridò Gunnhild Ek disperata, e cercò di divincolarsi dalla presa del marito, che tentava di calmarla.

Cato Isaksen fece un sospiro profondo e si passò la mano sulla fronte. Dopo che i vicini si furono ritirati, pensò che doveva impiegare bene il tempo prima che arrivassero Randi e Tony.

Guardò il garage di lamiera di Vera Mattson, tutto sbilenco. Il garage! E se dentro ci fosse stata una Mazda rossa? A questo non aveva pensato. Era comune che le signore anziane avessero macchine come la Mazda. Ebbe un brivido freddo; poi attraversò il cortile e sollevò con forza la porta del garage. Era vuoto. C'erano soltanto vecchi mobili da giardino di tutti i tipi, e cianfrusaglie varie. Si girò verso la casa gialla. Il silenzio che ne proveniva era assordante.

Che cos'è che c'era scritto nel messaggio sul cellulare di Wiggo Nyman? *Quando ci vediamo stasera?* Louise aveva preso un appuntamento con lui. *Quando ci vediamo stasera?* Nyman doveva avere per forza a che fare con la sparizione delle ragazzine.

Cato Isaksen abbassò nuovamente la porta del garage, e attraversò il cortile. Camminò a fatica in mezzo all'erba alta, e scansò i grossi rami dei vecchi alberi di mele. Come fossero un sipario. Cinque arnie marce occupavano un'area circoscritta, quasi completamente inaccessibile a causa delle ortiche e delle margherite che c'erano cresciute in mezzo. Solo una di esse era senza coperchio. Marian l'aveva tolto e l'aveva buttato per terra.

Cato Isaksen si avvicinò e ci guardò dentro. Ciò che vide lo sconvolse. Sentiva il cuore battergli all'impazzata nella cassa toracica. Lì, in fondo all'arnia, c'era lo zainetto di Patrik Øye. Doveva essere proprio quello! Nero e beige, con una striscia verde trasversale. Si chinò per raccoglierlo, ma cambiò idea. Le prove, le impronte digitali: non doveva distruggere nulla. Ellen Grue doveva raggiungerlo il prima possibile.

Piegò le ginocchia tentando di scoperchiare l'arnia accanto. Dovette usare tutta la sua forza. Alla fine riuscì a strappare via il coperchio e lo lasciò cadere nel campo di ortiche. Ciò che si presentò ai suoi occhi gli provocò un senso di nausea. Sentì una fitta acuta alla fronte, un dolore che si spostò verso la parte posteriore della testa. Il suo cervello analizzò quella scena. C'era un paio di occhiali di corno grigi, vecchio stile, e quattro collari. Due erano lucidi, uno era marrone con la scritta "Targo" e uno era piccolo e rosso, con il nome “Dennis” impresso sulla pelle. Prese in mano l’ultimo e lo soppesò. Era stata davvero Vera Mattson a uccidere il cane di Louise Ek. E quegli occhiali dovevano essere appartenuti ad Aage Mattson.

Tornò correndo verso la casa. Sulla ghiaia giaceva la mazza insanguinata. Entrò rapidamente per la porta-finestra, poi attraversò il salotto, l’ingresso e scese le scale della cantina. Fu investito da un disgustoso odore di marcio. Che cosa aveva visto Marian lì sotto?

Quel tanfo insopportabile si faceva sempre più intenso. Diede un’occhiata rapida in tutti gli ambienti della cantina, ma non trovò nulla. Tranne una grossa cassa piena di patate marce.

Tornò su correndo e iniziò ad aprire cassetti e armadi in cucina. C’erano tovaglie, piatti e bicchieri da tutte le parti. E c’erano anche delle carte.

Un libriccino nero, per prendere appunti, era riposto nel cassetto più in basso della cucina. Fuori era decorato con alcuni adesivi: delle api gialle e nere. “La trappola di miele”, c’era scritto con lettere ritagliate goffamente da un foglio di carta gialla e appiccicate lì sopra.

Cato Isaksen ebbe un brivido. Aprì il notes e lo sfogliò rapidamente. Dapprima non riuscì a capire ciò che stava leggendo. Era assurdo, troppo inverosimile. Tornò alla prima pagina e cominciò a leggere. Vera Mattson aveva una bella calligrafia.

Aage è sparito il 3 giugno 1997.

Erano delle trappole, quelle arnie. Erano trappole di miele. Nessuno può darmi la colpa se a un certo punto non ce l’ho fatta più. È qualcosa di tremendamente sbagliato se gli insetti diventano più importanti degli esseri umani. Aage aveva fabbricato quella mazza durante l’ora di falegnameria in seconda media. Ne era così scioccamente fiero. L’unica cosa che fosse riuscito a fare in vita sua era quella mazza di legno. Ora è diventata la sua stessa trappola.

Il cane marrone, sciolto, si trova nel mio giardino dalle 14:23 alle 14:28 del 15 dicembre 1998.

Il cane marrone è di nuovo qui alle 17:03 del 18 dicembre 1998.

Il cane marrone rincorre Nusse e la uccide il 23 dicembre 1998.

Il cane marrone sparisce l’8 gennaio 1999.

L’ho colpito a morte. La rabbia è arrivata col fragore di un’onda. Visibile, violenta e veloce, dal nulla. Ha colpito come un fulmine, appiccando un incendio impossibile da domare. Era come precipitare in un buco nero, senza alcun appiglio. Soltanto una serie di sensi acuiti. Le mani che si sollevano, i muscoli che si attivano e la vampata d'odio di quando si sferra il colpo. Maledette bestiacce, pensano di poter venire qui a fare i propri comodi. Mettersi a proprio agio, occupare lo spazio. Come lo si può definire? Egoismo, egocentrismo, o semplicemente pura e semplice sfacciataggine. L'acqua nella tazza ha lo stesso colore del vetro. È sempre così, le cose non sono come sembrano. L'acqua non è vetro.

Il cane nero è sparito il 25 marzo 2002.

Kalle muore il 15 luglio 2004. Aveva 12 anni. È un'età notevole per un gatto non castrato. L'ho portato dal veterinario nel mio cestino, ma era troppo tardi.

Il cane bianco è nel mio giardino per dieci minuti la vigilia di Natale del 2006.

I ragazzini attraversano il giardino alle 15:43 del 30 gennaio 2007.

Il cane bianco è sparito il 13 aprile 2007 (è entrata in vigore la legge sull'obbligatorietà del guinzaglio).

Il bambino biondo è sparito il 3 giugno 2007.

La polizia è stata qui. È il 4 giugno, ore 8:05.

La polizia è di nuovo qui. È il 5 giugno, ore 9:12.

La ragazzina con i capelli rossi è venuta a raccogliere una palla nel mio cortile alle 18:09 del 10 giugno. La bionda sta sul trampolino e mi fa le boccacce. La vedo. Ha entrambi gli indici cacciati in bocca e mi fa una boccaccia. È il 12 giugno.

La mamma del bambino scomparso ha suonato alla mia porta. Io non ho aperto. Non voglio aprire. Ho letto di lei sul giornale.

C'è un poliziotto nel giardino del vicino alle 13:04 del 14 giugno 2007.

In fondo al libriccino c'era infilato un foglio.

Caro uomo dei gelati,

Abbiamo telefonato al servizio elenco abbonati e ci hanno dato il numero di dove lavori. La Direkt-is, sai? Poi abbiamo chiesto il tuo indirizzo e come ti chiami. Abbiamo detto che una di noi aveva dimenticato il berretto nel tuo furgone. Ma non è mica vero, sai? Perché non usiamo mica il berretto d'estate, sai? Però abbiamo comprato il gelato da te un sacco di volte. Non abbiamo raccontato niente di quella cosa che sai. Ma quel giorno abbiamo visto tutto.

P.S.: Patrik era maleducato. Non ci piaceva, quindi non diremo nulla. Però ci devi dare del gelato gratis. Ah-ah!

Due sirene

Il quel momento capì tutto. Era completamente assurdo. Il foglio era bianco, non rosa con le sirene lungo i bordi. Ma era la stessa lettera. Vera Mattson aveva un computer e una stampante in salotto. Ovvio che non si trattava di una lettera scritta da due ragazzine. Nessun undicenne avrebbe usato il termine "maleducato". Avrebbero detto che era "fuori", oppure che "faceva schifo". Non "maleducato". Per quanto fosse incredibile, doveva essere stata Vera Mattson a scrivere quella lettera. Non Louise Ek e Ina Bergum.

* * *

Cato Isaksen si trovava in cortile quando arrivò Randi Johansen con un'auto-civetta. Accanto a lei era seduto Tony Hansen.

L'ispettore spalancò la portiera e ordinò al poliziotto di scendere dalla macchina. «Devi fare la guardia qui, Tony, fin quando arriva la scientifica. È Vera Mattson che ha ucciso Patrik Øye, probabilmente con la mazza che sta laggiù, nell'erba. Non toccare nulla, fai solo la guardia, d'accordo? Non entrare in casa, stai solo qui fuori. Noi chiamiamo Ellen dalla macchina, ok?».

Tony Hansen annuì, frastornato.

Randi stava per scendere dall'auto, ma Cato le fece un gesto con la mano per dirle di rimanere seduta. Poi saltò su, prendendo il posto che era stato di Tony Hansen fino a qualche istante prima. «Dobbiamo andare subito, Randi, è urgente». Sbatté rumorosamente la portiera. «Questa casa dev'essere ispezionata, e i sigilli devono esservi apposti già stasera», disse, agitando il libriccino nero. «Questa è la casa del demonio». Mentre facevano manovra, raccontò a grandi linee l'accaduto a Randi. Lei era concentrata sulla guida. L'espressione sul suo viso era sempre più confusa. «Non capisco...».

Cato Isaksen la interruppe. «E Marian, qualcuno ha sue notizie?»

«È al pronto soccorso veterinario», disse Randi Johansen. «Stanno suturando la ferita anche a lei, non soltanto al cane». Un sorriso fuggevole le passò sulle labbra. «Ma purtroppo sembra che le condizioni del cane siano gravi. Non sopravviverà. Ma Patrik Øye è... Avete trovato i resti?»

«No, non ho idea di che fine abbia fatto, ma lei ha senz'altro a che fare con questa faccenda. Dev'essere per forza così! Dobbiamo seguire Vera Mattson, immediatamente. Penso che sia all'ospedale di Bærum. Adesso non abbiamo il tempo di interrogare Wiggo Nyman», disse Isaksen. «C'è un collegamento qui che non riesco ad afferrare. Perché la donna ha nascosto lo zaino in quell'arnia? Non riesco a riannodare tutti i fili. È Mattson che ha scritto la lettera delle sirene. Le cose sembrano completamente prive di un filo logico. Chiama Ellen e gli altri via radio, Randi, io nel frattempo telefono ai colleghi di Asker e Bærum, per capire dove si trova Mattson in questo momento: se sta al pronto soccorso o se l'hanno portata a Dikemark. Fai anche in modo che mandino immediatamente qualcuno dai genitori di Louise Ek e Ina Bergum. Che diavolo sta combinando Roger?»

«Ha bevuto soltanto due birre. Chiedo ad Asle di andarlo a prendere immediatamente», disse Randi Johansen e accese il lampeggiante blu.

Henning Nyman era in cortile. Era pervaso da un senso d'inquietudine. La madre era stata molto determinata e gli aveva chiesto se per favore poteva portarla alla questura in macchina. Voleva assolutamente parlare con Wiggo. Ora se ne stava seduta all'ingresso, accanto al tavolino su cui c'era il telefono, e non faceva che chiamare la polizia. Avrebbe voluto consolarla. Poggiarle le mani sugli occhi. Non doveva avere cedimenti. Non doveva dire nulla. Doveva fare in modo di non farsi sfuggire di bocca qualche parola di troppo.

Le ginocchia gli tremavano; l'immagine delle ragazzine nella cantina di Helmer Ruud gli faceva andare il cuore in gola. Si immaginò i loro visi… Quell'inespressività tipica delle maschere. La fase che seguiva la paura. Ormai erano rassegnate.

Abbassò gli occhi verso il basso e si osservò. I pantaloni avevano delle macchie scure sul davanti, e la parte bagnata si stava spandendo giù per la gamba sinistra del pantalone. Si portò le mani alla bocca. Non era da lui.

Si girò immediatamente e si diresse verso il fienile; percorse la rampa d'accesso ed entrò nell'ambiente caldo, asciutto. C'era odore di sole, lì dentro. Guardò le tracce di sangue sul pavimento; erano delle strisce sottili, più che delle gocce. Partivano dalla tagliola e portavano verso il mucchio di fieno.

«No», gemette, e si coprì il viso con le mani. Si girò bruscamente. Il sudore gli colava dalle ascelle. Doveva cambiarsi i pantaloni. Qualcosa di indistinto gli attraversò la mente, e fu sul punto di emergere in superficie. Ma poi si dileguò ancora una volta. Non voleva pensarci. Doveva cambiarsi i pantaloni. Farsi la doccia. E far cambiare idea alla madre riguardo al fatto di andare a parlare con Wiggo. Cosa voleva dirgli? Doveva riuscire a farla coricare. Darle qualcosa da bere affinché si calmasse.

Nella sua testa sentiva i movimenti delle ragazzine. I loro suoni, il ritmo. Il modo in cui le avrebbe afferrate per le braccia per poi scaraventarle per terra. Come avrebbe strappato loro di dosso i vestiti e soffocato i loro lamenti. I piccoli seni di Ina e la sua pelle bianca come il latte. Le forme morbide. L'avrebbe morsa sulla spalla. L'avrebbe smangiucchiata. Le avrebbe ruggito contro come un orso grosso e pericoloso. E le avrebbe minacciate con le trappole se non avessero fatto come voleva lui. Avrebbe detto loro quanto fossero acuminate le tagliole per le volpi. E avrebbe allargato le loro gambe e goduto finché durava. Aveva paura che tutto finisse troppo in fretta. La tensione dell'attesa era enorme. All'improvviso, sentì il verso di un animale nel bosco e si girò, ma non riuscì a scorgere nulla. Ora doveva togliersi i pantaloni, fare la doccia, calmare la madre e far finta di essere una persona come le altre. Se non fosse riuscito a tranquillizzarla, non sarebbe potuto tornare alla casa nel bosco.

Vera Mattson si trovava all'ospedale di Bærum. Cato Isaksen e Randi Johansen attraversarono rapidamente la sala d'aspetto del pronto soccorso. Erano passate da poco le dieci e quarantacinque. Sedevano lì due-tre pazienti che aspettavano il proprio turno sfogliando delle riviste. Vera Mattson non c'era: stava su una sedia di plastica bianca, in mezzo a due poliziotti di Asker e Bærum, nella piccola anticamera di una delle sale operatorie. Un dottore era indaffarato a stilare un certificato in cui si richiedeva un ricovero coatto presso Dikemark.

In fondo al corridoio c'era una grossa finestra. La pioggia estiva scorreva silenziosamente giù per il vetro. Su un tavolinetto lì vicino c'era una caraffa di vetro con alcuni bicchieri di plastica.

La signora anziana raddrizzò la schiena quando vide Cato Isaksen. Non sembrava stanca, ma soltanto stravolta. I capelli erano ancora tutti arruffati. Aveva resti di sangue rappreso sull'avambraccio e sul maglione striminzito. Ai piedi continuava ad avere soltanto le calze.

Cato Isaksen teneva in mano un libretto nero. «È meglio che facciamo subito una chiacchierata, tu e io, Vera», disse sedendosi su una sedia che era stata appena liberata da uno dei poliziotti. La donna non batté ciglio.

In quel momento arrivò il dottore con il certificato. Guardò Cato Isaksen con gli occhiali sul naso. «Penso che la paziente abbia bisogno di calma assoluta, adesso», disse. «Potete portarla a Dikemark ed eventualmente interrogarla più tardi, quando i dottori di lì avranno accertato le sue condizioni psichiche».

«No», fece Cato Isaksen con determinazione e si alzò. «Ci devo parlare adesso».

Il dottore iniziò a protestare energicamente, ma Cato Isaksen lo interruppe bruscamente. «Patrik Øye, un ragazzino di sette anni che manca da quasi tre settimane. Lei ne sa qualcosa. Inoltre sembra che siano sparite altre due bambine oggi pomeriggio», aggiunse. «Quindi non venire a dirmi...».

Il dottore si arrese immediatamente. Annuì e si ritirò. Cato Isaksen pregò i due poliziotti di Asker e Bærum di aspettare fuori, in sala d'attesa.

Cato Isaksen spostò le due sedie che si erano liberate, così che lui e Randi si potessero sedere faccia a faccia con Vera Mattson. Bente gli aveva lasciato tre messaggi in segreteria, pregandolo di richiamarla. Il giorno dopo era la notte di mezza estate. Bente sarebbe dovuta andare allo chalet con i figli. In quel momento lo chiamò di nuovo. Cato Isaksen prese il telefono. «Non ora, Bente», disse; poi spense il cellulare e guardò il libretto nero che aveva sulle ginocchia. Pensò al caso che gli era capitato in primavera. Gli sembrava di sentire la voce dell'assassino. "Io sono creativo al limite di qualcos'altro. Ho un livello profondo di comprensione della mia psiche. I crimini di per sé non sono nulla, capisci? Bisogna soltanto pensare un po' più a fondo. Quando le cose sono così semplici che la polizia non le vede, allora sei un genio".

Marian Dahle aveva smascherato Vera Mattson. Adesso stava seduta sulla sedia di fronte a loro, e guardava i due investigatori con aria quasi di scherno.

«Le due ragazzine, Louise e Ina...», attaccò Cato Isaksen.

«Cosa?»

«È importante che ci racconti la verità. Devi dire la verità. Ormai i giochi sono fatti, Vera Mattson. Ho trovato il tuo libro nero».

Lei teneva lo sguardo fisso di fronte a sé. «La verità è che non so nulla delle due ragazzine. Non è che sono così stupida da picchiare a morte le figlie del vicino. Io lì ci devo abitare. Il cane della bionda invece l'ho ammazzato io. Era così cretino. A differenza dei gatti, i cani si avvicinano quando uno li chiama. Ed è un grosso vantaggio quando li vuoi massacrare di botte».

«Quelle arnie...».

Lei lo interruppe. «Sono vuote adesso, le arnie marce. I favi si sono seccati. Le api sono degli animali molto speciali. Io so che non si può chiamarli animali. Lo diceva anche mio marito. Non sono animali, sono insetti. Ma per me, i ragni sono insetti. Le api sono... animali. Non sapeva fare altro, mio marito, che occuparsi di quel dannato miele. Poteva starsene lì per ore e ore. Le amava, quelle api. Per lui erano belle. Erano un tale incubo, quegli insetti. Io sono stata punta varie volte. Una puntura d'ape causa un bruciore intenso. Brucia da morire e non finisce mai. Per tutto l'inverno, lui si aggirava come un leone in gabbia e controllava dalle finestre. Se ne stava lì a scrutare fuori con quei suoi orribili occhiali, e aspettava che la neve si sciogliesse e si svegliassero le api. Spesso spalava la neve per raggiungere le arnie e poi si metteva lì a parlargli. Si chinava e gli parlava come fossero dei bambini. Potete immaginarvi una scena più penosa? Io invece amo l'inverno. Me la passo al meglio quando è tutto freddo e silenzioso. Lo sapete perché?».

Cato Isaksen la osservava. La faccia larga, gli occhi vuoti con le sopracciglia cespugliose. «Sì», disse, «penso di saperlo».

«Gli elementi di disturbo, sai», continuò arcigna, «gli elementi di disturbo ti lasciano il segno».

«Ora ci devi aiutare, Vera Mattson», la interruppe Isaksen con tono amichevole e le sorrise. «Hai ucciso Patrik Øye, vero? L'hai picchiato a morte con la mazza perché aveva attraversato il tuo giardino?».

In quel momento fu come se Vera Mattson all'improvviso realizzasse dove era finita. Il tubo al neon sul soffitto illuminava le pareti bianche con una luce nitida e forte. Lei si lasciò cadere in grembo le grosse mani.

«Non ho riflettuto», disse duramente. «Non ho avuto il tempo di pensare. La rabbia arriva col fragore di un'onda. Violenta e veloce, dal nulla».

«Sì, sì, sì. L'abbiamo già sentita questa storia».

«Io ho colpito, colpito e basta. Senza pensare». Vera Mattson scosse la testa. «Quel moccioso di merda stava lì per terra ed è morto sulla mia proprietà. All'improvviso, dovevo sbarazzarmi di un cadavere. Sanguinava da una parte». Sollevò la mano alla tempia. «Qui, dal lato della testa. Ho capito subito che era morto. Perché stava steso lì e basta. Quando l'ho sollevato, lo zainetto è scivolato via. Per terra. Non ho fatto a tempo a rimetterglielo addosso. L'ho dovuto nascondere dopo».

«Nell'arnia?»

«In un primo tempo, no. Non sono mica stupida. Quel cane che la polizia aveva con sé, se n'è andato in giro per la mia proprietà annusando tutto quanto per vari giorni di fila. Io ero sicura che sarebbero venuti con i cani, così ho messo lo zainetto nel mio letto, sotto il piumone. Sì... penso sia passata almeno una settimana prima che i poliziotti smettessero di venire. Soltanto allora sono uscita per nasconderlo nell'arnia. Ma lo sentivo già che era una trappola. Nessuno aveva aperto le trappole di miele per dieci anni, quindi... *Bzzzz*». A Vera Mattson brillò una luce folle negli occhi. Muovendo due dita di ciascuna mano, fece finta che delle api stessero ronzando avanti e indietro ai due investigatori. Randi si tirò indietro sulla sedia.

Vera Mattson si girò verso la caraffa d'acqua che stava sul tavolo. «È esattamente come con l'acqua», disse. «Sembra qualcosa di diverso. Sembra vetro, no? Ma non è vetro, è acqua. Un giardino può essere una trappola. Non bisogna credere che tutto quanto sia soltanto verde e bello in un giardino».

Cato Isaksen sentì Randi che deglutiva seduta sulla sedia accanto alla sua. «Che cosa ne hai fatto del bambino morto?».

A quel punto, Vera Mattson sorrise. «Ho pensato a una cosa assolutamente geniale, e ho anche dovuto pensare in fretta, perché è successo tutto più o meno in contemporanea. Era questione di minuti, capite?».

Vera Mattson lasciò cadere le braccia pesanti lungo i fianchi. «Ho sentito l'allarme del furgone dei gelati quasi nello stesso istante in cui è morto il ragazzino. Perché di questo si tratta: un allarme. Quasi ogni volta che il furgone fa manovra nel mio cortile, io esco agitando le braccia e gli do delle botte sulla fiancata. L'ho fatto anche il 3 giugno. Solo che quella volta ho sollevato il corpicino e l'ho poggiato da un lato, lì dove iniziano i fiori dell'erba trinità. Be', non sono sicura che si chiami erba trinità, ma io la chiamo così. So dove sono i segni delle ruote, dove fa manovra il furgone. E lui passa proprio sopra al ragazzino. Con un grosso scossone. Il finestrino era abbassato, teneva la musica a palla. A palla, così dicono al giorno d'oggi. Run softly, blue river. "Ehi, ehi!", gli grido io. "Hai messo sotto un bambino". L'autista è stato preso dal panico. È andato in avanti passando sopra al ragazzino per la seconda volta. Poi è saltato giù dalla macchina. Aveva uno sguardo da pazzo. Patrik Øye era lì, tutto sporco di sangue. Quell'autista schifoso credeva davvero di aver investito e ucciso il ragazzino facendo manovra. È stato facilissimo».

Cato Isaksen era ammutolito. Si accorse che Randi si muoveva nervosamente sulla sedia accanto alla sua.

«Perché hai voluto correre questo rischio? Perché non hai semplicemente nascosto tu il ragazzino?»

«Ma l'uomo dei gelati non ha telefonato alla polizia», disse con voce profonda.

«No», fece Cato Isaksen lentamente. «No, deve aver creduto veramente di essere stato lui ad aver ucciso il bambino, ma tu come hai avuto il coraggio di...? Tu eri comunque un testimone scomodo per lui. Come... Cosa ti eri immaginata?»

«Io li riconosco quelli che hanno un'anima sporca. Wiggo Nyman ha un'anima sporca. Ha caricato il bambino sul furgone e se l'è portato via».

«E poi tu hai mandato la lettera, facendo finta che a scriverla fossero state le ragazzine del vicinato. Pensavi che una cosa avrebbe tirato l'altra, e che l'uomo dei gelati sarebbe venuto a prendersi anche le ragazzine».

«Sì, perché con i loro genitori non potevo parlare. Ci avevo provato. Il padre mi aveva accusato di aver ucciso il loro cane. L'aveva capito, ma non ne aveva le prove. Allora ho chiamato la società dei gelati e mi sono fatta dare il nome dell'autista del furgone».

Cato Isaksen non riuscì a controllarsi, anche se sapeva che era essenziale mantenere un tono amichevole. «Ma è tutto assurdo. Pensavi davvero che Wiggo Nyman avrebbe ucciso le due ragazzine al posto tuo, così che ti saresti sbarazzata del baccano che facevano saltando sul trampolino?».

Vera Mattson sorrise brevemente. «Be', dove pensi che siano adesso le ragazzine? Io non ce le ho. Non è tanto difficile far fare alla gente quello che uno vuole, e lui ha ucciso anche la sua ragazza, no? L'ho letto sul giornale. Basta instradarli sulla giusta via, e poi tutto va avanti per conto proprio. Pensano di non aver scelta. Era scritta bene quella lettera, vero? Nessuno poteva pensare che a scriverla fosse stata una vecchia signora».

Cato Isaksen la guardò senza rispondere.

«Sono fiera di me, del mio intuito. Ogni giorno leggo *DillJ* sull'"Aftenposten", una rubrica che pubblica email spedite dai ragazzi. Ho strappato diverse di quelle pagine. Quei ragazzini parlano dal profondo del cuore. È fantastico. Per questo conosco la loro lingua, per questo ho scritto tutti quei "sai". E poi sì, sono io che ho messo la coscia di pollo per il cane della polizia», proseguì. «Non sono mica stupida. C'era del sangue sulla ghiaia, allora ho preso una pala, l'ho tolta via e l'ho buttata nel secchio della spazzatura in cucina. Poi ho sparpagliato la ghiaia che rimaneva, ci ho passato un po' in mezzo le mani, e poi ci ho messo sopra la coscia di pollo». Osservò gli investigatori con aria tronfia.

«Ha funzionato, no?»

«Ma i ragazzini... Patrik era piccolo».

«Non era tanto piccolo. Capiva quello che faceva. E lo faceva apposta. Sapeva di provocarmi... Gli altri due... sì, forse erano peggio di lui, ma correvano più veloci. Maledette bestiacce. Non si sono girati, hanno continuato a correre. Lui si è girato. Si comportava come se fosse a casa sua nel mio giardino. Sono io che decido chi può stare là. I bambini di sette anni hanno il cranio piuttosto morbido».

Cato Isaksen si stropicciò gli occhi: «E tuo marito?»

«Le cose non sono come sembrano», disse, improvvisamente stanca.

Cato Isaksen le guardò le grosse mani. «Hai pensato molto a Patrik Øye, a sua madre?»

«No», rispose Vera Mattson. «Io so cosa dicono di me i vicini, che sono fredda e scostante. Ma non è che posso stare a pensare sempre agli altri. Quando qualcuno muore, è andato. Esattamente come i miei gatti, quando il cane li ha uccisi. Non avevo voglia di star male per la loro scomparsa; li ho semplicemente sepolti e mi sono sforzata di pensare a qualcos'altro. Voglio solo colpire. È l'odio. È l'unica cosa che ho, ma non è poco. E poi ho il mio gatto bianco».

La stampa aveva capito che qualcosa bolliva in pentola. I giornalisti avevano messo sotto assedio l'ingresso principale della questura. C'era stata una soffiata circa il colpo di scena incredibile nelle indagini. Erano le ventitré e cinquantacinque. Marie Sagen, la consulente legale, aveva il suo bel da fare a rispondere a tutte le domande. «La donna sarà esaminata da un esperto di psichiatria», ripeteva in continuazione. Asle Tengs cercava di dare risposta agli interrogativi sulle due ragazzine. Era importante calmare i reporter. Provò a dire che forse Louise Ek e Ina Bergum si erano inventate qualcos'altro da fare invece di andare in gita scolastica: «Le ragazzine di quell'età, sapete...». Nessuno per il momento sapeva esattamente se fosse stato commesso un crimine o meno. Non c'erano indizi di alcun tipo, disse. Nessuno che facesse pensare a un collegamento tra i due casi. E su quello di Patrik Øye non era ancora stata fatta completamente luce. Il bambino non era stato trovato. La polizia non poteva dare altri dettagli, per il momento. «Abbiamo ancora un sacco di indagini da fare», concluse. «Dovete rassegnarvi ad avere pazienza».

* * *

Dentro l'edificio, tutti correvano da una stanza dall'altra. Randi Johansen, Roger Høibakk e Tony Hansen si ritrovarono intorno al tavolo ovale della sala riunioni.

Cato Isaksen se ne stava di fronte alla finestra e beveva da una bottiglia di acqua naturale Bonaqua. «Bambini, cani e uomini», esclamò. «È una cosa davvero pazzesca».

«È come se avesse fatto un gioco», disse Randi Johansen. «Le tessere del domino. Una dopo l'altra. Una catena di azioni».

«Sistematizzate e dirette da intenzioni malvagie», fece Roger Høibakk.

Tony Hansen li guardava e teneva la bocca chiusa. Gli investigatori della scientifica, con a capo Ellen Grue, gli avevano dato il cambio sulla Selvikveien, dove era rimasto a fare la guardia. Stavano perquisendo la casa. Il suo modo di esprimersi aveva un registro diverso rispetto alle parole che si sentivano echeggiare intorno al tavolo in quel momento. Avrebbe potuto dire che quella vecchia era una puttana, ma rimase saggiamente zitto. Poi, però, cambiò idea. «Quelle ragazzette», chiese, «non dobbiamo interrogare Nyman per sapere che fine hanno fatto?».

Cato Isaksen poggiò la bottiglia sul davanzale. «Stiamo aspettando quel dannato Thomas Fuglesang. Marie Sagen non vuole che ci lanciamo su Nyman prima che ci sia il suo avvocato. Verrà prelevato dalla sua cella appena arriva il signor Fuglesang. Per Louise Ek e Ina Bergum», disse Cato Isaksen preoccupato, «abbiamo sicuramente molto poco tempo a disposizione. Sempre che non sia troppo tardi». Non fece a tempo a dire altro perché in quel momento entrarono nella stanza Marie Sagen e Asle Tengs.

La consulente guardò Cato Isaksen con aria stressata. Questa volta non si era vestita elegante: si era soltanto buttata addosso un maglione bianco e un paio di jeans prima di precipitarsi nuovamente in questura.

«Il problema è che non avete un cadavere», disse, tirando a sé una sedia. «Abbiamo soltanto la parola di Vera Mattson. E lei non ci sta con la testa. Non è affatto sicuro che stia dicendo la verità. Ma, santo cielo, se Nyman ha qualcosa a che fare con la sparizione delle due ragazzine, allora dovrà darci un bel po' di spiegazioni. Non appena arriva il suo avvocato. Dobbiamo soltanto cercare di non rovinare tutto commettendo dei vizi di forma». Guardò l'orologio.

«Wiggo Nyman ha già ammesso di aver preso con sé sul furgone il bambino», disse Asle Tengs.

«Ma non ha ammesso che il ragazzino fosse morto: ha detto soltanto di averlo fatto salire a bordo e di averlo poi lasciato scendere nei pressi della Oddenveien», fece Roger Høibakk.

«Porca miseria, puzzi di birra, Roger», esclamò Cato Isaksen irritato, nell'esatto momento in cui compariva sulla porta Marian Dahle. La donna aveva dei cerotti su un lato della faccia. La sua t-shirt era intrisa di sangue, e i jeans erano pieni di macchie d'erba e di terra.

«Per l'amor di Dio», disse Randi Johansen alzandosi, «come sei ridotta! Sei stata al pronto soccorso?»

«No», disse Marian Dahle lasciandosi cadere pesantemente sulla sedia che Asle Tengs aveva sfilato da sotto il tavolo.

«Mi hanno incerottata alla clinica veterinaria».

«E Birka?». Cato Isaksen sentì la propria voce pronunciare quelle parole, che non credeva gli sarebbero mai uscite di bocca.

«Non lo so, è in condizioni critiche. Per favore, non mi fare domande su di lei. Come va da queste parti?», chiese stancamente.

«Stiamo aspettando l'avvocato di Wiggo Nyman», disse Marie Sagen.

«Ha chiamato Ellen», fece Cato. «La mazza è stata portata in un laboratorio per le analisi tecniche. C'erano vecchie tracce di sangue, penetrate nel legno. Sangue di cane e sangue di bambini: di tutto un po'. Vera Mattson ha ammesso di aver colpito a morte Patrik Øye».

«Come pensavo, infatti. Io comunque avevo trovato un cane morto nella cassa delle patate».

Cato Isaksen bestemmiò a bassa voce.

Randi guardò Marian. «Vuoi qualcosa? Acqua, roba da mangiare?»

«Prenderei volentieri qualcosa da bere».

Randi si alzò e andò a prenderle una bottiglia d'acqua. «E suo marito? Che cosa ne pensi?».

Marian Dhale serrò le labbra. «C'è qualcosa di strano in quelle arnie. Sembrava che dietro ci fosse del terreno seminato di recente. Come se qualcuno le avesse tolte, scavato una buca, piantato qualcosa e rimesso a posto le arnie della fila posteriore. Quel pezzo di terreno è diverso dal resto del giardino. È più chiaro e non ci sono né ortiche, né erbacce. Ma è vecchio di molti anni, quindi Patrik Øye lì non c'è di sicuro».

«L'ultima volta il tuo intuito si è rivelato giusto», constatò Cato Isaksen. «Per quanto riguarda il bambino, la Mattson ha ammesso di averlo ucciso e di averlo fatto prendere dal furgone dei gelati».

«Oh, santo cielo», disse Marian Dahle prendendo la bottiglia d'acqua che le porgeva Randi. Sul suo viso comparve una nuova espressione. «Lasciarlo al furgone dei gelati… Una cosa davvero incredibile, studiata a tavolino».

Svitò il tappo della bottiglia nello stesso istante in cui entrava nella stanza Thomas Fuglesang.

Marian Dahle fissò Wiggo Nyman nel profondo degli occhi. «Ed eccoci di nuovo qui seduti», disse. «Forse avrai intuito il perché».

Nyman sbadigliò. «È mezzanotte passata», fece, e non riuscì a staccare gli occhi dal cerotto che la Dahle aveva in fronte e dal sangue sui suoi vestiti.

«È vero», disse lei. «Sono le undici passate. Per questo sarebbe bello se non dovessimo rimanere seduti qui tutta la notte».

«Non sono sicuro che tu ci stia raccontando tutto», aggiunse Isaksen. «Di fatto, ora sappiamo un po' più cose di quanto immagini. Diciamo che la situazione è cambiata».

Thomas Fuglesang si agitava nervosamente sulla sedia.

All'improvviso, Wiggo Nyman sembrò allertato. «Non so cosa stiate dicendo», disse con tono incerto.

«Hai caricato Patrik Øye sul furgone, come ci hai detto qualche ora fa. Ma ora sappiamo che non era vivo quando l'hai portato a bordo. Sappiamo che era già morto», disse Cato Isaksen.

Wiggo Nyman rimase attonito, preso completamente alla sprovvista.

«Tu pensi di aver investito e ucciso Patrik Øye facendo marcia indietro il 3 giugno, mentre facevi manovra nel cortile in fondo alla Selvikveien. Gli sei passato sopra due volte. La prima mentre facevi marcia indietro, e poi quando sei andato in avanti. Sei sceso dalla macchina perché la donna che abita lì ti ha detto di fermarti. Tu ti sei fermato e sei sceso. Forse hai spento lo stereo da cui usciva Johnny Cash. E dietro alla macchina c'era il bambino investito. Che era già morto».

Wiggo Nyman chinò la testa.

«Sappiamo che è una cosa difficile per te, perché se ammetti questo fatto, ci saranno altre conseguenze», fece Marian Dahle. «La nostra teoria è che, in qualche modo, Elna Druzika è venuta a sapere che avevi investito Patrik Øye».

«Io non ho una macchina rossa. Quante volte ve lo devo ripetere. C'era scritto sui giornali che è stata una macchina rossa a investirla».

«Ma puoi averne rubata una, oppure l'hai presa in prestito», disse Cato Isaksen.

Wiggo Nyman lo fissò. «Credimi», lo implorò. «Rubarne una, senti qua. E dove l'avrei rimediata? Avete saputo di qualche macchina rossa che è stata rubata?».

D'un tratto, Cato Isaksen si accorse di avere una gran fame. «Vera Mattson, quella che abita nella casa marrone in fondo alla Selvikveien, ha ammesso di essere stata lei ad ammazzare Patrik Øye. Dice che ti ha manipolato in maniera da farti credere che l'avessi fatto tu. Che era colpa tua se lui era morto. L'ha messo per terra, dietro al furgone, affinché tu lo investissi. Ciò spiega anche il perché non ci fossero danni al veicolo. Se lo avessi investito, avresti sentito il colpo. Oppure te ne saresti accorto comunque. Era già steso quando gli sei passato sopra».

Wiggo Nyman lo fissava intensamente. Ogni tanto gettava delle brevi e incerte occhiate verso il proprio avvocato. Non aveva intenzione di ammettere alcunché.

«Tu credi di aver investito Patrik Øye, e pensi che sia morto per le ferite», proseguì Cato Isaksen. «Nessuno ti può costringere a confessare, ma può darsi che tu ne possa trarre vantaggio. Noi scopriremo in ogni caso com'è andata».

«Se collabori, ti metti in una posizione completamente diversa», disse Marian Dahle. «Probabilmente questo non si concilia con il nocciolo della tua personalità ma, come hai sentito, abbiamo una nostra teoria, ovvero che tu sia stato manipolato. Puoi chiedere al tuo avvocato quali chance hai al processo, se le indagini si concluderanno con la scoperta dei resti di Patrik Øye da parte nostra senza che tu abbia collaborato».

«Sì, ma avete qualche sospetto concreto su dove possano trovarsi le spoglie del bambino? Volete forse dire che esiste un luogo preciso del ritrovamento?».

Cato Isaksen e Marian Dahle si scambiarono un'occhiata. In quel momento era importante dire le cose giuste, far credere loro di saperne più di quanto non fosse in realtà.

«Mettiamola così», disse Cato Isaksen. «Abbiamo trovato l'assassina. Ma ci sono altre piste...».

«E una punta verso il mio cliente», concluse l'avvocato.

Cato Isaksen annuì.

Wiggo Nyman fu colto da un senso di nausea. C'erano troppe parole complicate: "le spoglie", "teoria", "manipolato". E cosa intendeva la poliziotta bruna con quel discorso sul nocciolo della sua personalità? Magari alludeva al suo lato oscuro. Quello che lui stesso non riusciva a comprendere. Forse intendeva che lui non era una brava persona? Magari i poliziotti avevano capito tutte le cose terribili che lui aveva cercato di nascondere. Possibile che qualcuno avesse trovato le due pietre?

Cato Isaksen si alzò e cominciò a girare per la stanza. Fissò il ragazzo con uno sguardo che rivelava un improvviso moto di disponibilità.

«Dev'esserti chiaro che non stiamo tirando in mezzo il caso di Elna Druzika, Wiggo. Perché le cose sono cambiate. Abbiamo la confessione di una donna fredda e imprevedibile. Dice che ti ha manipolato in modo tale da farti credere che avevi investito e ucciso Patrik Øye. Se questo è vero, sei innocente, giusto? Allo stesso tempo, sospettiamo fortemente che tu abbia sepolto il cadavere...».

L'avvocato si schiarì la voce e pronunciò alcune frasi spezzettate: «Avete veramente dei sospetti su un luogo specifico?».

Marian Dahle venne in aiuto di Isaksen. «Ti dobbiamo proprio imboccare col cucchiaino? Non capisci che stiamo cercando di convincere il tuo giovane cliente ad ammettere che di fatto *non* ha ucciso Patrik Øye?».

Per un attimo, l'avvocato sembrò incerto. «Nyman dice che non ha nulla a che fare con questa faccenda. Se ne sapete qualcosa di più, dovete parlare adesso».

All'improvviso, Marian Dahle si rese conto di essere davvero stanca. «Desideri il massimo per il tuo cliente, oppure vuoi ostacolarlo mentre sta per tirarsi fuori nel migliore dei modi possibili da un caso particolarmente gravoso?».

Wiggo Nyman guardava a turno la superficie del tavolo e poi nel vuoto, di fronte a sé. Tutto d'un tratto, si buttò in avanti, poggiando la testa sulle braccia.

Il giovane avvocato fece un gesto con le mani come per prendere le distanze. «No», disse con fermezza, «adesso state correndo un po' troppo. Chi manipola chi?».

L'interrogatorio non finiva mai. Wiggo Nyman e il suo giovane avvocato erano due ossi duri. L'accusato non voleva ammettere nulla.

Infine Marian disse: «Ho preso delle botte in testa da una pazza assassina. La stessa che probabilmente ha ammazzato di botte Patrik Øye. Devi aiutarci a farla arrestare. Vuoi che venga rimessa a piede libero?».

Wiggo Nyman si sentiva rimbombare nelle orecchie il suono del proprio respiro. *Sono come il ferro, mamma. Sono così forte. Ma non è colpa mia.* Si tirò su e mise le mani intrecciate tra le ginocchia. I pensieri gli ronzavano in testa. Doveva stare attento, quella domanda poteva nascondere un trabocchetto. Per quanto tempo ancora doveva restarsene lì? Sarebbe potuto tornare a casa, dopo? Non era colpa sua, non aveva colpa di nulla. «Non ce la faccio più a sopportare questa rottura di scatole», disse all'improvviso.

Quando si accorse dell'espressione sul viso dell'avvocato, si bloccò subito.

«Lo capisci quello che stiamo cercando di dirti?», Marian Dahle gli si sedette di fronte. «Stiamo cercando di dirti che ti vengono attribuite cose che non hai fatto. Vogliamo solo che rispondi alle nostre domande. Vogliamo il meglio per te. Forse, senza rendertene conto, stai coprendo delle azioni compiute da una vecchia pazza. Questo non fa gioco a nessuno. Pensi di guadagnarci qualcosa?».

Wiggo Nyman scosse la testa e sentì un solletico alla base della spina dorsale. «No», disse tra i denti e si girò verso Cato Isaksen. Poteva tirarsi fuori da tutto quanto. Sentiva già un cambiamento, un senso di sollievo che lo pervadeva al solo pensiero.

«Avete trovato le pietre?», chiese.

Il silenzio che seguì fu totale. Cato Isaksen, Thomas Fuglesang e Marian Dahle trattennero il respiro.

«È solo che pensavo potesse essere utile ricordarmi esattamente dove fosse. Qualora fosse successo qualcosa. Non che lo ritenessi necessario. Ma ho fatto un segnale con delle pietre».

Randi Johansen fissò attraverso il vetro le due persone che stavano fuori dalla sala operativa. Erano la madre e il fratello di Wiggo Nyman. Entrambi sembravano stanchi e stravolti. Henning Nyman era grigio in volto. Tony Hansen uscì e gli andò incontro.

Randi Johansen sedeva e parlava con Gunnhild Ek al telefono. Quest'ultima era completamente fuori di sé, e la pregava di lasciarla venire in questura.

Åsa Nyman guardò il poliziotto. Aveva un anellino all'orecchio. Quanto ancora avrebbe dovuto sopportare? Che razza di persone erano questi investigatori? Le si incrinò la voce. «Per quanto tempo tratterrete Wiggo? Siamo venuti a prenderlo. Non potete mica pensare che le stupidaggini che dice una vecchia signora siano la verità. Wiggo mi ha raccontato di quella signora che rincorre il furgone e gli dà delle botte. Lo colpisce sulla fiancata con una tale forza che lo fa tremare tutto».

«Questo non è un telefilm americano, signora Nyman», rispose Tony Hansen freddamente. «È quasi l'una di notte. Penso che dovreste tornarvene a casa. Wiggo è sotto interrogatorio».

«Adesso? Così tardi?». Åsa Nyman guardò il poliziotto giovane con aria spaventata. Che cosa intendeva dicendo che non si trattava di un telefilm americano? «Ma noi abbiamo sentito in TV che probabilmente è quella signora anziana che…».

«I media ne sparano di tutti i colori, signora Nyman. Non è detto che una cosa sia vera solo perché la sente alla radio o alla televisione».

Henning Nyman non disse nulla, tirò soltanto con delicatezza il braccio della madre. «Vieni, che andiamo a casa», le fece. «Domani lo rilasciano sicuramente. Non hanno nulla in mano. Wiggo non ha fatto niente di male».

«No», disse Åsa Nyman, «Wiggo non ha fatto niente di male.

Non è colpa sua. Domani sarà di nuovo libero». Poggiò la sua mano sottile sul braccio di Henning. «Wiggo aveva detto che avrebbe portato con sé Inga, la prossima volta. Che tutto si sarebbe sistemato, che tutto sarebbe tornato come prima».

Inga era una ragazza dolce e semplice. Era a posto, come lo era stata Elna. Con suo grande stupore, Åsa Nyman si era accorta che la tristezza per la morte di Elna aveva allentato la presa negli ultimi giorni. Come se fosse passata in un istante. In effetti, lei desiderava fortemente che passasse. C'erano troppi problemi. Era veramente esagerato da sopportare, tutto quanto.

All'improvviso, apparve Wiggo. In corridoio, di fronte a lei, tra due poliziotti. Come un fantasma. Aveva la fronte imperlata di sudore e la bocca gli tremava.

Åsa Nyman provò un dolore profondo. Cercò di rendere regolare il proprio respiro e di concentrarsi su qualcos'altro. Aveva aiutato i figli a barare. Quand'erano piccoli, facevano dei giochi con gli altri bambini. Cercò di concentrarsi su quel ricordo.

«Vado a fumarmi una sigaretta», disse Wiggo guardando la madre. «Non è stata colpa mia, mamma! Tu lo sai!».

* * *

«Ho portato con me una zappa dal fienile», fece Wiggo Nyman e poggiò le mani sul tavolo. «Se ne sono già andati mia madre e mio fratello? O posso andare via con loro?»

«No, non puoi», rispose duramente Cato Isaksen.

«Ma adesso che…».

«Dove l'hai sepolto?».

Wiggo Nyman si ripiegò su se stesso. «Oltre il passaggio a livello, un pezzo più avanti lungo la strada carrabile nel bosco», disse. «Su a Maridalen. Un posto dove io e Henning giocavamo da bambini. L'ho seppellito vicino a un fossato, non dentro, ma a fianco. La terra lì era particolarmente morbida. Ho scavato una buca e ce l'ho messo dentro. È avvolto in un sacco di plastica nero. Poi l'ho ricoperto di terra e in cima ho messo grosse zolle di sottobosco, con attaccate delle piante di mirtilli e aghi di pino marroni. Le ho sradicate con la zappa. Poi ho raccolto delle foglie, diverse manciate, e ce le ho sparpagliate sopra. Però, quando ho finito, ho pensato che poteva trovarlo un animale. Così ho tolto tutto un'altra volta, e ho fatto rotolare un grosso sasso dentro la buca. Sopra di lui. Poi ho ricoperto nuovamente il tutto di terra, e ho sistemato ben bene le zolle. Poi, a cinque passi di distanza, ho collocato due pietre, così da poter ritrovare il punto preciso in qualsiasi momento. Nessun altro può vedere dov'è: soltanto io. Si prende a sinistra per la stradina nel bosco, prima che inizi il campo di grano. Poi ci si inoltra nella boscaglia per duecento passi. È un posto dove non va mai nessuno. Prima bisogna attraversare un tratto con le felci e scavalcare un fosso. È lì».

Due auto-civetta della polizia passarono accanto alla casa rossa della Block Watne. Una notte estiva, gonfia di pioggia, non avrebbe potuto essere più buia di così. Tutto era grigio, tranne la luce esterna che si rispecchiava nelle pozzanghere dentro al cortile ghiaioso, e formava tanti punti luminosi nei piccoli specchi d'acqua.

Cato Isaksen guardò il grosso trattore parcheggiato fuori dalla casa rossa. «Chi ci abita qui?», chiese.

Wiggo Nyman sbadigliò. «È la casa di Helmer Ruud. Lui è all'ospedale. Attualmente è disabitata. Non sappiamo se tornerà».

Marian aveva lo sguardo fisso davanti a sé. Le avevano promesso di mandarle un messaggio se Birka fosse morta. Avrebbe voluto essere con il cane in quel momento, invece stava seduta sul sedile posteriore insieme a Wiggo Nyman e armeggiava con il cellulare cercando di allontanare la paura. Era esausta. Se Birka fosse morta, non le sarebbe rimasto più nessuno. Fissò la nuca di Cato Isaksen ed ebbe un ricordo vivido e colpevole del suo primo incontro con lui. Rifletté sul proprio carattere e sul passato. Il domani sarebbe giunto comunque, e lei avrebbe dovuto per forza superare quella situazione. Era difficile immaginarsi delle giornate senza la compagnia di Birka. Non osava pensare a quanto sarebbero state vuote. Quella paura terribile e penetrante la strinse di nuovo nella sua morsa.

La macchina superò il passaggio a livello alzato, e percorse ancora qualche centinaio di metri per lo stretto sentiero. Poi, all'improvviso, Wiggo Nyman li pregò di fermarsi.

Cato Isaksen, Marian Dahle e due poliziotti della scientifica seguirono Wiggo Nyman dentro il bosco. Era il momento di passaggio tra la notte e il giorno. Il buio stava per dissolversi, dileguandosi dal sottobosco. Gli uccellini cominciavano a cinguettare. Prima uno, poi due, poi molti.

Marian Dahle andava avanti, insieme a Wiggo Nyman. Poi veniva Cato Isaksen, e infine i poliziotti, che si tenevano a una ventina di metri di distanza.

All'improvviso, Wiggo Nyman si fermò. Rimase fermo per un po', come se stesse fiutando il bosco. «È laggiù. È lì la fossa», disse. «Proprio accanto a quelle due pietre».

«Ok», fece Cato Isaksen e guardò Marian Dahle. La donna aveva un'aria quasi malata. «Va' avanti», gli ordinò.

Nyman riprese a camminare. Cato Isaksen percorse un tratto al fianco di Marian Dahle.

«Che idiota», mormorò stancamente. «Come avevo detto, è davvero una mina vagante».

Wiggo parlava senza sosta mentre camminava. Sembrava quasi di buon umore, in quel momento. Si sentiva sollevato. Procedeva pensando che, malgrado tutto, era stato davvero fortunato. Avrebbe potuto tirarsi fuori da quel pasticcio senza che fosse successo nulla, in effetti. Non era mica stato lui a uccidere Patrik Øye. Non era colpa sua. E la polizia non sapeva quale macchina avesse usato. Lui era forte come il ferro. «Il ragazzino sanguinava dalla testa e dal naso», balbettò. «Non sapevo cosa fare. Sono stato preso dal panico. Lei urlava continuando a dire che avevo ucciso il ragazzino e roba del genere. Brutta stregaccia. La odio», aggiunse.

Cato Isaksen camminava alle sue spalle. «Pensi che fosse vivo quando l'hai caricato sul furgone?»

«No, era morto. Così l'ho caricato e l'ho messo in un sacco della spazzatura. Ho sempre dei sacchi della spazzatura nel furgone».

«Con quale veicolo hai trasportato il cadavere?», gli chiese a bruciapelo Cato Isaksen. «I cani-poliziotto non hanno segnalato nulla: né nella Volvo, né nel furgone dei gelati».

«Ve l'ho detto che l'ho portato con me nel furgone dei gelati. Ma poi l'ho ripulito».

«E qui l'hai sempre trasportato col furgone dei gelati?».

Wiggo Nyman si girò e lo guardò torvo.

«Avresti dovuto raccontare subito la verità», proseguì Cato Isaksen. «Noi ti avremmo creduto. Noi siamo in grado di stabilire come sono state uccise le persone. E non c'erano tracce sul furgone. Forse un po' di sangue sulle ruote, ma quello l'hai lavato via, giusto? Vera Mattson è una persona molto controllata, fredda e insensibile», proseguì. «Devi esserti chiesto perché non avesse denunciato l'accaduto alla polizia».

Wiggo Nyman si fermò.

«Continua a camminare», disse Cato Isaksen. «È poi è arrivata la lettera delle ragazzine del vicinato».

«Sì».

«Adesso dove sono le ragazzine?»

«Non lo so, te l'ho già detto. Come faccio a saperlo?»

«Ieri pomeriggio hai ricevuto un messaggio da Louise Ek in cui c'era scritto: "A che ora ci vediamo stasera?"».

«A quel messaggio non ho risposto, ti ho detto».

«Ma le ragazzine sono sparite».

Wiggo Nyman chinò la testa. «E io che c'entro?»

«Non sono state loro a scrivere la lettera. Non hanno visto assolutamente nulla».

Wiggo Nyman si fermò di colpo: «Eh?»

«No, è stata Vera Mattson. Non l'hanno scritta le ragazzine, quella lettera».

«Stai mentendo».

«No, è vero. Ne hai parlato a qualcuno? A tua madre, a tuo fratello?».

Wiggo Nyman scosse la testa. Sul viso gli era comparsa un'espressione pensierosa. «Ora non ci sto capendo nulla», disse.

«Quindi non c'è nessun altro che è al corrente di quella lettera?»

«No».

Marian Dahle fece un sospiro profondo e guardò Cato Isaksen con aria rassegnata. «Adesso mostraci il punto», disse impaziente.

«Laggiù», indicò Wiggo Nyman.

«Come hai fatto a vivere… Aq1 fare le cose di tutti i giorni?». Cato Isaksen non si arrendeva.

«Io… io mi ripetevo che non era vero, che erano solo calunnie. Che non avevo fatto nulla».

«Nulla?»

«Nulla», ripeté.

«Neanche quella cosa di Elna Druzika?»

«No», disse lui, «non ho ucciso io Elna. Non ne so nulla. Lo dice anche il mio avvocato. Ho nascosto il ragazzino nella cella frigorifera per qualche ora. O meglio, quasi per una giornata intera».

«E poi Elna Druzika ha scoperto il cadavere?».

Nyman perse le staffe. «No», urlò.

«Con quale macchina hai trasportato il cadavere?», ripeté Cato con fermezza.

«Chiudi il becco», gli gridò Wiggo con una forza tale che l'urlo riecheggiò tra gli alberi.

Isaksen lo fissò. «Ok», disse. «Ci puoi mostrare dove hai seppellito il cadavere?»

«È qui», rispose. Proprio dove siamo adesso.

* * *

Quando Cato Isaksen, Marian Dahle e Wiggo Nyman risalirono in macchina, erano già le 3:36 di mattina. I due poliziotti della scientifica stavano ancora facendo i loro rilevamenti vicino alla fossa nel bosco. Wiggo Nyman era stanco e pallido. «Ora devo dormire un po'», disse.

Passarono di nuovo sotto al passaggio a livello.

«Che macchina hai usato?», ripeté l'ispettore, guardandolo attraverso lo specchietto retrovisore. La Dahle si girò dall'altra parte.

Nyman si voltò senza rispondere.

Marian aveva freddo. All'improvviso, vide un uomo che camminava lungo la strada carrabile. Quando sentì il rumore della macchina, il tale si voltò solo in parte.

«Un uomo a quest'ora tarda», disse.

Cato Isaksen frenò e vide che lo sconosciuto spariva nuovamente nel folto del bosco. Wiggo guardava dritto davanti a sé.

«Non era tuo fratello?». Cato fermò la macchina e si girò verso il sedile posteriore.

Wiggo alzò le spalle con indifferenza e continuò a guardare in avanti. «No», disse stancamente.

«Non era tuo fratello? Ma gli assomigliava. È normale che qui ci sia gente a quest'ora?»

«Che diavolo ne so io», esclamò Wiggo Nyman con tono acido. «Come faccio a saperlo?».

«Andiamo, dài», disse stancamente Marian Dahle. «Dobbiamo tornare indietro. Sono le tre e mezza passate».

La macchina della polizia superò la casa rossa della Block Watne e proseguì per il sentiero nel bosco, finché raggiunse l'incrocio che riportava sulla strada principale. Nyman doveva tornarsene in cella di isolamento.

Cato non poté trattenersi. «Vera Mattson è riuscita a farti credere che avevi ucciso Patrik. Noi pensiamo che Elna Druzika se ne sia accorta. Dev'essere stato così. Wiggo, è successo questo, vero?».

Wiggo Nyman incrociò lo sguardo di Cato Isaksen nello specchietto retrovisore. «Per la miseria, non puoi smetterla di rompere le scatole?», sibilò tra i denti.

All'improvviso, Louise sentì provenire da fuori il rumore di una macchina, ma il rombo del motore sparì di nuovo. E calò un totale silenzio. Forse aveva sentito soltanto il proprio respiro. Ina dormiva stesa sul pavimento accanto a lei. Inspirava ed espirava profondamente e con un ritmo un po' accelerato. Louise non ce la faceva più a piangere. Nessuno sapeva dove si trovassero. Nessuno. La porta non si muoveva, per quanto l'avessero scossa e presa a calci, e Ina l'aveva fissata con uno sguardo freddo, come se rappresentasse un pericolo. Come se fosse lei a essere pericolosa.

Louise vide un'ombra in un angolo lontano, ma non era un'ombra. Gridò forte. L'urlo squarciò il silenzio buio. Ina trasalì e si mise su a sedere. «L'ombra», urlò Louise indicandole un punto.

«Dove?», gridò Ina.

Ma Louise fissava Ina e basta. Il suo viso era stravolto in un'espressione di profondo disprezzo. E non c'era alcuna ombra, soltanto delle macchie nere che vedeva davanti ai suoi occhi e che si posavano lungo le pareti e sul pavimento grigio.

Si coprì con forza gli occhi con le mani. Il suo stomaco brontolava per la fame. Non era ora che gli portassero da mangiare? Forse il fratello di Wiggo sarebbe venuto con un po' di cibo. E dell'acqua.

Louise voltò la schiena a Ina e tolse le mani dagli occhi. In un istante, di fronte a lei sul pavimento comparve Bittelise. La ragazzina fece un gesto per afferrare la bambola, ma l'immagine svanì. Pensò al suo cane, Dennis. Le venne in mente l'odore della sua pelliccia bagnata. Gli occhi affettuosi. E il muso. Poi si udì un rumore all'interno di una tubatura: un suono flebile, appena percettibile, proveniente da dentro il muro. Entrambe ebbero un sussulto. C'era qualcuno in casa? Era tornato Henning? Forse stava per arrivare.

Louise fissò il suo sguardo su una piccola macchia. Se chiudeva gli occhi e poi li riapriva, si ingrandiva. Più velocizzava il movimento, più si allargava.

Era stanchissima, ma aveva paura di dormire. Di non essere cosciente nel momento in cui si sarebbe aperta la porta.

Si portò le mani alla gola, sentì il sangue che le pulsava nell'arteria. Si accorse che Ina si era alzata in piedi.

Sua madre e suo padre l'avrebbero cercata. Ma non prima di domenica sera, quando si sarebbero accorti che alla fine non era più andata in gita scolastica. Ma dove l'avrebbero cercata?

Ina stava accanto alla porta. Louise si stese per terra. Prima sulla schiena. Non le piaceva stare supina: non c'era nulla a proteggerla, se fosse sopraggiunto qualcuno. Allora si girò su un fianco. Il pavimento era così duro. L'anca le doleva. E faceva freddo. Non sentiva nulla. Solo il silenzio. O forse c'era un rumore? Era qualcuno che stava scendendo per le scale? Si girò a guardare Ina. All'improvviso, l'amica lanciò un urlo acuto e sinistro: «Mamma! Mamma! Mamma!».

I giornalisti stavano sempre al varco fuori dalla questura. Quando Cato Isaksen e Marian Dahle entrarono nel garage con Wiggo Nyman sul sedile posteriore, uno di loro li fermò. Alla fine, l'ispettore dovette abbassare il finestrino e chiedergli di allontanarsi. Gli disse che avrebbe appreso tutto l'accaduto dopo l'udienza per la custodia cautelare in tribunale, alle 12:00. Doveva aspettare fino a quell'ora.

«Ma dove siete stati in piena notte?», urlò appresso alla macchina il giornalista. «Avete trovato qualcosa di nuovo? Il bambino scomparso? Oppure si tratta delle due ragazzine?».

Cato Isaksen scosse la testa. «Vieni in tribunale», gli gridò attraverso il finestrino e schiacciò il pedale del gas.

Wiggo Nyman fu chiuso nuovamente nella sua cella di isolamento. In reparto, Roger Høibakk e Randi Johansen li aspettavano con la pizza del 7-Eleven e il caffè all'americana appena fatto. Fecero le congratulazioni per il ritrovamento a Cato e Marian. «Tra un'ora mando qualcuno ad avvertire i genitori di Patrik Øye», disse Randi.

«Non potresti andarci tu stessa?». Cato Isaksen la guardò con aria stanca. Randi annuì: «Mi porto appresso Roger».

«Vera Mattson nega fermamente di avere qualcosa a che fare con la sparizione delle due ragazzine», disse Roger Høibakk. Poi prese un lungo sorso di caffè dalla tazza di plastica.

«Siete stati a Dikemark?»

«Eccome se ci siamo stati», esclamò Roger e guardò Asle Tengs. «Sinceramente, penso che l'avrebbe ammesso, se avesse avuto qualcosa a che fare con le ragazzine. Era talmente fiera che avessimo scoperto che era colpa sua se Patrik era morto. Era talmente fiera, quella pazza scatenata».

La Dahle, sfinita, guardò Roger. «Niente di nuovo su Birka, Marian?», le chiese lui. Lei non rispose. Si girò soltanto dall'altra parte e scosse la testa.

«Potresti almeno rispondere», fece Cato, irritato. Marian scosse la testa e gli chiese di starsene zitto. Poi sparì in bagno.

«Forse rispunteranno fuori, quelle due ragazzine», continuò Randi. «Non sappiamo, certo... Ma Wiggo... lui...».

«Certo», disse Cato Isaksen. «Continuerò a interrogarlo sulle ragazzine. Il bambino, a ogni modo, l'abbiamo ritrovato. Ora ho soltanto bisogno di dormire un po', per prima cosa».

Roger Høibakk e Asle Tengs si alzarono e uscirono dalla stanza. Tony Hansen stava passando per il corridoio. Si fermò, poi cambiò idea e tirò dritto.

Randi prendeva forsennatamente appunti sul blocco che aveva davanti. «Da quanto tempo mancano le ragazzine?»

«Soltanto da ieri», rispose Cato Isaksen. «Forse hanno semplicemente fatto sega per un giorno, per farsi notare. Speriamo di tutto cuore che sia così. Grazie», disse Cato Isaksen all'improvviso, si chinò verso di lei, le prese la mano e la strinse brevemente.

«Di cosa?». Randi Johansen gli sorrise, meravigliata. Quello era un gesto davvero inaspettato da parte del suo capo.

«Di tutto quanto», fece lui. «Perché dici le cose giuste. Perché non ti lamenti in continuazione», aggiunse. Si girò verso di lei e le sorrise.

«Marian», disse lei e lo guardò affettuosamente negli occhi. «È a lei che stai pensando».

«Sì».

«In realtà, è molto dolce e carina. E brava…».

«Sì, certo, certo. Ma non tutti possono comportarsi come lei. Sono contento che tu non te ne esca continuamente con tutto quello che ti passa per la testa».

«Non è una cosa che fanno tutti, sai».

«Appunto, era proprio quello che cercavo di dire. Dieci minuti, Randi, poi mi svegli tu, va bene? Ho un vortice di pensieri in testa. Non riesco a ragionare. Del resto sono già le cinque di mattina».

* * *

Cato Isaksen si stese sul divano dell'anticamera. Le finestre erano aperte. Sentiva entrare i rumori notturni della città insieme all'aria fresca. Chiuse gli occhi e si rivide di fronte la sua famiglia. Non aveva più richiamato Bente. Lei capiva di certo che si trattava di un momento critico. In fondo, stavano bene insieme. Lui stava bene: o meglio, avrebbe potuto, se solo lo avesse voluto. La possibilità di andare in vacanza o meno dipendeva dai prossimi sviluppi. Se avessero ritrovato le due ragazzine o meno. Fu sul punto di addormentarsi, ma poi ebbe un sussulto. Aveva nitida nella mente l'immagine del giardino selvaggio. La siepe di biancospino vicino al garage, fitta e inframmezzata d'edera. Aveva ignorato Marian quando gli avevav esposto le sue analisi e i suoi pensieri. E invece lei aveva ragione da sempre. E adesso il suo cane rischiava di morire. Quell'improvvisa sensazione di dolore lo spaventò. Le immagini gli scorrevano nella mente. Gli occhi marroni del cane con dei puntini luminosi: il riflesso della luce dalla finestra. Poi tornò a prevalere l'immagine del giardino. L'erba, l'intricato disegno dell'edera. Le ortiche. Il sangue sulla mazza. Lo sguardo del cane e i guaiti di dolore. E il pianto di Marian.

Il corpo del bambino fu portato in ambulanza all'istituto di medicina legale alle prime luci dell'alba. La vettura fece una curva di fronte all'ospedale, girò e percorse a marcia indietro il tratto che la separava dall'accettazione, prima di fermarsi. Due poliziotti erano lì pronti ad aspettarli. Estrassero la piccola lettiga e la portarono dentro attraverso l'ampia porta d'ingresso, poi in ascensore e giù al reparto di medicina legale.

Venti minuti dopo, il professor Wangen era chino su quello che un tempo era stato Patrik Øye. Il sacco di plastica era stato sfilato con molta cautela, ma alcuni grumi di terra marrone chiaro giacevano qua e là sul tavolo.

Ellen Grue non ricordava a quante autopsie avesse assistito. Sospirò stancamente e guardò le piccole braccia del bambino, stese lungo il corpo in parte decomposto. Il colore della pelle variava dal celeste al blu scuro, dal marrone al verde. Sotto la mascherina, portava una molletta al naso, ma l'odore riusciva comunque a insinuarsi dentro di lei.

«Questo qui è stato investito da un veicolo pesante», disse il professore mentre regolava la piccola lampada e stringeva gli occhi. «Ma non è quella la causa del decesso». Si sedette sulla sedia e la fece scorrere sul pavimento fino a raggiungere il tavolo. Poi prese una lunga pinzetta e un batuffolo d'ovatta e chinò il viso sul bambino. «Il cranio ha una netta rientranza dalla parte sinistra».

Lei era tentata di dire al medico legale di sbrigarsi a concludere la sua analisi. Il caso era stato comunque risolto. Per fortuna, non ci fu bisogno che la madre o il padre venissero per il riconoscimento. Le foto e un certificato del dentista rendevano superflua tale procedura. Il bambino era stato colpito a morte con una mazza di legno da una vecchia pazza. Questo lo sapevano già, ma andava confermato. Ellen Grue provò un senso di nausea che le saliva dallo stomaco. Aveva i sudori freddi. Dietro la mascherina, represse alcuni silenziosi conati di vomito.

La gravidanza le aveva scatenato una vasta gamma di sentimenti, tranne un senso di felicità. Il bambino sul tavolo rafforzava quel suo stato d'animo. Nel test era visibile una nitida linea blu scuro al centro. Quella striscia le si era fissata nella mente dandole un grande dolore. Cercò di concentrarsi sul cadavere. Le mani del bambino assomigliavano a piccoli artigli delicati. Fino a poco tempo prima, era stato un cucciolo d'uomo, in perfetta salute, ma adesso non riusciva a trovare le parole per descrivere cosa fosse diventato. Poveretta, sua madre. Lei stessa, una settimana prima, aveva preso in braccio il bambino di un'amica. Lo aveva stretto a sé, aveva sfiorato con le labbra la sua testa morbida con quella peluria scura che le faceva il solletico.

«Il processo di decomposizione è piuttosto avanzato», disse il professor Wangen. «Sai... con questo caldo».

«Sì», fece lei, «ormai è in putrefazione».

All'improvviso, le si riempirono gli occhi di lacrime. Girò il viso e fissò lo sguardo sulla piccola scatola lucida che conteneva i batuffoli d'ovatta. *Non sarebbe mai diventata madre. Se c'era una cosa che aveva imparato da questo lavoro, era proprio quello.* Pensa a quali pericoli potevano essere esposti i bambini, guarda cosa poteva succedere solo attraversando il giardino di uno sconosciuto.

Le lacrime cominciarono a scorrerle copiosamente da dietro la mascherina. Eccola lì, l'agente più coraggiosa tra le fila della polizia. L'esperta della scientifica. Eccola lì che crollava perché, di fronte a lei sul tavolo, c'era un bambino piccolo. Un paio di violenti singhiozzi le uscirono dalla gola, tradendola.

Il professor Wangen sollevò il viso e la guardò meravigliato. Il cerchio luminoso della lampadina si trovava al di sopra dei suoi occhi. La spostò con un gesto rapido. «Ellen...». Poggiò la pinzetta sul tavolo lucido e si alzò dalla sedia.

Ellen Grue portò alla bocca la mano con il guanto di lattice, si girò, attraversò di corsa la stanza bianca e uscì. Fece giusto in tempo a raggiungere il lavandino nel guardaroba piastrellato prima di dare di stomaco a più riprese. Si chinò in avanti e sentì aumentare i crampi. Si sfilò i guanti, li buttò per terra e contemporaneamente si accorse che il medico legale le stava alle spalle. Fu presa da un senso di vergogna. «Non è niente», disse, aprì il rubinetto e si gettò in faccia dell'acqua gelata. Si ritirò su, strappò un pezzo di carta dal portasalviette e si asciugò con cura intorno alla bocca. Si cercò nello specchio senza mettere a fuoco il suo sguardo e si girò verso il professore. «Sono incinta», disse col tono più indifferente possibile, «è solo questo il motivo. E ho lavorato tutta la notte nella casa di Høvik. Vengo direttamente da lì».

Il professor Wangen si era tirato giù la mascherina. Aveva un'aria seria e concentrata. Poi anche lui si tolse i guanti. Lei sollevò la mano come per allontanarlo, non voleva che la toccasse. Non voleva compassione. Né da lui, né da altri. «Non lo sa nessuno», si affrettò a dire, «neanche mio marito. Sì... è molto più vecchio di me... ha già dei figli grandi».

Il medico legale fissò la poliziotta della scientifica con uno sguardo che esprimeva comprensione, poi annuì lentamente.

«Non lo voglio tenere», disse lei con durezza ma, mentre parlava, capì che era proprio quello che avrebbe fatto. Avrebbe tenuto quel bambino.

«Non ti preoccupare, Ellen», disse. «Ti puoi fidare di me al cento per cento. Vuoi che torniamo a finire il lavoro?». Ellen Grue annuì con gratitudine. «Arrivo tra mezzo minuto», esclamò, si girò nuovamente verso il lavandino e si fece scorrere l'acqua sui polsi. Lanciò ancora un paio di forti singhiozzi, e si fissò nello specchio. Poi si soffiò il naso. Lo avrebbe tenuto. Aveva sprecato così tante energie per disfarsene, ogni ora in quelle ultime tre settimane. Ma proprio in quel momento, proprio in quel preciso istante, là vicino al tavolo, aveva preso una decisione. Si sentì enormemente sollevata. La consapevolezza che nulla più sarebbe stato come prima prevalse su tutti gli altri pensieri. Il suo bambino sarebbe cresciuto e tornato a casa dalla scuola, giorno dopo giorno. Avrebbe aperto la porta e l'avrebbe chiamata a gran voce. E lei gli avrebbe risposto. Giorno dopo giorno.

Cato Isaksen dormì per tre ore. Si svegliò di soprassalto. Si mise a sedere e guardò l'orologio. Erano le otto meno cinque. Si alzò e si passò una mano sugli occhi. Aveva la bocca secca. I capelli erano arruffati. Nella sua mente si susseguivano dei flash di immagini del bosco. Gli alti tronchi, la strada col brecciolino e il passaggio a livello. Gli uccelli con il loro cinguettio acuto. Sentì la voce di Wiggo Nyman, la sua descrizione della piccola fossa. Il modo in cui ci aveva risistemato sopra il sottobosco. Lo aveva quasi decorato con le piantine di mirtillo e gli aghi di abete marroni. E suo fratello che all'improvviso era comparso lungo la strada. Perché proprio di lui si trattava. Era davvero Henning Nyman, o se l'era sognato?

Cato cercò di concentrarsi sul viaggio attraverso il bosco. Si avvicinò alla macchinetta del caffè. I suoi pensieri oscillavano tra due estremi: la convinzione razionale del fatto che dovesse trattarsi di un sogno, e la consapevolezza che non poteva esserlo. Doveva chiedere a Marian. E se era Henning Nyman, dove stava andando? Oppure da dove veniva?

In quel bosco non c'era nient'altro che la casa rossa della Block Watne. Non c'erano luoghi dove recarsi. *È la casa di Helmer Ruud. Lui è all'ospedale. Attualmente è disabitata. Non sappiamo se tornerà.*

Idiota. Il modo in cui Marian aveva detto quella parola.

Perché Henning Nyman camminava lungo la strada carrabile nel bosco a notte fonda? *Non sappiamo se tornerà.*

Ingeborg Myklebust arrivò quasi correndo per il corridoio. «Congratulazioni, Cato», disse. «È fantastico che lo abbiate trovato. È terribile che il bambino sia morto, ma quello lo sapevamo».

Isaksen sorseggiò il caffè dalla tazza. «Tutti gli altri dove sono? E il cane, è morto?»

«Randi e Roger sono andati dalla madre di Patrik Øye. Dopo andranno dal padre. E Marian sta dormendo su una sedia in una delle stanze degli interrogatori».

«Ah, ho capito», fece in tono assente. I suoi pensieri tornarono nuovamente all'ipotesi del sogno. «Devo mangiare un boccone», disse.

Tony Hansen uscì dall'ascensore. «Sei stato a casa?». Cato Isaksen lo guardò indignato.

«Giusto un secondo», rispose lui. «Ho fatto una pennica di due ore, poi ho dovuto portare il bambino all'asilo».

«Dài», disse Cato Isaksen, «bevi un caffè e poi fai un salto su a mensa a prendere un paio di croissant. Poi vieni giù con me da Wiggo Nyman».

«Subito?»

«Sì, subito, dannazione».

* * *

Wiggo Nyman stava steso sul letto e russava sonoramente. «Tirati su», disse Isaksen, gelido.

Il ragazzo guardò i due poliziotti. Che c'era adesso? Non aveva forse parlato abbastanza?

Fu l'ispettore a prendere la parola: «Il tipo della casa rossa… Tu hai detto che quello che abita nella casa rossa…»

«Che vuoi sapere su di lui?», sbadigliò Nyman, e si accorse di quanto fosse rigido e indolenzito. «Un vicino, ho detto. Un vecchio. È in ospedale. Si è rotto il femore, ve l'ho già spiegato».

«Quell'uomo che percorreva il sentiero, ieri…».

«Sì?»

«Era tuo fratello, vero?».

Wiggo si passò le dita tra i capelli e si stropicciò gli occhi. Poi sospirò.

«Era tuo fratello, vero?», ruggì Cato Isaksen.

«Sì».

«Che ci faceva lì tuo fratello? Che ci faceva in mezzo al bosco?»

«Come faccio a saperlo?»

«Quindi non sai perché tuo fratello se ne va in giro nel bosco nel cuore della notte? Sembrava che stesse andando alla casa rossa, ma poi ha cambiato idea ed è tornato sui suoi passi quando ci ha visti. Così sembrava. È possibile che sia andata così?».

Wiggo Nyman si voltò e si mise a fissare la parete senza metterla a fuoco. Poi sbadigliò ancora, facendo scricchiolare la mascella.

Cato Isaksen lo osservava. All'improvviso, gli balenò un guizzo di luce negli occhi. Come se per un attimo fosse pienamente presente a se stesso. Solo un secondo, come se avesse avuto un'intuizione.

«Hai per caso fatto vedere la lettera delle ragazzine a tuo fratello? Quella che credevi fosse scritta da loro due? Gliel'hai fatta vedere, Wiggo? Hai chiesto a lui di aiutarti?».

Il viso di Wiggo cambiò espressione. Per un attimo, lesse una palese domanda nel suo sguardo. Qualcosa prese forma nel subconscio dell'investigatore.

«Sì», disse infine Wiggo Nyman, «l'ho fatto, ma...».

Louise ebbe la certezza che lui fosse nella stanza. La lampadina sul soffitto era spenta. Era come se, per tutta la sua breve vita, avesse saputo che qualcosa sarebbe successo. Prima o poi. Era questo che aveva visto nei suoi incubi, di notte, quando era più piccola e non aveva il coraggio di alzarsi e correre nella stanza dei genitori. La cosa più terribile di tutte. Come scappare dentro all'acqua con il diavolo alle calcagna. Dov'era adesso Wiggo, l'uomo dei gelati delle stelle? La vettura celeste con la scritta blu scuro e rosa: tutto era svanito. Lo scampanellio che risuonava per i giardini pieni di erba verde. Tutto era svanito.

Malgrado tenesse gli occhi bene aperti, non vedeva nulla, ma l'odore umido del muro era acre. Il rumore provocato dall'uomo che le stava di fronte le piombò addosso come una doccia fredda. All'improvviso Ina urlò, con la bocca rivolta verso la parete.

* * *

Henning Nyman stava immobile accanto alla porta. Sentiva una traccia sottile dell'odore maschile che lui stesso emanava. Sopra all'odore di umidità della cantina ne percepiva un altro, di pelle.

La rossa gridò. Lui riconobbe la sua voce. L'urlo lo infastidì. Sentì la rabbia crescergli dentro. Accese la luce e vide che si era accasciata lungo la parete e sedeva come una bambola di pezza prona in avanti, singhiozzando a bassa voce. «Chiudi il becco», tuonò. «Hai lo smalto rosa sulle unghie e una porcheria nera intorno agli occhi. Puttana», urlò.

Non poteva tornare indietro, si era spinto troppo avanti. Dopo si sarebbe dovuto liberare di loro, le avrebbe seppellite in un luogo dove non sarebbero mai state ritrovate. Non era una cosa che poteva fare ripetutamente. Il tutto doveva limitarsi a quell'unica volta. Non era colpa sua. Era Wiggo che aveva dato il via alla faccenda. Le due macchine che avevano percorso il sentiero quella notte, avevano forse a che fare con tutta la storia? Lo avevano spaventato, obbligandolo a tornare a casa attraverso i campi. Non poteva rischiare che qualcuno vedesse che stava utilizzando la casa.

Si sedette per terra e cercò di tirare a sé la rossa. Tutto d'un tratto, la morse sul collo. Non con forza, solo per provare, così come aveva visto sulle riviste. Lei lanciò un urlo da pazza.

Le ragazze avevano intrecciato le braccia tra di loro, quasi come fossero i fili di un lavoro a maglia. Le staccò l'una dall'altra e tirò a sé la bionda, prendendosela in grembo. Le strinse intorno le mani, sentì martellare il suo cuore sotto le costole fragili. Un brivido attraversò il suo corpo, dalla gola e giù fino al membro. Allentò la presa e la rovesciò in avanti. Adesso lo avrebbe sentito. Lo avrebbe sentito davvero. In quell'istante al piano di sopra qualcuno suonò ripetutamente alla porta.

Una riga nel brecciolino, come se qualcuno avesse tracciato un segno col piede. Una linea curva, nient'altro. Cato Isaksen suonò di nuovo alla porta. Dal bosco arrivò una leggera folata di vento. Il sole, caldo e giallo, lambiva la ghiaia. Con i primi raggi di sole del mattino, il tempo piovoso se n'era andato. L'ispettore guardò Tony Hansen. «Gira intorno alla casa e guarda attraverso le finestre», disse.

Hansen sparì dietro alla casa. Isaksen aspettava di fronte alla porta d'ingresso. Tony tornò indietro.

«Sembra che dentro non ci sia nessuno. C'è un silenzio assoluto. Le tende sono leggermente scostate».

Cato Isaksen andò alla porta e suonò per la terza volta. Poi ci batté sopra e gridò: «Lo sappiamo che sei qua dentro, Nyman. Apri la porta».

Si girò e guardò il trattore e il garage. Il veicolo era troppo grande per il garage. Si avvicinò alla rimessa e provò ad aprire la porta. Era chiusa a chiave.

All'improvviso, si aprì la porta. Henning Nyman ne uscì rapidamente e la tirò dietro di sé facendola scattare. Guardò i poliziotti, terrorizzato. «Devo andare», disse. «Mi sento male».

«Male? Che hai? Aspetta un attimo». Cato Isaksen gli andò incontro. «Di cosa hai paura? Cosa stai combinando qua dentro?»

«Nulla. Sto soltanto sistemando delle faccende per Helmer Ruud. Abbiamo un accordo… Ci conosciamo da tempo. È forse una cosa illegale? Devo…».

«Aspetta, aspetta, aspetta. Annaffi le piante e roba del genere?»

«No, no, Helmer Ruud non ha nessuna pianta».

Cato Isaksen avanzò ancora di un passo. Tony Hansen li osservava. Vide che Henning si era bagnato i pantaloni. Aveva un aspetto penoso. Penoso, e poi tremava e blaterava.

«Vieni, entriamo», gli ordinò Isaksen.

«No».

«Perché non vuoi rientrare?»

«Che ci andiamo a fare dentro? Io sto quasi per vomitare», disse Nyman e si allontanò correndo per qualche metro. Lì si fermò ed ebbe dei conati di vomito, ma senza che gli uscisse nulla dalla bocca.

«Fantastico», fece Cato Isaksen, ironico. «Assolutamente fantastico», ripeté, e guardò Hansen con aria rassegnata.

Il giovane collega si avvicinò a Henning. «Rispondimi: cos'è che ti fa così tanta paura? Dammi le chiavi di casa», ringhiò.

Entrarono nell'ingresso in penombra. Era pieno di grosse macchie sul linoleum beige. Dovevano essere impronte di scarpe o di galosce. Le orme portavano a una porta di legno sul lato destro.

«E questa», disse Cato Isaksen, «dove va?»

«Alla lavanderia», disse Henning Nyman e aprì la porta del salotto. Aveva il viso paonazzo. «Posso spiegare tutto».

Cato Isaksen guardò dentro al salotto. Fu colpito dall'odore stagnante del sole misto a quello delle tende di velluto e dei mobili consunti. «Qui è tutto sprangato», disse.

Henning Nyman sentì su di sé lo sguardo inquisitorio dell'ispettore. Da capo a piedi. Cato Isaksen riconosceva l'energia che emanava dalla persona che aveva di fronte. «Che cosa stai combinando in questa casa disabitata?»

«Niente, lo giuro. Dovevo soltanto venire a prendere una cosa per mia madre».

«Che cosa?»

«Un gatto», si affrettò a rispondere. «Helmer Ruud ne ha uno di cui si prende cura mia madre».

«E dove si trova?»

«È quello il problema: qui non c'è. È per questo che me ne stavo andando».

Cato Isaksen e Tony Hansen si scambiarono uno sguardo. «Capisco», disse il primo.

«Sì, dopo torno a casa». D'un tratto sul viso di Henning comparve un'espressione serena.

«Quindi si trattava solo di questo?»

«Solo di questo».

* * *

Il terrore gli attanagliava il petto. Il cuore batteva come se avesse corso. Non aveva mai avuto così tanta paura in vita sua. In cantina c'era qualcosa che emanava un cattivo odore e che poteva fare rumore. Aveva fatto sparire gli zaini e la tenda delle ragazzine prima di aprire la porta. Li aveva buttati in lavanderia e aveva richiuso la porta. Le stanze della cantina erano un labirinto. I poliziotti non dovevano trovare le ragazzine. Per qualche istante, non riuscì a ricordare dove si trovasse. Il dolore gli stringeva lo stomaco, a ondate. Non dovevano... non dovevano... sentire l'odore dolciastro delle sue prede, quell'odore vanigliato. Di miele e trifoglio violetto.

Henning fissò le schiene degli agenti mentre tornavano nuovamente in corridoio. Quello giovane con l'anellino all'orecchio stava avanti. L'altro, che era andato a parlare con sua madre un paio di volte, si girò e gli lanciò una strana occhiata. Poi sparirono attraverso la porta principale.

Nyman richiuse la porta dietro di sé, e iniziò a camminare verso il bosco. «Ehi, a proposito», gli gridò appresso Cato Isaksen. L'uomo si fermò di colpo. «Puoi aprire il garage? Hai la chiave?»

«No».

Tony Hansen ne aveva avuto davvero abbastanza. Si diresse verso Nyman e lo afferrò per un braccio. «Vedi di darti una mossa e aprire quel garage, per la miseria!».

Lo sguardo incerto di Henning vagò dall'uno all'altro dei poliziotti. Per un attimo, incrociò quello di Cato. Poi con la coda dell'occhio guardò anche Tony. «Non sto bleffando. Non ce l'ho, le chiavi».

«Allora aprici di nuovo la porta di casa», disse Cato Isaksen.

«Ora?»

«Certo».

«Senti, sono anni che quel garage non viene più usato».

«Apri la porta».

Rientrarono in corridoio. Isaksen prese le chiavi della macchina che erano poggiate sulla cassettiera marrone. «Eccole qui, le chiavi», disse bruscamente. Henning Nyman incrociò il suo sguardo. Alzò le spalle. Si girò per tornare fuori, lentamente, in modo da non destare sospetti. La situazione era peggiorata. Ma non era colpa sua. Era Wiggo che aveva usato quella macchina per uccidere Elna.

Chiuse la porta d'ingresso ancora una volta, alle spalle di Cato Isaksen. In quell'istante, guardando fuori attraverso il vetro smerigliato, si sentì morire. Udì i passi dell'ispettore che camminava nel cortile di ghiaia, verso il garage. Henning chiuse gli occhi. Al buio, dietro le palpebre, rivide gli occhi scuri di una femmina di volpe, mentre nella sua mente risuonavano le parole: *gli rendo soltanto la pariglia.* Mentre si stava recando lì, aveva trovato una ghianda con la cupola verde. L'aveva raccolta e, all'improvviso, gli era tornato in mente un ricordo. Quando lui era piccolo, Helmer Ruud aveva fatto delle decorazioni natalizie con i bambini del vicinato. Era successo prima che nascesse Wiggo. C'erano Henning e altri due maschietti che abitavano un po' più giù nella valle. Non sapeva se fosse successo qualcosa. Però aveva visto come si comportavano i gatti quando arrivava la volpe. Aveva sette anni. Dopo, per molto tempo, aveva dormito con un occhio aperto e uno chiuso. E con tutti i vestiti addosso. Helmer gli aveva chiesto di tornare a trovarlo. Ma lui non pensava che ci sarebbe mai più andato. Ruud aveva detto che gli avrebbe mostrato le trappole per gli animali, spiegandogli che era più facile catturare la volpe in quel modo.

* * *

Louise Ek sentì i passi sopra la propria testa. Quante persone c'erano al piano superiore? Henning sarebbe tornato di sicuro. Era pericoloso. Sentì delle voci. Forse altri uomini pericolosi stavano arrivando? Forse anche Wiggo? Stavano arrivando entrambi. Ma chi era veramente l'uomo dei gelati?

Louise tremava dappertutto, i suoi occhi erano fissi alla porta della cantina e alle voci che da fuori si stavano avvicinando. La nuca le bruciava e le pulsava ancora dopo che Henning l'aveva afferrata con forza.

Si alzò di scatto e prese Ina. «Alzati», disse, e raccolse la giacchetta estiva che lui aveva fatto a pezzi. Si allontanarono dalla porta, verso la parete di fondo. Louise si portò una mano davanti al viso, come a proteggersi. All'altezza degli occhi. Sapeva che il peggio era inevitabile. Era finita. Presto sarebbe passato tutto, e si sarebbe trovata fuori dal tempo. In un posto dove non esisteva il dolore.

* * *

Le mani di Cato Isaksen erano immobili sulla cassettiera. «È Wiggo che guidava quella Mazda rossa, vero?».

La faccia di Henning perse colore.

«Quanto ne sapevi di questa storia?»

«Non ne sapevo nulla», protestò Henning. «Non mi ha detto nulla, ma il giorno in cui Elna fu uccisa, lui guidava la Mazda».

«Torniamo in salotto», disse Cato Isaksen con un tono smaccatamente amichevole.

Tony Hansen si mise in ginocchio per guardare sotto il divano. All'improvviso, vide un cumulo di giornali che qualcuno aveva cercato di infilare sotto un plaid. Ci infilò sotto la mano e ne tirò fuori un paio.

«Guarda qui, capo. Pedopornografia».

Cato Isaksen guardò prima le riviste, poi Henning Nyman. Dopo un attimo di silenzio, disse: «C'è qualcosa che ci vuoi raccontare?»

«Per favore», fece Henning Nyman. Aveva iniziato a piangere. «No, non c'è nulla. Non è colpa mia».

Cato Isaksen tirò un sospiro profondo.

«Ora ispezioniamo tutta la casa», disse Tony Hansen sbattendo le riviste sul tavolo. «Vieni», aggiunse guardando Henning Nyman. «Tu vieni a farti un giro con noi».

Henning Nyman guardò fuori dalla porta d'ingresso, che era spalancata. Vide le rondini riunirsi sui cavi dell'alta tensione, ritte come scure note musicali che si stagliavano contro il cielo estivo.

Gli investigatori si diressero verso la lavanderia. Dentro di lui, Henning sentì che tutto si fermava. Non dovevano... Ma che poteva fare, ormai? Chiuse gli occhi e li coprì con le mani.

Cato Isaksen aprì la porta della lavanderia. Dentro c'erano gli zaini e la tenda delle ragazzine.

Henning precedette i poliziotti giù per le scale. I corpi erano soltanto una presenza, pensò. Densi di materia.

* * *

Louise e Ina. Ina e Louise. Ormai erano un corpo solo. Stavano unite, si abbracciavano strette strette, e ciascuna sentiva l'odore dei capelli dell'altra. Da lontano udirono il rimbombo delle scale. I piedi che facevano risuonare i gradini di ferro. Stavano arrivando in tanti. I loro occhi si riempirono di lacrime, si velarono di uno strato acquoso, omogeneo. Il tempo era una trappola che si stava avvitando intorno a loro, come una spirale.

La porta si spalancò all'improvviso. Louise chiuse gli occhi. Le lacrime le scivolarono giù per le guance. Sentì il cuore di Ina battere contro il suo corpo.

Aprì gli occhi. Nel vano della porta c'era un uomo. Il suo cuore non le dava tregua: era un *altro* uomo. Un altro. Conosceva il suo viso. Era il poliziotto della scuola. Quello che gli aveva parlato vicino alla scavatrice. Quello che andava vestito in borghese *perché i poliziotti non vanno sempre in giro in uniforme*. E dietro di lui c'era Henning. Intravide la sua camicia di flanella a quadri. E dietro ancora un altro uomo.

I ruoli si stavano invertendo. Potevano andarsene da quella

stanza. Lasciò Ina, e lei mollò a sua volta la presa. Scivolò in avanti, verso i poliziotti, come se fosse priva di peso e forma. Intravide la luce. In un punto, nel corridoio della cantina, vicino ai gradini più in basso, si vedeva un fascio di luce.

Tony Hansen spinse Henning Nyman dentro la cantina, superando le ragazzine. «Portale su tu, Cato. Io mi trattengo qui giù con lui per un po'. Sono davvero affari suoi, adesso. Se c'è una cosa che ti posso garantire, è proprio questa».

«Sappiamo che hai ucciso Elna Druzika. Abbiamo trovato la macchina che hai usato. Nel garage di Helmer Ruud. La Mazda rossa».

Wiggo Nyman sedeva sulla scomoda branda di legno e fissava Cato Isaksen con sguardo inespressivo. Era come se si fosse rassegnato da molto tempo, come se la sua dignità fosse sparita da quando si era convinto di aver ucciso Patrik Øye. Era davvero spaventoso quello che un essere umano poteva essere spinto a fare a causa dei sensi di colpa, pensò Isaksen. Marian aveva sempre avuto ragione. Ricordava che, già dopo il primo interrogatorio, aveva detto che Wiggo era freddo e calcolatore, una mina vagante. Si ricordava le parole esatte, si era espressa proprio così.

«Avresti potuto cavartela relativamente con poco», disse l'ispettore guardando Wiggo Nyman. «Vera Mattson ti aveva fatto credere di essere stato tu a uccidere Patrik Øye, ma sappiamo che non è vero. Però adesso», disse con aria cupa, «è troppo tardi. Perché hai investito e ucciso Elna Druzika. C'era la premeditazione. L'hai fatto perché aveva scoperto il cadavere, vero? Tu tenevi il corpo nel furgone dei gelati, e quando l'hai nascosto nella cella frigorifera, Elna l'ha scoperto. Sei un furbetto, Wiggo Nyman. Hai preso la macchina di Ruud per portare via la salma di Patrik Øye. Perché sapevi che avremmo analizzato la tua Volvo. Perciò questa faccenda si è protratta per moltissimo tempo, è diventata la storia infinita. Triste ma vero. Avresti potuto cavartela con poco», ripeté. «Se avessi aiutato la polizia. Però tu hai scelto di percorrere una strada diversa. Cos'hai da dire?».

Wiggo Nyman chinò la testa. In chiari flashback rivide davanti a sé il cadavere del bambino nel bagagliaio. L'immagine lo colpì, provocandogli un dolore sordo. La bocca semiaperta, il sangue rappreso. Il sacco di plastica che si era lacerato quando lo aveva portato fuori dalla cella frigorifera dopo otto giorni. Era rimasto in macchina per altri due, nel garage di Helmer Ruud. Poi era andato a prendere la macchina a notte fonda e aveva seppellito il bambino nel bosco.

«Cos'hai da dire?», ripeté Cato Isaksen.

«Non c'è niente di particolare da aggiungere», disse Wiggo Nyman con fare inespressivo.

«Sapevi che tuo fratello teneva prigioniere le due ragazzine nella cantina di Helmer Ruud?».

Wiggo Nyman guardò l'investigatore con i suoi occhi azzurri. «Sai che ti dico? Puoi pensare il cavolo che vuoi, ma adesso stai mentendo».

«No», disse Cato Isaksen, «non sto mentendo. È da parecchio tempo che combinava certe cosette in quella casa abbandonata. Era pieno di riviste vietate là dentro. Devi esserne stato a conoscenza».

«Chiudi il becco», tuonò Wiggo Nyman. «È una cosa da malati». Si coprì le orecchie con le mani. «Mi viene da vomitare. Non lo sapevo. Non voglio saperne nulla. Non avevo premeditato di uccidere Elna. Speravo solo che si sedesse in macchina, ma lei non ha voluto. Parlava di tutto con Inga. Dovevo impedirle di raccontarglielo. È stata una questione di secondi. All'improvviso, Elna era morta. E Patrik Øye era nel mio bagagliaio».

Wiggo Nyman reclinò la testa all'indietro, contro il muro pitturato di verde, e si lasciò cadere la mani in grembo, privo di forze. Tutto era andato in frantumi. E Henning, che aveva sempre catturato animaletti tremanti, dagli occhi gialli... «Che cosa gli ha fatto?».

Cato Isaksen sentì la stanchezza piombargli addosso tutta insieme. «Nulla. Siamo arrivati in tempo».

Wiggo aveva le lacrime agli occhi. «Al diavolo tutto quanto», gridò. «Io non sono un assassino. È semplicemente andata così. È andata così. Se non avessi investito quel bambino... Elna sarebbe ancora viva».

«Tu il bambino l'hai investito, ma era già morto».

«Quella vecchiaccia maledetta non ha fatto la spia. Non capivo perché non dicesse nulla alla polizia. Pensavo... In effetti, credevo che non avesse capito che il bambino era morto, che immaginasse che fosse soltanto ferito. A ripensarci bene, ricordo che le dissi qualcosa a proposito del fatto che l'avrei portato all'ospedale. O forse fu lei a dirlo. E dopo, quando uscì la notizia della sua scomparsa, mi dissi: "Ora succederà, adesso lo andrà a raccontare". Ma non accadde nulla. E allora pensai che forse non ci stava con la testa, e che non avesse capito cos'era successo».

«L'aveva capito eccome», disse Cato Isaksen. «È una storia tragica».

«La vidi attraverso la porta aperta della cucina, una settimana dopo. Se ne stava semplicemente seduta lì al tavolo. Non alzò neanche lo sguardo. Non era arrabbiata con me quella volta, proprio lei che di solito correva dietro al furgone e lo colpiva».

Wiggo Nyman chiuse gli occhi. Se anche Henning fosse stato messo in galera... che cosa avrebbe fatto sua madre? Non ce l'avrebbe fatta. «Qualcuno di voi ha pensato a mia madre?», chiese, e si immaginò quei gatti, che soffiavano contro qualsiasi cosa si muovesse.

L'uomo con la macchina fotografica la vide all'improvviso. Si fermò, uscì dal sentiero e si inoltrò tra gli alberi. Si mise la macchina intorno al collo, se la portò agli occhi e guardò attraverso la lente. Le mani gli tremavano. Lei indossava soltanto una giacca bianca leggera sopra il vestito rosa estivo. In parecchie zone, lungo il lago, erano state preparate cataste di legna per i falò. Era la sera di mezza estate e si sarebbe fatto festa. Lui sentì la paura che gli premeva sulle tempie. Si guardò rapidamente intorno, sentì il profumo deciso dei pini. E sentì il dolore del lutto come fosse un chiodo dentro al cuore.

* * *

Signe Marie Øye correva. Lungo il sentiero, sotto i grandi alberi. I tronchi si susseguivano come colonne. Le chiome verdi degli alberi stormivano sopra la sua testa. La luce cadeva perpendicolare sul fertile sottobosco, attraverso lo stretto sentiero e giù verso l'acqua, dove i contorni della luce sfumavano nella sabbia. Le rocce portavano ancora le tracce del ghiaccio che milioni di anni prima vi aveva lasciato la sua impronta.

I suoi pensieri formavano un'unica superficie oscura. L'urlo le era morto in gola. Se ne stava fermo lì e le provocava un dolore acuto. La polizia l'aveva trovato. Era sepolto all'interno di un sacco di plastica, in una buca nel terreno. Il suo Patrik. A Maridalen, non lontano da un ruscello.

Corse ancora per un po' e poi si fermò. Non riusciva più a respirare. I suoi polmoni erano come compressi.

Erano a metà dell'estate. Ma presto, pensò, sarebbe arrivato l'autunno e le foglie sarebbero cadute sul terreno e poi marcite, sarebbero diventate una massa marrone e collosa. Poi sarebbe arrivato il gelo e avrebbe ricoperto ogni cosa come un sudario trasparente. Era tutto finito. Per sempre.

Era priva di spina dorsale, come senza un corpo; il suo viso era stato sostituito da quello di qualcun altro. Sentiva il proprio cuore. Era viva. Ma non le era rimasto più nulla. Fuori c'erano soltanto quelle giornate infinite che gli uomini chiamano "tempo".

Si fermò e si girò verso il lago. Le avevano riconsegnato il suo zainetto. Dentro tutto era in ordine. Il cestino per la merenda che conteneva ancora delle briciole di pane. L'astuccio blu; tre quaderni con la copertina lucida, con sopra dei cavalli.

Adesso avrebbe potuto addentrarsi nell'acqua e affogare. Che meraviglia sarebbe stato poter smettere di respirare: i polmoni si sarebbero riempiti d'acqua. Nulla più l'avrebbe potuta raggiungere. Il dolore sarebbe sparito.

Poi si fermò di colpo. Sul sentiero, alcuni metri più in là, c'era un cane nero con un lungo bastone in bocca. Aveva il pelo lucido e bagnato.

«Tapas», disse incerta, «sei tu? Caro Tapas!». Si gettò in ginocchio e il cane lasciò cadere il bastone scodinzolando e le corse incontro, felice. La leccò affettuosamente con la sua lingua umida. Guaiva e scodinzolava.

E, all'improvviso, lo vide: era il padre di Patrik. Lui uscì dal bosco e si fermò proprio di fronte a lei sul sentiero, con i suoi pantaloni di velluto a coste e le scarpe marroni, le stesse scarpe marroni. Lei lo guardò tra le lacrime mentre accarezzava quasi a fatica il cane sul dorso nero e muscoloso. Tutto si muoveva ondeggiando avanti e indietro, come l'acqua. Il suo viso in alto, le mani abbandonate ai lati del corpo. E la macchina fotografica che aveva intorno al collo.

Lui la fissava mentre lei guardava il cane e piangeva. Un fascio di luce illuminava il sottobosco e proseguiva sul corpo di lei, sopra la sua spalla. Lungo il collo e poi fino a sfiorare i capelli. Le ciocche più esterne apparivano bianche sul sentiero terroso. Lui sollevò la macchina fotografica e premette il pulsante di scatto. Quell'istante esatto fu catturato per sempre dalla lente. Qualche secondo dopo era già svanito. Lui si chinò e la ritirò su.

Signe Marie Øye guardò l'ex marito. L'espressione sul viso dell'uomo le fece ricominciare a scendere altre lacrime. Loro due avevano fatto il giro del mondo: non per le distanze coperte, ma piuttosto come percorso nel loro dolore. Quando lei era incinta di Patrik, erano stati a passeggio esattamente nello stesso luogo. Lungo quel sentiero, mano nella mano. Avevano fantasticato sulla favola che stava per iniziare.

«La favola è finita», singhiozzò. «Tutte quelle giornate sono finite».

Lui si schiarì la voce, e guardò a terra. «Pensavo che non mi volessi parlare. Pensavo di dovermi nascondere nel bosco».

«È stata colpa mia», disse lei, «ho rovinato... Volevo che lui vivesse con me. Lo so che...».

«...non abbiamo più bisogno di soffrire», disse.

«Non abbiamo più bisogno di soffrire», ripeté lei piangendo.

«Possiamo ricominciare da capo. Non intendo in quel senso, come marito e moglie, ma piuttosto...».

«Lo so che non è quello che intendi... lo so».

«Ho fatto delle foto», disse lui. «L'ho fatto ogni giorno da quando è sparito Patrik. Tutti i posti che frequentava quotidianamente. Il sentiero tra la casa gialla e quella marrone. Ho fotografato gli alberi. Come cambiano per ogni giorno che passa. I posti dove giocava. I fiori nei fossati. Il cortile della scuola, il tuo giardino. Ho fotografato il tuo giardino varie volte alla settimana. Sai che ci incontravamo segretamente lì, io e Patrik? E Tapas», aggiunse. «Ogni tanto, dopo scuola, ci incontravamo e andavamo a passeggio intorno al lago, perché non potevamo trascorrere abbastanza tempo insieme, noi due».

Lei chiuse gli occhi e si appoggiò sulla sua spalla. Sentiva le sue grosse mani sulla nuca e la macchina fotografica come un duro ingombro contro il petto. Come se il dolore fosse racchiuso lì dentro.

Le faceva male sapere delle foto che aveva fatto. Del sentiero, della ghiaia, dell'erba e del cielo.

«Dobbiamo parlare dei fiori per la sua bara», disse lei.

«Sì», fece lui, «e poi devi vedere le foto».

Una foto era soltanto una foto, pensò lei, ma era un bel gesto da parte sua. Per un attimo, provò una breve felicità inaspettata che si fece largo attraverso il dolore. Forse qualcosa poteva risolversi, attraverso quelle fotografie.

Lui le accarezzò i capelli. Un leggero senso di liberazione la sfiorò. Una chiara consapevolezza. Non ora, ma poi la vita sarebbe tornata da lei.

Guardò lontano, sul lago. Il cielo non era più azzurro, ma biancastro. L'acqua ondeggiava lenta e lucida. Avanti e indietro. L'orizzonte era una linea scura. Com'era la sua voce? Ne avrebbe dimenticato il suono? No, le sarebbe rimasto impresso per sempre. Rivide Patrik com'era quando si alzava la mattina. Quando se ne stava vicino al cancello ad aspettare che lei andasse a prendere la macchina. Com'era alla luce del sole, quando i raggi battevano sui suoi capelli biondissimi.

«Ho l'impressione che questa storia infinita si prolungherà ulteriormente». La voce di Ingeborg Myklebust risuonò decisa al telefono. «La scientifica ha trovato una traccia sulla Selvikveien, sotto le arnie. Probabilmente si tratta dei resti di Aage Mattson. A proposito, tu dove sei?»

«In macchina», disse Cato Isaksen. «Devo soltanto passare a prendere un attimo Marian lì in questura. Poi proseguiremo insieme per la Selvikveien».

«Ho ricevuto un rapporto su Henning Nyman», continuò lei. «Cos'è successo esattamente nella casa nel bosco? Era come se lo avessero quasi ammazzato di botte».

«Deve aver fatto resistenza con tutte le forze», disse Cato Isaksen. «Tony mi aveva fatto un accenno a questo proposito. Devi parlarne con lui».

«Ha una mascella rotta», fece Ingeborg Myklebust.

«Tony?»

«No, Henning Nyman».

«Porca miseria», disse Cato Isaksen. «Mi dispiace terribilmente».

«È una concatenazione di cause davvero incredibile, tutta questa faccenda, Cato. Che inizio! Vera Mattson picchia a morte Patrik Øye e fa credere a Wiggo Nyman che sia stato lui. Lui uccide Elna Druzika perché lei scopre il cadavere del bambino nella cella frigorifera. E suo fratello, che ha delle tendenze pedofile, rapisce Louise Ek e Ina Bergum. Perché Wiggo lo coinvolge credendo che le ragazzine abbiano visto qualcosa. Ma sinceramente non ho idea se Henning avesse capito o meno che era stato il fratello a uccidere Elna. Non fin dall'inizio, a ogni modo. E poi si scopre che è stata quella pazza di Vera Mattson a scrivere la lettera, a causa della quale per poco le due ragazzine non vengono uccise. Che razza di persona. È assurdo, tutto l'insieme. E nessuno dei tre sapeva cosa stavano combinando gli altri due. Tre concatenamenti di eventi che si svolgono in parallelo. Tre criminali e tre morti. Dio mio, Cato. È veramente inquietante. Non c'era mai capitato un caso come questo, prima d'ora».

«No», disse Isaksen, sfinito. Ormai non ce la faceva proprio più. «Ma non ti dimenticare che ci sono anche due sopravvissute. Tony ha portato Louise e Ina al pronto soccorso. Stanno bene, o si fa per dire. I genitori le stanno andando a prendere lì. Sono pazzi di gioia».

Marian Dahle lo stava aspettando. «Dobbiamo soltanto passare un attimo dalla clinica veterinaria di Lysaker per prendere Birka prima di andare a Høvik», sorrise stancamente. Gli occhi le brillavano.

Cato Isaksen provò una felicità improvvisa, travolgente. «Allora Birka è viva?»

«È di gomma, proprio come me».

Era come se non volesse lasciarsi andare alla gioia. Come se l'oscurità potesse essere in agguato dietro l'angolo. Qualcosa che aspettava soltanto che lui si rilassasse per poterglisi scagliare contro e aggredirlo nuovamente. «Ma adesso non abbiamo tempo di andare a prendere quel cagnaccio», disse. «Lo facciamo sulla via del ritorno».

Cato la guardò mentre se ne stava lì, appoggiata allo stipite della porta, come un palo. «Il cagnaccio, ma sentilo. Birka la andiamo a prendere ora», disse Marian con una certa determinazione. Il luccichio nel suo sguardo non c'era più.

Lui le sgusciò accanto e si diresse verso l'ascensore. Sapeva di aver perso quella battaglia già da un pezzo. Sapeva che aveva perso fin dalla prima volta in cui si erano visti. Lei era dannatamente sfacciata. Era lui il capo. Marian arrivò correndo e saltò in ascensore nel momento in cui la porta di metallo lucente stava per chiudersi. «Perché non riesci a rilassarti un po'?», gli chiese. «Non si può sempre essere forti. Non tutto il tempo».

Cato Isaksen si mise in bocca una gomma da masticare. Si sentiva soltanto sfinito. La luce gialla in ascensore faceva sembrare il viso di Marian pieno di ferite, e ancora più emaciato.

Scesero giù in garage senza scambiare neanche una parola.

Quando furono in macchina e Cato passò il proprio badge all'uscita per far sollevare la sbarra, Marian disse: «Io non sono brava a stare insieme agli altri. Non ho senso dell'umorismo. Non mi va di perdere tempo e di fare la scema».

«Non ce la faccio ad ascoltare ancora altre confidenze intime da parte tua», sospirò lui. «*Please*».

Ma lei continuò. «Non rido quasi mai. È come se il mio sistema nervoso fosse avvelenato. Mi arrabbio così dannatamente in fretta. Perché non mi lasci in pace?».

Cato trattenne un sorriso. «Perché, cosa pensi che stia cercando di fare? È un lavoro a tempo pieno cercare di non essere assalito da te e dalle tue lagne». Inchiodò per dare la precedenza a una macchina che arrivava da destra.

Marian poggiò la nuca sul poggiatesta ed emise alcuni sospiri profondi. «Tu pretendi fiducia da parte mia, ma non dai nulla in cambio. Ci hai mai pensato?».

Isaksen abbassò il finestrino e sputò fuori la gomma. «Fiducia, che cosa intendi?». Era arcistufo di tutte queste conversazioni con Marian. Non poteva starsene zitta, una volta tanto?

Chiuse gli occhi e li riaprì. «Hai mai pensato che non mi dai nulla in cambio? Che diavolo vuoi che ti dia?»

«Per esempio, potresti raccontarmi qualcosa di te, no? Fidati di me, Cato».

«Tesoro caro», disse lui. «La fiducia ti può rendere vulnerabile. Alla prossima occasione, quella fiducia potrebbe essere usata contro di te».

«Vigliacco!», esclamò Marian Dahle incrociando le braccia. Guardava davanti a sé, attraverso il parabrezza, risentita.

L'ispettore frenò di colpo proprio fuori dalla clinica veterinaria. «Ti aspetto qui tra due minuti esatti», disse, guardando l'orologio.

Dopo cinque minuti, Marian Dahle gli venne incontro per le scale con il cane al guinzaglio che le scodinzolava accanto. Gli avevano messo alcuni grossi punti sul lato della testa, subito sotto l'orecchio.

Marian aprì la portiera posteriore. «La coperta», gridò Isaksen.

Lei raccolse il plaid grigio e lo aprì, sistemandolo sul sedile posteriore.

Il cane saltò su. Sbuffava e si agitava sul sedile, facendo avanti e indietro. Dimenava la coda, festosamente.

Marian aprì la portiera e si accomodò in macchina. Tirò a sé la cintura di sicurezza e si girò per metà verso il cane. «Ora andiamo a casa», gli disse con dolcezza e lo accarezzò sulla testa. «Sì, dolcezza mia, adesso Birka va a casa. Sì, andiamo a casa», ripeté.

«Guarda che ormai l'avrà capito. Ma non stiamo andando a casa. Andiamo verso Høvik», fece Isaksen, mettendo in moto la macchina.

«Sì, lo so, idiota».

All'improvviso, lui si accorse che il cane lo annusava sulla nuca. «A cuccia», gli gridò mentre faceva una curva per uscire dal parcheggio.

Marian Dahle guardava attraverso il parabrezza. «Io e Birka... È molto più di un rapporto tra un uomo e un cane».

«Sì, me lo posso immaginare», disse Cato Isaksen, passandosi la mano sinistra sulla nuca con fare esplicativo.

«Maledetta bestiaccia bavosa», fece fissando la strada davanti a sé. «Non credere che quella bestia possa continuare a venire al lavoro con te. Solo per via di quello che è successo», aggiunse. «Tu sei l'unica del reparto... che abbia mai...». Cato Isksen ingranò la terza e imboccò l'autostrada. «È malsano essere così attaccati a una bestiaccia brutta come questa».

Marian Dahle incrociò le braccia. «Guarda che Birka ha fatto un buon lavoro. È lei che ha fatto sì che Vera Mattson tirasse fuori la mazza di legno. Ci hai mai pensato? In effetti, è stata lei a risolvere il caso».

«Roba da matti, Marian». Cato rise forte. «E che titolo avrebbe questo cagnaccio? Investigatore capo?»

«Non mi fido delle persone che non amano gli animali, Cato. Guarda che fine hanno fatto Patrik Øye e Aage Mattson: uccisi da una che odia i cani».

«Anche se il tuo non mi piace, non l'ammazzerò mai di botte. Io non vado in giro a picchiare tutti quelli che non mi vanno a genio, come fa Vera Mattson».

«No, per fortuna no», disse Marian Dahle. «Altrimenti non sopravviverebbero in molti».

«Infatti». Un sorriso passò sulle labbra di Cato Isaksen.

«A proposito, dobbiamo portare con noi il gatto di Vera Mattson quando torniamo indietro». Marian guardò nel vuoto.

«Non con la mia macchina», disse Cato Isaksen, seccato. «Perché diavolo dobbiamo portarci appresso quel gatto?»

«È un animale». Si girò verso di lui. «Non hai pensato che dev'essere nutrito e accudito? Dobbiamo portarlo a Maridalen, da Åsa Nyman. Se ne occuperà lei».

«Questo non è un dannato trasportino per animali». Cato Isaksen sbadigliò, irritato.

Marian Dahle fece un profondo sospiro. «Allora che cosa ne facciamo?»

«Lo può prendere Louise Ek: ha detto che Henning Nyman le aveva attirate con la scusa dei cuccioli di cane, e che lo aveva seguito perché voleva un animale. Forse un gatto fa lo stesso. È la soluzione più semplice».

«Oh no», si affrettò a dire Marian, e incrociò le braccia. «I gatti e i cani sono due cose completamente diverse».

Cato si girò verso di lei. Il suo viso fu illuminato da un sorriso enorme, che si riverberò in tutto il corpo. «Proprio come noi due, dici?»

«Sì», disse lei, «proprio così! Come cane e gatto».

All'improvviso, Birka gli soffiò di nuovo sulla nuca. Gli poggiò il muso sulla spalla emettendo dei rantoli profondi e indistinti, e cominciò a leccarlo energicamente dietro l'orecchio. Cato Isaksen staccò il braccio destro dal volante e cercò di allontanare il boxer pezzato con il gomito. Sentì una zaffata tiepida di alito puzzolente che gli inondava una guancia. «Non obbedisce agli ordini, maledizione», disse, svoltando per imboccare la Selvikveien.

Nello stesso istante, Birka starnutì violentemente dal sedile posteriore, e Cato sentì una pioggia di goccioline che gli coprivano testa e collo.

«Dannazione», gridò irritato. «Adesso basta!».

Marian fece uno sforzo terribile per non scoppiare a ridere. Il sorriso le scaldò il viso, e gli occhi a fessura divennero ancora più piccoli. Alla fine, non riuscì più a trattenersi. Si chinò in avanti. Le sue sonore risate contagiarono anche lui. A Cato Isaksen non era mai capitata una situazione tanto irresistibile.

Ringraziamenti

Grazie alla sovrintendente di polizia Eva B. Ragde per il suo prezioso aiuto. E grazie a Birka, che esiste realmente.

Nuova Narrativa Newton

FRANCO MATTEUCCI, *Il profumo della neve*
NAGIB MAHFUZ, *Il settimo cielo*
COLLEEN GLEASON, *Cacciatori di vampiri*
JAMES VANORE, *Il vangelo dei vampiri*
LISA JANE SMITH, *Il diario del vampiro. Il risveglio*
NAGIB MAHFUZ, *Karnak Café*
BINA SHAH, *La bambina che non poteva sognare*
COLLEEN GLEASON, *La condanna del vampiro*
SIMON SCARROW, *Il centurione*
STUART MACBRIDE, *La casa delle anime morte*
WHITLEY STRIEBER, *2012 L'apocalisse*
NANCY KILPATRICK, *La rinascita del vampiro*
NAGIB MAHFUZ, *Autunno egiziano*
JULIA GREGSON, *Matrimonio a Bombay*
LISA JANE SMITH, *Il diario del vampiro. La lotta*
LISA JANE SMITH, *Il diario del vampiro. La furia*
La maledizione del vampiro, a cura di PETER HAINING
Vampiri!, a cura di STEPHEN JONES
ANDREA FREDIANI, *Un eroe per l'impero romano*
LISA JANE SMITH, *Il diario del vampiro. La messa nera*
COLLEEN GLEASON, *La rivolta dei vampiri*
LISA JANE SMITH, *I diari delle streghe. L'iniziazione*
LISA JANE SMITH, *Il diario del vampiro. Il ritorno*
CHRISTOPHER LINCOLN, *Billy Bones. L'armadio dei segreti*
GIULIO CASTELLI, *Gli ultimi fuochi dell'impero romano*
BINA SHAH, *Il bambino che credeva nella libertà*
VITO BRUSCHINI, *The Father. Il padrino dei padrini*
SIMON SCARROW, *Sotto l'aquila di Roma*
LISA JANE SMITH, *I diari delle streghe. La prigioniera*
COLLEEN GLEASON, *Il crepuscolo dei vampiri*
STUART MACBRIDE, *Il collezionista di occhi*

NANCY KILPATRICK, *Gli amori del vampiro*
STEVE ALTEN, *L'ultima profezia. 2012, il testamento Maya*
LISA JANE SMITH, *Il diario del vampiro. Scende la notte*
AZADEH MOAVENI, *Viaggio di nozze a Teheran*
LISA JANE SMITH, *I diari delle streghe. La fuga*
Sul tetto del mondo, a cura di JON E. LEWIS
ISABELLE AUBRY, *La prima volta avevo sei anni*
MASSIMO LUGLI, *Il Carezzevole*
AZHAR ABIDI, *La casa degli amori sognati*
HARRY SIDEBOTTOM, *Il guerriero di Roma. Il re dei re*
LISA JANE SMITH, *I diari delle streghe. Il potere*
HELENE COOPER, *Le bambine di Sugar Beach*
COLLEEN GLEASON, *Il bacio del vampiro*
L'ultima scalata, a cura di HAMISH MACINNES
VERONICA Q, *Vietato ai minori*
DAVID IGNATIUS, *Attacco a Teheran*
ANDREA FREDIANI, *Dictator. L'ombra di Cesare*
CHRIS PRIESTLEY, *Le terrificanti storie di zio Montague*
GAILE PARKIN, *Africa Social Club*
SIMON SCARROW, *Il gladiatore*
LISA JANE SMITH, *Il diario del vampiro. L'anima nera*
FABIO DELIZZOS, *La setta degli alchimisti. Il segreto dell'immortalità*
MAHBOD SERAJI, *Le notti di Teheran*
CHRISTOPHER LINCOLN, *Billy Bones. Sulla strada per Maipiù*
Wolfmen. Storie di lupi mannari, a cura di STEPHEN JONES
FRANCO MATTEUCCI, *Lo show della farfalla*
ROBERTO GENOVESI, *La legione occulta dell'impero romano*
NAGIB MAHFUZ, *Per le strade del Cairo*
MICHELLE MORAN, *La regina eretica. Il romanzo di Nefertari*
STEPHANIE SALDAÑA, *La sposa di Damasco*
TOM HARPER, *La città dei libri proibiti*
RAYMOND KHOURY, *Il segno di Dio*
STEVE ALTEN, *2012 La resurrezione*
LISA JANE SMITH, *Il diario del vampiro. L'ombra del male*
OLLE LÖNNAEUS, *Il bambino della città ghiacciata*
SIMON SCARROW, *Roma alla conquista del mondo*
MICHAEL WHITE, *L'anello dei Borgia*
ELIZABETH ESLAMI, *Il mio matrimonio combinato*
VICTORIA COREN, *I love poker*
LAWRENCE ANTHONY con GRAHAM SPENCE, *L'uomo che parlava agli elefanti*
ANDREA FREDIANI, *Dictator. Il nemico di Cesare*

JENNIFER JORDAN, *La scalata impossibile*
MARTIN BOOTH, *The American*
MISCHA HILLER, *Fuga dall'inferno. Una storia palestinese*
TORSTEN PETTERSSON, *A L'alfabetista*
PIERO DEGLI ANTONI, *Blocco 11. Il bambino nazista*
ÀLEX ROVIRA - FRANCESC MIRALLES, *L'ultima risposta di Einstein*
ROXANA SABERI, *Prigioniera in Iran*
SCARLETT THOMAS, *Il nostro tragico universo*
WHITLEY STRIEBER, *Omega point. Al di là del 2012*
PAOLO DI REDA - FLAVIA ERMETES, *Il labirinto dei libri segreti*
ANN FEATHERSTONE, *Il circo maledetto*
ANDREA FREDIANI, *Dictator. Il trionfo di Cesare*
GIULIO CASTELLI, *476 A.D. L'ultimo imperatore*
Alla fine del mondo. Le grandi avventure polari, a cura di JON E. LEWIS
ANN BRASHARES, *Grande amore*
FEDERICO GHIRARDI, *Bryan di Boscoquieto e la Maledizione di Morpheus*
VITO BRUSCHINI, *Vallanzasca*
CHRISTOFFER CARLSSON, *Lo strano caso di Stoccolma*
LORENZO BORGHESE, *I segreti di una principessa*
PATRICK WOODHEAD, *Il tempio degli eterni*
LOREDAN, *La spia del Doge. Leonora e i misteri di Venezia*
LORENZA GHINELLI, *Il Divoratore*
ROSS LECKIE, *Hannibal. Il conquistatore*
NAOMI RAGEN, *Una moglie a Gerusalemme*
LISA JANE SMITH, *Il diario del vampiro. La genesi*
GRAHAM BROWN, *La profezia della pioggia maya*
LAURA J. SNYDER, *Il club dei filosofi che hanno cambiato il mondo*
CHARLENE LUNNON - LISA HOODLESS, *Le bambine silenziose*
JESSICA JIJI, *Il profumo dei fiori in Iraq*
NELSON JOHNSON, *Boardwalk Empire*
SIMON SCARROW, *La spada di Roma*
MASSIMO LUGLI, *L'adepto*
DANIEL DEPP, *La città dei senza nome*
KENIZÉ MOURAD, *La principessa ribelle*
PHIL RICKMAN, *I pilastri di Camelot*
CHRISTIAN CAMERON, *Il tiranno*
KATIE ALENDER, *Le cattive ragazze non muoiono mai*
STUART MACBRIDE, *Sangue nero*
OLLE LÖNNAEUS, *Cuore nazista*